ANGELIKA SCHWARZHUBER

Liebesschmarrn und Erdbeerblues

Roman

blanvalet

MIX
Papier aus verantwortungsvollen Quellen
FSC® C014496

Verlagsgruppe Random House FSC-DEU-0100
Das für dieses Buch verwendete FSC®-zertifizierte Papier
München Super liefert Arctic Paper Mochenwangen GmbH.

1. Auflage
Originalausgabe August 2012

Redaktion: text in form, Gerhard Seidl
AVe · Herstellung: sam
Satz: Uhl + Massopust, Aalen
Druck und Einband: GGP Media GmbH, Pößneck
Printed in Germany
ISBN: 978-3-442-37955-2

www.blanvalet.de

Für meine Eltern
Elfriede und Maximilian

Lenes Kurzanleitung zum Lesen der Geschichte:

»Obwohl ich im Alltag normalerweise im Dialekt meiner niederbayerischen Heimat spreche, ist zum allgemeinen Verständnis die Geschichte selbstverständlich in der hochdeutschen Sprache geschrieben. Es war jedoch unumgänglich, einige Ausdrücke und Dialoge im bairischen Wortlaut wiederzugeben. Für alle Menschen jenseits des Weißwurstäquators und einheimische Nichtbayern findet sich im Umschlag eine alphabetische Übersetzung der bairischen Begriffe in Hochdeutsch.«

kapitel 1

»Wenn du jetzt gehst …« Mehr hörte ich nicht mehr. Die Tür des Fahrstuhls schloss sich, und ich machte die Augen zu.

Ich muss zu Claudia! Sofort!, dachte ich aufgeregt.

»Lene? Geht's dir nicht gut?«

Erschrocken riss ich die Augen auf. Verdammt, ich hatte nicht mal bemerkt, dass noch jemand auf dem Weg zur Tiefgarage war. Dr. Heribert König. Mein Zahnarzt, seit ich denken kann. Er hatte seine Praxis gleich neben Michaels Kanzlei im vierten Stock.

»O doch, doch … Mir geht's prächtig, Herr Doktor.«

Ein Blick in den Spiegel des Aufzugs, und mir war klar: Sollte Dr. König mir tatsächlich glauben, dann würde er in Zukunft ein Sexmonster in mir sehen. Im günstigsten Fall eine sehr aufgeschlossene junge Frau.

Meine rotbraune Lockenmähne war wild zerzaust. Der rosa Lippenstift verschmiert und – o nein! Der farblich zum Lippenstift passende neue BH hing halb aus meiner Handtasche, in die ich ihn eilig gestopft hatte, bevor ich aus Michaels Büro geflüchtet war. Jetzt war es auch schon egal, dass ich die Bluse mit der Naht nach außen trug. Ich setzte mein breitestes Lächeln auf, um Dr. König von der Handtasche abzulenken. Schließlich war er immer sehr stolz auf meine prachtvollen Beißerchen, die er mit viel Draht von Zahnstellung »windschief« in ein Gebiss verwandelt hatte, für das jedes Model gestorben wäre. Puh. Es funktionierte. Dr. König sah nicht nach unten, bis der BH gänzlich in der Tasche verschwunden war. Bevor ich meine Haare so unauffällig wie möglich zurechtzupfen konnte, waren wir auch schon in der Tiefgarage angekommen.

Erleichtert verabschiedete ich mich und trippelte in den todschicken, aber völlig unbequemen neuen Sandalen zu meinem Wagen. Im Rücken spürte ich Dr. Königs Blicke. Ob ich mich jemals wieder unbefangen auf seinen Behandlungsstuhl setzen konnte? Der Gedanke an die ungewisse Zukunft meines Gebisses wurde rasch von der Erinnerung an die Erlebnisse der vergangenen halben Stunde verdrängt. Alles war schrecklich! Ich musste dringend zu Claudia.

Claudia Zanolla war meine beste Freundin. Wir arbeiteten für dieselbe Zeitung. Sie in der Lokalredaktion und ich in der Anzeigenannahme. Kennengelernt hatten wir uns auf den Tag genau am 13. Mai vor vier Jahren, als wir beide in der kleinen Kaffeeküche der Redaktion standen und jede einen Kuchen für die Kollegen anschnitt. Amüsiert stellten wir fest, dass wir Geburtstag hatten. Den fünfzigsten. Wenn wir ihre vierundzwanzig und meine sechsundzwanzig Lenze zusammenzählten. Da wir beide für den Abend nichts geplant hatten, verabredeten wir uns spontan ins Simone, eine kleine, aber feine Bar in den engen Gässchen der Passauer Altstadt, auf ein Glas Prosecco. Aus einem Gläschen wurden zwei Flaschen – für jede –, und wir hatten viel Spaß. Claudia ließ mich in diesem Zustand nicht mehr nach Hause fahren, und so verbrachte ich die Nacht auf dem grauen Ledersofa in ihrer Wohnung.

Auf genau diesem Sofa saß Claudia jetzt und schaute mir geduldig zu, wie ich, unruhig wie ein Raubtier vor der Fütterung, barfuß auf und ab tigerte. Sie kannte mich gut genug, um abzuwarten, und nippte an einer Tasse Ingwerwasser. Die kleinen Figuren, die Claudia von ihren Reisen in aller Herren Länder mit nach Hause brachte und die nahezu jeden freien Zentimeter ihrer Wohnung belagerten, schienen mich zu beobachten. Als ob die stummen kleinen Zeugen unserer Frauengeschichten es nicht erwarten konnten, den neuesten Klatsch über mein Liebesleben zu hören. Eines der Eskimofigürchen auf dem Bücherregal schaute mich so ungeduldig an, dass ich mein Schweigen endlich brach.

»Es ist was ziemlich schiefgelaufen!«

»Wie hast du es diesmal vermasselt?« Claudia war nicht überrascht. Warum auch? Es war ja nichts Neues. Ich war praktisch eine Meisterin darin, etwas zu vermasseln. Dabei war es meistens gar nicht meine Schuld, wie ich fand. Und diesmal schon gar nicht. Aber ob sie das verstand? Ich wand mich innerlich.

»Lene! Mach's nicht so spannend!«

»Also. Er hat gesagt …« Ich konnte nicht.

»Was? Dass deine Oberschenkel zu dick sind?«

»Nein!«, rief ich empört. Ich ging ja wohl nicht umsonst regelmäßig ins Fitnessstudio, seit ich mit Michi zusammen war, und hatte mir inzwischen fast fünf Kilos abgestrampelt. Meine Schenkel waren zwar nicht perfekt, aber zumindest alltagstauglich. Allerdings wirkten neben Claudias Gazellen-Beinen auch Normaloschenkel wie meine wie die eines grauen Dickhäuters.

»Hat er dich … auch … betrogen?« Claudias Ton wurde ein wenig weicher, mitfühlender. Sie hatte ja schon einiges mit mir erlebt.

»Nein! Hat er nicht.« Zumindest wusste ich nichts davon.

»Ja was denn dann?« Jetzt wurde sie schon etwas ungeduldiger, und der Blick des Eskimos war frostig geworden.

»Er hat gesagt…«

Ich holte tief Luft und sprach die Worte genau im Wortlaut und bairischen Dialekt meines Freundes Michi aus: »I hab mi sakrisch in di valiabt!«

Ich merkte genau, wie Claudias Mundwinkel zuckten. Sie verkniff sich ein Lachen.

»Das ist doch super!«

»Aber man sagt doch nicht: I hab mi sakrisch in di valiabt!«, protestierte ich.

Claudia schaute mich amüsiert an.

»Nun ja. Wir sind hier in Passau. Und Passau ist in Bayern. Und in Bayern spricht man eben bairisch!«

Das musste ausgerechnet sie sagen. Claudia war gebürtige Italienerin und als Teenager mit ihren Eltern nach Deutschland gekommen. Sie sprach inzwischen ein perfektes Hochdeutsch mit einem entzückenden sizilianischen Akzent.

»Wie soll er es denn sonst sagen?«, hakte sie nach.

»Ach, ich weiß auch nicht. Anders halt!«

Der Blick des Eskimos war inzwischen eisig. Mit so was hatte er sicher nicht gerechnet.

»Du erzählst mir jetzt, was los ist. Was wirklich los ist. Sofort!«

Ich drehte den verschnupften Eskimo mit dem Gesicht zum Buchrücken des ersten Harry-Potter-Bandes und ließ mich in den Sessel plumpsen. Und ich legte los. Mein Freund Michi und ich waren für den Abend zur Vernissage seines Mandanten Severin Bayerl eingeladen. »Kreationen in Kreditkarten«, so das etwas dümmliche Thema. Ich hatte auf die Ausstellung so viel Lust wie auf einen Besuch beim Steuerberater. Aber Michi zuliebe hatte ich zugesagt und mich dafür so richtig chic gemacht. So wie Michi das gefiel. »Zieh dich doch ein wenig femininer an«, hatte er mich in der letzten Zeit immer öfter gebeten. In Männersprache übersetzt heißt das so viel wie: »Röcke kürzer, Absätze höher und Ausschnitt tiefer.« Vor allem das mit dem Dekolleté war ihm wichtig. Sehr wichtig sogar, weil das meinen herrlichen Busen betone, meinte er. Mein Busen. Auf den konnte ich stolz sein. Das sagten die Männer immer. Denn der pralle Inhalt von Körbchengröße 75D war völlig echt!

Als ich in Michis Kanzlei kam, um ihn abzuholen, waren seine Bürodamen schon alle weg. Mein neues Outfit gefiel ihm. Richtig gut gefiel es ihm. Vor allem die neue Bluse mit dem tiefen Ausschnitt. Jedenfalls war unser Begrüßungskuss außer Kontrolle geraten, und plötzlich lag ich halb nackt auf dem Tisch im Besprechungszimmer.

Ich unterbrach meine Schilderung. Es war mir doch ein wenig peinlich, darüber zu reden. Doch Claudia ließ nicht locker.

»Und dann? Jetzt erzähl schon!«, forderte sie mich auf. Seitdem sie nach zweijähriger Jo-Jo-Beziehung mit einem Universitätsprofessor der Philosophischen Fakultät wieder Single war, nahm sie noch mehr Anteil an meinen Männergeschichten.

Die Figürchen um uns herum schienen den Atem anzuhalten. Meine Stimme wurde leiser, ich flüsterte fast.

»Er hörte auf, mich zu küssen … und schaute mich seltsam an.«

»Wie seltsam?« Sie wollte aber auch immer alles ganz genau wissen.

»Seltsam eben. Dann sagte er diese Worte.« Ich sparte es mir, sie zu wiederholen.

»Und dann?« Claudia war sichtlich gespannt.

»Was und dann? Das war es dann. Ich bin vom Tisch runter, hab mich angezogen, und jetzt bin ich hier.«

Die Sache mit Dr. König im Fahrstuhl ließ ich aus. Claudia war ohnehin bei einem anderen Zahnklempner.

»Lene! Das kann doch nicht dein Ernst sein?! Dieser Mann hat dir heute gesagt, dass er dich liebt, und du lässt ihn einfach stehen?«

»Ja, aber so sagt man das nicht!«

»Hast du sonst keine Probleme?« Claudia schüttelte den Kopf. Sie wollte mich irgendwie nicht verstehen.

»Es hat sich angehört, als ob ich einer von seinen Schafkopfbrüdern wäre«, rechtfertigte ich mich. »Sepp, des gfreit mi fei sakrisch, dass du de Oide jetz ghaut hast«, ahmte ich in tiefer Stimmlage die Unterhaltung der Männer beim Kartenspielen nach.

Wobei es sich beim »Oide haun« nicht um einen tätlichen Übergriff auf die Ehefrau, sondern um das Einkassieren der Eichel-Sau beim inoffiziellen bayerischen Nationalspiel, dem Schafkopfen, handelte.

»Jetzt mach aber halblang, Lene. Michi ist schließlich alles andere als ein Stammtischbruder.«

Da musste ich ihr recht geben. Michi war ein wirklich gut aussehender Mann und als Anwalt für Vertragsrecht sehr erfolgreich. Warum er sich ausgerechnet mit mir eingelassen hatte, war mir heute noch ein Rätsel. Es war vor einem halben Jahr, als er lässig in seinem schicken Anzug in die Anzeigenabteilung der Zeitung geschlendert kam und eine Annonce für seine Kanzlei aufgab: »Freundliche, flexible Bürohilfe gesucht.« Mir blieb bei seinem Anblick fast die Luft weg. Und meine Konzentrationsfähigkeit glich der einer adipösen Seiltänzerin mit Gleichgewichtsstörungen, als er mich mit seinen eisblauen Augen anlächelte und sich dabei eine schwarze Haarsträhne aus dem Gesicht strich. Meine Güte, was für ein Mann! Für einen kurzen Moment überlegte ich sogar selbst, mich bei ihm zu bewerben. Ich wurde nervös, als er beim Ausfüllen des Anzeigentextes mit mir flirtete. So nervös, dass ich seine Telefonnummer mit der eines anderen Kunden verwechselte. Der suchte auch Mitarbeiterinnen. Allerdings unterschieden sich sowohl die Arbeitszeiten als auch das Tätigkeitsprofil dieser Damen mehr als deutlich. Sie durften ihre Arbeit überwiegend in horizontaler Lage ausüben – hauptsächlich nachts.

Als herauskam, dass ich das verbockt hatte, gab es von meinem Chef eine ordentliche Standpauke. Ich wollte das natürlich wiedergutmachen und fuhr zu den Inserenten, um mich persönlich zu entschuldigen. Noch immer wurde ich rot, wenn ich an das breite Grinsen des Saunaklubbetreibers dachte, als ich mit einer Flasche des guten Verlagshausweins, der gewöhnlich nur zu Weihnachten an Großkunden verschenkt wurde, bei ihm auftauchte. Dabei hatte er meinem Chef bereits drei kostenlose Anzeigen abgeschwatzt. Und dann kam der Hammer: Der Boss des Arabian Nights hatte mir doch allen Ernstes einen Job in seinem Etablissement angeboten. Er sah großes Potenzial in mir. Vor allem in meinem appetitlichen Vorbau, von dem er kaum seinen Blick wenden konnte. Falls ich jemals über eine berufliche Veränderung nachdenken sollte, genüge ein Anruf und wir wären im Geschäft, meinte er augenzwinkernd und leckte sich dabei lüstern über die Lippen.

»Meine Telefonnummer hast du ja, Schätzchen. Aber pass auf, dass du sie nicht wieder vertauschst.«

Er lachte schallend. Der Mann hatte immerhin Sinn für Humor. Vielleicht wäre er gar kein so übler Chef? Mein Abteilungsleiter war ja manchmal schon ein wenig trocken. Ob es im Klub auch Weihnachtsgeld gab? Und Mutterschutz und Erziehungsurlaub? Es hätte mich auch sehr interessiert, ob man sich an Brückentagen freinehmen durfte. Ich ersparte es mir aber dann doch, ihn danach zu fragen. Ein Blick in die abgeklärten Gesichter der Damen, die an der Theke auf Kundschaft warteten, genügte, um zu erkennen, dass es hier nicht viel zu lachen gab.

Und dann stand ich auch nicht so wirklich auf rote Ledersofas und Reizwäsche als Arbeitsbekleidung. Nein, dieser Beruf war eindeutig nicht für mich geeignet. So freundlich es mir möglich war, schlug ich sein gut gemeintes Jobangebot aus.

Rechtsanwalt Michael Sommer hatte mich erst ein wenig zappeln lassen, bis ich bemerkte, dass er mich mit seinem strengen Blick nur necken wollte. Noch für denselben Abend hatte er mich zum Essen eingeladen. Anschließend teilten wir brüderlich den guten Verlagswein. Meine Entschuldigung nahm er entgegen und erklärte mir allen Ernstes, dass ich durch meinen Fehler eine Seele vor dem Fegefeuer gerettet hatte. Die neue Bürohilfe war eine der jungen Frauen, die sich eigentlich für den unmoralischen Job im Saunaklub bewerben wollte. Michi hatte die hübsche Blondine – Sabine ihr Name – auf Anhieb sympathisch gefunden. Sie war freundlich und flexibel. Und sie war eine Hilfe im Büro. Erst gestern hatte er sie vor meinen Augen als beste Sekretärin gelobt, die er je hatte. Das beruhigte mich. Sehr sogar. Allerdings fragte ich mich, ob stattdessen im Saunaklub eine der Bürokraftanwärterinnen gelandet war. Und ob meine Seele zukünftig im Fegefeuer dafür schmoren musste.

Insgeheim beschäftigte mich auch die Frage, ob ich im Arabian Nights wirklich eine so steile Karriere gemacht hätte, wie der Boss dort es mir prophezeit hatte. Doch mir schwante, dass ich das niemals herausfinden würde.

»Wie sagst du denn einem Mann, dass du ihn liebst?«, riss Claudia mich aus meinen Gedanken.

»Ich … also, ich sage, nun ich …«, stotterte ich herum und starrte zur Kommode. Und erstarrte. Das konnte doch nicht möglich sein! Der kleine Eskimo stand wieder mit dem Gesicht zu uns, sein Blick unterkühlter denn je. Claudia musste ihn umgedreht haben, ohne dass ich es mitbekommen hatte.

»Was jetzt?« Claudia ließ nicht locker.

»Ich, ich … jetzt fällt mir auf die Schnelle nichts ein.«

Sie schaute mich ungläubig an. Ich schaute ungläubig zurück. Mir fiel tatsächlich nichts ein.

»Ich weiß, dass du deine letzten Beziehungen alle verbockt hast, aber sag jetzt nicht, dass du noch nie zu einem Mann gesagt hast, dass du ihn liebst?«

»Natürlich hab ich das schon mal zu einem Mann gesagt«, protestierte ich heftig und lachte auf. Was dachte sie denn von mir?

»Zu wem?« Ihre Frage kam schnell. Und sie war sehr direkt.

»Zu … äh …« Ich überlegte. Vier Monate vor Michi war ich drei Monate mit Daniel zusammen. Er war ganz nett, aber irgendwie kein Mann zum Lieben. Vor allem deshalb nicht, weil er zu anderen Frauen genauso nett war wie zu mir. In jeder Hinsicht.

Davor gab es Tittengrabscher-Eugen – nein, zu ihm hatte ich es auch nicht gesagt. Und vor ihm war da Johannes. Ihm wollte ich es sagen, aber da war mir meine Cousine Tina zuvorgekommen. Und dann war noch …

»Tim!« Ich wusste es doch! Tim hatte ich gesagt, dass ich ihn liebe. Nun, eigentlich hatte ich es nicht gesagt, sondern auf einen Zettel geschrieben. Mit mindestens neunundneunzig Herzchen drum herum. Aber das musste ich Claudia nicht unbedingt auf die Nase binden.

»Tim?« Claudia grinste amüsiert. »Du meinst jetzt aber nicht den Tim, in den du als Sechzehnjährige verschossen warst und der sich letztes Jahr für den Job in der Sportredaktion beworben hatte?«

»Äh, doch, ja, ja, doch.« Jedes Mal, wenn ich nur an ihn dachte, löste das bei mir ein unkontrollierbares Stottern aus. Tim. Er hatte damals nicht auf meine herzige Liebesnachricht reagiert. Wie ich später erfuhr, war er mit einer älteren Cabriofahrerin – sie war einundzwanzig und damit drei ganze Jahre älter als er – losgezogen.

Als er letzten Herbst mit seinem unwiderstehlichen Piratencharme das Büro in der Redaktion betrat, war ich sprachlos. Buchstäblich. Doch auch diesmal war uns Amor nicht gewogen. Nicht Tim wurde eingestellt, sondern der Sohn eines Freundes eines Onkels unseres Chefredakteurs. Und das, bevor ich die Möglichkeit hatte, überhaupt ein Wort mit Tim zu wechseln. Mein Traum von einer zweiten Chance war schneller zerplatzt, als man mit aufgespritzten Lippen einen Luftballon aufblasen konnte. Ich seufzte.

»Du musst das wieder ausbügeln, Lene. Geh sofort zu dieser Vernissage und sag Michael, dass du ihn auch liebst. Und dass du vorhin einfach nur kalte Füße bekommen hast.«

»Nein. Das mach ich nicht!« Ich schüttelte heftig den Kopf.

»Lene! Einen Mann wie ihn findest du nicht so schnell wieder.«

»Ich kann nicht…«

»Warum nicht?«

»Er war ziemlich sauer, als ich einfach so davon bin«, gestand ich kleinlaut.

»Warum wundert mich das nicht?« Claudia seufzte. Sie nahm meine Hände, sah mich streng an.

»Süße, worauf willst du eigentlich warten? Michi ist ein toller Mann, und er liebt dich. Was willst du mehr? Geh da hin und bring es wieder in Ordnung!«

»Aber ich kann doch jetzt nicht einfach so da aufkreuzen.« Allein beim Gedanken daran bekam ich Bauchgrummeln.

»Und wie du kannst!« Sie zog mich aus dem Sessel hoch und drückte mir mein Täschchen in die Hand.

»Zieh deinen Lippenstift nach, leg Parfum auf, und ich ruf inzwischen ein Taxi.« Schon hatte sie das Telefon in der Hand und wählte die Nummer. Claudia war schon immer ein Mann der Tat im Körper einer zierlichen dunkelhaarigen Frau. Der Eskimo grinste mich eiskalt an. Sobald Claudia mir den Rücken zudrehte, packte ich den kleinen Kerl und stopfte ihn in meine Handtasche.

Die Party war bereits voll im Gange, als ich den angesagten Klub Butts betrat. Im Hintergrund lief Musik von LaBrassBanda. Da stand ich normalerweise total drauf. Hierher passte der Sound jedoch so wenig wie ein Lebkuchen ins Osternest. In kleinen Gruppen unterhielten sich chic gekleidete Gäste, von denen ich die meisten aus dem Lokalteil unserer Zeitung kannte. Sie nippten an Getränken in scheckkartengroßen Plastikgefäßen, verziert mit dem Konterfei von Severin Bayerl. Vermögend, wie er war, konnte er sich solche Extravaganzen leisten.

Von Michi war nichts zu sehen. Was mich gar nicht so unglücklich machte. Da ohnehin niemand Notiz von mir nahm, beschloss ich, so schnell wie möglich wieder zu verschwinden. In dem Moment drückte mir eine der ausnahmslos blonden Bedienungen ein Getränk in die Hand. Na gut. Wenn ich schon mal hier war… Ich bemühte mich, den stechenden Blick des Künstlers auf dem Becher zu ignorieren, und nahm einen kräftigen Schluck. Hmm. Schmeckte ungewöhnlich, aber richtig fein.

»Was ist das denn?« Ich musste fast schreien, damit die Bedienung mich verstand. Sie zuckte mit den Schultern.

»Keine Ahnung. Irgendwas mit Schampus und so Beeren aus Südamerika.«

Sie gab mir ein weiteres Becherchen, bevor sie in Richtung Theke verschwand. Ich schaute mich um. Das Licht im Raum war ziemlich heruntergedimmt. Nur die Ausstellungsstücke waren mit grellen Neonscheinwerfern beleuchtet. Etwas abseits interviewte Lissy Bormann, eine unserer freien Mitarbeiterinnen, den wie immer auf jugendlich getrimmten Künstler Severin. Sein Sohn Alwin stand neben den beiden und versuchte vergeblich, sich in die Unterhaltung einzubringen. Alwin war ein halbes Jahr mein Banknachbar in der vierten Klasse gewesen und eigentlich eine gute Seele. Wenn er nur nicht immer krampfhaft versucht hätte, in die Fußstapfen seines exzentrischen Vaters zu treten. Das war unmöglich und Alwin leider – oder glücklicherweise – nur ein müder Abklatsch des Alten. Jetzt hatte er mich entdeckt und winkte mir über die anderen Gäste hinweg zu, was bei seiner Größe von fast zwei Metern kein Problem darstellte. Ich winkte freundlich zurück. Irgendwie mochten wir uns.

Severin erklärte Lissy inzwischen seine Scheckkarten-Werke, wobei er eindrucksvoll gestikulierte. Das Plastikgeld war aufgeschlitzt und zu seltsamen Gebilden zusammengesteckt. Ich konnte nicht viel damit anfangen. Einzig die Frage, ob das einmal alle seine eigenen Kärtchen waren, fand ich spannend. Ich beneidete Lissy nicht. Kein einfacher Job, sowohl über die Werke als auch über den Künstler zu schreiben, über den ohnehin in den letzten Jahrzehnten schon alles geschrieben worden war.

Ich beschloss spontan, mir noch ein weiteres Becherchen mit dem köstlichen Getränk vom Tablett einer Bedienung zu nehmen, da zog der vertraute Duft von Michi und Davidoff Hot Water in meine Nase.

»Lene!?«

Ich drehte mich um. Michi stand hinter mir.

»Was machst du denn hier?«, fragte er verwundert. Neben ihm Sabine.

Moment! Was machte die denn hier? Scheinbar war sie noch flexibler, als ich dachte. Auch abends. Außerordentlich flexibel und freundlich. Zu Michi. In meine Richtung wirkte ihr Lächeln etwas kühl und erinnerte mich an den kleinen Eskimo, der in den Tiefen meiner Tasche schlummerte. Dabei hatte sie ihren Job nur mir zu verdanken.

Plötzlich war ich glücklich, Michi zu sehen. Sehr glücklich sogar. Er sah einfach umwerfend aus, und ich war froh, dass Claudia mich hergeschickt hatte. Ich würde alles wieder in Ordnung bringen, und Sabine durfte Feierabend machen.

»Michi, bitte, können wir kurz reden? Nur wir beide?«

»Ich weiß nicht, ob das eine so gute Idee ist.« Er lächelte zwar, aber es war die Sorte von Lächeln, die er immer dann aufsetzte, wenn er eigentlich nicht lächeln wollte.

Er war eindeutig eingeschnappt. Und ich konnte das sogar verstehen. So, wie ich ihn heute behandelt hatte, das steckt wohl kein Mann so schnell weg. Aber aufgeben kam nicht infrage! Ich überlegte krampfhaft, wie ich ihn doch noch überreden konnte, da fiel sein Blick auf meinen Ausschnitt. Oder besser gesagt, in meinen Ausschnitt. Augenblicklich wurden seine Gesichtszüge weicher. Das war die Gelegenheit! Wenn nicht jetzt, wann dann?

»Bitte. Nur eine Minute, Michi!« Er lächelte plötzlich. Sein echtes Lächeln. Mir fiel ein zentnerschwerer Stein vom Herzen. Und ich wusste, dass jetzt alles gut werden würde.

»Na gut, Lene… Sabine, entschuldige uns bitte kurz.«

»Du wolltest mir doch was zu trinken besorgen, Michael«, wandte sie schmollend ein. Sabine hatte offensichtlich etwas dagegen, dass wir eine Minute allein miteinander verbrachten.

»Hier. Nimm das. Schmeckt ausgezeichnet!« Ich drückte ihr meinen Becher in die Hand und folgte Michael. Die bösen Blicke, die sie mir hinterhersandte, spürte ich wie Messerstiche in meinem Rücken.

Wir gingen in ein Nebenzimmer und schreckten dort eine ältere Dame und einen jungen Mann auf, die wild miteinander geschmust hatten. Ich wusste, dass die beiden glücklich verheiratet waren, allerdings nicht miteinander. Mit glühenden Wangen und dem Versuch einer abstrusen Erklärung flohen sie aus dem Raum. Endlich waren Michi und ich alleine. Ich hatte Mühe, ein nervöses Kichern zu unterdrücken. Doch ein Blick in seine Augen genügte, und das Lachen blieb mir im Hals stecken.

»Ich bin gespannt, was du mir zu sagen hast, Lene.« Mit verschränkten Armen stand er vor mir und schaute mich mit strengem Anwaltsblick an, der seine Wirkung im Gerichtssaal sicherlich nicht verfehlte. Jetzt durfte ich bloß nichts Falsches sagen.

»Es tut mir leid, was heute passiert ist, Michi.« Das war doch schon mal ein guter Einstieg, fand ich. Trotzdem fiel es mir schwer, ihm in die Augen zu sehen.

»Noch nie hat mich eine Frau einfach so stehen lassen.«

Hörte ich da einen Hauch »Beleidigte Leberwurst« heraus? Und war ich tatsächlich die Erste, die ihn mit offener Hose hat stehen lassen? Oder schummelten Männer in solchen Dingen, um den Frauen ein schlechtes Gewissen zu machen? Allerdings hätte es mir auch nicht gefallen, wenn ich an seiner Stelle gewesen wäre.

»Bitte verzeih mir. Aber weißt du …«

»Was weiß ich?«

Tja, was wusste er? Genau das fragte ich mich in diesem Moment selbst.

Er sah mich mit einem Blick an, den ich nicht deuten konnte. Gott, war das schwierig! Ich hatte keinen Schimmer, wie ich ihm erklären sollte, was mit mir los war. So richtig verstand ich es ja auch nicht.

»Lene!?«

Ich musste es mit einer anderen Taktik versuchen, frei nach dem Motto: Reden ist Silber, Küssen ist Gold. Super Idee, wie ich fand, und auf die Schnelle die einzige, die ich hatte. Gedacht – getan. Ich drückte mich eng an ihn, legte meine Hände auf seinen Po und begann, ihn verführerisch zu küssen. Grandiose Strategie, wie sich sofort herausstellte. Michi packte mich und erwiderte meinen Kuss wild und voller Leidenschaft.

Wir waren wieder genau da angelangt, wo wir heute schon einmal waren. Er konnte die Finger nicht von mir lassen und … Moooment! Wir waren genau da angelangt, wo wir schon waren? Meine Nackenhaare begannen, sich um einen Stehplatz zu raufen. Das bedeutete … Ich wusste, was gleich kommen würde.

Er löste sich von mir. Sah mich an. Mit genau dem seltsamen Blick. Wie schon gehabt.

»Lene… Lene, du verruggte Hehna… Du machst mi ganz narrisch. I hab mi echt sakrisch in di valiabt.« Ich schluckte. Er liebte mich. Warum konnte er mir das nicht anders sagen, verdammt noch mal?! Michi schaute mich erwartungsvoll an.

»Jetzt reiß dich zusammen, Lene! Und pack die Gelegenheit beim Schopf«, würde Claudia nun sagen. Und sie hätte recht. Da stand der Mann, mit dem alles möglich war, was ich mir immer schon erträumt hatte. Er sah gut aus, war vermögend, und mit ihm konnte ich eine große Familie gründen. Zumindest ging ich davon aus, dass er mal viele Kinder wollte. Aber ich würde mich auch über eine kleine Familie freuen. Hauptsache, Familie. Dazu gehörten später natürlich reizende Enkelkinder, die ich total verwöhnen würde, wenn ich einmal eine rüstige Seniorin mit viel Zeit war. Ich würde mit ihnen in Freizeitparks fahren und in der Adventszeit leckere Plätzchen backen. An Weihnachten würden sich ihre strahlenden Augen in den bunten Christbaumkugeln spiegeln, und ich würde gerührt Tränen aus meinen Augen wischen. Mein Lebenstraum. Alles das lag jetzt vor mir. Ich musste nur zugreifen. Meine Knie wurden weich. Langsam öffnete ich meinen Mund.

»I… ich… l…« Verdammt! Es ging nicht. Ich brachte die Worte nicht über meine Lippen. Was war denn nur los mit mir? Die Vorstellung, »Ich liebe dich« zu sagen oder »Mei, i hab mi a so vui in di valiabt«, bereitete mir größtes Unbehagen. Das erwartungsvolle Lächeln verschwand aus seinem Gesicht. Auch er ahnte, was nun kommen würde. Und zum zweiten Mal an diesem Tag ließ ich ihn einfach stehen.

kapitel 2

In einem traumhaft schönen weißen Kleid und mit einem Blumenstrauß aus dunkelroten Rosen stand ich in einer idyllischen kleinen Kirche irgendwo in England. Der Priester – er sah Mister Bean erstaunlich ähnlich – fragte mich, ob ich Hugh zu meinem mir anvertrauten Mann nehmen und zu ihm stehen wolle, in guten wie in schlechten Tagen, bis dass der Tod uns scheidet. »Yes«, sagte ich mit fester Stimme und machte damit Hugh Grant zum glücklichsten Mann der Welt. Mit dem Gefühl, die glücklichste Frau der Welt zu sein, wachte ich in meinem Zimmer auf. Meine Augen ließen sich allerdings nur sehr schwer öffnen. Sie waren immer noch geschwollen von den vergossenen Tränen der letzten Nacht, mit denen ich die Sahara hätte bewässern können. Mit einem Schlag war es da: das Gefühl, die unglücklichste Frau der Welt zu sein. Und ein Blick auf den Wecker verschaffte mir ein weiteres Gefühl: das erschreckende Gefühl, ordentlich verschlafen zu haben.

Mit einem Satz sprang ich aus dem Bett und mit dem linken Fuß genau auf einen kleinen harten Gegenstand. »Autsch!« Es war der kleine Eskimo, auf den ich getreten war. Scheinbar war er in der Nacht irgendwie aus der Tasche gefallen. Mann, tat das weh! Wütend kickte ich ihn mit dem heilen Fuß unter das Bett und verspürte dabei eine gewisse Genugtuung.

»Jetzt aber schnell, Lene!«, feuerte ich mich selbst an. Ich hasste es, zu spät zu kommen. Ich hinkte zum Kleiderschrank und griff nach dem hellblauen Kleid, das Michi besonders gerne … Stopp! Kein Michi mehr. Kein Kleid heute. Und auch keinen Rock! Ich zerrte meine gute alte Lieblingsjeans aus dem wochenlang unberührten Hosenstapel. Anschließend schlüpfte ich in ein T-Shirt mit der Aufschrift: »*Das Leben ist nicht das einfachste!*« Und ich zog bequeme Sneakers an. Jetzt fühlte ich mich schon ein wenig besser. Ich war genau richtig angezogen, um den kommenden Tag einigermaßen zu überstehen.

Nachdem ich mir eilig die Zähne geputzt, ein wenig Wasser ins Gesicht geklatscht und die Haarmähne zusammengebunden hatte, fiel mir plötzlich ein, dass ich letzte Nacht nicht mit meinem Auto nach Hause gefahren war, sondern mit dem Taxi. Auch das noch! Gott sei Dank war mein Vater noch nicht draußen auf den Feldern.

»Was machst du denn noch hier?«, fragte er mich verwundert, als ich ihn im Gewächshaus fand. Mein Vater war Biobauer und bewirtschaftete den Hof nach den strengen Vorgaben eines Ökoverbands. Nahrungsmittel waren für ihn das kostbarste Gut der Menschen, und dementsprechend sorgsam und respektvoll ging er damit um.

Nachdem meine Mutter kurz nach meiner Einschulung bei einem Autounfall ums Leben gekommen war, hatte mein Vater mich ganz alleine großgezogen. Und vor ein paar Jahren hatte er den alten Pferdestall in eine schnuckelige Zweizimmerwohnung für mich umgebaut.

Unser Hof war sehr modern und hatte nicht im Geringsten etwas mit den heruntergekommenen düsteren Gebäuden zu tun, die Filmemacher so gerne zeigten, wenn ihre Geschichten in Niederbayern spielen. Allen Leuten, die aufgrund dieser Bilder denken, dass die Menschen in Niederbayern noch in Holzschlapfen über den matschigen Hof laufen oder in Häusern mit zusammengewürfelten Möbelstücken aus den Zeiten beider Weltkriege um einen Tisch sitzen und sich aus einer Schüssel die Suppe teilen, sei gesagt: Auch bei uns haben Einbauküchen, das vierundzwanzigteilige Essgeschirr und Kaffeeautomaten bereits Einzug gehalten. Und die eine oder andere Frau stolziert sogar in Manoloschuhen über den hübsch gepflasterten Hof ihres schicken Einfamilienhauses.

»Ich hab verschlafen. Fährst du mich bitte ins Büro?«

Vater nickte. Er war kein Mann der großen Worte. Und auch kein Mann der hohen Geschwindigkeiten. Die Fahrt nach Passau, normalerweise in zehn Minuten zu schaffen, dauerte mit ihm am Steuer seines nagelneuen Hybridautos mehr als doppelt so lange.

Mit eineinhalbstündiger Verspätung hetzte ich an meinen Schreibtisch, entschuldigte mich in Richtung meiner Kollegen und legte sofort los. Gott sei Dank war viel los heute, sodass ich kaum dazu kam, über Michi und mich nachzudenken. Zumindest so lange nicht, bis ein Karton auf meinen Tisch knallte und ich erschrocken hochfuhr.

»Das soll ich dir von Michi bringen!« Sabine stand vor mir und lächelte mich mit einem Blick an, der an Deutlichkeit nichts zu wünschen übrig ließ: »Ätsch, jetzt gehört er mir!«, sagte dieser Blick. Mein Mund wurde schlagartig trocken. Ich bemühte mich, Haltung zu bewahren, nahm den Karton mit meinen Habseligkeiten und stellte ihn unter den Schreibtisch. Eindeutiger hätte

Michi mir nicht sagen können, dass es zwischen uns endgültig aus war. Und das Schlimme daran: Ich hatte es ganz alleine verbockt! Trotzdem hatte es ihm wohl nicht schnell genug gehen können, sich mit seiner tüchtigen Mitarbeiterin zu trösten. So sakrisch kann die Liebe dann doch nicht gewesen sein, dachte ich bitter.

Sabine stand immer noch da. Was wollte sie denn noch? Trinkgeld vielleicht? Miterleben, wie ich einen Weinkrampf bekam? Aber darauf konnte sie lange warten, denn Tränen waren momentan aus. Die Kollegen ringsherum schauten neugierig. Auch ihnen würde ich keine Gelegenheit geben, mir beim Heulen zuzusehen. Gut, dass unser Abteilungsleiter momentan in Urlaub war. Der hätte bestimmt nachgefragt, was mit mir los war.

Ungeduldig trommelte Sabine mit ihren langen Fingernägeln auf meinem Schreibtisch. Dieser Anblick tröstete mich etwas. Michi hasste künstliche Nägel. Er legte viel Wert auf eine natürliche Maniküre. Aber das musste sie selbst rausfinden.

»Was ist jetzt mit dem Schlüssel?« Ihr frecher Ton gefiel mir gar nicht.

»Wenn du Michis Wohnungsschlüssel meinst, den hab ich zu Hause.« Das war zwar eine glatte Lüge, aber ich würde einen Teufel tun und ihn dieser Frau jetzt geben.

»Schick ihn per Einschreiben an die Kanzlei.« Mit diesen Worten verließ sie ohne Gruß das Büro. Ich konnte mich gerade noch zurückhalten, die Hacken zusammenzuschlagen und zu rufen: »Yesss, Mäm!«

»Die hätte wirklich ins Arabian Nights gepasst. Am besten als Domina«, kam Claudias bissiger Kommentar von hinten. Ich hatte gar nicht gemerkt, dass sie gekommen war. Ihr Verständnis für die Lage tat mir gut. Sie sah mich mitleidig an, und bevor ich doch noch anfing zu weinen, rettete sie mich mit den Worten: »Komm, wir machen Mittagspause!«

Die Sonne schien von einem azurblauen Frühlingshimmel, über den gemächlich eine Herde kleiner weißer Schäfchenwolken zog. Claudia und ich saßen auf einer Bank am Ufer des Inns. Um uns herum spielten Kinder, gingen verliebte Pärchen Hand in Hand die Promenade entlang. Studenten saßen im Gras, lernten oder alberten herum, und Rentner fütterten Enten und Schwäne, die gemächlich im Wasser trieben. Eigentlich alles andere als ein Tag für Liebeskummer.

Claudia war für eine Weile sprachlos, nachdem ich ihr alles erzählt hatte. Und das wollte was heißen. Jetzt schaute sie mich ratlos an.

»Was machen wir denn nur mit dir, Lene?«

Wenn ich das nur wüsste. Am besten die Rewind-Taste drücken und vierzehn Stunden zurückspulen. Dann hätte Fräulein Bürowunder Sabine nicht die Nacht mit meinem Freund verbracht. Dann würde ich einen neuen Anlauf nehmen und Michi sagen, dass ich ihn liebe. Öhm … Würde ich das? Verwirrt ob meiner rätselhaften Gefühle blickte ich hoch zum weiß-blauen Himmel. Da schoss mir ein verrückter Gedanke durch den Kopf. Ich sprang hoch.

»Es liegt gar nicht an mir, dass ich es nicht sagen konnte!«, rief ich aufgeregt.

»Was bitte meinst du damit?«, fragte Claudia ein wenig erschrocken über meinen plötzlichen Ausbruch.

Ich versuchte, mich zu beruhigen, um die richtigen Worte zu finden. Das war gar nicht so einfach, denn ich war schrecklich aufgeregt über das, was ich eben herausgefunden hatte. Ich atmete tief durch. Jetzt würde sie gleich Augen machen!

»Ich weiß jetzt, warum ich ihm nicht sagen konnte, dass ich ihn liebe. Das liegt daran, dass es in Bayern dafür keine passenden Worte gibt.«

Claudia schaute mich ungläubig an. »Das versteh ich nicht.«

»Es ist doch ganz einfach, Claudia. Ein verliebter Mensch, der Hochdeutsch spricht, kann ›Ich liebe dich‹ sagen, weil es diesen Ausdruck in seiner Sprache gibt. Ein Engländer sagt: ›I love you‹, und ihr Italiener haucht ein romantisches ›Ti amo‹. Aber für uns Bayern gibt es da nichts. Deswegen konnte ich es nicht sagen.«

Dass ich da nicht früher draufgekommen war? Dabei war es doch so offensichtlich. Ein junges Paar, das neben uns auf einer karierten Decke in der Wiese saß, hörte inzwischen interessiert meinen Ausführungen zum Thema bayerische Liebe zu.

»Lene, geht's dir noch gut?« Claudia starrte mich an, als ob ich plötzlich zu einer Blondine mutiert wäre.

Doch ich bekräftigte noch mal meine Theorie und brachte sie auf den Punkt.

»Auf Bairisch gibt es Liebe nicht, Claudia.«

»Unsinn. Natürlich gibt es Liebe auch in Bayern.«

»Dann sag mir doch mal den Satz ›Ich liebe dich‹ auf Bairisch«, forderte ich sie auf. Doch es war nicht Claudia, die darauf antwortete.

»I hab di liab.« Das kam von der jungen Frau neben uns.

»Aber das ist nicht das Gleiche wie: ›Ich liebe dich‹«, stellte ihr Freund fest, dessen Wurzeln unüberhörbar am nördlichen Ende der Republik zu finden waren.

»Eben!«, sagte ich triumphierend. »I hab di liab«, sagte man auch zu seiner Omi oder zu seinen Kindern. Es hatte nichts mit der magischen Liebe zwischen Mann und Frau zu tun.

»Wie wär's mit: I lieb di?« Claudia bemühte sich, bairisch zu sprechen, was sich sehr lustig anhörte.

Aber – da waren die junge Frau und ich uns sofort einig – »I lieb di« hörte und fühlte sich furchtbar abgehackt an und war absolut nicht zu vergleichen mit der spanischen Liebeserklärung »Te amo«. Oder mit einem sinnlich gehauchten französischen »Je t'aime«.

Ich war jetzt absolut gefesselt von dem Thema. Schließlich war das endlich eine Erklärung für mich, warum ich gestern einem der attraktivsten und gefragtesten Männer Passaus einen Korb gegeben hatte.

Claudia war jedoch alles andere als überzeugt von meiner Theorie.

»Das ist dir doch nur eingefallen, damit du eine Entschuldigung hast für deine Unfähigkeit, eine Beziehung einzugehen«, beschuldigte sie mich.

Wie sie nur auf diesen Unsinn kam? Ich wollte doch eine Beziehung. Ganz bestimmt sogar! Und ich wollte eine eigene Familie. Groß oder klein, wie auch immer. Hauptsache, eine richtige Familie! Allein schon aus diesem Grund war ihr Vorwurf völlig aus der Luft gegriffen.

Um ihr zu beweisen, dass meine neu gewonnenen Erkenntnisse keine Ausreden waren, sprach ich auf dem Rückweg zum Verlagshaus weitere Leute an. Wir hörten zwar die unterschiedlichsten Ausdrücke, aber *den* bairischen Satz für »Ich liebe dich« konnte uns niemand sagen. Ich grinste triumphierend.

Claudia wollte das nicht gelten lassen. »Ich werde dir beweisen, dass es die Liebe auch auf Bairisch gibt«, sagte sie.

»Und wie?«, fragte ich. Ihre Augen leuchteten plötzlich gefährlich. Wie sonst nur, wenn sie einer brisanten Story auf der Spur war. Eigentlich hätte ich alarmiert sein müssen. Und zwar sehr alarmiert. Sie lächelte mich an.

»Das wirst du schon sehen!«

Ich sah es gleich am nächsten Morgen. Viertelseitig und mit einem Farbfoto. Meinem Farbfoto. Ich verschluckte mich an meinem Frühstückskaffee, als ich mir selbst aus dem Lokalteil unserer Zeitung zulächelte.

Die Überschrift lautete:

Wie sagt man es auf Bairisch?
Lene auf der Suche nach der weiß-blauen Liebe.

Und am Ende des Berichts die Aufforderung an die Leser,
mir dabei zu helfen.

kapitel 3

Ich war auf dem Weg zu Claudias Büro, um ihr ordentlich die Meinung zu sagen, als ein Scherzkeks aus der Redaktion es besonders lustig fand, mir den bayerischen Defiliermarsch hinterherzupfeifen. Nicht allen Kollegen gelang es, sich das Lachen zu verkneifen, und ich hörte verhaltenes Kichern und gekünsteltes Hüsteln. Meine Gesichtsfarbe wechselte innerhalb einer Dreiviertelsekunde von hellrosa zu himbeerrot. Was farblich eigentlich sehr gut mit meinem zitronengelben Pulli harmonierte, sich jedoch mit dem Rotbraun meiner Haarfarbe biss. Aber für Modefragen hatte ich jetzt keinen Nerv. Ich würde Claudia den Kopf abreißen!

Bevor ich in ihr Büro stürmte, öffnete sich die Tür, und die Frau, die ich vor Kurzem noch meine beste Freundin nannte, strahlte mich an wie ein Honigkuchenpferd.

»Was hast du dir dabei …«, fing ich an. Doch sie packte mich am Arm, zog mich in ihr Kämmerchen und schloss die Tür.

»Der Bericht über dich schlägt ein wie eine Bombe!« Sie hielt mir einen Packen Kopien unter die Nase. »Schau.«

»Was?« Ich starrte auf das oberste Blatt. Der Ausdruck einer E-Mail mit dem Betreff: »Bayerische Liebesgrüße für die bezaubernde Lene«.

»Heute sind schon über dreihundert E-Mails und Faxe aus ganz Bayern gekommen. Sogar aus Sachsen und Österreich haben die Leute geschrieben. Lauter Leserbriefe über dich und die Liebe auf Bairisch. Matthias ist begeistert. Er möchte morgen eine ganze Seite mit den Vorschlägen der Leser. Außerdem findet er dich sehr fotogen.«

Matthias Berger war der Verleger unserer Zeitung. Ein dynamischer Mann Anfang vierzig mit der unverwechselbaren Ausstrahlung von altem Geld. Erst vor Kurzem hatte er den Posten seines Vaters übernommen, und seither wehte ein neuer, frischer Wind durchs Haus. Berger war seit einem Jahr geschieden, und ich wusste nicht, ob es seither eine Neue in seinem Leben gab. Ich sah ihn nicht allzu oft und bezweifelte, dass er mich jemals wahrgenommen hatte.

»Er findet mich fotogen?«, fragte ich deshalb überrascht. Das war ja mal was ganz Neues.

Claudia nickte. »Ja. Und scheinbar nicht nur er. Ein paar Heiratsanträge sind auch gekommen.« Sie kicherte. »Cool, oder?«

Cool? Vom Heiraten war ich im Moment weiter entfernt als die Katzenberger von einem Oscar für ihr Lebenswerk. Obwohl man der kecken Blondine auch das noch zutrauen könnte. Ich riss Claudia die Blätter aus der Hand und warf sie auf den Schreibtisch.

»Wie konntest du einfach über mich schreiben, ohne zu fragen?« Ich setzte den vorwurfsvollsten Blick auf, der mir zur Verfügung stand. Doch das zeigte keine Wirkung. Absolut nicht. Claudia war resistent dagegen und hatte ein Dauergrinsen im Gesicht, als ob man sie gerade für den Pulitzerpreis nominiert hätte.

»Ich habe gesagt, ich würde dir beweisen, dass es die Liebe auf

Bairisch gibt. Oder stehst du jetzt nicht mehr dazu?«, fragte sie provokant.

»Natürlich steh ich dazu!« Ich änderte meine Meinung schließlich nicht alle fünf Minuten! Vor allem nicht so eine bedeutsame Erkenntnis.

»Dann beschwer dich nicht! Du kennst mich jetzt schon lange genug. So was mache ich auf meine Weise.«

Ja, ich hätte es eigentlich wissen müssen. Trotzdem … Während ich noch überlegte, in welche Richtung ich ihr den Hals umdrehen sollte, wählte Claudia sich in die Facebook-Seite unserer Zeitung ein und klatschte dann vor Freude in die Hände.

»Fast tausend Kommentare innerhalb weniger Stunden!«

Das machte mich jetzt doch ein wenig neugierig. Ich überflog einige der Kommentare. Und fühlte mich gleich etwas besser. Claudia schien in ihrer Euphorie noch gar nicht bemerkt zu haben, dass der Schuss für sie nach hinten losgegangen war.

»Das ist ja alles schön und gut, aber was möchtest du mir damit beweisen?«, fragte ich sie ausgesprochen freundlich.

»Nun. Dass du dich getäuscht hast und es die Liebe auf Bairisch doch gibt.« Sie fühlte sich sehr sicher.

»Und woraus schließt du das?«, bohrte ich nach.

»Schau doch, was sich die Leute alles überlegt haben.«

»Was speziell meinst du?«

Claudia setzte sich neben mich und scrollte die Beiträge auf und ab.

»Na hier.« Sie las vor: »*Du bist mei große Liab* … oder: *I steh total auf di* … oder *Du bist mei liabs Goidkäferl.*«

»Und das soll eine Entsprechung für ›Ich liebe dich‹ sein?«, fragte ich und fühlte mich zum ersten Mal seit dem Frühstück wieder richtig gut.

»Da ist ja noch viel mehr«, ereiferte sich Claudia.

»Was denn? Vielleicht *Du bist da Wahnsinn für mi* oder *I dad vor Liab für di sterbn*?«, las ich für sie weiter.

»Na ja. Das trifft es vielleicht nicht ganz, aber die Richtung stimmt doch. Und ich muss ja auch erst alles in Ruhe durchgehen.« Ihr Lächeln war nicht mehr ganz so strahlend.

»Merkst du nicht, dass diese ganzen Beiträge nur das bestätigen, was ich gestern herausgefunden habe? Auf Bairisch gibt es ›Ich liebe dich‹ nicht, Claudia!«

Meine Erkenntnis war zwar eigentlich sehr traurig, aber es fühlte sich gut an, recht zu haben. Claudia musste es nur noch zugeben.

»Gar nichts geb ich zu. Du bist auf dem völlig falschen Dampfer, Lene.« Wenn Claudia sich mal was in den Kopf gesetzt hatte, dann war sie sturer als ein sizilianischer Esel. Und sie hatte auch schon wieder eine Idee.

»Komm, wir machen ein ausführliches Interview über die Reaktionen der Leser für die morgige Ausgabe.«

Bevor ich antworten konnte, klingelte mein Handy mit der speziellen Michi-Erkennungsmelodie »Waka-Waka« von Shakira. Ich schluckte und sandte insgeheim ein Stoßgebet zum Himmel. »Lieber Gott, bitte mach, dass er heute noch keine Zeitung in die Finger bekommen hat.«

Vielleicht war die Zeitungsfrau in seiner Straße ja krank? Natürlich nichts Ernstes, nur so ein kleiner Schnupfen. Schließlich durfte sie nicht ausbaden, dass Michi und ich Probleme hatten.

Womöglich hatte sie heute Morgen auch jemand samt ihrer Tasche entführt – natürlich ein höflicher Kidnapper mit dem Aussehen eines Patrick Nuo, oder …

Ich mochte mir gar nicht ausmalen, wie ärgerlich Michi über

den Artikel sein würde. Da geh ich einfach nicht ran, beschloss ich spontan. Doch mein anderes Ich ignorierte diese Anweisung, und schon hatte ich das Handy am Ohr.

»Hallo Michi, das ist aber schön …« Weiter kam ich nicht. Schon bombardierte er mich mit Vorwürfen. Wie ich dazu käme, ihn in aller Öffentlichkeit lächerlich zu machen, wo doch viele Leute dachten, wir wären noch ein Paar. Ob ich völlig durchgeknallt sei? Oder unter Drogen stünde? Und dass er froh war, mich rechtzeitig verlassen zu haben. Als im Hintergrund Sabine auch noch ihren Senf dazugab, legte ich auf. Das musste ich mir nicht antun.

Erst jetzt bemerkte ich, dass ich die ganze Zeit die Luft angehalten hatte. Ich nahm rasch einen tiefen Atemzug, bevor ich aus Sauerstoffmangel ohnmächtig wurde. Was hatte er noch mal gesagt? Er hätte sich von mir getrennt, der Herr Rechtsanwalt? Das Wort Rechtsverdreher bekam in diesem Moment eine ganz eigene Bedeutung für mich.

Claudia sah mich mitleidig an. Auch ohne Lautsprecher hatte sie jedes Wort hören können.

»Das wollte ich nicht, Lene.« Sie war tatsächlich zerknirscht. Dass sie meinetwegen ein schlechtes Gewissen hatte, machte mir wiederum ein schlechtes Gewissen, und sie tat mir leid. Ich zuckte mit den Schultern und versuchte, einen auf cool zu machen.

»Ach, schon gut. Um den Michi schwirrt halt jetzt das fleißige Sabinchen herum«, witzelte ich wenig überzeugend und unterdrückte die aufsteigenden Tränen. Wie schnell Gefühle doch umschlagen konnten. Noch vor zwei Tagen hatten Michi und ich uns täglich mindestens fünfzig Kurznachrichten geschickt, und die Welt war in Ordnung gewesen. Inzwischen hatte ich ihn so verletzt, dass wir keinen normalen Satz mehr miteinander wechseln konnten. Dabei wollte ich ihm niemals wehtun. Wenigstens wusste ich jetzt, warum mir das passiert war. Und genau das würde ich Michi begreiflich machen. Vielleicht gab es dann doch noch eine Chance für uns…

Die halbe Nacht lag ich wach und dachte über einen Plan nach, wie ich Michi versöhnlich stimmen konnte. Gleichzeitig mit dem Sonnenaufgang ging mir endlich ein Licht auf. Auch wenn ich selbst nicht besonders stolz auf meinen Einfall war, sah ich nur eine Möglichkeit, wieder an ihn heranzukommen: Ich musste seinen Verstand ausschalten. Und das ging am besten durch den beherzten Einsatz meiner hervorragendsten Körperteile. Inzwischen war es früher Morgen, und ich stand vor der Gartentür seines Grundstücks. Wahrscheinlich hätte ich mich selbst nicht erkannt, wenn ich mir auf der Straße begegnet wäre. Meine Haare waren zu einem strengen Pferdeschwanz zusammengebunden, meine Lippen dunkelrot geschminkt. Ich trug ein extrem kurzes rotes Kleidchen, das Michi mir erst vor einigen Tagen gekauft, ich jedoch noch nicht getragen hatte. Erst kurz vor dem Haus war ich in die schwarzen High Heels geschlüpft, die mich fast einen halben Kopf größer machten. Meine Brüste drohten bei jeder Bewegung aus dem verboten tiefen Ausschnitt zu hüpfen. Um meinen Hals trug ich eine zarte Kette, und daran hing Michis Haustürschlüssel, den ich als Vorwand für mein Kommen benutzen wollte. Ein Blick auf meine Armbanduhr. Gleich war es halb acht, und Michi würde sich zu seiner täglichen Joggingrunde aufmachen. Und tatsächlich: Langsam öffnete sich die Haustür. Ich zupfte nervös am Saum meines Kleids, der sich gefühlt knapp unterhalb meines Bauchnabels befand.

Doch anstatt Michi verließ Sabine das Haus. Wohnte die schon hier, oder was? Sie sah auch nicht so aus, als ob sie vorhatte, sich sportlich zu betätigen.

Schnell, Lene, hau ab!, meldete sich mein Selbsterhaltungstrieb. Ich wollte mich unbemerkt davonschleichen, da blieb ich mit meinem Absatz im Pflaster hängen. Ausgerechnet jetzt! Bevor es mich bäuchlings auf den Bürgersteig streckte, konnte ich mich gerade noch am Gartenzaun festhalten. Mühevoll richtete ich mich wieder auf und fühlte mich miserabel. Vor allem deswegen, weil Sabine inzwischen neben mir stand und mich mit einem Blick anstarrte, mit dem man sonst nur auf Kakerlaken und sonstiges ekliges Kleingetier herabschaute.

»Was soll das? Was willst du hier?« Ihr Ton war nicht sonderlich freundlich.

Konnte sie denn nicht wenigstens mit ihrer Fragerei warten, bis ich meinen Schuh aus der Pflasterspalte befreit und wieder angezogen hatte?

Endlich stand ich wieder, wenn auch noch ein wenig wackelig, in beiden Schuhen auf beiden Beinen. Sie schaute mich abschätzig – oder war es gar ein wenig neidisch? – von oben bis unten an, und ich wäre vor Scham am liebsten im Boden versunken. Was für ein Teufel hatte mich nur geritten, dieses Outfit zu tragen, welches besser in die Domina-Abteilung des Arabian Nights gepasst hätte?

Die Ausrede, ich wäre auf dem Heimweg von einer Party und nur ganz zufällig hier vorbeigekommen, konnte ich mir sparen. Ihr kritischer Frauenblick erkannte sehr wohl, dass ich frisch zurechtgemacht und geschminkt war. Ich musste irgendwie Haltung bewahren, was unter diesen Umständen nicht die leichteste Übung war.

»Hi Sabine. Ist Michi zu Hause?«, fragte ich bemüht freundlich.

»Nein. Was willst du von ihm?«

Sie machte keinen Hehl daraus, dass sie mich nicht mochte. Das beruhte allerdings auf Gegenseitigkeit, auch wenn ich es mir nicht anmerken lassen wollte.

»Das möchte ich mit ihm selbst besprechen.« Es fiel mir schwer, höflich zu bleiben.

»Er will aber nicht mit dir reden!« Seltsam, aber Sabine erinnerte mich immer mehr an meine alte Schulfeindin Renate. Ab dem ersten Schultag hatte sie mich auf dem Kieker gehabt und mir das Leben, wo es nur ging, schwer gemacht. Das hatte sie bis zum Schluss unserer Schulzeit durchgehalten und mir zu guter Letzt noch beim Tanzkurs zum Abschlussball meinen Traumtanzpartner vor der Nase weggeschnappt. Vielleicht waren Sabine und Renate ja verwandt?

Ich holte tief Luft, was in dem engen Kleidchen alles andere als einfach war.

»Es geht um seinen Hausschlüssel. Den möchte ich Michi zurückgeben.« Bei diesen Worten griff ich an meine Halskette.

Sabine streckte die Hand aus.

»Du kannst ihn mir geben.«

Ich schüttelte den Kopf. Von wegen!

»Ich will dir keine Umstände machen, Sabine. Ich komm morgen wieder, wenn Michi da ist.«

Ich drehte mich um und machte mich auf den Weg zu meinem Auto. Da spürte ich an meinem Hals ihre Hand, die an der Kette zog.

»Spinnst du?«, fragte ich wütend und griff nach dem Schlüssel. Doch bevor ich ihn fassen konnte, riss die Kette und der Schlüssel rutschte in meinen Ausschnitt.

Gut so, dachte ich. Da war er wenigstens vor ihr sicher. Aber von wegen! Die Verrückte gab nicht auf. Sie griff zwischen meine Brüste und schnappte sich den Schlüssel, ohne dass ich es verhindern konnte. Jetzt hatte sie, was sie wollte. Ich war kurz davor, ihr eine Ohrfeige zu verpassen, da fiel mir ihr irritierter Blick auf. Keine Spur Triumph war darin zu sehen, was ich höchst merkwürdig fand.

»Deine Titten sind ja echt!«, sagte sie mit einem ungläubigen Staunen.

»Was denkst du denn?!«, zischte ich und hatte plötzlich genug. Genug von ihr und genug von Michi! Sollte sie doch mit ihm glücklich werden. Ich würde mich nicht mehr zum Deppen machen. Ich zog die Schuhe aus und ging barfuß zu meinem Auto. Am liebsten hätte ich das Kleid auch noch ausgezogen und es ihr hinterhergeworfen.

kapitel 4

Zwei Stunden später saß ich wieder an meinem Schreibtisch und machte mich daran, einen riesigen Stapel wegzuarbeiten. Meine Haare trug ich wieder offen, Lippenstift und Mascara waren abgewischt und das rote Kleid gegen eine bequeme Hose samt einem weißen Top ausgetauscht. Ich war so vertieft in meine Arbeit, dass ich nicht bemerkte, wie still es plötzlich um mich herum war. Nur das leise Klackern der Tastaturen war zu hören, als ich die Nähe eines Menschen spürte und mir der Duft eines mir bislang unbekannten Rasierwassers in die Nase zog. Ich hob meinen Kopf und blickte in die aufregendsten grünen Augen, die mich jemals aus so einer Nähe angeschaut haben. Es waren die Augen von Matthias Berger, meinem obersten Boss.

»Hallo Frau Koller! Freut mich.« Er streckte mir seine Hand entgegen.

Zögernd nahm ich sie und war überrascht, wie warm, kräftig und angenehm sie sich anfühlte. Am liebsten hätte ich sie gar nicht mehr losgelassen. Ich sollte was sagen, aber wie immer, wenn mir ein so attraktiver Mann gegenüberstand, brachte ich keinen Ton über meine Lippen. Neugier sprach aus seinen Augen, als er mich mit einem dezenten Lächeln musterte.

»Wie wär's mit einer Tasse Kaffee in meinem Büro?«

Noch während wir mit dem Fahrstuhl nach oben fuhren, bot er mir das Du an. Inzwischen hatte sich auch mein Sprachvermögen wieder eingestellt, was Matthias sehr zu freuen schien. So eine Unterhaltung profitierte halt doch sehr davon, wenn beide Gesprächsteilnehmer etwas dazu beitrugen.

Es war erst das zweite Mal, dass ich das Chefbüro im obersten Stockwerk des Verlagsgebäudes betrat. Vor sechs Jahren war ich an meinem ersten Arbeitstag hier gewesen. Im Hause war es seit jeher Tradition, dass der Verlagschef jeden neuen Mitarbeiter per Handschlag begrüßte und mit einem Glas Sekt auf eine gute Zusammenarbeit anstieß. Ein sehr schöner Brauch, wie ich fand, den auch Matthias Berger übernommen hatte.

Nachdem der »alte Berger«, wie wir ihn insgeheim nannten, an seinen Sohn übergeben hatte, hatte Matthias das Büro komplett neu gestalten lassen. Die alten Eichenschränke waren hellen, modernen Designermöbeln gewichen, und an den Wänden hingen Bilder zeitgenössischer Künstler. Einzig vom schweren Schreibtisch, an dem schon sein Großvater die Geschicke des Hauses gelenkt hatte, hatte Matthias sich nicht trennen können. Das Möbelstück fügte sich jedoch als zentraler Punkt harmonisch in das Gesamtbild des Raums, der eine behagliche Eleganz ausstrahlte.

Durch die riesige Fensterfront fiel freundliches Sonnenlicht herein, und die Aussicht auf Donau und die Burganlage der Veste Oberhaus war fantastisch. Sicher gab es schlechtere Arbeitsplätze als diesen.

Ich hatte gar nicht mitbekommen, dass die Sekretärin Kaffee gebracht hatte. Matthias bat mich, auf einem der bequemen Ledersessel Platz zu nehmen.

Ich fragte mich, warum ich hier war.

»Du fragst dich wahrscheinlich, warum du hier bist?«

Wow. Er konnte Gedanken lesen.

»Geht es um den Artikel?«

Es fiel mir schwer, in seine Augen zu schauen, die wie Smaragde leuchteten und mich aufmerksam musterten. Womöglich konnte er noch mehr meiner Gedanken erraten, und das wäre mir doch peinlich gewesen. Ging mir doch vor ein paar Sekunden zu meinem Entsetzen die Frage durch den Kopf, wie wohl die Küsse eines Verlagschefs schmecken würden.

»Als ich gestern Morgen den Bericht über dich las, war ich amüsiert über deine Feststellung, dass es keinen Ausdruck für ›Ich liebe dich‹ auf Bairisch gibt. Inzwischen hat mich das sehr nachdenklich gemacht, Lene.«

»Wirklich?« Meine mündliche Kommunikationsfähigkeit war immer noch auf ein Minimum beschränkt.

»Ja. Ich frage mich, warum das so ist.« Sein Blick war jetzt ernst. Erwartete er eine Antwort von mir?

»Wenn ich das nur wüsste«, mehr konnte ich dazu zum jetzigen Zeitpunkt leider auch nicht sagen.

»Es ist sehr schade, dass Paare keinen eindeutigen Ausdruck dafür haben, sich im bairischen Dialekt die Liebe zu gestehen, und auf Umschreibungen oder andere Sprachen ausweichen müssen.«

Dieser Mann brachte es auf den Punkt.

»Das ist genau das, was ich meine. Und ich finde das ganz schrecklich«, stimmte ich ihm zu.

Mann, was redete ich für einen Unsinn? Warum fiel mir denn nicht ein geistreicher Satz ein, mit dem ich ihn beeindrucken konnte? Ein Satz wie: *Yes, we can* vom amerikanischen Präsidenten Obama oder *Schau ma mal, dann sehn mas scho* vom deutschen Kaiser Beckenbauer.

Matthias stand auf, ging zum Fenster und schaute hinaus. Mir fiel auf, dass er in seiner Hose einen unglaublich knackigen Hintern hatte. Huch. Schnell etwas anderes denken, Lene, ging mir durch den Kopf.

Er drehte sich zu mir um und lächelte wieder.

»Wollen wir das Rätsel um die Liebe auf Bairisch gemeinsam lösen, Lene?«, fragte er.

Ich schluckte. Was meinte er damit? Wollte er mich anbaggern? Wir kannten uns doch erst seit einer Viertelstunde. Also, zumindest er mich. Er wartete auf meine Antwort.

»Wir können es ja versuchen.« Meine Antwort war unverfänglich und schien ihn zu freuen.

»Sehr schön. Wir werden die Geschichte weiter in unserer Zeitung verfolgen und mit deinen Gedanken und Erkenntnissen dazu später über unseren Schwesterverlag einen bayerischen Beziehungsratgeber herausgeben.«

»Beziehungsratgeber?« Hatte ich das jetzt richtig verstanden? Ich prustete innerlich los. Ausgerechnet ich sollte einen Beziehungsratgeber schreiben? Meinte er das wirklich ernst? Aber andererseits, wer außer mir konnte denn besser darüber berichten, was man als bayerische Frau alles verbocken konnte? Das jüngste Beispiel dafür war meine wenig glorreiche Aktion heute früh vor Michis Haus. Wenn ich nur eine Frau davor bewahren konnte, einen ähnlich bescheuerten Auftritt hinzulegen, dann hätte so ein Beziehungsratgeber eine Daseinsberechtigung.

»Ich könnte es versuchen«, meinte ich noch ein wenig zurückhaltend.

»Frau Zanolla würde dich dabei unterstützen, was das Schreiben betrifft. Allerdings habe ich erfahren, dass du schon ab und zu Berichte für den Lokalteil geschrieben hast, wenn Not am

Mann war. Und die waren gar nicht mal schlecht. Ebenso wenig wie deine Noten in Deutsch.«

Meine Güte, was der alles über mich wusste! Und mir dann auch noch so direkt sagte. Ich war beeindruckt.

Ich sollte also ein Buch schreiben. Einen Ratgeber über das Thema, das mich momentan so beschäftigte. Autorin Lene Koller. Das klang doch gut, oder? Michi würde Augen machen! Und Sabine erst!

»Traust du dir das zu, Lene?«, fragte er.

Ich nickte entschieden. »Ja. Das tue ich.« Man musste die Gelegenheit beim Schopf packen, wenn sie gerade an einem vorbeiflitzte.

»Sehr gut. Ich hoffe, du hast heute Abend noch nichts vor.«

»Äh. Eigentlich nicht.« Ich war baff über das Tempo, in dem er mir sein Interesse zeigte, und erwartete gleich eine Einladung zum Abendessen.

»Das freut mich. Ich weiß, es kommt ein wenig überraschend, aber Radio Passau möchte dich heute gemeinsam mit Karl Huber zur ›Bayerischen Plauderstunde‹ haben.«

Plauderstunde? Karl Huber? Ich verstand im Moment gar nichts.

Matthias klärte mich auf. Jeden Freitag um acht Uhr abends lief eine Stunde lang die Sendung »Bayerische Plauderstunde«, in die der beliebte Moderator Franz Grindler Gäste einlud, die etwas zum Thema »Bayern« zu sagen hatten. Jetzt erinnerte ich mich auch wieder daran. Es war die Sendung, die sich mein Vater so gerne anhörte. Er war sogar ein richtiger Fan von Franz Grindler. Da würde Papa aber Augen machen, wenn er mich heute Abend hörte, wie ich mit dem bayerischen Sprachforscher Karl Huber über meine Liebesthese diskutierte!

Da die Zeit nach Büroschluss etwas knapp war, beschloss ich, gar nicht mehr nach Hause zu fahren, sondern mich bei Claudia ein wenig frisch zu machen. Über meine Abendgarderobe machte ich mir keine allzu großen Gedanken. Schließlich kam es beim Radio nicht auf eine tolle Optik an. Ich ging davon aus, dass Karl Huber ein Mann diesseits oder jenseits der sechzig war und wahrscheinlich in einem feschen Trachtenanzug beim Radiosender erscheinen würde. Das würde auf jeden Fall zu seinem Beruf passen.

Ich traf um einiges zu früh beim Radiosender ein. Die nette Praktikantin mit einer schwarz glänzenden Uhura-Frisur führte mich in einen gemütlichen Aufenthaltsraum. Sie schenkte mir ein Glas Orangensaft ein und bat mich um Geduld, bis der Moderator zur Vorbesprechung kam. Ich ließ mich in einem der bequemen Sessel nieder.

Auf dem Tisch lag die heutige Ausgabe unserer Zeitung. Ich nahm sie und schlug die Seite mit den Leserbriefen auf. Wie Claudia schon prophezeit hatte, gab es tatsächlich eine ganze Seite davon zu meinem Bericht. Die meisten waren sehr amüsant und wohlgesonnen mit lustigen Vorschlägen für bairische Liebesworte. Aber einige wenige Schreiber gab es, die nicht so freundlich waren. Die würde ich jetzt bestimmt nicht lesen. Stimmungsverderber waren heute nicht erwünscht.

Ich legte die Zeitung zurück auf den Tisch. Ganz plötzlich überkam mich eine ausgewachsene Müdigkeit. Mein Schlafmangel der letzten Nächte machte sich bemerkbar. Ein paar Sekunden die Augen zu schließen, konnte ja nicht schaden. Ich hatte den Satz noch nicht mal zu Ende gedacht, da döste ich schon hinüber in einen traumlosen Kurzschlaf.

Wortfetzen drangen plötzlich an mein Ohr: »Gscheider

Schmarrn, Weib mit am solchen Grampf… had doch koa Ahnung, des hätts ned braucht, Pfiffkas…« Die Worte wurden immer lauter, und ich schreckte hoch. Zwei Männer betraten den Raum. Ich stand auf und bemühte mich, mir mein eben gehaltenes Nickerchen nicht anmerken zu lassen.

»Guten Abend.« Ich räusperte mich fröhlich.

In dem kleineren der beiden Männer erkannte ich den Moderator Franz Grindler. Er wirkte ziemlich gedrungen und blass und hatte schütteres Haar, was jedoch hinter seinem Mikrofon niemanden störte. Rein von der Optik her betrachtet, hatte er genau den richtigen Beruf gewählt. Doch Grindlers Lächeln war überraschend charmant und sehr gewinnend, als er mich begrüßte.

»Hallo Frau Koller. Ich freue mich, dass Sie so kurzfristig kommen konnten«, sagte er mit einer wundervoll klingenden, warmen Stimme.

Ich fand das ziemlich gerecht vom lieben Gott, dass er Franz Grindler als Ausgleich zu seinem nicht unbedingt schönen Äußeren diese wohltönende Stimme geschenkt hatte. Scheinbar zog das auch bei Frauen, denn er trug einen Ehering und wirkte insgesamt sehr glücklich und ausgeglichen. Ganz im Gegensatz zu dem anderen Mann. Der machte ein Gesicht, als ob ihm jemand absichtlich eine Delle ins Auto gefahren hätte. Seine fast schwarzen Augen blitzten böse unter dunkelbraunen Locken hervor, die ihm ins Gesicht hingen. Vielleicht einer der Tontechniker, der Überstunden machen musste und deswegen etwas übellaunig war, überlegte ich. Trotzdem nickte ich ihm freundlich zu. Wo blieb eigentlich Karl Huber? Sollte der nicht auch langsam mal kommen?

»Frau Koller, das ist Karl Huber, mit dem Sie heute gemeinsam die Sendung bestreiten werden«, stellte Grindler mir den alles andere als nett dreinblickenden Mann an seiner Seite vor.

Was? Dieser unfreundliche Typ in T-Shirt und ausgewaschener Jeans sollte Karl Huber sein? Wo war bitte schön der Trachtenjanker? Na gut, vielleicht hatte Huber ja ähnlich wie ich gedacht, dass er im Radio nicht zu sehen war.

»Hi.« Für einen bayerischen Sprachforscher eine eher ungewöhnliche Wortwahl zur Begrüßung.

Wenn er kein so verdrossenes Gesicht gemacht, sich rasiert hätte und beim Friseur gewesen wäre, würde er noch gar nicht mal so übel aussehen. Ich beschloss, trotz allem freundlich zu sein, und streckte ihm die Hand entgegen.

»Freut mich, Herr Huber.«

Er ignorierte meine Hand, drehte sich um und nahm sich vom Tisch eine Flasche Wasser. Prinz Charming in Person!

»Denken Sie sich nichts, Frau Koller. Karl kann manchmal ein wenig grantig sein. Nehmen Sie es nicht persönlich.« Grindler versuchte, die Situation etwas aufzulockern.

»Wir werden uns schon nicht gegenseitig an den Hals gehen«, witzelte ich und lächelte in Hubers Richtung. Doch er warf mir einen Blick zu, der mich an seinen guten Absichten zweifeln ließ.

»Fangen wir dann endlich an?«, fragte Huber ungeduldig, und jetzt erkannte ich die Stimme wieder, die ich vorhin im Halbschlaf gehört hatte. Worüber der Mann nur so aufgebracht war? Hatte er Liebeskummer? Vielleicht war er aber auch nur nervös. Auch ich bekam langsam Herzklopfen, wenn ich an das Interview dachte.

Kurz darauf waren wir im Studio, und die Stimmung hatte sich nicht wirklich gebessert. Das konnte ja heiter werden.

Eben lief noch der Titel »Love is in the air«. Danach sollte es losgehen. Ich hatte absolut keine Ahnung, was jetzt auf mich zukommen würde. Huber und ich saßen gegenüber von Grindler, der uns nun seinen Hörern vorstellte. Wir waren auf Sendung.

»Frau Koller, Sie haben uns gestern mit der These überrascht, dass es in Bayern keinen Ausdruck für ›Ich liebe dich‹ gibt«, sprach er mich an und lächelte mir dabei aufmunternd zu.

»Das ist richtig. Es gibt zwar viele …« Weiter kam ich nicht, da fiel mir Karl Huber bereits ins Wort.

»Das ist natürlich ein ausgemachter Schmarrn, was Frau Koller da sagt!«, ereiferte er sich. So ein unhöflicher Kerl! Was dachte er sich eigentlich?

»Von wegen Schmarrn«, protestierte ich. »Es gibt keine Entsprechung dafür.«

»Wahrscheinlich wissen Sie einfach nicht, was Liebe ist.« Langsam dämmerte es mir, dass die schlechte Laune dieses Mannes mit mir zu tun hatte. Aber warum nur? Ich hatte ihm doch nichts getan. Zumindest wusste ich nichts davon. Am liebsten hätte ich ihn gleich gefragt, warum er mich so angiftete. Stattdessen holte ich Luft und versuchte, mich nicht aus der Ruhe bringen zu lassen.

»Das werden Sie bestimmt nicht beurteilen können, Herr Huber«, flötete ich bemüht freundlich mit der Betonung auf das Wort »Sie«. Trotz meines Vorsatzes, ruhig zu bleiben, spürte ich, wie die Zornesröte mir ins Gesicht stieg.

»Wie sind Sie denn auf diese These gekommen?«, wandte sich Grindler an mich. Das war natürlich eine sehr persönliche Frage. Und ich wollte schließlich nicht mein ganzes Gefühls- und Liebesleben im Radio ausbreiten. Michi würde mir außerdem die Hölle heiß machen, wenn ich ihn hier ins Spiel brachte.

»Das war eher so ein ganz spontaner Gedanke, als ich mich mit meiner Freundin über die Liebe generell unterhalten habe«, versuchte ich mich um eine genauere Antwort zu drücken. Es ging ja wohl nicht darum, wie ich darauf gekommen war, sondern worauf ich gekommen war!

»Wahrscheinlich wurde sie von einem Mann abserviert, und deswegen hat sie sich diesen Unsinn einfallen lassen«, säuselte Huber mit einem bösen Grinsen im Gesicht.

Bevor ich ihn verbal attackieren konnte, unterbrach uns Grindler und spielte das nächste Lied ein: »Tragedy« von den Bee Gees. Während der knapp dreiminütigen musikalischen Pause redete Grindler mit Engelszungen auf mich ein, die Sendung nicht zu verlassen, und ermahnte Huber, der scheinbar zu seinem engeren Freundeskreis gehörte, endlich sachlich zu werden.

Dieser versprach halbherzig, sich zusammenzureißen. Als wir wieder auf Sendung waren, gelang es ihm sogar, in gemäßigtem Ton einige Sätze zur bairischen Sprachkultur zu sagen, ohne mich anzugreifen. Was für eine wundervolle, erhaltenswerte Sprache Bairisch doch sei und wie wichtig es wäre, dieses einzigartige Gut zu erhalten.

»Da bin ich ganz Ihrer Meinung, Herr Huber«, bemühte ich mich, einen gemeinsamen Nenner zu finden, »aber leider haben es die Bayern in den letzten Jahrhunderten versäumt, einen eigenen Ausdruck für ›Ich liebe dich‹ zu finden.«

Huber sah aus, als ob er mich gleich teeren und federn und anschließend aus Bayern jagen wollte. Empörung pur stand ihm ins Gesicht geschrieben.

»Menschen wie Sie tragen dazu bei, unsere bayerische Kultur und Sprache in Verruf zu bringen und alles lächerlich zu machen, was den Leuten hier wichtig ist«, griff er mich direkt an.

Grindler schritt ein. »Liebe Zuhörer, Sie bemerken, dass es hier heftig zur Sache geht und …« Doch das wollte ich nicht auf mir sitzen lassen! Ich sollte unsere Kultur in Verruf bringen? Tickte der Mann noch richtig?

»Moooment. Tut mir leid, Herr Grindler, wenn ich Sie unterbreche, aber das geht ja jetzt ein wenig zu weit hier. Ich liebe meine Heimat, und ich bin stolz auf unsere Kultur!«, stellte ich unmissverständlich klar.

»Wenn Sie das tatsächlich wären, dann würden Sie keine solchen abstrusen Behauptungen aufstellen«, giftete Huber mich an.

»Ich weiß nicht, warum Sie sich so aufmandln, Sie aufgeblasener Gschaftlhuaba Sie, aber das lass ich mir von Ihnen nicht gefallen!« Ich konnte mich einfach nicht mehr zurückhalten.

»Sie ausgstopfte Mamsen möchten sich doch nur wichtig machen! Leute wie Sie tun ja wirklich alles, um mal in die Zeitung zu kommen. Dafür unterstellen Sie den Menschen sogar, dass sie keine Ahnung von der Liebe hätten! Sie sind eine Schande für Bayern!« Er sprang auf und zog seinen Kopfhörer herunter.

»Was? Hören Sie überhaupt zu, was ich sage, Sie Moosbummerl? Ich habe nie gesagt, dass die Bayern keine Ahnung von der Liebe haben, sondern nur, dass es keinen bairischen Ausdruck dafür gibt. Und wenn Sie als selbst ernannter Guru bairischer Sprachkultur es nicht schaffen, mir wenigstens ein gutes Beispiel zu nennen, um mich vom Gegenteil zu überzeugen, sondern mich nur grundlos beschimpfen, dann werde ich meine Behauptung auch nicht zurücknehmen!«

Auch ich riss den Kopfhörer herunter, und wir beide standen uns wie erbitterte Kampfhähne gegenüber.

Grindler legte rasch ein weiteres Lied auf: »Dieser Weg wird kein leichter sein.« An eine Fortsetzung des Gesprächs war natürlich nicht mehr zu denken. Es war das erste Mal in der Geschichte des Senders, dass die Studiogäste während einer Livesendung zerstritten das Studio verließen. Grindler rettete den Abend professionell mithilfe der Anrufe von zahlreichen Zuhörern, die zum Thema Liebe auf Bairisch ebenfalls eine Meinung hatten.

kapitel 5

Ich lief lange durch die kleinen Gassen Passaus und zerbrach mir den Kopf darüber, warum dieser Karl Huber so aggressiv auf mich reagiert hatte. Klar, ich hatte eine andere Meinung als er, aber wir hätten doch wenigstens einigermaßen gesittet darüber diskutieren können. Ich machte mir auch Vorwürfe, weil ich trotz seiner unhöflichen Art nicht sachlich geblieben war. Aber dieser Mann hatte etwas an sich, das mich richtig in Rage brachte.

Vergeblich versuchte ich, Claudia am Handy zu erreichen. Wo war sie denn nur? Sie würde sich über meinen verpatzten Radioauftritt bestimmt amüsieren und mich aufmuntern. Darüber, was Michi, Matthias und vor allem mein Vater dazu sagen würden, mochte ich lieber nicht nachdenken.

Ich überlegte, auf ein Glas Wein ins Simone zu gehen. Vielleicht wäre ja Claudia dort. Andererseits war der Tag aufregend genug gewesen, und ich brauchte endlich mal wieder eine Mütze Schlaf. So beschloss ich, nach Hause zu fahren.

Ich lag in meinem Bett und versuchte einzuschlafen. Tausend Gedanken kreisten in meinem Kopf, und obwohl ich völlig erledigt war, kam ich einfach nicht zur Ruhe. Da tat ich etwas, was ich schon seit meiner Kindheit nicht mehr gemacht hatte. Ich stand auf und ging ins Haupthaus. Dort schlief unser Kater Fritzi gemütlich auf der Eckbank im Esszimmer. Ich schnalzte mit der Zunge und lockte ihn. Er war sofort wach und lief schnurrend und mit erhobenem Schwanz auf mich zu. Ich hob den kleinen schwarzen Kerl hoch und ging mit ihm zurück in mein Schlafzimmer.

»So, Fritzi, du darfst heute bei mir kuscheln, mein kleiner süßer Kater«, flötete ich in der speziellen Tonlage, in der man auch mit Babys und Kleinkindern sprach. Wobei das Wort »klein« auf Fritzi nicht so ganz zutraf. Er war ein ausgesprochen wuchtiges Exemplar seiner Gattung und schleifte beim Laufen seinen dicken Bauch fast am Boden. Sanft kraulte ich ihn hinter den Ohren. Fritzi schien sein Glück kaum zu fassen, denn normalerweise waren die Schlafräume für unsere Katzen absolutes Sperrgebiet. Aber heute wollte ich nicht alleine sein. Und wenn schon kein zweibeiniges Wesen mein Bett mit mir teilte, dann wenigstens ein vierbeiniges.

Ich deckte mich zu und zog Fritzi ganz nah zu mir. Geschäftig putzte er mit seiner rauen Zunge über sein glänzendes Fell. Als ich ihm dabei zuschaute, wurden meine Augen schwer. Und genau so, wie es in meiner Kindheit funktioniert hatte, trug mich das beruhigende Schnurren des Tieres in einen tiefen, erholsamen Schlaf.

Klack! Bing! Zong! Ich schreckte im Bett hoch. Was war das? Ich schaute mich um. Da sah ich den Verursacher des Lärms durch das Zimmer jagen. Fritzi spielte mit irgendeinem kleinen Ding, das er mit seinen Pfoten über den Boden schubste. Da war doch wohl hoffentlich keine Maus im Zimmer! Ich sprang aus dem Bett und ging zum Kater.

»Was hast du denn da? Zeig mal her!«

Jetzt sah ich, was Fritzi kurzerhand zu seinem Spielzeug gemacht hatte: die Eskimofigur aus Claudias Wohnung. Offenbar hatte er sie unter dem Bett gefunden. Ich nahm den kleinen Mann und stellte ihn auf meinen Nachttisch. Sein Blick schien heute viel weicher, und ich vermeinte Erleichterung darin zu lesen, dass ich ihn vor Fritzi gerettet hatte. Bei nächster Gelegenheit würde ich ihn wieder zurück zu Claudia bringen.

Gut, dass heute Samstag war und das Wochenende vor mir lag. Ich hatte nach dem missglückten Radioauftritt keinen Nerv, den sicherlich schon wieder spöttischen Blicken der Kollegen zu begegnen. Und ich war auch froh, dass ich Matthias erst am Montag Rede und Antwort stehen musste. Er hatte sich nicht bei mir gemeldet. Womöglich war das Projekt Beziehungsratgeber inzwischen gar auf Eis gelegt?

Claudia wusste vielleicht mehr. Ich würde sie heute Abend auf der Geburtstagsfeier unserer gemeinsamen Freundin Eva treffen. Wobei ich momentan überhaupt keine Lust verspürte, dorthin zu gehen. Es ließ mir keine Ruhe, dass Huber so aggressiv auf mich reagiert hatte. Denn im Grunde meines Herzens war ich so harmoniesüchtig wie eine Gruppe Feng-Shui-Berater auf ihrem ersten Fortbildungskurs.

Ich griff nach meinem Handy und schaltete es ein. Ups! Neun verpasste Anrufe und siebzehn Kurznachrichten! Es dauerte fast eine halbe Stunde, bis ich auf dem Laufenden war. Claudia war gestern zusammen mit Matthias auf einer Vortragsveranstaltung gewesen. Beide hatten die Radiosendung zwar nicht gehört, aber bereits von Hubers und meinem Streit erfahren. Genauso wie einige meiner Freunde, die das natürlich nicht unkommentiert lassen wollten.

Franz Grindler hatte auch eine Nachricht auf der Mailbox hinterlassen:

»Hallo Frau Koller. Es tut mir leid wegen heute Abend. Das Benehmen von Karl war unmöglich. Er hat … Wissen Sie, seine … Ach, das würde jetzt zu weit führen. Es wäre schön, wenn Sie bald noch einmal als Gast ins Studio kämen … Natürlich ohne Karl. Am besten telefonieren wir in der kommenden Woche mal. Schönen Tag noch.« Seine Stimme war wirklich ganz außergewöhnlich. Ich hörte mir die Nachricht noch dreimal an.

Ob ich da wirklich noch mal hinwollte, musste ich jedoch erst in Ruhe überdenken.

Die meisten verpassten Anrufe und Kurznachrichten waren von Michi. Er schien ernsthaft sauer auf mich zu sein.

»Langsam könnte er sich wieder beruhigen«, murmelte ich. Schließlich hatte ich ihn gestern mit keinem Wort erwähnt. Und außerdem hatte er ein honigsüßes Trostpflaster: Sabine.

Die letzte Kurznachricht kam von einer mir unbekannten Nummer, und sie machte ihrem Namen wahrlich alle Ehre, kurz, wie sie war: »Aussprache?«, stand da nur.

Aussprache? Ich dachte sofort an Karl Huber. Ob er diese SMS geschickt hatte? Grindler könnte ihm meine Nummer gegeben haben. Aber was meinte er mit Aussprache? Dass er sich mit mir aussprechen wollte? Oder hatte er etwas an meiner Aussprache zu kritisieren? Und war die SMS überhaupt von ihm? Aber von wem sollte sie sonst sein? Von Sabine? Nein! Instinktiv wusste ich, dass der grantige Sprachforscher der Verfasser dieser kryptischen Nachricht war.

Jäh schoss mir abermals die Zornesröte ins Gesicht. Was dachte dieser Kerl sich eigentlich? Meinte er, ein Wort genügte, und ich würde sofort antworten und mich mit ihm aussprechen?

So wie er sich gestern aufgeführt hatte? Von wegen! Der konnte lange auf eine Rückmeldung warten. So lange, bis die technologische Entwicklung so weit war, dass man Kurznachrichten per Gedankenübertragung schicken konnte.

Ich hatte meinem Vater versprochen, ihm heute im Gewächshaus beim Sortieren der Tomatenpflänzchen zu helfen, die jetzt, Anfang Mai, kurz vor dem Aussetzen ins Freie standen. Das war die richtige Arbeit für mich, denn sie hatte etwas Beruhigendes und Erdendes. Genau das brauchte ich heute.

Als ich in die große Wohnküche kam, um mir Kaffee zu machen, sah ich überrascht, dass Vater noch da war. Normalerweise war er um diese Zeit schon draußen, denn irgendetwas gab es auf einem Hof immer zu tun.

Er stand am Herd und erhitzte Milch in einem Topf. Natürlich frische Milch von unseren eigenen Kühen! Der Tisch war hübsch gedeckt. Vater hatte sogar das besondere Geschirr mit den blauen Punkten aus der Vitrine geholt, das sich meine Eltern zu ihrer Hochzeit extra hatten anfertigen lassen. Normalerweise kam es nur an Feiertagen zum Einsatz. Der Anblick des liebevoll gedeckten Frühstückstischs rührte mich. Für meinen Vater war offenbar heute ein besonderer Tag.

»Guten Morgen, Papa«, begrüßte ich ihn. Er war immer noch ein sehr fescher Mann mit seinen achtundfünfzig Jahren, das volle braune Haar kaum ergraut. Sein schlanker Körper war von der vielen Arbeit beneidenswert in Schuss.

Einmal mehr fragte ich mich, warum er noch nicht mal jetzt, so viele Jahre nach dem Tod meiner Mutter, eine neue Partnerin hatte. Dabei hatte es ihm sicher nicht an Gelegenheiten gemangelt. Bertl Koller war eindeutig einer der begehrtesten Alleinstehenden in unserem kleinen Ort. Doch er selbst nahm das kaum zur Kenntnis.

Eine der wenigen Frauen, mit denen er einen freundschaftlichen Kontakt pflegte, war unsere Nachbarin Julia. Sie war auch die Einzige, der mein Vater mich als Kind anvertraut hatte, wenn er einmal wegmusste. Ich mochte Julia sehr gerne. Sie war eine unglaublich warmherzige Frau, die ich um ihr Schicksal nicht beneidete. Seit zehn Jahren pflegte sie klaglos ihren Mann Hans, der nach einem Schlaganfall ans Bett gefesselt war, und bewirtschaftete alleine den kleinen Hof. Mein Vater half ihr bei den schweren Arbeiten, so oft er konnte. Die beiden wären sicher ein wunderbares Paar, wenn Julia frei wäre, dachte ich nicht zum ersten Mal.

»Guten Morgen, Lene. Magst du auch ein Frühstücksei?« Vater hantierte geschäftig herum.

»Gerne. Aber lass mich das machen«, bot ich an.

Er schüttelte den Kopf.

»Schon fertig.« Er holte zwei warme Eier aus einem Kochhandschuh im Fliegenpilzdesign heraus. Ich lächelte. Mein Vater hatte nach dem Tod meiner Mutter ganz automatisch ihre Küchentricks übernommen, von denen sicher meine Mutter am allerwenigsten gedacht hätte, dass sie ihm überhaupt aufgefallen waren.

Ich setzte mich und schenkte uns Kaffee ein. Vater nahm die heiße Milch vom Herd und goss davon in unsere Tassen. Dann stellte er die gepunkteten Eierbecher auf den Tisch und setzte sich.

»Hat Michi sich von dir getrennt, Lene?« Er sprach nicht lange um den heißen Brei herum.

»Nein. Hat er nicht.«

»Ich habe ihn gestern Nachmittag mit einer anderen Frau in der Stadt gesehen.«

Sabine ließ Michi wohl keine Sekunde mehr aus den Augen. Mit einem beherzten Schlag köpfte ich mit dem Messer das Ei.

»Wir sind nicht mehr zusammen, Papa. Aber eigentlich hab ich mich von ihm getrennt.«

»Wegen dieser Frau?«, fragte er.

»Nein. Ja. Nein. Ich weiß auch nicht. Es ist alles ziemlich kompliziert.« Ich seufzte. Wie sollte ich meinem Vater dieses ganze Chaos erklären?

»Deswegen dieser Zeitungsbericht und der Radioauftritt?«, hakte er nach. Er war heute ungewöhnlich redselig.

»Das hat alles was damit zu tun, ja.«

Er nickte nachdenklich. Langsam löffelte ich mein Ei.

»War ich gestern sehr peinlich im Radio, Papa?«, fragte ich nach einer Weile kleinlaut.

Er zögerte kurz mit seiner Antwort.

»Ein wenig. Aber dieser Karl Huber hätte nicht so respektlos mit dir reden dürfen.«

Es tat mir unglaublich gut, dass Papa das so sah. Ich stand auf und umarmte ihn.

»Danke.« Er strich mir kurz über den Kopf. Einer der seltenen Momente von körperlicher Nähe zwischen uns beiden. Doch er war schnell vorüber. Vater löste sich von mir und sah mich ernst an.

»Ich möchte, dass es dir gut geht, Lene.« Seine Stimme klang belegt.

So etwas hatte er noch nie zu mir gesagt. Ich schluckte gerührt.

»Es geht mir gut. Mach dir keine Sorgen um mich.«

Die körperliche Arbeit am Hof hatte mir so richtig gutgetan. Nachdem ich über die Ereignisse der letzten Tage noch mal gründlich nachgedacht hatte, kam ich zu dem Ergebnis, dass ich mir viel zu viele unnötige Gedanken über alles machte.

Es war schade, dass meine Beziehung mit Michi auseinandergegangen war, und es tat auch weh. Aber ich konnte es nun mal nicht mehr ändern. Vielleicht, wenn Sabine nicht gewesen wäre ...

Und was die Sache mit der Liebe auf Bairisch anging, war ich mehr denn je davon überzeugt, dass ich recht hatte.

Ich würde Matthias am Montag meine ersten Ideen für den Ratgeber unterbreiten. Wenn ich schon einmal die Chance auf so ein besonderes Projekt hatte, durfte ich sie nicht so ohne Weiteres aufgeben. Und diesen Herrn Huber würde ich einfach aus meinen Gedanken streichen.

Evas Party fand im Simone statt. Bei meinem Eintreffen begannen einige Leute zu tuscheln. Sollten sie ruhig. Schließlich hatte ich ja nichts Unrechtes getan. Ich gratulierte Eva und schenkte ihr einen Einkaufsgutschein für unseren kleinen Hofladen, der an zwei Nachmittagen in der Woche geöffnet hatte.

»Vielen Dank, Lene.« Eva freute sich ganz offensichtlich.

Auf die biologischen Produkte unseres Hofes waren meine Bekannten immer ganz besonders scharf. Mein Gutschein war inzwischen zu einer festen Geburtstagseinrichtung geworden. Ich fand das ja auf Dauer schon fast peinlich. Aber als ich kürzlich etwas anderes verschenkt hatte, war das Geburtstagskind so sichtlich enttäuscht gewesen, dass ich mündlich noch einen Gutschein dazu versprach.

Claudia wartete schon auf mich und umarmte mich herzlich.

»Hallo Lene. Geht's dir gut?« Sie schien ein wenig besorgt zu sein um mich.

»Ja. Alles okay«, beruhigte ich sie.

Wie immer, wenn sie ausging, war ihr Outfit geschmackvoll gewählt. Das schwarze Kleid war schlicht und gerade deswegen umso wirkungsvoller. Sie sah fantastisch aus. Wenn sie nicht meine beste Freundin gewesen wäre, hätte ich fast neidisch werden können auf ihre langen schlanken Beine, die in schwarzen Wildlederboots steckten.

Doch auch ich hatte mich heute herausgeputzt und fühlte mich in meiner knackig engen Jeans mit weißem Top und hellbrauner Lederjacke gut angezogen.

Wir unterhielten uns eine Weile über den Radioauftritt. Claudia war amüsiert, welche fantasievollen Schimpfwörter mir dabei für Karl Huber einfielen. Dass ich mir erst vor Kurzem vorgenommen hatte, diesen Mann aus meinem Gedächtnis zu streichen, hatte ich in diesem Moment glatt vergessen!

»Scheint ein interessanter Mann zu sein«, bemerkte Claudia und schmunzelte. Interessant? Huber?

»Dieser Typ ist so interessant wie ein eitriger Pickel auf dem Po!«, polterte ich empört.

Die kleine Bar war sehr schnell gut gefüllt, und es herrschte eine ausgelassene Stimmung. Natürlich sprachen mich die Leute wegen des Zeitungsartikels an. Das Hauptthema dieses Abends war meine ausgefallene Theorie und das gestrige Streitgespräch im Radio. Ich war ungefragt zum Mittelpunkt der Party geworden.

Überall hörte man die Leute verschiedene Ausdrücke für »Ich liebe dich« auf Bairisch sagen, und das Thema mit den unterschiedlichen Ansichten der Gäste dazu trug wesentlich zu einem kurzweiligen Abend bei.

Erstaunt bemerkte ich, dass Claudia nicht mehr ganz so vehement anderer Meinung war als ich. Vielleicht hatte das mit Matthias zu tun? Schließlich wollte er, dass sie mich bei meinem Ratgeber unterstützte, und das ging ja wohl nicht so gut, wenn sie einen völlig anderen Standpunkt vertrat als ich.

Einer der Geburtstagsgäste hatte schon ziemlich tief ins Glas geschaut und meinte, mich ähnlich wie tags zuvor Karl Huber verbal attackieren zu müssen. Aber der kam mir gerade recht!

»Wenn du dich mit mir nicht normal unterhalten kannst, dann lassen wir es«, fauchte ich ihn an und stand auf. Ich war so in Schwung, dass ich mit einem gut aussehenden Mann hinter mir zusammenstieß.

»Hoppala!«, sagte ich.

»Perdón ...«, kam es gleichzeitig. Wir schauten uns an, und ich war erstaunt, dass er mir bisher noch nicht aufgefallen war. Holla!, schoss es mir durch den Kopf.

Ich schätzte ihn etwa auf Anfang dreißig. Er gehörte definitiv zum seltenen Typ Mann, den eine rasierte Glatze richtig attraktiv machte. Sein verwegener Dreitagebart ließ ihn zudem sehr sexy aussehen. Heiß, heiß, heiß!

»Ich kenne dich! Aus der Zeitung«, rief er aus und lächelte erfreut. Sein Akzent deutete sehr auf eine spanische Abstammung hin.

»Du bist doch Lene auf der Suche nach der bayerischen Liebe?!«

Ich errötete leicht. Meine neu gewonnene Bekanntheit machte mich doch etwas verlegen. Außerdem wusste ich wieder einmal nicht, was ich sagen sollte.

»Na ja ... das stimmt wohl«, brachte ich dann doch noch heraus.

»Mein Name ist Ernesto. Ernesto Morales. Darf ich dich auf

ein Glas Wein einladen, Lene?« Sein Akzent war genauso entzückend wie das kleine Grübchen an seiner rechten Wange.

»Si, por favor, Ernesto«, kramte ich stolz meine mageren Spanischkenntnisse aus dem zweiwöchigen Urlaub auf Fuerteventura im letzten Jahr hervor. Er strahlte mich an. Claudia bemerkte uns beide und zwinkerte mir aufmunternd zu. Sie selbst unterhielt sich mit einem Bekannten und machte einen etwas gelangweilten Eindruck. Ich wusste, dass der androgyne Frauenversteher mächtig auf sie stand, er aber absolut nicht Claudias Typ war.

Ernesto und ich kämpften uns zur Theke vor, und er bestellte für uns Wein.

Es schien ihm überhaupt nichts auszumachen, dass ich nur sehr wenig redete. Dafür sprudelte es nur so aus ihm heraus, und schon nach zehn Minuten kannte ich seine halbe Lebensgeschichte. Er war, wie er ausdrücklich betonte, weniger Spanier als Katalane und mütterlicherseits halber Österreicher, was seine guten deutschen Sprachkenntnisse erklärte. Tatsächlich war er genauso alt wie ich, Single und Unternehmer aus Barcelona. Er liebte Katzen, konnte aber wegen seiner häufigen Reisen kein eigenes Tier haben und war ein begeisterter Motorradfahrer.

Seit einem halben Jahr war er regelmäßig immer wieder in Passau, um gemeinsam mit seinen deutschen Geschäftspartnern eine neue Fertigungsanlage für besonders geformte Glasbehälter für Obst- und Gemüsekonserven zu entwickeln.

»Morgen muss ich leider für eine Woche nach Barcelona, aber ich würde mich sehr freuen, nach meiner Rückkehr mit dir essen zu gehen. Was magst du denn gerne? Italienisch? Indisch? Mexikanisch oder lieber Chinesisch?«

»Mexikanisch!«, entschied ich mich. Aber er hatte eine so erfrischende Art, dass ich überall mit ihm hingegangen wäre.

Plötzlich taute ich auf wie ein Eisberg in der Südsee, und aus meinem Mund kamen deutlich mehr als zwei Wörter am Stück heraus. Ich erzählte von Fritzi, meinen Reisen nach Spanien, und wir plauderten über Gemüseanbau. Was ihn sehr interessierte. Er amüsierte mich mit seiner blumigen Sprache auf eine ganz besondere Weise und brachte mich immer wieder zum Lachen.

»Du bist bezaubernd, wenn du lachst, Lene«, schmeichelte er mir mit glutvollen Augen.

»Du auch, Ernesto«, gab ich das Kompliment postwendend zurück. Der Wein war mir schon deutlich zu Kopf gestiegen, und nach den schwierigen Tagen mit Michi und Karl Huber tat es mir gut, unbefangen mit einem Mann zu flirten.

Er beugte sich nah zu mir und flüsterte mir ins Ohr: »Ich kann dir zwar keine Liebeserklärung auf Bairisch machen, aber ich werde dir die richtigen Worte in meiner Sprache sagen, sollte es sich dazu entwickeln.«

Seine Aussprache erinnerte mich an die des wunderbaren gestiefelten Katers bei den Shrek-Filmen. Und damit an Antonio Banderas. Und damit wiederum an Zorro. Und Zorro hatte mich schon als Kind fasziniert.

Bei seinen heiser geflüsterten Worten zog eine Gänsehaut über meinen Rücken. Ich musste hier schleunigst einen Gang zurückschalten. Doch das übernahm ein anderer für mich.

»Du hast dir ja schnell einen Tröster gesucht!« Ich schreckte hoch. Michi stand neben mir, ausnahmsweise mal ohne sein neues Anhängsel Sabine, und sah mich böse an. Was machte er denn hier?

»Sehen Sie nicht, dass wir uns unterhalten?«, fragte Ernesto ein wenig genervt über die unfreundliche Störung. Ich legte meine Hand auf seinen Arm.

»Ist schon gut, Ernesto. Er will nur Guten Tag sagen und dann wieder gehen.«

»So? Will ich das?«, fragte Michi.

»Ja, das willst du«, sagte ich bestimmt. »Sabine wird schon auf dich warten.«

Michi schaute mich eindringlich an. Unter seinen Blicken fühlte ich mich schuldig, obwohl ich doch nichts gemacht hatte, außer ein wenig mit Ernesto geflirtet. Außerdem war ich ein frischgebackener Single! Und durfte tun und lassen, was ich wollte.

»Können wir reden, Lene?« Der zornige Ausdruck in seinem Blick war plötzlich verschwunden. Er wirkte fast ein wenig erschöpft.

Was sollte das denn jetzt? Weil Sabine mal ein paar Sekunden nicht an seiner Seite klebte, wollte er wieder mit mir reden?

»Nein! Können wir nicht«, sagte ich bestimmt. Doch eigentlich hätte ich gewollt. Sehr sogar. Verdammt. Ich fühlte mich gerade gar nicht gut. Ernesto schien mir das anzusehen.

»Möchtest du, dass wir woanders hingehen, Lene?«, fragte er. Mit einem Schlag war ich ernüchtert und fühlte mich müde und ausgelaugt.

»Nein. Das möchte ich nicht, Ernesto. Ich werde nach Hause gehen. Alleine!«, stellte ich für alle beiden Männer unmissverständlich klar.

Keine fünf Minuten später saß ich in einem Taxi nach Hause. In meiner Hand hielt ich die Visitenkarte, die Ernesto mir gegeben hatte mit der eindringlichen Bitte, mich nach seiner Rückkehr zu melden.

Kapitel 6

Ich saß auf einem großen Stein an meinem Lieblingsplatz an der Ortsspitze, die als Halbinsel in die Donau ragte. Von beiden Seiten flossen der grüne Inn und die dunkle Ilz dazu und verbreiteten die Donau auf ihrem Weg nach Wien und weiter bis zum Schwarzen Meer. Ein herrlicher Flecken Erde, vor allem wenn wie heute die Frühlingssonne von einem wolkenlosen Himmel schien. Doch nicht nur deswegen trug ich eine große Sonnenbrille. Ich hoffte, dass mich damit niemand erkannte, denn ich brauchte ein wenig Zeit, um nachzudenken.

Das abgebrochene Radiointerview mit Karl Huber war natürlich nicht ohne Folgen geblieben. Nicht nur unsere Zeitung berichtete darüber, sondern auch die Konkurrenzblätter hatten das Thema jetzt aufgegriffen und Karl Huber die Gelegenheit gegeben, sich zur Sache zu äußern. Der ließ sich weiterhin darüber aus, wie falsch ich mit meiner These lag und wie sehr ich den Bayern damit schaden würde.

An den vielen Leserbriefen und Facebook-Einträgen erkannte ich, dass der Sprachwissenschaftler eine große Fangemeinde hatte. Die Kommentare zu meiner Theorie waren inzwischen sehr emotional und in beide Richtungen teilweise verletzend. Es hatten sich zwei Fronten aufgetan. Für die Medien natürlich ein gefundenes Fressen.

Heute Morgen war in der Redaktion einiges los gewesen, und ich musste gleich zu Matthias ins Büro. Ich hatte damit gerechnet, dass er nicht erfreut über mein verpatztes Gespräch mit Huber war. Doch das Gegenteil war der Fall gewesen. Er gratulierte mir zu meinem Erfolg und war begeistert, wie sehr ich die Menschen durch meine Ansicht über die Liebe auf Bairisch polarisierte.

Er wollte den Rummel um mich natürlich ausnutzen und ließ mir von seiner Sekretärin eine Liste mit Terminen geben. Ich war sprachlos. Nicht nur verschiedene Interviews und Fototermine standen auf dem Programm, es gab auch eine Einladung zu einem über die bayerischen Grenzen hinaus bekannten Radiosender. Dazu Besprechungen mit Matthias und Claudia. Dass ich mal für ein Gespräch mit Claudia einen Termin bräuchte, hätte ich im Leben nicht gedacht.

Schließlich stand ich auf. Meine Mittagspause war fast vorüber. Ich warf noch einen letzten Blick übers Wasser und rüstete mich innerlich. In einer halben Stunde sollte ich ein Telefoninterview geben und danach mit Claudia und einem Fotografen zu mir nach Hause fahren für eine Homestory. Auch wenn ich es immer noch nicht glauben konnte, wie sehr sich mein Leben innerhalb weniger Tage auf den Kopf gestellt hatte, so begann ich neugierig zu werden, wie es weitergehen würde. Ich war froh, dass mich der ganze Rummel von Michi ablenkte. An den schwer deutbaren Blick, den er mir zum Abschied im Simone zugeworfen hatte, wollte ich nicht denken.

kapitel 7

Die nächsten Tage war ich völlig ausgelastet mit meiner Arbeit und den zusätzlichen Terminen in Sachen »Liebe auf Bairisch«. Kaum dass ich noch Zeit hatte, meinem Vater auf dem Hof zu helfen. Das Interesse an mir hatte nicht nachgelassen. Ganz im Gegenteil. Ich wurde auf Veranstaltungen eingeladen, sollte Interviews geben und wurde sogar zur Vorsitzenden des »1. Vereins zur Findung der bairischen Liebesworte« gewählt, der im Eilverfahren von meinen Anhängern gegründet wurde.

Auch Lissy Bormann, unsere freie Mitarbeiterin, war eine glühende Anhängerin meiner Theorie und übernahm im Verein die Rolle der Schriftführerin.

Auf meiner neuen Facebook-Seite gab es bereits über viertausend Fans! Ich hatte einiges zu tun, um täglich meine E-Mails zu beantworten.

Und das Allerbeste: Ich stand tatsächlich vor dem Vertragsabschluss für mein erstes Buch, das den Titel *Auf der Suche nach der weiß-blauen Liebe – Ein Ratgeber* tragen sollte.

Matthias nannte mich amüsiert »ein bayerisches Phänomen« und war sehr erfreut über die Popularität, die ich inzwischen gewonnen hatte und mit der niemand gerechnet hätte. Am wenigsten ich selbst.

Ich war auch über mich selbst erstaunt, wie sehr mir das alles Spaß machte. Dabei war ich nie ein Mensch gewesen, der gerne im Mittelpunkt stand. Zumindest nicht freiwillig, wenn ich so an meine Schul- und Jugendzeit dachte.

Als einziges Kind an der Grundschule, das keine Mutter hatte, wurde ich von vielen Mitschülern und Lehrern voll Mitleid angesehen. Es war wie ein Stempel, der mir mit Mamas Tod aufgedrückt worden war. Ich hatte diese Blicke gehasst und alles getan, um nicht auf dieses Halbwaisentum reduziert zu werden. Dabei überschätzte ich mich wohl ab und zu etwas.

Wie bei einem Wanderausflug in der zweiten Klasse. Bei dem Versuch, für meine Freundin Wasser aus einem Bach zu holen, purzelte ich einen Abhang hinunter und konnte mich gerade noch an einer kleinen Tanne festhalten, um nicht weiter abzurutschen und in eine Schlucht zu stürzen. Die Lehrer hatten ihre liebe Not, mich da wieder heil hochzuholen.

Mit zweistündiger Verspätung kamen wir in einem Ausflugslokal an. Nur um festzustellen, dass unser vorbestelltes Essen inzwischen an andere Gäste ausgegeben worden war. Ich rutschte noch ein zweites Mal an diesem Tag. Und zwar ziemlich weit nach unten auf der Beliebtheitsskala meiner Mitschüler, die alle mit hungrigen Mägen den Rückweg zum Bus antreten mussten.

Ein Jahr später hatten wir mit der Schulklasse den Münchner Tierpark besucht. Ausgerechnet an diesem Tag war eines der Mandrilläffchen ausgebrochen. Das süße, schnuckelige Tier kam geradewegs auf mich zugerannt. Mutig wollte ich den kleinen Ausreißer aufhalten, doch da biss mich das hinterhältige Biest in den Finger. Meine Lehrerin bestand auf einen sofortigen Arztbesuch, und wieder hatte ich meinen Klassenkameraden einen Ausflug verpatzt.

Die Skitage in Österreich wurden ebenfalls zu einem unvergesslichen Erlebnis für mich und die ganze sechste Klasse. Noch heute war ich überzeugt davon, dass die Aushilfslehrerin Frau Stark dafür verantwortlich war, indem sie mir eine falsche Anweisung gegeben hatte. Ich hatte nämlich ganz brav die Flasche Kirschsaft zum Kinderpunsch geschüttet, den wir in unseren Thermoskannen für eine nächtliche Winterwanderung dabeihatten. Genau so, wie Frau Stark es gesagt hatte. Der Punsch hatte lecker geschmeckt. Wir hatten Spaß wie nie. Bis einige Kinder sich plötzlich übergeben mussten. Hinterher hieß es, ich hätte den Kirschlikör absichtlich hineingeschüttet. Aber ich schwöre, dass ich dachte, es sei Saft.

Sonst war da nichts mehr gewesen, na ja, bis auf das fünfundzwanzigjährige Jubiläum unseres Bürgermeisters. Papa hatte mir für diesen Tag ein besonderes Kleid gekauft. Es war rosa mit weißen Tupfen, und dazu gab es ein passendes Haarband. Kurz vor der Rede unseres Gemeindeoberhaupts hatte ich mich zu den Pferden des Vierspänners geschlichen, mit dem der Bürgermeister und seine Frau vorgefahren waren.

Ohne dass es jemand bemerkte, setzte ich mich auf den Kutschbock und nahm die Zügel in die Hand. Der Kutscher hatte vergessen, die Bremse zu ziehen, und bevor ich wusste, wie mir geschah, rannten die Pferde los. Das halbe Dorf war hinter mir her gewesen, bis die Kutsche endlich gestoppt war. Anstatt mich zu schimpfen, hatte Papa mich nur ganz fest an sich gedrückt und war mit mir nach Hause gegangen. Der Zeitungsartikel mit dem Absatz über meine wilde Fahrt klebte seitdem in unserem Fotoalbum.

So wie es aussah, schien ich tatsächlich ein Talent zu haben, die Leute auf unterschiedliche Weise mitzureißen und auch zu unterhalten. Und laut Claudia und Matthias war ich sehr foto- und telegen. Ich kam bei den Leuten an.

Doch natürlich wuchs mit meiner Beliebtheit auch die Zahl der Neider und Verständnislosen, die mit mir und meiner Behauptung gar nichts anfangen konnten und mich sogar offen anfeindeten. Allen voran mein Spezialfeind Karl Huber, der keine Gelegenheit ausließ, über mich zu wettern. In den Medien wurden wir inzwischen wenig schmeichelhaft, aber zur Erheiterung aller als Mamsen und Moosbummerl tituliert. Begegnet waren wir uns seit dem Radioauftritt nicht mehr. Und das war auch gut so.

Es war Samstagabend, und ich stand im kleinen Badezimmer und tuschte sorgfältig meine Wimpern. Dann zog ich mit einem hellrosa Lipgloss die Lippen nach und lächelte mir zufrieden im Spiegel zu. Meine Haare waren asymmetrisch zu einer lockeren Frisur hochgesteckt, ein paar vereinzelte Locken umspielten meine Wangen.

Ich hatte gute Laune, die von mitreißender Musik aus dem kleinen Radiogerät noch angeheizt wurde. Mit mehr Inbrunst als musikalischem Talent trällerte ich zusammen mit Bruce Springsteen: »Everybody's got a hungry heart …«

Wie recht er doch hatte, der gute alte Bruce: Jeder hatte ein hungriges Herz. Auch ich hatte Hunger nach einer neuen Liebe, allerdings auch Angst, mir damit gleich wieder den Liebesmagen zu verderben. Vielleicht wäre es besser, noch ein wenig bei einer moderaten Gefühlsschonkost zu bleiben.

Kaum dachte ich über Hunger und Essen nach, kamen mir die glutvollen Augen von Ernesto und seine Einladung zum Mexikaner in den Sinn. Ich wusste, dass er seit ein paar Tagen aus Barcelona zurück war, aber ich hatte ihn bis jetzt noch nicht angerufen. »Vielleicht morgen«, überlegte ich laut.

Auf der Ablage neben dem Make-up stand der kleine Eskimo, der inzwischen fast so etwas wie ein Talisman geworden war, und es schien, als ob er mich wieder mal genau beobachten würde. Ich schlüpfte in ein anthrazitfarbenes Kleid, das ich mir extra für diesen Abend gekauft hatte. Noch nie hatte ich für so wenig Kleid so viel Geld ausgegeben. Doch es war für einen besonderen Anlass. Denn heute war ein besonderer Abend. Die letzten Stunden vor meinem dreißigsten Geburtstag, und ich war auf die legendäre Maienparty von Severin und Alwin Bayerl eingeladen.

Es war das erste Mal, dass ich auf der Einladungsliste für eines der exklusivsten Events in Passau stand. Scheinbar hatte mir meine plötzliche Popularität den gewünschten Promistatus verschafft.

Alwin hatte mich persönlich angerufen und mir zusätzlich ein Einladungsschreiben durch einen sogenannten »Maienboten« überbringen lassen. Diesen Job übernahm jedes Jahr einer von Severins Kunstschülern, die er als Privatdozent unterrichtete. Die kunstvoll gestalteten Karten waren mindestens genauso begehrt wie die Einladung selbst. Severin Bayerl kreierte für jedes Maifest nur eine begrenzte Anzahl für besondere Gäste. Alle anderen erhielten einfache gedruckte Einladungen. In diesem Jahr waren es zwölf handgefertigte Karten, die alle einem der Tierkreiszeichen gewidmet waren. Mein Sternzeichen war eine sehr eigenwillige und nicht ganz jugendfreie Interpretation des Minotaurus.

Noch vor ein paar Wochen hätte ich mir nicht träumen lassen, auf ein Maienfest der Bayerls eingeladen zu sein. Jetzt war ich sogar einer der Ehrengäste. Es war unglaublich!

»Gefalle ich dir, Eisi?« Inzwischen hatte ich dem kleinen Eskimo sogar schon einen Namen gegeben. Auch wenn ich keine Antwort erwartete, so schien in seinem Blick eine Spur von Bewunderung zu sein. Er würde mir fehlen, wenn er einmal nicht mehr da war. Immer wieder schob ich es deshalb hinaus, ihn Claudia zurückzugeben. Ich war schon am Gehen, da drehte ich mich noch mal um.

»Du darfst auch mit auf die Party!« So eine Gelegenheit würde er ohne mich nie wieder bekommen.

kapitel 8

Dutzende Fackeln beleuchteten den Weg zum Zentrum des Maienfestes im riesigen Garten der Jugendstilvilla der Bayerls. Der Duft von Blüten und dem jungen Grün der ausschlagenden Bäume war so berauschend, wie er nur in einer sternenklaren Mainacht sein konnte.

Alwin und Severin, beide überraschend schlicht gekleidet in klassischen schwarzen Smokings, standen am Ende des Weges und begrüßten mich wie eine Königin. Severin, der mich bis vor Kurzem gewiss nie wahrgenommen hatte, machte mir Komplimente, dir mir die Röte ins Gesicht trieben.

»Lene! Du bist ja auch da!« Ich drehte mich um. Lissy stand hinter mir und war sichtlich erfreut, mich zu sehen.

Sie konnte heute nur als Gast hier sein, denn Presse war auf dem Maienfest strengstens verboten. Genauso wie Fotografieren, geschweige denn Filmen. Severin Bayerl bestand darauf, und erstaunlicherweise hielten sich die Gäste daran. Es gab keine Bilder vom Maienfest, und so heizten die Erzählungen darüber die Fantasien der Leute an, die bisher noch nicht das Vergnügen hatten, dabei gewesen zu sein. Das verschaffte dem Maienfest der Bayerls im Laufe der Jahre einen geheimnisvollen Mythos.

»Hallo Lissy«, begrüßte ich die alleinerziehende Mutter mit einem Küsschen auf die Wange. »Wo hast du denn Pauli?«, fragte ich. Pauli war ihr achtjähriger Sohn, und ich wusste, wie schwierig es immer für sie war, einen Babysitter zu organisieren. Auch ich war ab und zu schon mal eingesprungen.

»Bei einer Freundin. Ach Lene, ist es nicht aufregend hier? Ich kann es immer noch nicht fassen, dass ich eingeladen bin.« Es ging ihr wie mir.

Trotz einiger Pfunde zu viel um ihre Hüften stand ihr das dunkelblaue Abendkleid ausgezeichnet, und sie strahlte glücklich. Eine auf den zweiten Blick schöne Frau, die seit Jahren vergeblich auf der Suche nach einem Partner war.

Lissy brachte mich gleich auf den neuesten Stand der Mitgliederzahlen unseres Vereines. Seit gestern hatte es beachtliche siebenundzwanzig Neuzugänge gegeben.

Immer mehr Gäste trafen auf der Feier ein, doch es waren weit weniger, als ich angenommen hatte. Ich war nicht überrascht, als ich Michi sah, selbstverständlich mit blondiertem Anhang. Ich wusste, dass es auch für ihn die erste Maienfesteinladung war. Für einen kurzen Moment erlaubte ich mir die Vorstellung, wie es gewesen wäre, gemeinsam mit ihm herzukommen.

Michi suchte meinen Blick, aber ich tat so, als ob ich ihn nicht bemerkt hätte, und unterhielt mich mit einem jungen Kabarettisten, der am nächsten Abend seinen ersten Auftritt im legendären Passauer Kulturlokal »Scharfrichterhaus« haben würde. Er war ziemlich nervös und zuckte ständig unkontrolliert mit den Schultern, was mich auch bald nervös werden ließ. Ich musste es krampfhaft unterdrücken, ebenfalls mit den Schultern zu zucken. Wenn der junge Mann seine Aufregung bis morgen nicht ablegen würde, tat mir das Publikum heute schon leid. Die Zuschauer würden dann sicherlich alle mit Verspannungen nach Hause gehen.

Von Anfang an war die Stimmung auf der Party weitgehend ungezwungen, und das Ambiente hatte etwas Märchenhaftes. Zwischen den Bäumen, beleuchtet von Fackellichtern, posierten junge Männer und Frauen als Sternzeichen. Es dauerte eine Weile, bis ich feststellte, dass die farbenprächtigen »Kostüme« auf die Körper aufgemalt waren.

Als ich das Sternzeichen Stier entdeckte, zögerte ich, unter die imaginäre Gürtellinie zu blicken. Doch anders als auf der Einladungskarte schützte ein knapper Lendenschurz die Männlichkeit des Minotaurus. Er zwinkerte mir frech zu, und beim Anblick seines muskulösen Körpers wurde mir tatsächlich ein wenig heiß. Besonders gefiel mir jedoch die Darstellung des Fisches, mit Hunderten von Schuppen, die bei jeder Bewegung des Körpers schillerten wie flüssiges Silber. Severins Bodypainting-Schüler hatten wirklich großartige Arbeit geleistet.

Begleitet von einem Gitarristen und einem Kontrabassspieler interpretierte eine junge Sängerin aus der Gegend Lieder von Nina Simone. Ihre Stimme war weich wie ein Karamellbonbon. Es war zum Dahinschmelzen.

Man konnte über Vater und Sohn denken, was man wollte, aber »die Bayerls« scheuten weder Geld noch Mühen, um ihren Gästen etwas ganz Besonderes zu bieten. Wo der Reichtum der beiden Männer eigentlich herkam, konnte niemand so genau sagen. Höchstens der Bankberater, und der hüllte sich natürlich in Schweigen.

Ich sah mich um. Wo Claudia nur blieb? Sie sollte doch schon lange hier sein.

Eine Bedienung in goldenem Kostüm reichte Getränke, und ich entschied mich für ein Glas eiskaltes Bier aus einer hiesigen Brauerei. Ich nahm einen großen Schluck und seufzte wohlig. An das Maienfest könnte ich mich gewöhnen. Ich spazierte ein wenig im Garten herum, genoss die lauwarme Abendbrise auf meiner Haut und plauderte mit anderen Gästen. Im hinteren Teil des Gartens führte ein grüner Tunnel aus Weiden zu einer kleinen Bar. Schon jetzt drängten sich die Gäste dicht an dicht um die Theke.

Matthias stand ebenfalls dort neben Severin Bayerl und unterhielt sich mit ihm. Als er mich bemerkte, prostete er mir zu und lächelte. Ich erwiderte sein Lächeln, war jedoch im Moment nicht so ganz bei der Sache. Denn ich hatte ein kleines, aber unangenehmes Problem. Meine Pospalte hatte gerade den Slip gefressen. Ein Gefühl, das ich hasste. Das musste ich dringend wieder in Ordnung bringen. Ich verließ die Bar wieder und huschte hinter einen gelb leuchtenden Goldregenbusch. Doch gerade als ich mir beherzt unter mein Kleid greifen wollte, um alles wieder an die rechte Stelle zu ziehen, tauchte Alwin auf.

»Da bist du ja! Komm tanzen, Lene.«

»Jetzt?« Mit dem eingezwickten Slip? Nie! »Können wir nicht später tanzen, Alwin?« Ich versuchte, Zeit zu gewinnen und dabei höflich zu bleiben.

»Es ist der offizielle Maientanz mit den Ehrengästen. Und du bist meine Partnerin. Jetzt komm. Wir warten nur noch auf Vater, dann geht es los.«

Er streckte die Hand nach mir aus. Es blieb mir nichts anderes übrig, als mitzugehen. Ich hoffte vergeblich, dass sich der Slip beim Gehen wieder lösen würde, und fragte mich nicht zum ersten Mal, wie andere Frauen es einen ganzen Abend lang in einem Tanga aushalten konnten. Für mich undenkbar. Ein Tanga war für mich eigentlich nur da, um kurz an- und schnell wieder ausgezogen zu werden.

Insgesamt waren sieben Paare auf der Tanzfläche, bestehend aus zwölf Ehrengästen und den beiden Gastgebern. Die übrigen Gäste bildeten einen Kreis und schauten uns zu. Severin würde mit Lissy tanzen, und so erfuhr ich erst jetzt, dass auch sie einer der Ehrengäste war. Ob sie das dem halbseitigen Artikel über die Kreditkartenvernissage zu verdanken hatte?

Statt der jungen Sängerin spielte jetzt eine fünfköpfige Band, und los ging es mit einem Song von Queen: »Pretender«.

Der lange Alwin war ein schrecklicher Tänzer, aber wir zogen es beide tapfer durch. Wenigstens lenkten mich die Schmerzen an meinen Zehen, auf die er mehrmals trat, von meinem Problem mit dem Slip ab. Und außerdem gab es mir ein gewisses Gefühl der Genugtuung, als ich Michi bemerkte, der neben Sabine stand. Er schaute ziemlich grimmig. Täuschte ich mich oder bedeutete ich ihm doch noch etwas?

»Du siehst bezaubernd aus, Lene.« Alwins Augen ruhten bei diesen Worten auf meinem Dekolleté. Von ihm hätte ich am wenigsten ein Kompliment erwartet. Ich musste grinsen.

»Danke … Du, Alwin?«

»Ja?« Jetzt hob er den Blick und sah mir in die Augen.

»Warum versuchst du es nicht einmal mit einem Tanzkurs?«, schlug ich freundlich vor.

»Zwecklos. Ich hab schon drei hinter mir.« Er sagte es mit einem entwaffnenden Lächeln. Ein hoffnungsloser Fall also. Doch bald würde das Lied zu Ende sein, und wir wären beide erlöst.

»Hast du schon deine weiß-blaue Liebe gefunden?«, wollte er wissen.

Ich schüttelte den Kopf.

»Nein. Bis jetzt noch nicht«, gab ich zu.

»Wie wär's mit mir?« Er zwinkerte mir absichtlich übertrieben zu.

»Alwin? Du baggerst mich doch nicht etwa an?« Ich tat empört.

Alwin zuckte mit den Schultern.

»Warum nicht? Mein Vater nervt mich ständig, dass ich endlich eine Familie gründen soll. Er will einen Enkel.«

Ich lachte.

»Ausgerechnet mit mir?«, platzte ich heraus.

Er hörte auf zu tanzen und schaute mich an.

»Warum nicht? Ich mag dich. Du warst immer schon ein wenig anders als die anderen. Und du siehst sehr gut aus.« Er grinste breit.

Ich konnte es nicht glauben. Alwin wollte mit mir eine Familie gründen? Ich vermutete, dass Severin ihn auf mich angesetzt hatte. Trotzdem war ich insgeheim gerührt von seinem etwas ungeschickten Annäherungsversuch.

»Ich fühle mich echt geschmeichelt. Aber mögen allein reicht nicht, Alwin. Ich will einen Mann, der mich liebt«, versuchte ich, ihm zu erklären.

»Und der dir auf Bairisch sagt: I liab di fei.« Seine Augen blitzten schelmisch, und wir lachten beide.

»So ungefähr.«

»Dann wünsch ich dir viel Glück dabei!«

»Ich dir auch, Alwin.« Und das kam von Herzen.

Er entschuldigte sich, um seinen Gastgeberpflichten nachzukommen. Die Ehrengäste verließen die Tanzfläche und machten Platz für andere Tanzwütige.

Ich musste mich unbedingt bald zurückziehen, sonst würde

mich der Slip noch verrückt machen. Doch scheinbar hatten sich alle gegen mich verschworen. Lissy kam mit gerötetem Gesicht auf mich zu und bat mich um ein Gespräch unter vier Augen. Und zwar dringend. Ich seufzte. Wir setzten uns auf eine kleine Bank unter einem Fliederbusch.

»Stell dir vor, Lene. Severin Bayerl hat mich gefragt, ob ich mir nicht vorstellen könnte, mit Alwin auszugehen.«

Wie? Ich musste mir das Lachen verkneifen. Der alte Künstler wollte seinen Sprössling tatsächlich dringend unter die Haube bringen. So langsam bekam ich eine Ahnung, warum Lissy und ich eingeladen waren.

»Und? Kannst du es dir vorstellen?«, fragte ich sie.

»Warum nicht?« Sie lächelte verschmitzt.

Ich konnte mir die beiden zwar nicht als Paar vorstellen, aber ich hätte auch nie gedacht, dass Michi sich mit Sabine einlassen würde. Kaum dachte ich an diese Frau, steuerte sie auch schon auf mich zu.

Auf die hatte ich jetzt so gar keine Lust, und ich verschwand mit einer Entschuldigung in die andere Richtung, wo ich geradewegs Matthias in die Arme lief.

»Darf ich um einen Tanz bitten, bayerische Maid?«, bat er mich mit einem charmanten Lächeln, dem ich nicht widerstehen konnte. Es war mir nicht gegönnt, mein Slip-Problem zu lösen.

»Gerne.«

Die Band spielte eine mitreißende, rockige Version von »Mack The Knive«. Schon bei den ersten Schritten war klar, dass Matthias es konnte. Richtig gut konnte. Es fühlte sich toll an, in seinen Armen über die Tanzfläche zu schweben. Wir plauderten dabei über den Ratgeber. Matthias wollte wissen, wie ich vorankam.

»Gut«, sagte ich. Was nicht so ganz der Wahrheit entsprach.

Die vielen Termine nahmen mich so in Beschlag, dass ich kaum die nötige Ruhe fand, mich auf das Schreiben zu konzentrieren.

»Wenn du mehr Zeit brauchst, dann sag Bescheid.« Schon wieder schien er meine Gedanken erraten zu haben. Langsam wurde er mir unheimlich.

»Kein Problem, ich schaffe das«, sagte ich zuversichtlich.

Als der Tanz vorüber war, nutzte ich die Pause, um die Toiletten im Haus aufzusuchen. Endlich! Ich zupfte alles zurecht und fühlte mich wieder wohl.

Da dieses Problem jetzt endlich beseitigt war, meldete sich mein Magen mit einem deutlichen Knurren. Bisher hatte ich noch nichts gegessen. Ich machte mich auf in Richtung Büfett, das unter einem großen Pavillon angerichtet war. Es gab buchstäblich alles, was das Herz begehrte. Von bayerischen Schmankerln bis zu ausgefallenen Spezialitäten aus aller Herren Länder. Ich stand vor all den warmen und kalten Köstlichkeiten und konnte mich nicht entscheiden.

»Ich hatte es fast befürchtet, Sie hier zu sehen.« Die spöttische Stimme würde ich noch mit fünfundneunzig und ohne Hörgerät erkennen: Karl Huber! Er stand leibhaftig neben mir und schaufelte sich hauchdünn geschnittenen Rindfleischsalat auf den Teller, als ob in Passau bald die Hungersnot ausbrechen würde.

»Dass es Sie gibt, hatte ich fast schon vergessen«, sagte ich bemüht gleichgültig. Dabei hätte ich ihm am liebsten eine Garnele in den Mund gestopft.

»So hat sich das aber beim gestrigen Facebook-Posting nicht angehört. Ich zitiere: ›Karl Huber hat sich bei der krampfhaften Suche nach einer bayerischen Liebeserklärung die kaum vorhandenen Gehirnwindungen verhakelt‹.«

Stimmt. Das hatte ich letzte Nacht geschrieben. Aber erst,

nachdem er mich eine liebesunfähige Vaterlandsverräterin genannt hatte.

»Ach ja. Jetzt, wo Sie es sagen …«, tat ich überrascht.

»Schön, dass das Kurzzeitgedächtnis noch funktioniert. Bei übrig gebliebenen älteren Frauen ist das ja nicht immer der Fall.«

Ältere Frau? Übrig geblieben? Dieser Kerl machte mich rasend. Tausende Schimpfwörter lagen mir auf der Zunge, und es kostete mich einige Überwindung, sie ihm nicht alle einzeln an den Kopf zu werfen. Aber diesmal wollte ich mich nicht von ihm provozieren lassen. Nicht auf diesem Fest. Nicht vor all den Leuten.

Mir war der Appetit vergangen, und ich stellte den Teller unbenutzt wieder zurück.

»Nicht genug Auswahl für die Mamsen?«, fragte er mit einem hämischen Grinsen.

»Die Auswahl ist super, nur die Gesellschaft momentan ziemlich geschmacklos.«

Ich drehte mich um und ging.

So schnell wollte ich mir nicht die Stimmung verderben lassen und suchte nach Ablenkung. Da fiel mein Blick auf Michi, der mich ebenfalls anschaute. Von Sabine war weit und breit nichts zu sehen. Wie schön! Meine Füße setzten sich wie von selbst in Bewegung. Ohne es eigentlich geplant zu haben, stand ich plötzlich vor ihm.

»Hallo Michi. Es ist schön hier, nicht wahr?« Meine Stimme klang etwas unsicher.

»Ja. Sehr schön.« Er nahm einen Schluck Wein.

Ich wusste nicht, was ich noch sagen sollte. Und er sagte auch nichts. Da kam mir ein Gedanke.

»Ich bräuchte deinen Rat in einer vertraglichen Angelegenheit.«

»Um was geht es denn?«, fragte er interessiert. Er schien froh, dass mir etwas eingefallen war, über das wir uns unterhalten konnten.

»Nun ja, in den nächsten Tagen erwarte ich meinen Buchvertrag. Ich gehe zwar davon aus, dass alles in Ordnung ist, aber ich wäre sehr froh, wenn du mal einen Blick darauf werfen könntest, bevor ich unterschreibe.« Ich sagte es mit einem gewissen Stolz in der Stimme.

»Schau, schau. Ein Buchvertrag. Gratuliere, Lene. Es hat sich ja einiges bei dir getan, seit … wir auseinander sind.«

»Genau wie bei dir, Michi.«

Ich sah Sabine auf uns zusteuern. Auch er bemerkte seine neue Freundin, und ich spürte sein Unbehagen.

»Lass dir nächste Woche einen Termin geben.« Damit drehte er sich um, fing Sabine ab und ging mit ihr auf die Tanzfläche. Ich beobachtete sie eine Weile beim Tanzen. Sabine drückte sich fest an ihn und blickte dabei bewusst in meine Richtung. Was sich gar nicht gut anfühlte. Ich wollte mich gerade wegdrehen, da hörte ich plötzlich ein sympathisches Brummen über mir. Ich schaute hoch. Ein dicker Maikäfer steuerte behäbig in Richtung einer Laterne in der Nähe. Bei seinem Anblick musste ich lächeln. Jetzt erst verdiente das Maienfest wirklich seinen Namen. Ich freute mich, wie ich mich immer als Kind gefreut hatte, wenn ich einen Maikäfer sah. Vergessen waren Sabine und ihr boshafter Blick. Und ich kam zu der Erkenntnis, dass Mutter Natur stets unendlich viele Glücklich-Macher für uns bereithielt, wenn wir sie brauchten. Und die waren sicherlich besser als jede Droge und noch dazu ohne Nebenwirkungen. Wir mussten nur unsere Augen dafür offen halten. Und unser Herz.

Die Zeit bis Mitternacht verging wie im Flug, mit viel Musik, kabarettistischen Einlagen und einem faszinierenden Feuerwerk.

Ich hatte mich mit einem Glas Wasser auf die Bank unter dem Flieder gesetzt. Nur noch ein paar Minuten und ich wäre dreißig. Bisher hatte ich mir über diese Zahl und was das so mit sich brachte keine Gedanken gemacht. Und sosehr ich mich auch bemühte, auch jetzt fand ich den Gedanken weniger erschreckend als die Vorstellung, bis zum Rest meines Lebens einen Tanga tragen zu müssen. Ich konnte gar nicht verstehen, warum viele meiner Bekannten so eine Panik wegen einer runden Zahl hatten.

Vielleicht sollte ich aber auch langsam damit anfangen, vor dem Spiegel die Elastizität meiner Haut zu prüfen? Oder Krafttraining zu machen, damit ich die Fettverbrennung meines Körpers ankurbelte, die angeblich ab dreißig nachließ? Aber das hörte sich alles viel zu anstrengend an. Ich beschloss, vorerst einfach so weiterzumachen wie bisher. Mit meiner Fettverbrennung war ich derzeit noch zufrieden. Und an meinem Gesicht herumzupfen konnte ich später immer noch.

Gleich war es Mitternacht. Ich fand es sehr schade, dass Claudia nicht gekommen war. Auch am Handy war sie nicht zu erreichen. Die letzten Jahre hatten wir immer zusammen in unser neues Lebensjahr reingefeiert. Ich griff in meine Handtasche und holte Eisi heraus. Er zumindest würde bei mir sein. Sozusagen als Claudias Stellvertreter.

So in meine Gedanken versunken hatte ich gar nicht bemerkt, wie ruhig es plötzlich geworden war. Die Musik war aus, und die Gäste standen alle auf und neben der Tanzfläche. War etwas passiert? Ich sprang von der Bank hoch. Da kam der Minotaurus auf mich zu und bat mich lächelnd, ihn zu begleiten. Was sollte das denn jetzt werden?

Ich steckte Eisi wieder in die Tasche und folgte meinem Sternzeichen.

Auf der Tanzfläche standen alle Ehrengäste, und auch Claudia war endlich da. Pünktlich zu Mitternacht.

»Wo warst du denn?«, fragte ich sie leise.

»Meine Eltern sind überraschend zu Besuch gekommen. Ich konnte nicht früher weg«, flüsterte sie mir zu.

So war meine beste Freundin. Familie ging Claudia immer über alles. Dafür verspätete sie sich sogar zur angesagtesten Party des Jahres.

Severin Bayerl nahm ein Mikrofon und bat die Gäste um Ruhe.

»Liebe Freunde, liebe Maiengäste. Es ist mir wieder einmal ein außerordentliches Vergnügen, euch um mich zu haben. Heute will ich euch aber nicht mit einer langen Rede beglücken. Denn jetzt ist Mitternacht und zwei unserer Gäste haben Geburtstag. Claudia Zanolla und Lene Koller! Das Alter verrate ich natürlich nicht … Herzlichen Glückwunsch, ihr beiden.« Er drückte zuerst Claudia an sich und küsste sie auf die Wange, dann mich. Allerdings viel länger als Claudia. Was er mir dabei ins Ohr flüsterte, hätte ihm fast eine Ohrfeige eingebracht. Endlich ließ er mich los.

Die Gäste klatschten, Musik begann zu spielen, und gleichzeitig stiegen weiße und blaue Raketen in den Abendhimmel. Vier junge Männer schritten den beleuchteten Weg entlang und trugen unter dem Applaus der Gäste eine riesige Torte heraus, die mit weiß-blauen Zucker-Rauten verziert war. Ich war total baff. So gigantisch hatten Claudia und ich unseren Geburtstag noch nie gefeiert …

Drei Gläser Champagner und unzählige Geburtstagsküsse später brauchte ich dringend ein paar Minuten Auszeit. Im Badezimmer kühlte ich mein vom Tanz erhitztes Gesicht mit kaltem Wasser, schaute mich im Spiegel an und lächelte. Es war eine aufregende Nacht. Zu diesem Zeitpunkt wusste ich noch nicht, dass sie gleich noch viel aufregender werden würde.

Ich war auf dem Weg zurück in den Garten, da kam Michi mir im Flur entgegen. Er sagte nichts, nahm mich nur an der Hand und zog mich ins leer stehende Wohnzimmer der Bayerls. Der Raum auf zwei Ebenen hatte die Ausmaße eines Ballsaals. Überall standen Severins Kunstwerke herum, zwischen bequem aussehenden Sesseln völlig unterschiedlicher Stilrichtungen und einer gewaltigen Ledergarnitur.

»Michi? Du hast mich entführt!« Ich kicherte. Der Alkohol war mir doch schon ein wenig zu Kopf gestiegen.

»Ich hatte noch keine Gelegenheit, dir zu gratulieren«, sagte er, und seine Stimme war leise.

»Stimmt! Du hast mir noch keinen Geburtstagskuss gegeben.« Ich tat empört. Das Schrillen der Alarmglocken in meinem Kopf wollte ich nicht zur Kenntnis nehmen.

»Alles Gute zum Geburtstag, Kleines.« Er sagte tatsächlich Kleines zu mir. Ein Kosewort, das mein Herz wild zum Pochen brachte.

Er legte seine Hände an meine Wangen und küsste mich zärtlich. So zärtlich, wie er mich bisher noch nie geküsst hatte. Es fühlte sich vertraut und richtig an und gleichzeitig fremd und falsch. Das war doch nur ein harmloser Geburtstagskuss, oder?

Mach dir nichts vor, Lene. Der Kuss ist genauso wenig harmlos, wie die Geburtstagstorte zur Diätkost zählt, widersprach der nüchterne Teil meines Gewissens mit schneidendem Unterton.

Aber ein kleines Stück Torte macht doch nicht gleich dick, versuchte ich zu verhandeln.

Tu, was du nicht lassen kannst, aber beschwer dich hinterher nicht, wenn du dich nicht gut fühlst! Mein Gewissen war eingeschnappt.

Michis Kuss wurde intensiver, und seine Hände kneteten sinnlich meine Pobacken.

Doch mein Gewissen gab nicht auf und fuhr schweres Geschütz auf. In meiner Vorstellung stand plötzlich eine wütende Sabine vor mir. Das wirkte. Ich löste mich rasch von Michi und atmete schwer.

»Danke für den … äh, Geburtstagskuss«, versuchte ich, die Situation zu verharmlosen und zu entschärfen.

Michi zog mich noch mal fest an sich. Er war spürbar noch nicht entschärft.

»Wir könnten uns morgen treffen. Sabine ist am Nachmittag bei ihrer Mutter, und ich …«, murmelte er mir ins Ohr.

Wie bitte? Er spekulierte darauf, dass meine Nachfolgerin, mit der er kürzer zusammen war, als ein weiblicher Monatszyklus dauerte, zu ihrer Mutter fuhr, damit wir sturmfreie Bude hatten?

Es war wie eine kalte Dusche. Und zwar eine eiskalte. Ich rückte von ihm weg.

Er bemerkte seinen Fehler sofort, aber es war zu spät.

»Geh!« Ich drehte ihm den Rücken zu.

»Lene, bitte, so hab ich das nicht gemeint, ich …«

»Geh!« Ich versuchte krampfhaft, die Tränen zurückzuhalten.

Er sah mich zerknirscht an. »Kleines …«

»Verschwinde, verdammt noch mal!«

Endlich verließ er das Zimmer.

O Gott! Wie konnte ich nur so dumm sein? So unendlich naiv? Ein weiteres Paradebeispiel für meinen Beziehungsratgeber, wie man sich absolut nicht verhalten sollte.

Zwei dicke Tränen kullerten über meine Wangen. Ich griff nach meiner Handtasche, um Taschentücher herauszuholen. Sie rutschte mir aus der Hand, und der ganze Inhalt verteilte sich am Boden.

»Tolle Vorstellung!« Ich erschrak fast zu Tode, als Karl Huber von einem Sessel aufstand und mir applaudierte. Er war doch nicht etwa die ganze Zeit hier gewesen? O nein! Auch das noch. Was würde denn heute noch kommen? Vielleicht ein Blitzeinschlag oder eine Lebensmittelvergiftung?

»Was machen Sie denn hier?«, fragte ich aufgebracht.

»Nachdenken. Zumindest so lange, bis ich unfreiwillig Zeuge davon wurde, wie Sie sich ziemlich blamiert haben.«

Eigentlich hatte er ja recht, aber ich wäre ihm am liebsten ins Gesicht gesprungen.

»Wenn Sie sich rechtzeitig bemerkbar gemacht hätten, wär es gar nicht so weit gekommen«, giftete ich. Ich brauchte jetzt irgendeinen Schuldigen, und da kam Huber genau richtig.

»Es geschieht Ihnen ganz recht. Warum machen Sie sich auch an die Männer anderer Frauen ran«, warf er mir vor.

»Was? Ich habe mich nicht…« Ich holte tief Luft. Es war zwecklos, ihm das zu erklären. »Ach, lassen Sie mich einfach in Ruhe!« Ich würde gar nichts mehr dazu sagen. Ich ging in die Hocke und suchte hektisch den Inhalt meiner Tasche zusammen.

Er bückte sich.

»Finger weg von meinen Sachen!«, fauchte ich.

Er stand wieder auf und sah mich buchstäblich von oben herab an.

»Kein Wunder, dass Sie alleine sind. Mit Ihnen würde ich keinen halben Tag gemeinsam aushalten.«

»Dem Himmel sei auf ewig Dank dafür!«

Endlich hatte ich alles wieder in die Tasche gepackt und stand auf.

»Muss hart sein, wenn man keinen Mann findet. Da weiß man natürlich auch nicht, wie man ein Liebesgeständnis auf Bairisch macht.«

Er gab einfach keine Ruhe. Jetzt reichte es! Ich warf meinen Vorsatz, mich nicht provozieren zu lassen, über den Haufen. »Jetzt hör mir mal zu, du aufgeblasener Gschaftler. Ich habe Michi verlassen und nicht umgekehrt. Und schreib es dir zukünftig hinter die Ohren: Ich bin durchaus in der Lage, einen Mann zu finden, der mich liebt. Und nicht nur einen!«

Gleich morgen würde ich Ernesto anrufen! Jawohl!

»Und ich sage dir, dass du nicht in der Lage bist, einen Mann zu finden, den du liebst!«, konterte er.

»Das wirst du schon sehen!«

Unbemerkt waren wir beide auf ein vertrautes »Du« verfallen. »Per Sie« zu streiten, war einfach nicht so wirkungsvoll.

Huber grinste plötzlich. »Gut. Ich schlage einen Handel vor: Wenn du dich tatsächlich in einen Mann verliebst, nehme ich alles zurück, was ich gesagt habe.«

Ich lachte auf. »Und davon soll ich was haben? Kümmere du dich lieber um dein eigenes Liebesleben. Oder gibt es da keines und du hackst deswegen so auf mir herum?«

Das saß. Er war sichtlich getroffen.

»Das tut hier nichts zu Sache«, sagte er kühl.

»Dann lass mich in Zukunft in Ruhe!«, forderte ich aufgebracht.

»Ich werde es nicht hinnehmen, dass du mit deinen persönlichen Problemen die bairische Sprache als Plattform benutzt und missbrauchst.« Sein Ton war drohend geworden.

»Das wirst du aber müssen, weil ich an meiner Theorie festhalten werde, bis mich jemand vom Gegenteil überzeugt!«

»Lene?« Claudia rief nach mir. »Ach, da bist du.«

Sie kam ins Wohnzimmer und bemerkte sofort die dicke Luft, die zwischen mir und Huber herrschte.

»Kommst du bitte? Wir beide sollen das Nachspeisenbüfett eröffnen.«

Huber lächelte plötzlich sehr freundlich und reichte Claudia die Hand.

»Ich hatte bisher noch keine Gelegenheit zu gratulieren. Herzlichen Glückwunsch zum Geburtstag!«

Und ich hatte wohl nicht Geburtstag, oder wie?

»Danke, äh … Herr Huber? Der sind Sie doch, oder?«, fragte Claudia scheinheilig.

»Richtig. Ich nehme an, Lene hat schon von mir erzählt.«

Mein Gott, wie nett er plötzlich sein konnte.

»Ja. Das hat sie allerdings. Ich bin Claudia. Lenes Freundin«, stellte sie sich vor. Claudia flirtete doch nicht etwa mit ihm? Von diesem Typen musste sie unbedingt die Finger lassen.

»Ich dachte, wir sollen raus zum Büfett?«, meldete ich mich zu Wort, um zu zeigen, dass ich auch noch da war.

»Lasst euch von mir nicht aufhalten«, flötete Huber zuckersüß.

Das Fest dauerte noch bis in die frühen Morgenstunden. Michi und Sabine waren noch vor dem nächtlichen Nachtisch verschwunden, genauso wie Karl Huber. Was ich ein wenig bedauerte. Denn so konnte er nicht sehen, wie viele Männer mir noch den Hof machten. Allen voran Severin Bayerl, der alte Lustmolch, der mich in sein Atelier lockte, um mich auf die Leinwand zu bannen. Es schien ihm in diesem Moment völlig egal zu sein, dass noch zahlreiche Gäste anwesend waren, um die er sich als Gastgeber kümmern sollte. Ein Aktbild nach einem Liebesakt mit geröteten Wangen wollte er malen. Und es mir zum Geburtstag schenken. Er war richtig begeistert von dieser Idee. Ich eher weniger. So für alle Nachwelt verewigt zu werden, stand nicht wirklich auf meiner Wunschliste. Vor allem nicht, da er mir die zarte Röte vorher ins Gesicht zaubern wollte. Da würde ich mich eher mit meinem muskulösen Sternzeichen einlassen. Der junge Mann verfolgte mich ohnehin auf Schritt und Tritt, und ich wunderte mich, dass er noch nicht im Atelier aufgetaucht war.

Als Severin im Abstellraum nach einer geeigneten Leinwand suchte, machte ich mich rasch davon.

Ich kam gerade recht zum letzten Tanz des Maienfestes, und Matthias forderte mich auf. Als ich eng an ihn geschmiegt langsam im Takt hin und her wiegte, kam mir Karl Huber wieder in den Sinn.

Ich werde ihm schon zeigen, dass ich durchaus in der Lage bin, eine Liebesbeziehung zu führen, dachte ich trotzig …

kapitel 9

Das muntere Zwitschern der Vögel, das ich normalerweise so liebte, fühlte sich an diesem Morgen an wie das Hämmern eines Buntspechts gegen meinen Kopf. Oder klopfte es tatsächlich irgendwo? Ich öffnete die Augen, blinzelte und war zunächst beruhigt. Ich lag in meinem Bett – und ich war alleine. Vorsichtig hob ich die Bettdecke. Gut so: Ich trug auch ein Nachthemd.

Mein Kleid hing ordentlich an einem Bügel an der Schranktür. Also hatte mich eindeutig jemand nach Hause gebracht. Wenn ich mich alleine ausgezogen hätte, läge es jetzt vermutlich achtlos auf dem Hocker oder sonst wo. Ich versuchte, mich zu erinnern, wie ich nach Hause gekommen war. Aber vergeblich. Woran ich mich noch erinnerte, war der Tanz mit Matthias. Ein ungutes Gefühl rumorte in meinem Bauch.

»Lene? Bist du wach?«, ertönte von draußen die Stimme meines Vaters. Er war es, der mich wachgeklopft hatte.

Ich stemmte mich im Bett hoch. Und bereute das gleich darauf wieder. Alles drehte sich wild um mich herum.

»Ja, bin ich.« Zumindest vermutete ich, dass es sich um keinen Traum handelte. Und wenn, dann war es kein schöner.

»Darf ich reinkommen?«

»Natürlich.«

Mit einem großen Tablett kam er ins Zimmer. Darauf Frühstück – natürlich im schönen Tupfengeschirr –, ein Blumenstrauß mit Frühlingsblumen aus dem Garten und ein kleiner Geburtstagskuchen mit Kerze. Vor Rührung schossen mir Tränen in die Augen. Er stellte das Tablett auf meinen Nachttisch.

»Alles Gute zu deinem Geburtstag, Lene.« Er sah mich liebevoll an.

»Danke, Papa.«

Er umarmte mich zögerlich. Ich drückte mich fest an ihn.

»Hast du Hunger?«, fragte er und löste sich von mir.

Hunger? In meinem Magen tanzte gerade eine Horde Hunnen den Säbeltanz. Ich konnte mir im Moment nicht vorstellen, überhaupt jemals wieder einen Bissen runterzubekommen.

»Später, Papa. Aber vielen Dank, dass du alles so schön hergerichtet hast.«

Es tat mir so leid, dass er sich die ganze Mühe umsonst gemacht hatte.

»Du hast wohl ziemlich gefeiert gestern.« Es war keine Frage, sondern eine Feststellung.

»Ja. Ziemlich.«

Meine Güte, war mir das peinlich! So viel wie gestern hatte ich schon lange nicht mehr getrunken. Vor allem nicht so durcheinander.

»Du weißt, dass dir das nicht guttut«, sagte er mahnend. Scheinbar war man auch mit dreißig nicht zu alt für eine väterliche Standpauke. Na gut. Verdient hatte ich es ja.

Aber etwas anderes lag mir noch mehr auf der Seele.

»Äh … Papa … Hast du vielleicht mitbekommen, wer mich nach Hause gebracht hat?«, fragte ich vorsichtig.

Vater nickte.

»Claudia. Sie hat dir auch dein Nachthemd angezogen.«

Uff. War ich froh. Insgeheim hatte ich schon befürchtet, dass Matthias das erledigt hatte, und allein der Gedanke daran trieb mir die Schamesröte ins Gesicht.

»Dein Chef war auch dabei. Nachdem wir dich nach oben gebracht haben, hat er im Taxi gewartet. Ein sehr netter Mann übrigens.«

Na wunderbar! Mein Chef hatte mich zusammen mit meinem Vater und meiner besten Freundin ins Schlafzimmer verfrachtet. Ich würde mir einen neuen Arbeitsplatz suchen müssen, das bayerische Liebesprojekt aufgeben und auf eine Insel ziehen, auf der es keinen Alkohol gab.

»Das ist für dich.« Papa zog ein kleines Päckchen aus seiner Hosentasche. Ich öffnete es und holte einen kunstvoll geschmiedeten Silberring hervor.

»Der ist wunderschön«, flüsterte ich mit enger Kehle und steckte den Ring an meinen Finger. Er passte wie angegossen.

»Es ist der Freundschaftsring, den ich deiner Mutter an ihrem sechzehnten Geburtstag geschenkt habe. Vielleicht bringt er dir Glück und du findest endlich einen Mann, mit dem du dir eine Zukunft aufbauen kannst.«

»Vielen Dank, Papa.« Es war ein wunderbares Geschenk. Aber seine Worte trafen mich doch etwas. Es war ja nicht so, dass ich eine alte Jungfrau war, vor der die Männer Reißaus nahmen. Vergaßen denn alle, dass ich mit Michi Schluss gemacht hatte? Obwohl, an ihn wollte ich jetzt überhaupt nicht denken.

»Ruh dich noch ein wenig aus. Julia kommt später zum Kaffee, und zum Friedhof können wir danach auch noch fahren.«

An jedem Geburtstag oder Feiertag besuchten Papa und ich mit Blumen und Kerzen das Grab meiner Mama. Das gab uns das Gefühl, dass sie immer noch ein wichtiger Teil in unserem Leben war.

Als Papa gegangen war, zog ich den Ring wieder ab und legte ihn auf den Nachttisch. Da fiel mir auf, dass Eisi nicht dort stand.

Der muss noch in der Handtasche sein, dachte ich und stand langsam auf. Himmel, meine Beine waren total wackelig. Auf der Kommode lag meine Tasche. Aber Eisi war nicht drin.

O nein! Ich hab ihn verloren!, dachte ich betrübt. Oder hatte Claudia ihn gefunden, als sie in der Tasche nach meinem Haustürschlüssel gesucht hatte? Der Verlust der kleinen Figur bedrückte mich irgendwie. Ich legte mich noch mal ins Bett und schlief mit dem festen Vorhaben ein, Eisi unbedingt wiederzufinden.

Drei Stunden später, nach einer ausgiebigen Dusche und zwei Tassen schwarzem Kaffee, war ich einigermaßen bereit, der Welt gegenüberzutreten. Ich ging nach draußen und suchte nach meinem Vater. Er saß zusammen mit Julia hinter dem Haus unter den Obstbäumen.

Der Tisch war hübsch gedeckt, und die beiden schienen mit Kaffee und Kuchen auf mich gewartet zu haben. Sie wären wirklich ein schönes Paar, dachte ich. Julia stand auf und umarmte mich herzlich.

»Alles Gute, Lene.«

»Danke, Julia!«

Sie gab mir ein Geschenk, das sich wie ein Buch anfühlte.

»Hautpflege für die Frau ab dreißig«, verriet sie mir mit ernstem Gesicht.

O nein! Musste das sein? Ohne es mir anmerken zu lassen, wickelte ich eher lustlos das Geschenk aus. Als ich es ausgepackt hatte, lachte ich erleichtert auf. Es war zwar ein Ratgeber, aber es ging darum, wie man einen Bestseller schreibt.

»Dein Papa hat mir erzählt, dass du ein Buch schreibst. Vielleicht kannst du damit was anfangen«, sagte sie und lächelte.

»Vielen Dank.« Ich freute mich wirklich darüber. Und vor allem auch, dass sie es mir zutraute.

»Du hast wirklich gedacht, ich schenke dir einen Ratgeber zur Hautpflege, oder?!« Julia lachte. Sie war wirklich eine unglaubliche Frau. Trotz ihres pflegebedürftigen Mannes und der vielen Arbeit auf dem Hof war immer ein Lächeln um ihre Lippen. Sie strahlte eine Wärme und Energie aus, die einfach ansteckend war. Es war ein Glücksfall, dass Julia nach dem Tod meiner Mutter ein Auge auf mich und Papa gehabt hatte.

»Na ja …« Ich kicherte. »Gewundert hätte ich mich schon sehr, Julia.«

»Ihre Haut ist gut. Sie bräuchte vielmehr einen Ratgeber, wie man mit Männern umgeht«, warf Papa ein.

»Ach, das kriegt Lene schon auf die Reihe, Bertl.«

Julia war anscheinend der einzige Mensch in meiner Umgebung, der mir das zutraute. Das tat mal richtig gut.

Doch Papa gab nicht auf.

»Der Anwalt hat sie auch wegen einer anderen sitzenlassen«, brummte er.

Ich wollte eben zum x-ten mal darauf hinweisen, dass es umgekehrt war, als ich vor Schreck beinahe erstarrte. Da kam ein Mann anmarschiert, der aussah wie Karl Huber. Das musste eine Halluzination sein! War ich immer noch nicht nüchtern? Aber nein. Er war es tatsächlich. Ich war sprachlos. Was machte der denn hier?

Er grüßte freundlich meinen Vater und Julia und stellte sich kurz vor. Dann wandte er sich an mich.

»Können wir reden?«

Was wollte er denn von mir? Und woher wusste er überhaupt, wo ich wohnte?

»Wir haben hier gerade eine kleine Familienfeier«, sagte ich bemüht unfreundlich.

»Es dauert nicht lange.«

»Geh ruhig, Lene«, ermunterte mich Julia.

Er machte den Eindruck, als ob er sich nicht vom Fleck rühren würde, bis ich mit ihm redete. Ich seufzte. Am besten brachte ich es schnell hinter mich. Ich ging mit ihm zu seinem Wagen, der im Hof geparkt war.

»Und was ist jetzt?«, fragte ich ungeduldig. Am besten er kam gleich zur Sache.

Karl holte aus dem Wagen ein großes Kuvert und zog einen Schnellhefter heraus.

»Hier habe ich was für dich.«

»Was ist das denn?«, fragte ich misstrauisch.

»Eine Liste mit den unterschiedlichsten Ausdrücken für das bairische ›Ich liebe dich‹. Ich hab sie aus heimischer Literatur herausgesucht und auch von überallher bekommen und für dich gesammelt.«

Er hielt mir den Schnellhefter entgegen. Ich schaute ihn an und schüttelte den Kopf.

»Du hast überhaupt nichts verstanden. Ich suche nicht eine Liste von Ausdrücken, sondern den *einen* bairischen Ausdruck.«

»Den *einen* findest du sicher auf dieser Liste.«

Langsam zweifelte ich ein wenig an seiner Auffassungsgabe.

»Ich will mir nicht irgendeinen Ausdruck heraussuchen. Sag mal, verstehst du das nicht?«

»Ich versteh nur, dass du dich total lächerlich machst. Hauptsache auffallen um jeden Preis!« Er war wieder mal wütend. Nichts Neues.

»Nur weil ich anderer Meinung bin als du, mach ich mich noch lange nicht lächerlich. Es gibt genügend Leute, die derselben Ansicht sind wie ich«, konterte ich.

»Da sieht man mal, wie ansteckend Dummheit sein kann.« Falls er mich damit provozieren wollte, gelang ihm das heute nicht. Ich war diese ständigen Streitereien leid. Sie brachten ja doch nichts.

»Bitte fahr mit deiner Liste nach Hause oder sonst wo hin, und lass mich in Ruhe.«

Er blickte mich ärgerlich an. »Du willst es dir noch nicht mal anschauen?«, fragte er empört.

Ich nickte heftig, was mir jedoch nicht so wirklich guttat. »Genau richtig erfasst, Herr Sprachforscher.«

»Na gut!«

Wortlos stieg er in sein Auto und fuhr los. Nach ein paar Metern bremste er und fuhr noch mal zurück. Was kam denn jetzt noch?

Er öffnete das Fenster auf der Fahrerseite.

»Hast du das verloren?« Er hielt seine Hand aus dem Fenster und darin war: Eisi! Bei seinem Anblick hüpfte mein Herz vor Freude.

»Ja. Er gehört mir.« Zumindest, bis ich ihn wieder zurück zu Claudia gebracht hatte. Und jetzt fiel mir auch ein, wo ich ihn verloren hatte. Im Wohnzimmer der Bayerls, als meine Tasche zu Boden gefallen war.

Ich nahm den kleinen Kerl und sah Karl dankbar an. Das erste Mal, dass ich ein freundschaftliches Gefühl ihm gegenüber empfand.

»Vielen Dank, Karl!« Das erste Mal, dass ich ihn mit seinem Vornamen ansprach.

»Bitte.« Und das erste Mal, dass sein Blick mit einem freundlichen Erstaunen auf mich gerichtet war.

»Und, Lene?«

»Ja?«

»Alles Gute zum Geburtstag!«

Mit Eisi in der Hosentasche ging ich zurück zu Papa und Julia und schenkte mir Kaffee ein.

»Was wollte er denn?«, fragte Papa.

»Nichts Wichtiges!« Ich hatte keine Lust, jetzt darüber zu reden.

»Sah aber sehr nett aus, der junge Mann«, fand Julia.

»Der Schein trügt oftmals«, bemerkte ich.

Auch wenn mir noch vor Kurzem der Gedanke an etwas zu essen den Magen umgedreht hatte, verspürte ich jetzt großen Appetit.

Ich genoss ein Stück Erdbeerkuchen mit Früchten aus unserem Gewächshaus und wollte mir gerade ein weiteres Stück einverleiben, da klingelte mein Handy. Es war Claudia.

»Sag mal, Lene, wie konntest du nur die Fotos veröffentlichen?«, fragte sie in vorwurfsvollem Ton und ohne mich zu begrüßen.

»Welche Fotos?« Ich wusste nicht, wovon sie redete.

»Jetzt tu nicht so. Die Fotos vom Maienfest auf deiner neuen Facebook-Seite.« Claudia klang ziemlich aufgelöst.

»Claudia, ich habe weder irgendwelche Fotos veröffentlicht noch habe ich eine neue Facebook-Seite.« Ich versuchte, ruhig mit ihr zu reden. Da lag wohl ein Irrtum vor.

Vater und Julia sahen mich fragend an.

»Warst du heute noch nicht online?«, fragte meine Freundin.

»Nein. Bis jetzt noch nicht.«

»Dann mach das mal.« Peng. Weg war sie. Was war da nur wieder los? Claudia war eher nicht bekannt dafür, dass sie sich grundlos aufregte. Langsam bekam ich ein ziemlich ungutes Gefühl in der Bauchgegend. Und das kam weder vom Alkohol noch vom Erdbeerkuchen.

Ich entschuldigte mich bei den beiden und eilte in mein Zimmer.

Schnell loggte ich mich auf meiner Facebook-Seite ein. Was sie nur hatte? Da war doch alles in Ordnung! Oder …? Kurz darauf blieb mir beinahe die Luft weg. Es gab tatsächlich einen zweiten Account mit meinem Namen, und auf dieser Seite waren zahlreiche Fotos vom Maienfest der Bayerls gepostet. Mit Beschreibungen vom Fest, die unter meinem Namen geschrieben waren. Unzählige Kommentare dazu gab es auch. Mir wurde mit einem Schlag übel.

Auf den meisten Fotos war ich zu sehen. Beim Tanzen, an der Bar, beim Anschneiden des Geburtstagskuchens, im Gespräch mit Alwin und Severin. Sogar hinter dem Goldregenbusch, als ich mir den Slip zurechtziehen wollte. Im Stillen dankte ich Alwin, der mich genau zur rechten Zeit davor gerettet hatte, dass mein Hinterteil jetzt für alle Welt zu sehen war. Und dann gab es noch eines – die Farbe meines Gesichtes wechselte schlagartig von schneeweiß zu radieschenrot und wieder zurück –, wie Michi und ich uns im Wohnzimmer küssten.

Ich nahm mein Handy und wählte mit zitternden Fingern Claudias Nummer.

»Das war ich nicht, Claudia. Wirklich nicht!«, sagte ich aufgeregt.

»Wer soll es denn sonst gewesen sein?«

»Keine Ahnung. Ich hab auch nicht mitbekommen, dass mich da die ganze Zeit jemand fotografiert hat.«

O Himmel! Alwin und Severin würden mich teeren und federn, wenn sie das sahen. Wie sollte ich denen klarmachen, dass ich damit absolut nichts zu tun hatte?

»Bei allem, was mir heilig ist: Ich hab keinen blassen Schimmer, wer das war.« Ich flehte sie förmlich an, mir zu glauben. Und Claudia glaubte mir schließlich auch.

»Ich komme zu dir.«

Kaum hatte sie aufgelegt, spielte mein Handy die Waka-Waka-Melodie. Michi! O Gott. Ich konnte mir genau vorstellen, was er wollte. Tapfer ignorierte ich den Anruf und starrte auf mein Notebook. Wer konnte das nur getan haben?

»Bestimmt war es dieser verdammte Huber«, sagte ich jetzt mindestens zum zehnten Mal. Claudia war gekommen, und wir beratschlagten in meinem Zimmer, wie ich mit dem Fotoschlamassel umgehen sollte. Mein Handy klingelte inzwischen fast ununterbrochen.

»Schalt es doch einfach aus, Lene!«, sagte Claudia irgendwann genervt. Sie konnte Waka Waka einfach nicht mehr hören. Und ich auch nicht.

Meine neue Facebook-Seite hatte inzwischen schon halb so viele Fans wie meine richtige. Eine beachtliche Leistung in so kurzer Zeit. Und ich hatte absolut keine Möglichkeit, die Fotos aus dem Netz zu nehmen.

»Ich muss zu Severin und Alwin«, beschloss ich. »Sie müssen wissen, dass ich nichts damit zu tun habe.«

»Ruf lieber vorher an. Wer weiß, was bei denen grad los ist.«

»Ja, du hast recht.« Ich nahm das Telefon und wählte Severins Nummer. Schon nach dem zweiten Klingeln sprang der Anrufbeantworter an.

»Severin Bayerl hier. Wie jedes Jahr nach dem Maienfest brauchen Alwin und ich ein paar Wochen Urlaub. Deswegen bringt es auch nichts, eine Nachricht zu hinterlassen. Auf Wiederhören.«

»Sie sind weg.«

»Wie weg?«, fragte Claudia.

»In Urlaub. Ich glaube, die haben gar nicht mitbekommen, was da los ist.«

Ein gewisses Gefühl der Erleichterung machte sich breit.

»Vielleicht finden wir heraus, wer es war, bevor sie wieder zurück sind«, hoffte ich.

»Ich versuche, Matthias zu erreichen. Vielleicht hat er eine Idee, was wir jetzt machen sollen«, bot Claudia an.

Gute Idee, fand ich. Matthias würde sicher was einfallen.

Und es fiel ihm auch etwas ein. Claudia sollte für die Montagsausgabe ein Interview mit mir machen, um klarzustellen, dass nicht ich es war, die für diese Seite und die Fotos verantwortlich war. Auch wenn die Sache eigentlich keine weltbewegende Angelegenheit war, so barg sie doch einen gewissen Zündstoff. Noch nie hatte jemand in den vielen Jahren gegen das Bayerl'sche Gebot verstoßen und Fotos vom Maienfest gemacht.

Claudia lieh sich meine Kamera aus und machte Bilder von mir, wie ich am Notebook saß. Das Interview war schnell erledigt. Sie tippte es schwindelerregend schnell und schickte alles per E-Mail an die Redaktion.

Ich grübelte inzwischen, wer sich unter meinem Namen diese Gemeinheit erlaubt hatte. Und da stand nach wie vor einer ganz oben auf der Liste: Karl Huber. Womöglich war er deswegen kurz zuvor bei mir gewesen, um von sich abzulenken. Aber mir konnte er nichts vormachen. Er war der Einzige, dem ich das zutraute. Aber das würde er mir büßen. Ich nahm mein Handy, und bevor ich es mir anders überlegte, rief ich die Nummer an, unter der er mir nach dem Radioauftritt eine SMS geschickt hatte.

Er war schneller dran, als ich erwartet hätte.

»Huber?« Noch war er freundlich.

Ohne mich vorzustellen, legte ich los: »Wenn du meinst, dass du mich mit so einer Aktion fertigmachen kannst, dann hast du dich aber geschnitten!«

»Hallo? Wer bitte schön ist da am Telefon?«, fragte er irritiert. Entweder erkannte er mich wirklich nicht oder er war ein begnadeter Schauspieler.

»Du weißt genau, wer dran ist, Mister Moosbummerl. Kannst du mir sagen, welcher Teufel dich geritten hat?«, giftete ich durchs Telefon.

Claudia schüttelte mahnend den Kopf, aber ich war gerade so in Fahrt, da half alles Bremsen nicht.

»Das kann nur die sture Mamsen sein.«

Hörte ich da einen amüsierten Unterton heraus?

»Das ist absolut nicht lustig. Sich als Lene Koller auszugeben und Fotos zu veröffentlichen. Das geht einfach nicht.«

»Moment mal. Wovon redest du überhaupt?« Er tat wirklich so, als ob er keinen blassen Schimmer hätte, worüber ich redete.

»Von den Facebook-Einträgen unter meinem Namen!«, erklärte ich aufgebracht.

»Ich weiß wirklich nicht, was du meinst …«

»Schau ins Internet. Dann siehst du, was ich meine.«

»Ich kann nicht ins Internet gehen, weil ich im Moment im Seniorenheim bei meinem Opa bin«, erklärte er.

»Willst du mich jetzt verarschen?« Das konnte doch nicht wahr sein! Der glaubte wohl wirklich, ich wäre total blöd?

»Nein, hör mal …«, redete er weiter. Aber ich hatte genug und legte auf.

»Blöder Kerl«, schimpfte ich. »Will mir weismachen, dass er keine Ahnung hat und bei seinem Opa ist.«

»Und was, wenn er tatsächlich nichts gemacht hat?«, fragte Claudia.

»Wer außer ihm sollte es denn sonst gewesen sein?«

Mir fiel niemand anderer ein, der mir so übel mitspielen wollte. Bis auf …

»Sabine!«, rief ich aufgeregt. Warum war sie mir nicht gleich eingefallen?

»Ich weiß nicht, Lene«, überlegte Claudia. »So schöne Fotos trau ich ihr eigentlich nicht zu.«

Das stimmte schon. Die veröffentlichten Bilder waren sehr gut fotografiert. Aber vielleicht hatte Sabine irgendwann mal einen Fotokurs gemacht? Flexibel war sie ja. Und was wussten wir denn auch über sie? Nur dass ihre Haare blondiert, ihre Fingernägel künstlich waren und sie sich ehemals im Arabian Nights als Mitarbeiterin bewerben wollte.

»Also, einer der beiden war es bestimmt«, war ich überzeugt.

»Aber zugeben wird das freiwillig niemand«, meinte Claudia. »Weißt du was, Lene? Wir können jetzt ohnehin nichts tun. Bayerls sind in Urlaub, und heute ist unser Geburtstag. Wollen wir uns wirklich den restlichen Tag den Kopf darüber zerbrechen?« Nein. Das wollten wir nicht. Vor allem nicht, wenn selbiger vom gestrigen Feiern sich ohnehin noch so zerbrechlich anfühlte.

Doch bevor ich antwortete, kam eine SMS von Karl: »Ich war es nicht!!!!!« Ja klar. Was sollte er auch sonst dazu sagen?

»Schau mal, Lene!«, rief Claudia plötzlich aufgeregt. »Die Seite ist weg.« Und tatsächlich. Die Fake-Seite war verschwunden. Ein weiteres Indiz für mich, dass doch Karl der Übeltäter war. Da ich ihm so schnell auf die Spur gekommen war, war es ihm wohl doch zu heiß geworden. Aber natürlich war der Schaden schon angerichtet. Jeder, der es wollte, hatte sich die Fotos herunterladen können. Wie das die Bayerls aufnehmen würden? Eine zukünftige Einladung würde es für mich wohl nicht mehr geben!

Ich seufzte. Claudia hatte recht. Wir konnten jetzt ohnehin nichts tun. Und ich wollte meinen dreißigsten Geburtstag nicht mehr weiter damit verbringen, mir Gedanken über etwas zu machen, das ich nicht getan hatte. Ich brauchte eine Ablenkung.

In einem spontanen Entschluss nahm ich mein Handy und rief Ernesto an. Er freute sich sehr, von mir zu hören, und da Claudia den Abend mit ihren Eltern verbringen würde, verabredeten Ernesto und ich uns ins Simone. Er bestand darauf, mich zu Hause abzuholen.

Ich sah auf die Uhr. Mit der ganzen Aufregung um die Facebook-Seite war es schon fast sieben Uhr abends geworden. Wenn ich mich noch duschen und etwas hübsch machen wollte, würde die Zeit knapp werden. Dabei wollte ich eigentlich noch zum Friedhof fahren. Nein, das schaffte ich nicht mehr.

Ich sagte Papa Bescheid, dass ich morgen hinfahren würde. Er war sichtlich enttäuscht und fuhr alleine. Ich fühlte mich gar nicht wohl dabei. Warum lief denn zurzeit alles so durcheinander? Eisi sah mich von der Kommode aus vorwurfsvoll an.

»Jetzt schau du nicht auch noch so. Ich weiß ja, dass es nicht okay ist.« Gut, dass niemand meine Gespräche mit Eisi mitbekam.

Vater war immer noch nicht zurück, als Ernesto mich eine Stunde später abholte. Der Halbkatalane sah noch besser aus, als ich ihn in Erinnerung hatte. Ich war vollkommen überrascht, dass er von meinem Geburtstag wusste. Er schenkte mir einen hauchzarten korallenfarbenen Seidenschal. Der passte wunderbar zu dem hellblauen Kleid, das ich heute trug.

Im Simone warteten bereits einige meiner Freunde, die davon ausgegangen waren, dass ich kam. Sie hatten zusammengelegt und mir ein weiß-blaues Dirndl gekauft.

Wie toll!, dachte ich nicht wirklich erfreut. Ich fand so ein Dirndl bei anderen ja ganz hübsch, aber ich selbst fühlte mich darin wie verkleidet.

Trotz meiner üppigen Oberweite, die geradezu prädestiniert für einen tiefen Dirndlausschnitt war, konnte ich mich nicht mit dieser bayerischen Tracht anfreunden.

Aber ich machte gute Miene zum weiß-blauen Spiel, bedankte mich für ihren Einfallsreichtum und gab eine Runde aus. Ich selbst ließ heute die Finger vom Alkohol.

Alle sprachen mich auf die Fotos vom Fest der Bayerls an, und ich musste viel erklären. Kaum dass es Gelegenheit gab, ein paar Sätze mit Ernesto zu plaudern. Zudem klingelte ständig mein Handy. Auch Michi gab nicht auf. Doch so hartnäckig wie er war ich schon lange und ignorierte seine Anrufe mit stoischer Gelassenheit. Inzwischen hatte ich ihm eine andere Handymelodie verpasst: Monty Pythons »Always look on the bright side of life«, die mich stets aufmunterte, wenn sie losging.

»Vielleicht hätten wir uns doch besser an einem anderen Tag

verabreden sollen«, entschuldigte ich mich bei Ernesto für die ständigen Störungen.

»Ach, das macht doch nichts. Schließlich hast du heute Geburtstag«, sagte er verständnisvoll.

Irgendwie kam mir dieser Geburtstag viel länger vor, als sonst ein Geburtstag war. So als hätte man ihn gepackt und auseinandergezogen wie ein Gummiband. Dabei hieß es doch immer, dass die Zeit schneller verginge, je älter man wurde. Noch nicht mal auf die alten Weisheiten konnte man sich mehr verlassen.

Meine Freunde stimmten erneut ein Geburtstagslied an, und die anderen Gäste im Lokal schlossen sich dem fröhlichen Gesang an. Das war zwar nett gemeint, aber plötzlich wurde mir alles zu viel. Vor allem, als ein etwas angetrunkener Gast mich aufforderte, ich solle das Dirndl anziehen. Schnell wurden auch andere Stimmen laut, die mich in mein Geburtstagsgeschenk stecken wollten. Da beugte ich mich zu Ernesto und flüsterte ihm ins Ohr: »Hast du Lust auf einen Spaziergang?«

Er nickte und strahlte übers ganze Gesicht.

Ohne dass die anderen es bemerkten, handelte ich an der Theke einen Spezialtarif für eine Lokalrunde aus, um mich für die stimmgewaltige Gesangseinlage zu bedanken. Ich bezahlte die Rechnung und machte mich mit Ernesto aus dem Staub. Ein paar Minuten später gingen wir durch das nächtliche Passau, und ich zeigte ihm meinen Lieblingsplatz an der Ortsspitze.

Auch in der Nacht war es dort wunderschön. Das Kloster Mariahilf über dem Inn und die Burg auf der Donauseite waren geheimnisvoll beleuchtet. Mit sanftem Rauschen floss das Wasser an beiden Seiten an uns vorbei, fast so, als ob wir auf einer Insel wären. Über uns strahlten unzählige Sterne am Nachthimmel.

Wir saßen auf einer kleinen Bank, und endlich fand ich ein

wenig zur Ruhe. Es war kurz vor Mitternacht, und bald würde der Geburtstag zu Ende sein.

»Ist das nicht ein herrliches Fleckchen Erde?«, fragte ich verträumt.

»Si. Auch meine Heimatstadt ist wunderschön und würde dir bestimmt gefallen.«

Erst hier in der Stille der Nacht fiel mir auf, wie samtig und melodisch seine Stimme war.

»Ich war mal als kleines Mädchen in Barcelona. Mit meinen Eltern. Aber ich kann mich leider kaum noch daran erinnern«, sagte ich leise. Es war der letzte Urlaub mit Mama, kurz vor meiner Einschulung.

»Vielleicht sind wir uns damals ja irgendwo über den Weg gelaufen? In einem Park vielleicht?«, überlegte Ernesto.

»Ja. Oder beim Eisessen am Strand«, spann ich seine Überlegung weiter.

»Oder auf einem Spielplatz wie hier.« Auf der Ortsspitze gab es eine Schaukel, ein Minikarussell, einen Kletterturm, eine Seilbahn und eine Rutschbahn.

»Du warst das kleine Mädchen, das Angst davor hatte, auf die Rutschbahn zu steigen«, neckte er mich.

»Von wegen Angst!«, rief ich. »Mir konnte als Kind nichts zu hoch oder zu schnell sein.«

»Das will ich sehen.« Er stand auf. »Komm!«, forderte er mich auf. Ich war sofort dabei. Wir liefen zu dem kleinen Karussell, das man fortbewegen konnte, indem man mit den Füßen anstieß. Es war herrlich. Wie lange war ich schon nicht mehr auf einem Karussell gesessen.

»Schneller!«, feuerte ich ihn an.

»Halt! Lene! Mir wird schwindlig«, rief er nach einer Weile.

»Ach komm, stell dich nicht so an!«

»Lass uns lieber rutschen«, schlug er vor.

Wir benahmen uns wie Vorschulkinder, als wir in der Dunkelheit die Leiter hochstiegen und dann runtersausten. Mit meinem Kleid war das gar nicht so einfach. Dafür ging es bei Ernesto umso schneller, sodass er am Ende auf allen vier Buchstaben im Sand landete.

»Oh. Hat's wehgetan?«, fragte ich ohne allzu viel Mitleid.

»Ja. Ich kann nicht mehr aufstehen«, jammerte er übertrieben. Ich stieg vorsichtig die Leiter wieder hinunter und wollte ihm auf die Beine helfen. Da packte er mich plötzlich und zog mich auf seinen Schoß.

»Jetzt hab ich dich!« Er lachte.

»Hey! Was machst du da?«

»Das wirst du gleich merken.«

In der Dunkelheit konnte ich ihn kaum sehen. Aber ich spürte seinen warmen Atem an meiner Wange und atmete den Duft seines Rasierwassers ein. Es war ein prickelndes Gefühl.

Gerade in diesem Augenblick musste ich an Karl Huber denken. Von wegen ich hätte Probleme mit Männern! Wenn das hier ein Problem war, dann wollte ich zukünftig nicht mehr ohne Probleme sein.

Ich spürte es mehr, als ich es sah, dass Ernestos Lippen meinen ganz nah kamen. Schnell drehte ich meinen Kopf zur Seite.

»Was ist denn?«, fragte er.

Ich löste mich und stand auf. Irgendwie war es doch nicht so ganz unproblematisch.

»Es geht zu schnell, Ernesto.« Ich konnte das nicht. Noch nicht.

Er stand ebenfalls auf.

»Es tut mir leid.«
»Es liegt ja nicht an dir.«
»Möchtest du lieber gehen?«, fragte er.
»Ja. Bitte bring mich nach Hause.«

kapitel 10

Am nächsten Morgen wachte ich früher auf als der Kater, den ich mir letzte Nacht mal wieder ins Bett geholt hatte. Ein Zeichen dafür, dass es wirklich noch sehr früh war. Normalerweise war es Fritzi, der mich morgens weckte, indem er mich in die Zehen biss, auf meinem Bauch herumstieg oder hungrig maunzte. Jetzt sah er mich ein wenig verschlafen an, folgte mir dann aber mehr als bereitwillig in die Küche.

Vater war schon auf dem Feld, als ich vom Hof fuhr. Auf dem Beifahrersitz lag ein wunderschöner Blumenstrauß, den ich am Tag zuvor geschenkt bekommen hatte. Noch vor der Arbeit steuerte ich den Friedhof an. Am Grab meiner Mutter brannte die Kerze, die Vater am gestrigen Abend ohne mich angezündet hatte. Ich stellte den bunten Frühlingsstrauß in einer Vase daneben.

»Tut mir leid wegen gestern, Mama. Aber zurzeit geht alles ein wenig rund bei mir.« Ich sprach leise. Irgendwie wollte ich die Ruhe der anderen nicht stören. Es war ja auch noch sehr früh am Morgen.

Ich stand eine Weile am Grab und hielt Zwiesprache mit meiner Mutter. Über Michi, Ernesto, das Buchprojekt und natürlich auch Karl Huber, den ich hoffentlich so schnell nicht wiedersehen musste. So ganz wohl war mir nicht, wenn ich an Huber dachte, und in Gedanken hörte ich plötzlich meine Mutter fragen: »Warum hast du ihm gestern eine E-Mail geschickt und ihn einen hinterfotzigen Beidl genannt, Lene?«

Tja, Mama, das wusste ich auch nicht so genau.

Als Ernesto mich in der Nacht nach Hause gebracht hatte, war der Ärger über die falsche Facebook-Seite wieder so in mir hochgekocht, dass ich Huber eine gepfefferte E-Mail geschickt hatte. Erst dann war mir wohler gewesen. Trotzdem schlief ich danach sehr schlecht. Und als ich im Morgengrauen wach wurde, fand ich meine Aktion gar nicht mehr so gut, auch wenn er sie sicher verdient hatte.

»Mama, ich sag's dir. Heutzutage ist es gar nicht mehr so einfach mit den Männern.« Ich seufzte. Vielleicht war es aber auch für die Männer nicht so einfach mit uns?

Es hatte sich in den letzten Jahren tatsächlich sehr viel verändert. Während ein großer Teil der Generation meiner Eltern in meinem Alter schon längst eine Familie gegründet hatte, waren viele meiner Freundinnen genauso wie ich noch nicht mal in einer stabilen Beziehung, geschweige denn verheiratet. Erst vier meiner ehemaligen Mitschülerinnen waren Mütter. Zwei von ihnen bereits wieder geschieden und somit alleinerziehend. Warum hatte sich das alles so rasant geändert? Waren Beruf und Karriere wirklich der Altar, auf dem wir ein Familienleben opferten? Zugegebenermaßen mit all seinen Höhen und Tiefen. Stand Selbstbestimmung so weit über partnerschaftlichen Kompromissen, dass wir einem Singleleben den Vorzug gaben?

Dabei wollte ich eine Familie. Sogar sehr. Und zum ersten Mal hatte mein Alter etwas Erschreckendes für mich. Nicht die nachlassende Spannkraft meiner Haut und auch nicht das Fett, das ich vielleicht bald ansetzen würde, waren beängstigend. Es ging um etwas anderes. Wenn ich meinen Traum von einer großen Familie erfüllen wollte, dann hatte ich tatsächlich nicht mehr alle Zeit der Welt.

Ich blickte nach oben zum Himmel. Dorthin, wo ich meine Mutter vermutete. Als Kind hatte ich mir immer vorgestellt, dass meine Mama gemütlich in einem knallroten Schaukelstuhl auf einer dicken Wolke saß und mich durch ein Fernrohr betrachtete. Sie konnte genau sehen, was ich tat, und war immer bei mir. Ich fühlte mich auch heute noch meiner Mutter näher, wenn ich den Himmel sehen konnte. Das war auch der Grund, warum mein Bett direkt unter einem großen Dachfenster stand.

Im Laufe der Jahre hatten sich weitere Angehörige auf der Wolke niedergelassen. Neben dem Schaukelstuhl meiner Mama spielten mein Großonkel Toni, Opi Peter und Opa Sepp sowie der alte Pfarrer Hirzinger an einem Biertisch Schafkopf. Oma Hannerl war stets damit beschäftigt, die Wolke sauber zu halten, Omi Elfi backte Topfentaschen und Cousin Didi hockte im Schneidersitz ein wenig abseits und spielte auf seiner Gitarre Hits aus längst vergangenen Tagen.

Diese kindliche Vorstellung war zwar inzwischen ein wenig verblasst wie ein altes Foto, aber trotzdem immer noch da.

Jetzt sah ich die ganze Bande im Geiste da oben diskutieren, ob sie ein gutes Wort für mich einlegen sollten, damit ich endlich mal eine Beziehung auf die Reihe bekam. Ich hoffte, dass sie nicht zu lange auf einen Termin beim großen Boss warten mussten, um das Anliegen vorzutragen.

»Bitte, lass dir was einfallen!«, sandte ich ein Stoßgebet nach oben und ging zu meinem Auto.

kapitel 11

Als ich im Verlag ankam, wartete Claudia schon auf mich.

»Komm, wir sollen gleich zu Matthias!«, drängte sie.

Im Fahrstuhl nach oben sah sie mich neugierig an. »Was war denn gestern eigentlich mit Ernesto?«

»Nichts. Was soll denn gewesen sein?«, fragte ich. Ich wollte über unseren Spielplatzbesuch jetzt nicht reden.

»Ich war noch im Simone, aber da warst du schon mit ihm weg. Jetzt erzähl schon. Läuft da was?«, hakte sie nach.

»Nein. Noch nicht«, antwortete ich wahrheitsgemäß.

»So, noch nicht.« Sie lächelte, schaute dabei jedoch an einen für mich nicht sichtbaren Punkt an der Wand.

»Er ist wirklich sehr nett, aber er ist mir etwas zu forsch. Auf der anderen Seite, worauf soll ich warten?«, überlegte ich laut.

»Wenn du noch Zeit brauchst, lass dir Zeit. Und wenn nicht, dann gönn ihn dir.« Darauf wär ich auch selbst gekommen. Sie war nicht mehr so ganz bei der Sache, hatte ich den Eindruck.

»Ja, so mache ich das«, sagte ich und grinste.

»Tolle Idee … Du hast die Zeitung heut noch nicht gelesen, oder?« Ihre Tonlage war beim letzten Satz etwas höher geworden.

Ich verneinte und war gleichzeitig auf der Hut. Irgendwas war nicht in Ordnung.

»Du wirst dich … äh … vielleicht ein wenig wundern.« Sie grinste schief. »Aber bitte reg dich nicht gleich auf!«

»Ihr habt was getan?«, fragte ich fassungslos.

Vor mir lag der Lokalteil der Zeitung mit einem weiteren großen Bericht über mich. Doch anstatt des Fotos am Notebook, das Claudia von mir gemacht hatte, waren Bilder von Bayerls Fest abgedruckt. Und auf jedem Bild war ich zu sehen. Mit Michi, mit Alwin und Severin und sogar mit Karl Huber!

Im Bericht wurde darauf hingewiesen, dass nicht ich diese Fotos gemacht und veröffentlicht hatte und man noch auf der Suche nach dem heimlichen Fotografen war. Aber das war längst noch nicht alles. Zwischen den Zeilen stand die Frage, ob einer der Männer auf den Bildern mein weiß-blaues Herz zum Schmelzen gebracht hatte.

Ich schnaubte wütend.

»Lene, bitte, ich erkläre es dir«, versuchte Matthias, mich zu beruhigen.

»Ich bitte darum!« Ich verschränkte meine Arme.

»Severin Bayerl ist nicht in Urlaub, sondern bereitet zurzeit ein besonderes Kunst-Theater-Projekt vor. Dafür braucht er Publicity, und er hat mit mir darüber gesprochen, wie wir das einfädeln könnten. Da kamst du ins Spiel. Denn auch du brauchst weiterhin Aufmerksamkeit für dein Projekt. Und es ist uns gelungen, alles unter einen Hut zu bringen«, begann er mit seiner Erklärung.

Was wollte er mir damit sagen? Ich sah ihn verständnislos an.

»Severin hat schon lange darauf gewartet, dass einer der Gäste sein Verbot ignoriert und Fotos vom Maienfest in Umlauf bringt«, fuhr er fort.

»Warum hat er es dann überhaupt verboten?«, fragte ich verwirrt.

»Verstehst du nicht? Damit sollte zunächst der Reiz erhöht werden. Aber Severin hätte nie damit gerechnet, dass all die Jahre tatsächlich niemand fotografieren würde. Scheinbar hatte jeder Angst, danach nie wieder eingeladen zu werden. Deswegen hat er in diesem Jahr selber ein wenig nachgeholfen.«

Es war unglaublich! Severin und Matthias steckten hinter dieser Sache! Ich warf Claudia einen eindringlichen Blick zu.

»Sag bitte, dass du das nicht gewusst hast!«

»Bis gestern Abend nicht«, sagte sie ein wenig kleinlaut.

»Du weißt das seit gestern Abend und hast mir nichts gesagt?« Ich war empört. Und das sollte meine beste Freundin sein? Na, danke schön!

»Deswegen bin ich doch gestern ins Simone gegangen. Aber du warst schon weg«, erklärte sie wenig überzeugend.

»Hast du schon mal was von Handys gehört? Das sind so kleine Kästchen, wenn man da hineinspricht, kann man sich mit einem Menschen unterhalten, der auch so ein kleines Kästchen hat.«

»Jetzt sei nicht albern. Ich wollte es dir nicht am Telefon sagen, Lene. Außerdem hast du inzwischen auf deiner richtigen Facebook-Seite fast doppelt so viele Fans wie gestern früh.«

»Was hat das jetzt damit zu tun?«, blaffte ich sie an.

»Die Leute gehen auf deine Seite, weil sie über dich in der Zeitung lesen und darauf warten, dass irgendwas Neues kommt«, erklärte sie.

»Unser Konkurrenzblatt hat das Thema natürlich auch aufgegriffen, aber durch dich sind unsere Leser viel näher an der Geschichte dran«, sagte Matthias und lächelte zufrieden.

»Und wer bitte schön soll dieser Mann sein, der mich zum Schmelzen bringt?«, wollte ich wissen und trommelte ungeduldig mit meinen Fingernägeln auf die Tischplatte. Leider waren sie zu kurz, um nennenswerte Geräusche zu machen.

»Den gibt es natürlich nicht wirklich. Also Lene, du müsstest doch inzwischen wissen, wie das funktioniert.« Claudia wurde langsam ungeduldig mit mir.

Matthias schaute mich aufmunternd an. »Jeder profitiert davon. Es ist doch niemand zu Schaden gekommen«, sagte er versöhnlich.

Was hieß hier »niemand zu Schaden gekommen«? Ich hätte mir an meinem Geburtstag jede Menge Aufregung sparen können. Außerdem hatte ich Huber verdächtigt und ihn einen hinterfotzigen Beidl genannt. Dabei war er völlig unschuldig. Gewiss würde er deswegen keinen Schaden davontragen, aber in Ordnung war es trotzdem nicht.

»Warum habt ihr es mir nicht gleich gesagt?«, fragte ich, noch immer ärgerlich. Dann hätte ich die nächtliche E-Mail sicherlich nicht abgeschickt und mich nicht schon wieder blamiert.

»Das war Severins Vorschlag. Er bezweifelte, dass du das auch wirklich überzeugend hättest spielen können«, erklärte Matthias.

Der alte Bayerl traute mir ja gar nichts zu. Höchstens mit roten Wangen Aktmodell zu stehen. Oder zu liegen. Oder was auch immer. Ob es eigentlich auch Fotos gab von ihm und mir im Atelier?

»Wer hat denn jetzt fotografiert?« Darauf waren sie mir eine Antwort schuldig.

»Jemand, der meist in deiner Nähe war«, verriet Matthias kleinlaut.

In meiner Nähe? Wer soll denn das gewesen sein? Plötzlich ging mir ein Licht auf.

»Der Minotaurus?«

Matthias nickte. Ich war enttäuscht. Das hätte ich von meinem Sternzeichen nicht erwartet. Wo er die Kamera nur versteckt hatte? Unter seinem Lendenschurz? Ich dachte besser nicht weiter darüber nach.

»Lene, es tut mir leid, wenn wir dich mit der ganzen Sache überfahren haben. Das war nicht unsere Absicht. – Aber vielleicht kann ich dich damit wieder etwas versöhnlich stimmen?«

Matthias reichte mir einen Vertrag. Meinen ersten Buchvertrag. Sollte ich jetzt lachen oder weinen? Mir war klar, dass er mich damit besänftigen wollte. Und es gelang ihm auch. Wenn ich so recht überlegte, war ja wirklich nichts Schlimmes passiert. Severin und ich hatten unsere Publicity, Matthias eine gute Auflage, und so wie Huber schon vorher mit mir umgesprungen war, dürfte das mit dem hinterfotzigen Beidl auch nicht so schlimm sein.

Wahrscheinlich würde er jetzt zwar kein Wort mehr mit mir reden, doch das konnte mir eigentlich nur recht sein.

»Aber Lene«, jetzt klang Matthias' Stimme ernst, »dieses Gespräch hier muss unbedingt unter uns bleiben!«

Klar. Ich war auch nicht sonderlich erpicht darauf, jemandem davon zu erzählen.

Ich verließ das Büro mit dem Versprechen, zu schweigen wie ein Grab und außerdem in den nächsten zwei Wochen endlich die ersten fünfzig Seiten meines Ratgebers abzuliefern. Eine große Aufgabe lag vor mir.

kapitel 12

Den Rest der Woche hatte Matthias mir Sonderurlaub gegeben, damit ich Zeit zu schreiben hatte. Er wollte wohl auch ein wenig sein schlechtes Gewissen beruhigen. Mir sollte es recht sein.

Von Karl Huber hörte ich nach meiner E-Mail tatsächlich erst einmal nichts mehr. Was mich einerseits beruhigte, mir aber auf der anderen Seite ein seltsames Gefühl bereitete, das sehr einer Achterbahnfahrt des schlechten Gewissens glich.

Ernesto war geschäftlich in Frankfurt und schickte jeden Tag süße Kurznachrichten, die mich zum Lachen brachten. Nach seiner Rückkehr wollten wir endlich unseren Abend beim Mexikaner verbringen.

Ich saß mit meinem Notebook hinter dem Haus im Schatten eines alten Walnussbaums und warnte jede zukünftige Leserin davor, sich wegen eines Mannes zum weiblichen Deppen zu machen.

Als Beispiel schilderte ich gerade – natürlich etwas abgewandelt – eine Kussszene mit dem Ex, der eine neue Freundin hatte. Da fuhr genau der Mann, dem ich diese Inspiration verdankte, in seinem Sportwagen auf den Hof. Ich war versucht, mich mitsamt meinem Computer hinter dem Baumstamm zu verstecken, aber

Michi hatte mich schon gesehen. Er kam schnurstracks auf mich zu und blieb dann etwa einen Meter vor mir stehen.

»Hallo Lene.«

»Hallo Michi.« Einen Platz konnte ich ihm nicht anbieten, denn ich saß auf einem einzelnen Gartenstuhl.

»Geht's dir gut?«

Ich nickte. »Ja. Danke.« So weit es einer Frau gut gehen konnte, die in einer alten Schlabberhose mit einem etwas zu engen Bikinioberteil ungeschminkt vor einem gut aussehenden Mann in einem Anzug saß, der unheimlich viel Wert auf das Äußere legte. Aber in diesem Fall half mir wohl mein Oberteil. Und wenn ich seinen Blick richtig interpretierte, nahm er die Schlabberhose gar nicht zur Kenntnis.

»Du warst nicht in meiner Kanzlei wegen deines Vertrags«, sagte er schließlich.

Ach, deswegen war er gekommen!

»Es … es hat sich nicht mehr ergeben. Der Vertrag ist sicher in Ordnung. Und ich wusste nicht …«

Er unterbrach mich.

»Es tut mir leid, Lene, was ich zu dir gesagt habe, nachdem wir uns … geküsst hatten.«

Ich stand auf.

»Ach Michi. Lassen wir das jetzt.«

Ich wollte mir unbedingt etwas anderes anziehen.

»Nein, hör zu. Ich muss dir was Wichtiges sagen. Ich … Also, ich habe mit Sabine Schluss gemacht.« Er sagte es in einem Ton, als ob er eben einen dreiköpfigen Drachen besiegt hätte.

Wie? Die beiden waren nicht mehr zusammen? So schnell jetzt? Hatte sie sich etwa geweigert, die künstlichen Fingernägel abzunehmen?

»Ach ja?« Mehr fiel mir im Moment dazu nicht ein.

»Ich wollte dich fragen, ob wir … also ob wir nicht vielleicht alles vergessen könnten und …«

»Wie stellst du dir das vor?«, unterbrach ich ihn.

»Lene, wir hatten doch eine tolle Zeit zusammen. Können wir es nicht noch mal miteinander versuchen?« Sein Blick senkte sich auf mein Oberteil. Er schluckte.

»Bitte … Kleines. Denk darüber nach.«

»Michi, ich weiß nicht, ob das so eine gute Idee wäre. Es ist so viel passiert«, wich ich aus. Ich wusste wirklich nicht, ob ich das wollte.

Er schaute mich mit einem so sehnsuchtsvollen Blick an, dass ich versucht war nachzugeben.

»Wir können ja mal gemeinsam essen gehen«, machte ich einen halbherzigen Vorschlag.

»Wie wär's mit heute Mittag?«, schlug er vor.

»Ja Michi! Dass du dich auch mal wieder sehen lässt!« Mein Vater kam mit einem Eimer voller Erdbeeren vom Feld.

Ich merkte ihm an, dass er nicht wusste, was er davon halten sollte, den Exfreund seiner Tochter hier zu sehen.

»Grüß dich, Bertl. Ich möchte Lene überreden, heut mit mir essen zu gehen.«

Vater sah mich an und hielt mir den Eimer hin.

»Sei so gut und bring die Erdbeeren in die Küche. Dann kannst du dir auch was … äh … Vernünftiges anziehen«, sagte er mit einem Hauch von Vorwurf in der Stimme.

Doch ich war ihm nicht böse, ganz im Gegenteil. Ich nahm den Eimer und mein Notebook und ging ins Haus. Später wollten Vater und ich aus den Erdbeeren Marmelade machen. Nach einem Rezept aus der Rezeptsammlung meiner Oma, oder besser gesagt meines Opas. Denn ursprünglich hatte er es mit nach Hause gebracht, als er aus der russischen Gefangenschaft zurückgekommen war. Die Marmelade schmeckte am besten, wenn man die ersten Beeren des Sommers einkochte und mit einem ordentlichen Schuss Wodka verfeinerte. Opa liebte diese Marmelade. Mein Papa auch. Und seitdem ich alt genug war, sie essen zu dürfen, war sie auch mein Lieblingsbrotaufstrich geworden.

Ich ging in mein Zimmer, zog ein leichtes Sommerkleid an und kämmte rasch meine Haare. Komisch. Jedes Mal, wenn Michi in meiner Nähe war, hatte ich das dringende Bedürfnis, mich besonders weiblich zurechtzumachen.

»Denkst du, es ist eine gute Idee, mit ihm essen zu gehen?«, fragte ich in Richtung meines kleinen Freundes. Doch Eisi schaute mich nur mit einem unergründlichen Blick an, der alles bedeuten konnte.

Michi und Vater saßen inzwischen auf der Bank vor dem Haus. Als ich kam, unterhielten sie sich über Fußball. Auch wenn Michi kein so großer Fan war, wusste er genau, wie sehr mein Vater für den 1. FC Passau schwärmte.

Michi hatte zwei Karten für Vater mitgebracht, für das letzte Spiel vor dem Saisonende. Mit einem Schwiegersohn wie ihm könnte Vater bestimmt viel anfangen, ging mir durch den Kopf. Als Michi mich sah, stand er auf und lächelte mich an.

»Ich bin so weit«, sagte ich.

»Viel Spaß euch beiden«, wünschte mein Vater.

»Servus, Bertl. Und nächsten Sonntag hol ich dich zum Spiel ab.«

Wir gingen zu Michis Wagen.

»Fahr nicht zu damisch!«, rief Papa uns nach. Er wusste, dass

Michi gerne Gas gab, und das machte Vater jedes Mal Sorgen, wenn wir unterwegs waren.

Michi versprach, moderat zu fahren. Und hatte das Versprechen in dem Moment vergessen, als er den Zündschlüssel umdrehte.

»Ich freue mich, dass du mitkommst, Lene. Sehr sogar«, sagte er, während wir mit hundertdreißig auf der Landstraße unterwegs waren. Ich hatte ganz vergessen, wie nervenaufreibend es war, bei Michi Beifahrerin zu sein.

»Aber nach dem Essen müssen wir bald zurück. Ich hab noch viel zu tun heute«, baute ich schon mal vor. Verlängern konnte ich im Notfall immer noch.

»Natürlich. Ich hab beim Mexikaner einen Tisch bestellt«, sagte Michi gut gelaunt. Aha. Der war sich seiner Sache ja ganz schön sicher gewesen. War ich denn so leicht zu überreden?

Ich griff in meine Tasche und umfasste kurz Eisi, den ich als moralische Unterstützung mitgenommen hatte.

kapitel 13

Das Lokal in einem der kleinen verträumten Gässchen der Stadt war gut besucht, wenn auch zur Mittagszeit nicht überfüllt. Ich mochte das schlichte Ambiente dunkler Tische, weiß getünchter Wände und sparsam dosierter mexikanischer Dekoration. Joe's Cantina wirkte einfach, doch die Küche war fantastisch, und ich hatte hier schon zahlreiche sehr lange und lustige Abende mit Claudia verbracht. Das war jedoch noch vor der Zeit mit Michi gewesen.

»Guten Tag. Hallo Lene. Schön, dich wieder mal zu sehen«, begrüßte uns Dimitri, mit dem ich in nächtlichen Stunden schon einige Tequilas gekippt hatte. Der ewige Student aus Weißrussland war inoffizieller Freund des homosexuellen Lokalbesitzers Josef Meier alias Joe. Doch so wie Dimi jedes Mal in meinen Ausschnitt blickte, vermutete ich bei dem hageren jungen Mann, dass er sich ab und zu auch mal gerne an einen weichen warmen Busen kuschelte.

»Ich freu mich auch, Dimi. Was gibt es als Mittagsgericht?« Ich hatte tatsächlich schon einen anständigen Appetit. Es war erstaunlich. Seit ich mit dem Ratgeber beschäftigt war, hatte ich festgestellt, dass Schreiben ganz schön hungrig machen konnte.

»Burritos … mit Huhn oder mit Chili.«

»Für mich mit Chili«, sagte ich, und mir lief bereits das Wasser im Mund zusammen.

»Ich hätte gerne ein Steak mit Pfefferkruste, medium und Salat dazu«, bestellte Michi. Dazu ein Bier und für mich Wasser.

»Jetzt erzähl mal, warum ist zwischen dir und Sabine Schluss?«, packte ich den Stier gleich bei den Hörnern. Wenn wir wirklich noch mal eine neue Chance wollten, dann mussten wir jetzt ehrlich zueinander sein.

»Ach weißt du, Lene, ich habe einfach erkannt, dass Sabine und ich nicht zusammenpassen und …« Sein Handy klingelte.

»Geh ruhig ran«, sagte ich. Er würde sonst doch nur wieder nervös werden.

Michi war irgendwie handysüchtig. Oder besser gesagt smartphonesüchtig. Einmal war er sogar rangegangen, während wir miteinander schliefen. Da wir uns bei jener Stellung nicht in die Augen sahen, hatte ich es zuerst gar nicht bemerkt, dass er telefonierte. Ich dachte, er würde mit mir reden, und kam völlig aus dem Rhythmus, als er anbot, mich später auf den Friedhof zu fahren.

Von so einer Art Dirty Talk hatte ich bis dato noch nicht gehört.

»Was meinst du?«, hatte ich gefragt und mich zu ihm umgedreht.

Ich wäre vor Scham am liebsten im Boden versunken, als ich bemerkte, dass er telefonierte. Und vor allem mit wem: Seine Mutter Thea war am anderen Ende der Leitung! Die hätte mit ihrem schwachen Herzen sicher einen Herzkasperl bekommen, wenn sie gesehen hätte, womit sich ihr Sohn neben dem Telefonieren gerade die Zeit vertrieb. Trotzdem war ich hinterher heilfroh, dass sie sein Gesprächspartner war und unser Liebesjargon nicht in eine morbide Richtung abglitt.

»Michael Sommer … Ach du bist es … Kann ich dich später zurückrufen? Ja, ich bin in einer Besprechung. Ja, bis dann. Tschüss.«

So, er war also in einer Besprechung? Wem musste er bitte schön vormachen, dass er in einer Besprechung war? Ich spürte einen leichten Anflug von Ärger in mir aufsteigen.

»Entschuldige, Lene. Nur ein Kollege … Aber jetzt erzähl mal: Stimmen die Gerüchte, dass einer der Männer auf Bayerls Fest dir den Kopf verdreht hat?«, fragte er etwas angespannt. Der Zeitungsartikel hatte seinen Zweck erfüllt. Schon wurde über mein Liebesleben gerätselt.

»Ach wo! Alles nur Gerüchte. Du weißt ja, wie das ist …« Ich winkte ab.

»Freut mich zu hören.« Michi schien erleichtert.

Nun klingelte mein Handy. Ich ließ es klingeln.

»Geh doch ran«, forderte Michi mich auf. Es machte ihn auch nervös, wenn ein anderes Handy klingelte.

»Wenn du meinst.« Ich sah auf das Display. Ernesto. Ob es so gut war, das Gespräch jetzt anzunehmen? Aber Michi würde keine Ruhe finden.

»Lene Koller«, meldete ich mich unverbindlich und mit einem Lächeln in Michis Richtung. Dimi servierte währenddessen unser Essen. Somit war Michi ein wenig abgelenkt.

»Hallo wunderschöne Traumfrau. Ich bin eben auf dem Rückweg von Frankfurt. Leider muss ich morgen gleich wieder für eine Woche nach Barcelona. Wie wär's, wenn ich dich heute Abend zum Essen abhole?«, schlug er vor.

Michi beäugte mich neugierig. Ich überlegte blitzschnell eine Antwort. Wenn ich Ernesto absagte, würde er nachfragen, warum. Das wäre zu auffällig. Es blieb nur eine Möglichkeit.

»Ja, das können wir gerne machen«, stimmte ich zu. Michi musste das ja nicht wissen. Und überhaupt, wir waren schließlich nicht zusammen.

»Super. Ich bin um acht Uhr bei dir. Bis später, meine Schöne«, flötete er ins Telefon und legte auf.

»Entschuldige, Michi, das war ein Kollege.« Ich hasste mich dafür, ihn anzulügen. Aber ich hatte keine Lust, jetzt mit ihm über Ernesto zu reden. Die beiden waren sich ohnehin nicht gerade freundlich gesonnen.

»Hmm. Das sieht aber lecker aus«, schwärmte ich und machte mich über meine Burritos her. Michi schnitt ein großes Stück von seinem Steak ab. Sein Handy meldete eine SMS. Er legte die Gabel samt aufgespießtem Fleisch wieder auf den Teller und nahm sein Handy.

»Terminänderung. Ich musste nur bestätigen«, entschuldigte er sich und tippte eine Antwort.

»Kein Problem.«

Doch Sabine ging mir nicht aus dem Kopf.

»Du, sag mal, wenn du mit Sabine nicht mehr zusammen bist, stellst du eine neue Bürokraft für sie ein?«, fragte ich interessiert.

Es war ihm sichtlich unangenehm, über das Thema zu sprechen. Er nahm einen kräftigen Schluck Bier.

»Sie hat ein paar Tage Urlaub genommen. Das müssen wir noch klären, wenn sie wieder da ist.«

Nicht die Antwort, die ich hören wollte. Aber die Burritos waren himmlisch. Während ich das leckere Gericht genoss, überlegte ich, was ich denn eigentlich für eine Antwort von ihm hören wollte. Dass er Sabine rauswerfen würde aus seiner Kanzlei? Schließlich wollte ich nicht für ihre Arbeitslosigkeit verantwortlich sein. Obwohl, der Club Arabian Nights suchte laufend nach gutem Personal, wie ich aus sicherer Quelle wusste. Ich hatte die Nummer sogar noch irgendwo in meiner Schreibtischschublade.

Michi würde Sabine bestimmt ein ausgezeichnetes Zeugnis schreiben. Zuverlässige Mitarbeiterinnen waren auch in einem Puff nicht verkehrt.

»Mit deinem Boss verstehst du dich aber seit Neuestem sehr gut, oder?«, wollte Michi wissen. War da ein wenig Eifersucht zu hören? Warum auch nicht? Matthias war ein sehr interessanter Mann.

»Durch mein Buchprojekt sehen wir uns häufiger. Und ja, wir verstehen uns gut.« Mein Handy meldete eine SMS. Ich seufzte. Ein entspanntes Mittagessen sah anders aus. Als ich den Absender der Mail las, schluckte ich. Karl Huber hatte geschrieben.

»Wir müssen etwas klären!« Die Kürze seiner Nachrichten war stets beeindruckend. Ich schaltete das Handy aus und steckte es zu Eisi in die Tasche. Das schlechte Gewissen nagte an mir. Auch wenn ich Karl Huber am liebsten in den hintersten Winkel des Bayerischen Waldes verbannen würde, so wusste ich selbst, dass ich ihm Unrecht getan hatte mit meiner Beschuldigung. Ich hatte nur keine Ahnung, wie ich das ausbügeln konnte, ohne mein Gesicht zu verlieren. Ich sollte mit Claudia darüber reden. Vielleicht konnte sie mir einen Rat geben.

»Und was sagst du dazu?« Michi sah mich eindringlich an.

Oh, ich hatte ihm gar nicht zugehört. »Entschuldige. Was meintest du?«, fragte ich nach.

»Ich schlug dir vor, mal eines deiner Interviews in meinem Büro zu geben.«

Ich war irritiert. Warum sollte ich das machen wollen? »Äh, aus welchem Grund in deiner Kanzlei?«, fragte ich nach.

Michi schaute mich etwas überrascht an. »Na, vielleicht wollen die Leute auch mal sehen, was dein Freund macht«, antwortete er und lächelte.

Mein Freund? Ich wusste gar nicht, dass wir schon wieder so weit waren. Ich wusste ehrlich gesagt überhaupt nicht, ob es jemals wieder so weit kommen würde. Seit dem Kuss auf dem Fest, oder besser gesagt seit dem, was gleich darauf passiert war, konnte ich meine Gefühle ihm gegenüber gar nicht mehr definieren. Klar, ich mochte ihn, und irgendwie wäre er immer noch ein toller Kandidat für meinen Traum von Familie … Ach, vielleicht war ich einfach nur ein wenig verwirrt. Kein Wunder nach alldem, was in der letzten Zeit alles passiert war.

»Michi, hör zu. Es geht mir alles ein wenig zu schnell. Ich weiß nicht, ob ich das schon wieder möchte. Bitte lass mir noch ein wenig Zeit«, bat ich ihn.

Er schien enttäuscht, aber sein Gespür für das weibliche Geschlecht war gut genug, um zu wissen, dass er es jetzt erst einmal darauf beruhen lassen musste.

»Du kannst alle Zeit der Welt haben, Lene. Aber du sollst wissen, dass ich bereit für dich bin.« Dabei fasste er mir unter dem Tisch an meinen Oberschenkel. Da klingelte sein Handy erneut. Und ich war froh darüber …

Wir verzichteten beide auf ein Dessert, und Michi brachte mich nach Hause. Ich setzte mich an mein Notebook und arbeitete so konzentriert an meinem Buch, dass ich völlig vergaß, meinem Vater mit der Erdbeermarmelade zu helfen. Als es mir plötzlich siedend heiß einfiel, eilte ich sofort ins Haupthaus.

Schon bevor ich die Küche betrat, zog ein verbrannter Duft durch meine Nase. Vater stand am Spülbecken und scheuerte einen dicken schwarzen Belag vom Boden des Kochtopfs. Auf dem Tisch standen leere Einmachgläser. Überall waren die Fenster geöffnet.

»Warum hast du mir nicht Bescheid gesagt, Vater?«, fragte ich.

Er drehte sich kurz zu mir um und sagte: »Du hast ja momentan keine Zeit.« Der vorwurfsvolle Unterton war nicht zu überhören.

»Es tut mir leid, aber du weißt, dass ich an meinem Buch arbeiten muss«, versuchte ich mich zu entschuldigen.

»Eben. Deswegen wollte ich die Marmelade alleine machen. Aber dann kam Kundschaft für den Hofladen. Als ich zurückkam, qualmte es schon.« Die schönen Erdbeeren.

Jetzt hatte ich ein schlechtes Gewissen. Aber er hätte ja auch was sagen können. Manchmal war er eigensinnig wie ein kleines Kind. Trotzdem hätte ich ihn am liebsten umarmt, wie er da so stand und den Topf schrubbte. Ich kannte ihn gut genug, um zu wissen, dass es ihm in der Seele wehtat, wenn Lebensmittel unnötig verschwendet wurden.

»Lass mich dir helfen«, bot ich an.

Er reagierte gar nicht darauf.

»Was ist jetzt eigentlich mit dir und Michi?«, fragte er stattdessen.

»Keine Ahnung, Papa.« Ich seufzte.

»Kind, langsam wird es Zeit, dass du dich mal auf was Längerfristiges einlässt.«

Wem sagte er das?

Papa war nicht sonderlich begeistert, als er mitbekam, dass Ernesto mich am Abend abholte. Trotzdem blieb er dem Spanier gegenüber höflich. Ernesto versprach, gut auf mich aufzupassen und wohlbehalten wieder zurückzubringen. Das und Ernestos sicherlich nicht auf Tempo getrimmter Kleinwagen, den er in Passau fuhr, schienen Vater ein wenig zu versöhnen. Ich nahm mir fest vor, ihm die nächsten Tage mehr zu helfen.

kapitel 14

Zum zweiten Mal an diesem Tag betrat ich Joe's Cantina, das am Abend bis auf den letzten Platz voll war. Gut, dass auch Ernesto reserviert hatte. Dimi schaute etwas verblüfft, ließ sich jedoch nicht anmerken, dass ich heute schon einmal mit einem anderen Mann hier Gast gewesen war. Im Gegensatz zum Mittagessen mit Michi war die Stimmung mit Ernesto total locker und ungezwungen. Er brachte mich immer wieder zum Lachen, und nachdem wir zwei Tequilas getrunken hatten, war ich in Partylaune. Mein Handy hatte ich sicherheitshalber ausgeschaltet.

Doch Michi und Ernesto waren sich ähnlicher als gedacht. Auch er wollte wissen, was es mit dem Zeitungsartikel auf sich hatte. Ich erklärte ihm, dass der Bericht überhaupt nichts bedeutete. Er lächelte beruhigt, und ich spürte gleich darauf seine warme Hand an meinem Oberschenkel. Wie gesagt: Sie waren sich ähnlich.

Plötzlich begann an dem Tisch hinter uns eine Diskussion. Es ging um mein Thema. Die Suche nach der weiß-blauen Liebe. Ich drehte mich um und erstarrte. Huber saß genau hinter mir. Das konnte doch nicht wahr sein! Ja hatten denn in Passau heute alle Lokale außer Joe's Cantina Ruhetag? Als ob er meine Anwesenheit ebenfalls spürte, drehte er sich um.

»Lene!«

»Hallo Karl!«

»Was für ein Zufall! Kaum spricht man vom Teufel ... Das ist die Dame, die denkt, wir Bayern könnten nicht richtig lieben«, erklärte er in Richtung seiner Freunde am Tisch.

»Das habe ich nie behauptet«, korrigierte ich ihn sofort. »Es wird Zeit, dass mein Buch erscheint, damit du endlich verstehst, was ich meine.«

»Ich sehe, du bist noch bei den Recherchen«, bemerkte er mit Blick auf meinen Begleiter.

»Ernesto Morales. Ein guter Freund von Lene«, stellte er sich selbst vor.

»Karl Huber! Eher kein guter Freund von Lene.«

Ernesto kannte ihn natürlich bereits aus den Zeitungsberichten. Er war auf der Hut. Schließlich waren Karl und ich inzwischen in der Öffentlichkeit als ziemliche Streithammel bekannt.

An Karls Tisch saßen noch ein Paar und eine Frau mit einem hübschen naturblonden Kurzhaarschnitt. Seine Freundin?

Das wollte ich jetzt doch genauer wissen.

»Und welchen Fanklub hast du heute dabei?«, fragte ich neugierig.

»Meine Schwester Corina mit ihrem Mann Chris, und das ist Hilly.«

Hilly? Mehr nicht? Hilly, seine Sekretärin? Oder Hilly, seine Cousine? Oder Hilly, seine Freundin?

Ich spürte es so sicher wie das Drücken meiner Blase, dass Karl immer noch ärgerlich auf mich war, sich aber erstaunlich höflich – man konnte es für seine Verhältnisse fast schon freundlich nennen – mir gegenüber verhielt.

»Ich finde Ihre Theorie bemerkenswert«, meinte die hübsche Hilly mit einem Lächeln, das bewusst eine Reihe weißer Zähne zeigen sollte. Das wiederum fand ich bemerkenswert. Sollte ich eine Fürsprecherin aus den Reihen meines ärgsten Widersachers haben?

»Bemerkenswert dumm«, ergänzte sie und erstickte damit jegliche Illusion auf eine freundliche Gesinnung ihrerseits im Keim. Ihr Lächeln wurde noch breiter und erinnerte jetzt an das Zähnefletschen eines Schimpansen, dem man seine Banane wegnehmen möchte. Karl konnte sich ein zufriedenes Grinsen kaum verkneifen.

Dies war wieder einmal eine der Situationen, in der ich verzweifelt nach richtigen Worten suchte. Worte, die dieser Frau mit einem Schlag das falsche Lächeln aus dem Gesicht wischen würden. Aber mein Gehirn war wie leer gesaugt.

»Ich halte es keinesfalls für dumm, eine eigene Meinung zu einem Thema zu haben«, sprang mein spanischer Freund für mich ein. »Lenes Theorie, eigentlich ist es ja mehr eine Frage, fasziniert mich. In meiner Heimat gibt es das spanische ›Te amo‹ und das katalanische ›T'estimo‹. Warum gibt es nicht auch in Bayern einen festen Ausdruck für ›Ich liebe dich‹?«

Ich wartete keine Antwort ab, weder von Hilly noch von Karl, sondern entschuldigte mich kurz und ging auf die Toilette.

Vor der Tür standen bereits einige Frauen. Oje! Warum musste ich immer so lange warten, wenn es eilte?

»Willst du vor?«, fragte plötzlich eine junge Frau freundlich und handelte sich damit unfreundliche Blicke der übrigen Wartenden ein. Doch manchmal im Leben musste man es ertragen können, dass nicht alle Leute einen mochten. Und jetzt war ganz eindeutig so ein Moment.

»Das ist sehr nett«, bedankte ich mich und huschte schnell an ihr vorbei. Als ich wieder herauskam, wartete sie auf mich.

»Toll, dass wir uns heute sehen«, freute sie sich, »ich hab nämlich deine Handynummer verloren.«

Ich schaute sie genauer an. Ich hatte die Frau noch nie gesehen.

»Meine Handynummer?«, fragte ich nach.

»Ja, wir wollten doch mal einen Ausflug machen in das Aquarium nach Jaging?« Jetzt war ich mir eindeutig sicher, dass es sich um eine Verwechslung handelte. Oder? Plötzlich tauchten Bilder von Fischen auf mit den Augen dieser Frau. Ob ich jetzt anfing zu halluzinieren?

Mein Gesichtsausdruck musste meine Befürchtungen deutlich widergespiegelt haben, denn plötzlich begann sie, herzlich zu lachen.

»Du weißt nicht mehr, wer ich bin, oder?«, stellte sie fest.

»Ehrlich gesagt, nein!«, gab ich zu. Was mir schrecklich leidtat, denn die hübsche Rothaarige hatte mir vor ein paar Minuten einen großen Gefallen getan.

»Ich bin Anne, der Fisch!«

»Aha! Hallo Anne.« Wurde ich hier veralbert? Ich blickte mich vorsichtig um. Keine Kamera in Sicht. Und ich hatte immer noch keinen blassen Schimmer, wer sie war.

»Das Sternzeichen. Auf dem Maienfest! Du hast mir ständig Komplimente gemacht und mir von einem Fisch in diesem Aquarium in Jaging erzählt, der angeblich genauso aussieht wie ich!«

Bingo! Jetzt fiel es mir wie Schuppen von den Augen. Der wunderhübsche Fisch auf dem Fest.

Es musste schon ziemlich spät gewesen sein, als wir uns unterhalten hatten. Ich durfte in Zukunft wirklich nicht mehr so viel trinken.

»Ja klar! Jetzt erinnere ich mich wieder.« Ich freute mich tatsächlich, sie zu sehen. Hoffte jedoch insgeheim, dass ich damals nicht zu viel Unsinn dahergeredet hatte.

»Ich fand die Geschichte so schön, wie du als kleines Kind oft einen Ausflug zu den Fischen gemacht hast«, schwärmte sie und fragte: »Gilt denn das Angebot mit dem Aquarium noch?«

»Ja, aber sicher!« Wenn ich was versprach, hielt ich das natürlich auch. Wir tauschten unsere Handynummern und vereinbarten, in den nächsten Tagen zu telefonieren.

Bevor ich wieder ins Lokal ging, schnappte ich im Hinterhof des Gebäudes ein wenig frische Luft. Es war kühler geworden als in den vergangenen Tagen, und Regen lag in der Luft. Ich hörte Schritte und drehte mich um. Irgendwie war ich nicht überrascht, Karl zu sehen.

»Traust du dich nicht mehr hinein?«, fragte er spöttisch.

Jetzt war genau der richtige Moment da.

»Hör mal, Karl. Ich … ich muss dir was sagen«, begann ich und nahm all meinen Mut zusammen.

»Das glaub ich aber auch. Also, leg los.« Er verschränkte die Arme, sah mich an und wartete ab.

Grrrr. Eine Wurzelbehandlung beim Zahnarzt würde ich jetzt eindeutig vorziehen, als mich bei ihm zu entschuldigen. Aber ich wusste, dass es sein musste. Ich streckte die Schultern durch, und das Motto meiner Oma väterlicherseits kam mir in den Sinn: »Kopf hoch, auch wenn der Hals noch so dreckig ist.« Danke, Oma Elfi! Solche Ermunterungen aus der Vergangenheit taten auch noch in der Gegenwart ihre Dienste.

»Es tut mir leid. Das mit den Fotos und so … Dass ich dich beschuldigt habe, war nicht okay«, sagte ich mit fester Stimme.

»Und woher weißt du, dass ich es nicht doch gewesen bin?«

Was sollte diese Frage denn jetzt? Natürlich war er es nicht gewesen. Aber ich konnte ihm nicht sagen, warum ich das wusste. Ich hatte es hoch und heilig versprochen.

»Du magst zwar ein gscherter Gloife sein, aber hinterfotzig bist du nicht. Das würdest du nicht tun«, sagte ich im Brustton der Überzeugung.

»Ist es nicht eher so, dass du jemanden beauftragt hast, diese Bilder zu machen, damit du wieder ordentlich in die Schlagzeilen kommst?«, unterstellte er nun mir mit einem bösen Lächeln.

»Ich? Also das ist die Höhe!«, protestierte ich. Klar wurden die Bilder unter anderem genau zu dem Zweck gemacht, aber ich hatte damit nichts zu tun. Blöd nur, dass ich das nicht sagen konnte.

»Vielleicht war es ja dieser spanische Gigolo?«

»Ernesto? Er ist kein Gigolo, sondern ein seriöser Geschäftsmann. Und wie, bitte, soll er das gemacht haben, wenn er gar nicht auf dem Fest war?«

»Woher soll ich denn wissen, dass er nicht auf dem Fest war? Vielleicht ist er ja eines dieser Sternzeichen gewesen und konnte sich so unbemerkt überall bewegen.« Damit war er der Wahrheit so nahe gekommen, wie es nur ging. Nur dass es nicht Ernesto war.

»Er war es nicht. Wie kommst du denn auf diesen Unsinn?«, fragte ich, und meine Stimme überschlug sich fast.

»Ich seh dir doch an, dass du was zu verbergen hast. Dabei hatte ich wirklich gehofft, es wäre nicht so. Und dann auch noch mich beschuldigen. Dass du dich nicht schämst?« Er war jetzt richtig wütend.

»Ich wusste von den Fotos nichts. Aber Ernesto war es ganz bestimmt nicht. Der hat anderes zu tun, als heimlich zu fotografieren. Das musst du mir glauben!«

»Ich muss gar nichts«, sagte er kalt.

Mich fröstelte. Dann sollte er es eben bleiben lassen. Ich hatte zumindest mein Gewissen erleichtert, und wenn er jetzt den Spieß umdrehte, konnte ich es auch nicht ändern. Trotzdem gärte es in mir, dass ich die Sache nicht aufklären konnte.

»Ach, lass mich doch in Ruhe und geh rein zu deiner … Freundin Hilly!«

»Sie ist nicht meine Freundin. Hilly ist meine Frau …« Damit drehte er sich um und ging hinein. Seine Frau? Warum war ich eigentlich immer davon ausgegangen, dass er ledig war? Und warum schnürte mir der Gedanke daran ganz plötzlich die Kehle zu? War ich neidisch, weil er verheiratet war und ich nicht?

Ich hatte absolut keine Lust mehr, ins Lokal zu gehen. Trotzdem konnte ich Ernesto nicht so einfach sitzenlassen. Ich ging in die Küche und fing dort Dimi ab, um die Rechnung zu bezahlen. Dann schickte ich Ernesto eine SMS, dass ich vor dem Lokal auf ihn warten würde. Keine Minute später war er auch schon da.

»Eigentlich hatte ich dich heute eingeladen«, erinnerte er mich.

»Scheinbar ist es uns nicht gegönnt, mal einen ruhigen Abend miteinander zu verbringen.« Es tat mir wirklich leid.

»Ich muss dich doch bald mal nach Barcelona mitnehmen, da kennt dich keiner und ich habe dich für mich ganz alleine.«

»Das ist eine tolle Idee, Ernesto. Sobald mein Buch fertig ist, machen wir das.« Die Vorstellung, am Strand in der Sonne zu liegen oder in einem kleinen Straßencafé einen Espresso zu trinken, war in diesem Moment unglaublich verlockend.

»Ich nehme dich beim Wort. Es war trotzdem ein schöner

Abend mit dir«, schnurrte er mir ins Ohr. Ich bekam Gänsehaut. Bevor er mir jedoch näher kam, fielen dicke schwere Regentropfen auf uns. Innerhalb weniger Sekunden standen wir inmitten eines ausgewachsenen Wolkenbruchs. Rasch liefen wir zu seinem Wagen und stiegen ein. Das kurze Stück hatte gereicht, dass wir pitschnass waren.

»Wenn ich nicht morgen so früh zum Flughafen müsste, würde ich dich mit zu mir nehmen und nach einem heißen gemeinsamen Bad trocken rubbeln.«

Sein Blick sagte mir ganz deutlich, dass er mir bei Weitem nicht seinen ganzen Plan verraten hatte.

»Du kommst ja bald zurück. Und es gibt bestimmt wieder Regentage«, munterte ich ihn auf, während er mich nach Hause fuhr.

kapitel 15

Am nächsten Vormittag stand eine Besprechung mit Matthias auf dem Programm. Claudia war auch dabei. In den letzten Tagen hatten wir uns kaum gesehen. Bevor wir gemeinsam ins Büro gingen, fragte ich sie, ob alles in Ordnung mit ihr sei.

»Ja, klar.« Ein unergründliches Strahlen lag in ihren Augen. Sofort hatte ich einen Verdacht.

»Du bist verliebt!«, rutschte es mir heraus.

»Wie kommst du denn darauf?«

»Ich kenne dich. Doch, du bist verliebt. Sag mir sofort, in wen«, forderte ich sie auf. Doch Claudia blockte ab. Das würde sie mir später erzählen, jetzt hatte die Besprechung Vorrang.

Matthias wartete bereits auf uns. Mit ihm ein etwas rundlicher Mann mit Halbglatze und Schnauzer, der mich sehr an den Vater aus den Geschichten um *Vater und Sohn* erinnerte.

»Darf ich vorstellen, die Autorin Lene Koller, unsere Redakteurin Claudia Zanolla. Und das ist Klaus Böttgen, der den Ratgeber illustrieren wird.«

Klaus Böttgen schien mir ein lustiger Mann zu sein, mit dem ich mir die zukünftige Zusammenarbeit gut vorstellen konnte. Er würde für meine Texte Zeichnungen anfertigen. Das Hauptmotiv sollte ich sein.

»Ich brauche Fotos von Ihnen, Frau Koller. In verschiedenen Situationen und mit unterschiedlichsten Gesichtsausdrücken«, bat Böttgen.

»Haben wir bereits hier.« Matthias legte eine dick gefüllte Gummizugmappe vor den Illustrator. Der öffnete sie gleich, und ich staunte nicht schlecht. Alles Fotos von mir! Ich wusste sofort, wo sie herkamen.

»Du kannst doch nicht einfach so meine Fotos weitergeben, Claudia!«, zischte ich in ihre Richtung. Ich zog die Mappe an mich und schloss sie energisch. Egal, ob bei gemeinsamen Urlauben, Partys oder Wochenendtrips, Claudia hatte meist eine Kamera dabei und knipste wild drauflos. Nicht immer waren die Bilder für die Allgemeinheit geeignet.

»Ich habe Claudia um die Fotos gebeten, Lene«, stellte Matthias richtig.

»Jetzt mach kein Theater! Da sind keine Bilder dabei, die man nicht sehen dürfte«, sagte Claudia.

Das musste sie schon mir überlassen. Ich öffnete die Mappe und blätterte die Fotos durch. Vertrauen ist gut, Kontrolle ist besser, dachte ich. Ha! Und schon hatte ich eines gefunden.

»Was bitte macht ein Bikinifoto dabei?«, fragte ich gereizt. Ich mochte es gar nicht, wenn Außenstehende so in meine Privatsphäre eindrangen. Und Bikinifotos gehörten für mich eindeutig in meine Privatsphäre!

»Es ging mir nur um den Gesichtsausdruck, Lene«, erklärte Claudia. Gesichtsausdruck bei einem Ganzkörper-Bikinifoto mit Sonnenbrille? Also bitte!

»Frau Koller, Sie brauchen sich keine Gedanken zu machen. Ihre Fotos sind bei mir in den besten Händen«, versuchte Böttgen mich zu beruhigen.

In den besten Händen? Dabei bemerkte ich jetzt schon Schweißperlen auf seiner Stirn. Doch nicht nur er, sondern auch Matthias schaute sehr viel länger als nötig auf den Schnappschuss vom letzten Urlaub. Das schien auch Claudia zu bemerken.

»Na gut. Wir können ja später noch mal alle Fotos sortieren«, bot sie rasch an.

»Ach, macht das doch hier, dann kann Klaus die Mappe gleich mitnehmen«, schlug Matthias vor. »Er fährt heute wieder zurück nach München.«

Ich nahm den Packen in die Hand und sortierte alleine aus. Nur die wirklich ganz harmlosen gab ich dem Zeichner. Alle mit tiefem Ausschnitt kamen heraus und weitere Bikinifotos sowieso. Ich konnte mich ja täuschen, aber ich befürchtete, dass der erste Eindruck von Böttgen doch etwas falsch war. Die Vorstellung, dass er meine Fotos länger anstarrte, als das nötig war, behagte mir gar nicht.

Während ich auswählte, unterhielten Matthias und Claudia sich über das Layout. Böttgen kritzelte auf einem Block herum. Dann schob er ihn zu mir.

»Damit Sie sehen, was auf Sie zukommt«, sagte er und lächelte.

Ich war verblüfft. Mit einigen wenigen Strichen hatte er meinen missgelaunten Gesichtsausdruck so gut getroffen, dass ich lachen musste. Und damit hatte er mich wieder versöhnlich gestimmt.

Claudia sah auf ihre Uhr.

»Es tut mir leid, aber ich muss dann gleich los. Einweihung des neuen Jugendzentrums«, entschuldigte sie sich.

»Ich komm auch gleich mit … Herr Böttgen, ich bin schon gespannt, was Sie alles aus mir machen«, sagte ich.

Wir verabschiedeten uns.

»Lene? Hast du heute Mittag schon was vor?«, fragte Matthias.

»Äh, nein. Noch nicht.« Ich war ja gespannt, was er diesmal geplant hatte. Wahrscheinlich wieder einen Interviewtermin oder ein Gespräch mit einem Brauchtumsverein.

»Da wir dich mit den Fotos so überrumpelt haben, lade ich dich als Wiedergutmachung zum Essen ein.« Jetzt war ich aber mal wirklich überrascht.

»Gerne«, sagte ich zu.

»Um halb eins in Joe's Cantina?«

Wo bitte? Das war jetzt nicht sein Ernst, oder? Konnte das denn wahr sein?

»In Joe's Cantina?«, fragte ich sicherheitshalber nach.

»Ja. Oder magst du kein mexikanisches Essen?«

»Doch, doch.« Und wie ich es mochte! Fragte sich nur, wie lange noch.

»Gut, dann bis später.«

Ich stopfte die aussortierten Fotos in meine Handtasche, holte sie dann aber wieder heraus und reichte sie dem überraschten Böttgen.

»Vielleicht ist bei denen ja doch der eine oder andere Gesichtsausdruck zu sehen«, sagte ich.

»Bestimmt«, sagte der Zeichner und lächelte freundlich.

Ich nickte ihm zu und folgte Claudia. Sie hatte es scheinbar wirklich eilig.

Als ich sie noch mal nach dem Namen des Mannes fragen wollte, in den sie verliebt war, stand sie bereits im Fahrstuhl, und die Türe schloss sich vor meiner Nase.

Dimi zwinkerte mir verschwörerisch zu, als ich das Lokal betrat. Nun war ich innerhalb der letzten vierundzwanzig Stunden das dritte Mal beim Mexikaner. Und jedes Mal mit einem anderen Mann.

Doch anders als mit Michi und Ernesto handelte es sich heute um ein reines Arbeitsessen. Ohne dass ich mir vorstellen konnte, warum, schien dieses Buchprojekt für Matthias eine ganz besondere Bedeutung zu haben. Vielleicht wollte er mit dem Ausbau der Buchlinie, die sich bisher nur auf einige wenige Werke regionaler Autoren beschränkte, einen neuen Weg einschlagen. Sein Vater und Großvater hatten die Zeitung aufgebaut, Matthias hatte wohl noch Größeres vor. Wobei ich mir wiederum nicht vorstellen konnte, dass er das mit meinem kleinen Liebesratgeber einleiten wollte.

»Kommst du gut voran?«, fragte er mich, während er auf seinem Smartphone eine Seite im Internet aufrief.

»Ja. Sogar besser, als ich dachte. Die ersten Probekapitel schicke ich dir nächste Woche. Ich bin gespannt, was du dazu sagst.«

»Sehr schön. Schau mal«, er zeigte mir eine Internetseite mit besonderen Trachten. Er wollte doch hoffentlich nicht etwa, dass ich ein Dirndl anzog? Außerdem hatte ich erst kürzlich eines bekommen, das sicherlich die nächsten hundert Jahre ungetragen in meinem Schrank hängen würde.

»Wir müssen das Bayerische mit dem Sex-Appeal einer modernen jungen Frau verbinden.«

Und das sollte ich in einem Dirndl darstellen? Ausgerechnet ich?

»Wenn du meinst.« Er schien gar nicht zu bemerken, dass ich nicht sonderlich begeistert war. Auch wenn die Kleider zugegebenermaßen nichts mit den traditionellen Dirndlgewändern aus meiner Kindheit zu tun hatten.

»Schau mal, das hier würde dir bestimmt gut stehen.« Er zeigte auf ein schwarz-weißes Minidirndl, sehr trendig, sehr sexy.

Es war eine seltsame Situation, mit ihm hier zu sitzen und über Modefragen zu sprechen.

»Die alte Werberegel ›Sex sells‹ wird auch unserem Projekt einen Schub geben«, sagte er. »Und nachdem ich deine Bikinifotos gesehen habe, bin ich mehr denn je davon überzeugt, dass du einen Bombenerfolg haben wirst.«

Ich wurde rot. Matthias hatte wirklich eine sehr direkte Art, etwas anzusprechen.

»Äh … danke!«

Und dann kam es ohne Vorwarnung noch direkter: »Lene, ich möchte mit dir schlafen!«

Vor lauter Schreck traf ich mit der Gabel meine Unterlippe. Autsch.

Hatte ich mir das jetzt eingebildet? Oder mich verhört? Vielleicht hatte er ja was anderes gesagt wie zum Beispiel: »Lene, ich möchte zu den Schafen.« Oder: »Lene, wir müssen dann zum Hafen.«

Ich schluckte. Was sollte ich denn jetzt tun? Nachfragen? So tun, als ob er gar nichts gesagt hatte? Ich könnte auch einen Allergieschock vortäuschen. Es gab viele Menschen, die auf Schalentiere allergisch waren. Dumm nur, dass ich keine Scampi oder Muscheln gegessen hatte, sondern Hühnchen-Enchiladas.

»Lene?«

Ich räusperte mich.

»Natürlich können wir zum Hafen fahren«, sagte ich und lächelte freundlich. Einen Versuch war es wert. Zumindest konnte ich Zeit gewinnen. Vielleicht fiel mir noch was Besseres ein.

»Zum Hafen?« Er zog eine Augenbraue hoch.

»Ja, wenn du dorthin musst, begleite ich dich selbstverständlich gerne«, bot ich an.

Er lachte leise.

»Das war nicht die Frage, die ich dir gestellt habe, oder?«

»Nicht? Dann habe ich das wohl falsch verstanden.« Ich spürte, wie mir das Blut schon wieder ins Gesicht schoss und meine Wangen heiß wurden.

O Gott. Was sollte ich denn nur machen? Ich konnte doch nicht mit meinem Chef schlafen!

»Möchtest du nicht?«, fragte er, und sein Lächeln war plötzlich verschwunden.

»Was jetzt? Du meinst … äh … Also, du willst nicht mit mir zum Hafen, sondern …«, meine Stimme wurde leise, »… mit mir schlafen?«

Er nickte und sah mir fest in die Augen. Dieses Grün müsste eigentlich verboten werden! Ich schluckte.

»Nun. Doch. Schon.« Er war ja eindeutig ein attraktiver Mann, wenn auch nicht so gut aussehend wie Michi oder Ernesto. Keine gute Idee, jetzt an die beiden zu denken.

»Schön! Zahlen bitte.« Er winkte Dimi zu. Und in meinem Magen breitete sich ein Gefühl aus, das glatt eine Cousine der Angst sein könnte.

Hatte ich tatsächlich Ja gesagt? Aber warum auch nicht? Was stellte ich mich eigentlich so an? Ich war schließlich eine moderne junge Frau und ich war Single.

Ich griff in meine Handtasche, um ein Papiertaschentuch herauszuholen. Da zwickte mich etwas in den Finger. Ich sah in die Tasche und blickte in die wütend blitzenden Augen von Eisi. Wäre er nicht eine Plastikfigur, hätte ich geschworen, dass er mich in den Finger gebissen hatte. Aber da das unmöglich war, konnte ich mich nur an einem der anderen tausend Dinge gepikst haben, die in den Tiefen meiner Tasche schlummerten.

»Kommst du?« Matthias war bereits aufgestanden und wartete auf mich.

Ich folgte ihm zu seinem Wagen in der Nähe des Lokals. Wie in einem seltsamen Traum ließ ich mich in die Ledersitze seines Luxusgefährts sinken.

Was tat ich da? Wollte ich wirklich mit ihm schlafen? Ich verdrängte die Frage, auf die ich mir selbst keine eindeutige Antwort geben konnte.

Fünf Minuten später schloss sich hinter uns das elektronische Garagentor. Keiner hatte ein Wort gesagt, seit wir ins Auto gestiegen waren. Matthias stieg aus, ging um das Auto herum und öffnete mir die Wagentüre. Mein Herz trommelte inzwischen so wild, dass mich jede Percussionformation mit Freuden als neues Bandmitglied aufgenommen hätte.

Ich folgte ihm mit wackligen Beinen über eine Treppe in den Wohnbereich, der wenig überraschend dieselbe edle Eleganz wie sein Büro hatte und trotzdem Behaglichkeit ausstrahlte. Allerdings hatte ich ein viel größeres Haus erwartet.

Matthias verschwendete keine Zeit, mir die übrigen Räume zu zeigen, und führte mich gleich in sein Schlafzimmer. Es war, ungewöhnlich für einen Mann, völlig in Weiß gehalten. Kein farbiges Bild, keine bunte Lampe. Noch nicht mal eine klitzekleine Grünpflanze. Nur Weiß um mich herum! Warum das denn?

»Beim Sex sollte man von nichts abgelenkt werden. Weiß ist ein wunderbarer Rahmen für Körper, die sich im Liebesspiel bewegen«, erklärte er mit rauer Stimme, so als hätte er wieder einmal meine Gedanken erraten.

Eigentlich wäre ich am liebsten sofort aus dem Haus gerannt. Doch das Verhalten von Matthias war so ungewöhnlich, dass meine Neugierde mich zurückhielt. Dieser Mann war ein absolutes Rätsel für mich.

Zudem hörte ich in meinem Hinterkopf die vom Rauchen kratzige Stimme meiner Tante Josefine, deren Credo war: »Das, was du im Leben am meisten bereust, sind die Dinge, die du nicht ausprobiert hast.«

Demnach hätte Tante Josefine sicherlich nicht viel zu bereuen. Sie hatte ziemlich viel ausprobiert in ihrem Leben. War viermal verheiratet und im zarten Alter von dreiundsechzig mit einem zwanzig Jahre jüngeren indischen Sänger nach Schweden ausgewandert. Allerdings dachte sie jetzt schon wieder öffentlich auf Facebook über eine Ortsveränderung in südlichere Gefilde nach. Und so wie ich das verstand, auch über einen neuen Mann.

»Lene?« Matthias' dunkle Stimme in der Stille seines Zimmers riss mich los von Tante Josefine. Er saß, immer noch voll bekleidet, auf dem Bett und beobachtete mich.

»Ja?«

»Komm her!« Er sprach leise, aber bestimmt.

Und in diesem Moment wurde mir klar, dass ich nicht mit ihm schlafen konnte. Nicht so. Tut mir leid, Tantchen, aber in dem Fall nahm ich die Reue gerne in Kauf!

Würde mich das jetzt meinen Job und den Buchvertrag kosten? Und wenn, dann hatte ich es mir selbst eingebrockt. Ich hätte mir gleich im Lokal eine vernünftige Ausrede einfallen lassen können. Zum Beispiel eine Blasenentzündung. Ja, genau. Kein Mann hatte Lust auf eine Frau mit Blasenentzündung! Warum war ich nicht früher darauf gekommen? Das musste ich mir auf alle Fälle fürs nächste Mal merken. Ich sah ihn an.

»Matthias, es tut mir leid … Es liegt nicht an dir, aber ich … ich kann nicht.«

Ohne ein Wort stand er langsam auf.

»Rufst du mir bitte ein Taxi?«, bat ich verlegen.

»Ich bringe dich zu deinem Wagen.«

»Nein, das ist nicht nötig, ich kann …«

»Ich bringe dich zu deinem Wagen«, wiederholte er bestimmt. Und dann tat er etwas, mit dem ich nicht gerechnet hätte. Er lächelte.

»Keine Sorge. Ich werfe dich nicht aus dem Verlag.« Wieder mal hatte er meine Gedanken erraten. Mir fiel ein ganzes Gebirge vom Herzen. Er gehörte eindeutig nicht zu den Männern, die eingeschnappt waren, wenn sie einen Korb bekamen. Aber da war ja noch was.

»Und der Buchvertrag?«

»Bleibt natürlich auch. Aber ich habe eine Bedingung.«

»Ja?«

»Du schickst mir noch dieses Wochenende die ersten Kapitel.«

Puh. Damit konnte ich leben. Wenn ich Gas gab, dann würde ich das schaffen. Hauptsache, zwischen Matthias und mir stimmte wieder alles. Es wäre traurig für mich gewesen, wenn Sex – ob er nun stattgefunden hatte oder nicht – unser gutes Verhältnis zerstört hätte. Denn ich mochte Matthias. Eigentlich sogar sehr. Er war ein ganz besonderer Mann, und ich fühlte mich auf eine verrückte Weise zu ihm hingezogen. Dieser Gedanke zauberte mir unbewusst ein Lächeln auf mein Gesicht.

»Versprochen!«

Er griff in seine Hosentasche und holte einen Schlüssel an einem x-förmigen Anhänger heraus.

»Das ist der Schlüssel für dieses Haus. Ich benutze es kaum. Wenn du Ruhe brauchst zum Schreiben, kannst du jederzeit hierherkommen.«

Ich war baff. Nicht nur, dass er nicht beleidigt war, jetzt gab er mir auch noch seinen Haustürschlüssel. Auch wenn er für ein Haus war, das er kaum benutzte, wie ich inzwischen erkannt hatte.

»Warum tust du das?«, fragte ich leise.

»Ich möchte, dass du dieses Buch so bald wie möglich zu Ende bringst«, antwortete er ruhig.

Doch da gab es noch etwas, das ich wissen wollte.

»Warum wolltest du mit mir schlafen?«

»Weil du einen absolut aufregenden Körper hast.« Tja. So einfach war das.

Kapitel 16

Ich recherchierte und schrieb die nächsten Tage von morgens bis tief in die Nacht. Inzwischen war ich richtig in Fahrt gekommen. Der Ratgeber hatte viele autobiografische Züge, die ich jedoch so geschickt verpackte, dass nur diejenigen, die es direkt betraf, ahnen konnten, dass sie gemeint waren. Trotzdem war ich noch nicht zufrieden. Irgendwas fehlte.

Michi, der sich seit unserem Essen jeden Tag mehrmals per SMS meldete, hatte Verständnis, dass der Abgabetermin für das Buch momentan für mich im Vordergrund stand.

Mit Ernesto unterhielt ich mich jeden Abend per Skype. Auch er war momentan beruflich ziemlich eingespannt. Und ich war froh darüber.

Matthias gab sich mir gegenüber seit unserem Gespräch im weißen Schlafzimmer freundschaftlich sachlich. Alles war wieder im grünen Bereich.

Nur von einem hatte ich nichts mehr gehört. Karl Huber. Noch nicht mal einen Eintrag auf der Facebook-Seite hatte er die letzten Tage geschrieben.

Claudia hatte sich spontan ein paar Tage freigenommen und war zu ihrer Cousine Carla nach Siena geflogen. In der letzten Zeit war sie etwas seltsam, und sie rückte auch nicht heraus, wer der neue Mann in ihrem Leben war. Wir mussten unbedingt wieder einen Mädchenabend machen, wenn sie zurück war. Das war schon längst überfällig.

Es war noch früh am Morgen. Eigentlich sollte ich meinem Vater auf dem Feld beim Erdbeerpflücken helfen. Aber ich musste noch das Kapitel »Der bayerische Heiratsantrag« durchgehen, das ich letzte Nacht geschrieben hatte. Danach war der erste Teil fertig, und ich konnte ihn wie versprochen Matthias schicken. Da klingelte mein Handy.

»Hallo Lene, hier ist Anne. Anne, der Fisch«, meldete sie sich fröhlich.

»Hallo Anne. Schön, dich zu hören.«

»Wie steht's mit unserem Ausflug zum Aquarium? Hast du heute Zeit und Lust?«, fragte sie.

»Lust schon, Zeit weniger. Ich arbeite an meinem Buch und muss meinen Vater am Hof helfen.«

»Ach komm. So eine kleine Pause musst du dir doch auch mal gönnen. Heut ist Samstag«, versuchte sie, mich zu überreden.

Eigentlich hatte sie recht. Ich arbeitete so viel, dass ich mir wirklich eine kleine Auszeit verdiente. Und mit Anne ins nicht weit entfernte Jaging zu fahren, wäre sicher eine schöne Abwechslung.

»Überredet. Aber ich kann erst am Nachmittag, so gegen drei Uhr«, schlug ich vor.

»Kein Problem. Dann um drei Uhr vor dem Eingang? Ich freu mich«, sagte Anne.

»Ich mich auch. Bis dann.«

Als ich aufs Erdbeerfeld kam, war schon später Vormittag. Vater pflückte mit zwei Frauen aus unserer Ortschaft, die regelmäßig bei der Feldarbeit aushalfen. Am Nachmittag würde er die Ernte zu verschiedenen Abnehmern ausfahren, darunter auch Supermärkte, Gaststätten und Konditoreien in Passau. Unsere Bio-Erdbeeren waren sehr gefragt.

Durch den ungewöhnlich warmen Frühling konnten wir heuer schon früher mit der Ernte der Freilanderdbeeren beginnen.

»Auch schon da?«, fragte Vater.

»Tut mir leid, aber ich musste noch die ersten Kapitel überarbeiten und wegschicken«, entschuldigte ich mich.

»Buchstaben verderben nicht, aber Erdbeeren, wenn sie nicht rechtzeitig abgenommen werden«, brummte er. Das war ja schon fast ein philosophischer Satz …

»Jetzt bin ich ja da.« Routiniert pflückte ich die Erdbeeren und legte sie in die Kiste. Natürlich konnte ich es nicht lassen, während der Arbeit zu naschen. Das Aroma war durch die Sonne besonders intensiv, und die Erdbeeren schmeckten süß und saftig.

Während Vater und die Frauen am Mittag eine längere Pause machten, pflückte ich flott weiter. Es war eine Arbeit, bei der ich gut nachdenken konnte. Ich grübelte über meinen Ratgeber nach. Irgendwas Besonderes wollte ich in mein Konzept noch reinbringen. Aber was? Plötzlich kam mir ein Gedanke. Ein Kapitel mit Rezepten bayerischer Köstlichkeiten, mit denen man das Herz seines Traumpartners erobern konnte. Das könnte ich doch einbauen?! Schließlich ging Liebe auch in Bayern durch den Magen.

Motiviert durch meine neue Idee ging mir die Arbeit noch leichter von der Hand. Papa konnte sich nicht beschweren, als er zurückkam. Ich half ihm noch beim Aufladen der Kisten und radelte dann zurück zum Haus, um zu duschen und mich umzuziehen.

Bevor ich ins Auto stieg, sortierte ich noch ein paar besonders schöne Erdbeeren in eine Schachtel, die ich Anne mitbringen wollte.

»Fährst du weg?«, fragte mein Vater, der gerade in den Lieferwagen stieg.

»Ja, ich treff mich mit einer Freundin. Am Abend bin ich wieder da.«

»Du wolltest dich doch um die Buchführungsunterlagen kümmern, Lene. Der Steuerberater hat schon zweimal angerufen und nachgefragt, wo die Sachen bleiben.«

Ach Gott! Das hatte ich ganz vergessen. Oder verdrängt.

»Mach ich morgen, ganz bestimmt«, vertröstete ich Vater.

»Aber vergiss es nicht wieder«, ermahnte er mich.

»Nein, nein! Du kannst dich auf mich verlassen. Bis später.«

Als ich beim Aquarium ankam, wartete Anne schon auf mich. Doch aus unserer Fischbesichtigung wurde nichts. Das Aquarium hatte wegen Sanierungsmaßnahmen geschlossen. Wir waren aber auch Glückspilze.

»Was hältst du von einem ausgedehnten Spaziergang?«, schlug Anne vor. Das war zwar nicht so spannend, wie Fische anzuschauen, aber Bewegung bei dem herrlichen Wetter machte auch Spaß und war gesund.

Während wir unterwegs zu einem nahe gelegenen Wald waren, erfuhr ich einiges von Anne. Sie studierte im letzten Semester Medien und Kommunikation und wollte im nächsten Jahr nach Berlin ziehen. Ihre Eltern waren geschieden, und zurzeit war sie Single.

Von mir brauchte ich gar nicht viel zu erzählen, das hatte ich scheinbar schon am Maienfest gemacht. Außerdem hatte Anne in der Presse verfolgt, was über mich berichtet wurde. Doch alles stand natürlich auch nicht in der Zeitung.

»War dein Begleiter beim Mexikaner neulich Abend dein neuer Freund?«, fragte sie.

Mit welchem der Männer sie mich wohl gesehen hatte? Es kamen ja drei infrage. Ich überlegte kurz. Nur mit einem war ich abends dort. Also meinte sie Ernesto.

»Ob er mein neuer Freund ist, das kann ich noch nicht sagen, aber er ist ein neuer Freund«, verriet ich, und Anne schien schon zu verstehen, was ich meinte.

Wir machten Rast an einer kleinen Lichtung, von der aus wir einen herrlichen Blick auf eine blühende Frühlingswiese hatten. Ein umgeschlagener Baumstamm diente uns als Sitzgelegenheit. Ich holte die Schachtel mit Erdbeeren vorsichtig aus meiner Tasche, und wir genossen die saftigen Früchte.

»Bist du verliebt in ihn?« Anne war ja noch neugieriger als Claudia. Aber ich hatte ihr gegenüber seltsamerweise keine Scheu, von meinem Gefühlsleben zu erzählen, obwohl ich sie ja gar nicht kannte.

»Ich finde ihn sehr amüsant, und er schaut toll aus. Und es prickelt auch, wenn ich mit ihm zusammen bin. Aber verliebt? Ich weiß nicht«, gestand ich ehrlich.

»Dann also noch in deinen Ex?«, vermutete sie.

Woher wusste sie von meinem Ex? Die Antwort kam postwendend.

»Du warst ja auf dem Fest ganz schön sauer auf ihn. Und auf seine Freundin. Das ist man meist nur, wenn noch Gefühle da sind.« War das so?

»Inzwischen sind sie getrennt. Aber ob das mit uns noch mal eine Chance hat. Ich weiß nicht«, überlegte ich, mehr für mich selbst.

»Entschuldige, Lene. Ich bin viel zu neugierig. Dabei geht mich das ja gar nichts an.«

Sie stand auf und pflückte Blumen.

»Ach. Das macht mir nichts aus. Es tut sogar gut, mal darüber zu reden, dann kann ich es selber auch wieder ein wenig besser für mich sortieren.«

»Dann hast du also deine weiß-blaue Liebe doch noch nicht gefunden?«

Ich zögerte mit einer Antwort.

»Ich weiß es nicht.« Die letzten Tage hatte ich mein wie auch immer vorhandenes Liebesleben eher wie eine Außenstehende betrachtet und dabei keine Gefühle zugelassen. Zweifellos mochten Michi, Ernesto und Matthias mich – jeder auf seine Weise. Aber was bedeutete jeder einzelne der Männer für mich?

Karl kam mir in den Sinn. Entgegen seiner Prophezeiung, dass ich keinen Mann finden würde, standen sogar mehrere Prachtexemplare zur Auswahl. Warum konnte ich mich dann nicht auf einen Mann so richtig einlassen? Und genauso wie Karl Huber mit seiner Hilly glücklich werden. Sicher war er mit ihr sehr glücklich. Oder?

»Hier, für dich!« Anne reichte mir einen bunten Blumenstrauß.

»Damit du nicht mehr so grantig schaust.« Sie lachte.

»Ich schau grantig? Oje ... Tut mir leid. Die Blumen sind wunderschön. Danke!« Ich seufzte. »Irgendwie ist das alles nicht so einfach mit dem Liebesleben.«

»Wem sagst du das«, stimmte sie mir zu.

»Hast du auch Probleme mit den Männern?«, wollte ich wissen.

»Nein. Mit Männern habe ich keine Probleme«, sagte sie und legte den Kopf schief.

»Du hast es gut«, beneidete ich sie.

»Ich habe deswegen mit Männern keine Probleme, weil sie mich nicht interessieren, Lene.«

Erst mit ein paar Sekunden Verzögerung erfasste ich die Bedeutung dieses Satzes, und sofort rutschte mir heraus: »Du bist eine… Lesbe?… Oh, entschuldige, so wollte ich das nicht sagen.«

Sie lachte.

»Macht doch nichts. Und keine Angst, ich beiße nicht und falle auch nicht gleich über dich her.«

»Da bin ich aber sehr beruhigt«, witzelte ich, um meine Verlegenheit zu überspielen, die mir peinlich war. Ich war bisher noch nie wissentlich alleine mit einer lesbischen Frau unterwegs gewesen. Gab es da bestimmte Verhaltensregeln? Wie merkte ich, ob sie was von mir wollte? Warum wurde man nicht in der Schule auf solche Situationen vorbereitet?

»Weißt du, ich verfolge das ja schon eine Weile mit dir und frage mich, ob du vielleicht deshalb deinen Traummann nicht findest, weil es gar keinen für dich gibt«, gab sie zu bedenken.

»Keinen Traummann für mich?« Sie meinte doch nicht etwa…? O nein! Ausgeschlossen. Ich stand nicht auf Frauen. Und das stellte ich auch gleich so freundlich wie möglich klar. Ich wollte Anne ja nicht in ihrer Sexualität beleidigen.

»Bei mir hatte es auch eine Weile gedauert, bis ich verstand, was mit mir los war«, verriet sie mir. »Beziehungen hielten immer nur kurz. Ich zog jedes Mal die Notbremse, wenn es ernster wurde. Bis ich mich bei einer Freundin ausweinte. Sie tröstete mich. Anders, als mich bisher jemand getröstet hatte. Wir verbrachten eine wundervolle Nacht zusammen. Und danach wusste ich, warum ich mit keinem Mann richtig glücklich wurde.«

Ich starrte sie an. Der erste Teil der Geschichte hätte von mir sein können. Aber dass ich auf Frauen stand? Nein. Das hätte ich doch merken müssen. Oder etwa nicht?

Jetzt hatte sie mich ganz konfus gemacht. Ich stand auf.

»Gehen wir wieder zurück? Ich hab noch viel zu erledigen.« Es kam ruppiger, als ich eigentlich wollte.

»Jetzt bist du sauer auf mich.«

»Nein, bin ich nicht!«

»Ich wollte dich nicht erschrecken.« Anne war zerknirscht. Das musste jetzt auch nicht sein. Sie hatte es ja nicht böse gemeint.

»Es ist ein ganz ungewohnter Gedanke für mich. Aber du hast nichts falsch gemacht, Anne. Magst du noch eine Erdbeere?«

Sie schüttelte den Kopf.

Während wir zurückgingen, sah ich sie mit anderen Augen. Erstaunlich, wie eine neue Information über einen Menschen seine Wirkung so schlagartig verändern konnte. Dabei war Anne dieselbe, die sie auch vor einer halben Stunde war.

Sie war zweifellos eine sehr attraktive Frau mit einem hübschen runden Hinterteil und süßen Grübchen in den Wangen.

Aber mit ihr ins Bett gehen? Allein die Vorstellung war ziemlich gewöhnungsbedürftig für mich. Trotzdem dachte ich über das nach, was sie gesagt hatte.

Als wir zurück bei unseren Autos waren, entschuldigte sie sich noch mal, dass sie mich so durcheinandergebracht hatte.

»Vielleicht ist es ganz gut, mal darüber nachzudenken«, beruhigte ich sie.

Sie gab mir zum Abschied einen Kuss auf die Wange.

»Sorry, das musste jetzt sein«, sagte sie und lächelte.

»Ich hab schon weitaus Schlimmeres erlebt«, erwiderte ich und grinste. Und das meinte ich völlig ernst. Es fühlte sich gar nicht mal schlecht an, von ihr umarmt zu werden.

Ob Lesbe oder nicht, ich fand sie sehr sympathisch. Es wäre schön, sie zur Freundin zu haben. Eine Freundin wie Claudia es war.

Aber wahrscheinlich war das genauso schwierig wie eine Freundschaft zwischen Mann und Frau?

»Falls du es herausfinden möchtest, stehe ich gerne zur Verfügung«, sagte sie zum Abschied und zwinkerte mir zu. Und sie musste nicht weiter erklären, was sie damit meinte.

kapitel 17

Ich stand mit verbundenen Augen auf einer Wiese. Jemand packte mich am Arm und drehte mich im Kreis. Es musste Claudia sein, denn gleich darauf hörte ich ihre Stimme neben mir in einem kindlichen Singsang: »Dreh dich, dreh dich, Blinde Kuh, geh und such uns, Blinde Kuh!« Ein doofer Reim, das hatte ich mir schon als Kind immer gedacht.

Abrupt ließ sie mich los, und ich tappte orientierungslos herum. Ab und zu hörte ich ein Kichern, dem ich folgte. Doch ich griff ständig ins Leere.

»Wo seid ihr denn alle?«, fragte ich ängstlich.

Plötzlich hörte ich ein Flüstern. Ganz nah an meinem Ohr.

»Du musst nicht mehr suchen, Lene.«

Ich kannte diese Stimme nicht. Sie war nicht von einem Mann, aber auch nicht von einer Frau. Mein Herz klopfte wie wild. Ich hatte keine Lust mehr auf dieses Spiel und riss mir das Tuch von den Augen. Niemand stand neben mir. Doch vom Wald her kamen Männer und Frauen mit Gesichtsmasken langsam auf mich zu. Ich wollte weglaufen, aber meine Füße waren wie Blei.

Ich wachte mit Herzrasen auf. Was war das für ein seltsamer Traum gewesen? Ich sah auf die Uhr. Es war fast ein Uhr früh.

Eine ziemlich ungünstige Zeit aufzuwachen. Vergeblich versuchte ich, wieder einzuschlafen, und gab es schließlich auf. Bevor ich mich sinnlos hin und her wälzte, könnte ich auch ein wenig schreiben. Ich holte mein Notebook und setzte mich damit ins Bett. Zuerst wählte ich mich in Facebook ein. Es gab zahlreiche neue Kommentare und wie immer weitere Vorschläge für Liebeserklärungen auf Bairisch.

Und es gab zahlreiche Freundschaftsanfragen. Unter anderem eine von Karl Huber – ich traute meinen Augen kaum. Ausgerechnet er wollte mit mir befreundet sein? Und zwar auf seiner Privatseite! Bevor ich es mir anders überlegte, nahm ich ebenfalls mit meiner privaten Facebook-Seite seine Anfrage an. Es hatte etwas Genüssliches, zumindest online mit Karl befreundet zu sein. Ich wollte mich schon wieder abmelden, da öffnete sich plötzlich ein Chatfenster: Karl Huber.

Karl: Klingeling!

Er schrieb mich tatsächlich an. Lag er denn nicht im Bett mit seiner Hilly?

Lene: Hallo Karl. Auch noch wach?
Karl: Wie du siehst!
Lene: Lässt dich das schlechte Gewissen nicht schlafen?
Karl: Schlechtes Gewissen?
Lene: Weil du mir zu Unrecht unterstellt hast, dass ich die Fotos vom Maienfest online gestellt habe.
Karl: Zu Unrecht?

Lene: Ja! Ich wusste nichts davon. Wirklich!
Karl: Schwörst du es?
Lene: Ja!
Karl: Auf was?
Lene: Auf das Leben von Fritzi.

Es dauerte eine Weile, bis er erneut schrieb.

Karl: Fritzi?
Lene: Das ist mein Kater.

Der übrigens mal wieder am Fußende meines Betts lag und ungerührt von meiner nächtlichen Aktion schlief.
Ich wartete auf eine Antwort. Aber er schrieb nicht zurück. Eine gute Gelegenheit, mal sein privates Profil genauer anzuschauen. Er hatte im September Geburtstag. Eine Jungfrau! Wie war das noch mal mit Stieren und Jungfrauen? Irgendwas hatte ich da im Hinterkopf. Die passten entweder überhaupt nicht oder richtig gut zusammen. Das galt natürlich nur, wenn man an Astrologie glaubte! Was ich natürlich nicht tat. Trotzdem konnte es nicht schaden, das mal zu recherchieren. Rein hypothetisch natürlich. Bevor ich mir darüber weitere Gedanken machte, gab mir sein Beziehungsstatus ein Rätsel auf. Da stand ganz eindeutig, er sei Single. Hatte er das falsch eingestellt?

Karl: Noch da?
Lene: Ich schon. Wo warst du?
Karl: Hab mir ein Glas Wein geholt.

Lene: Hätte ich jetzt auch gerne.
Karl: Prost!
Lene: Haha! Prost!
Karl: Ich glaube dir das mit den Fotos.
Lene: Echt? Wieso die Sinneswandlung?
Karl: Wegen Fritzi.

Ich lachte. Der Kerl war wirklich für Überraschungen gut.

Lene: Wieso steht in deinem Profil Single?

Ein paar Sekunden später hatte er sich ohne ein weiteres Wort abgemeldet. So ein Depp!

Ich meldete mich ebenfalls ab, fuhr den Rechner runter und stellte ihn auf den Nachttisch. Dass ich eigentlich arbeiten wollte, hatte ich total vergessen. Und kaum hatte ich die Augen geschlossen, segelte ich schon in einen neuen Traum hinüber.

kapitel 18

Es gab sicherlich weitaus schönere Aktivitäten, als am Sonntagvormittag Steuerunterlagen zusammenzusuchen. Ich saß in Vaters Büro und war mehr als verärgert. So sorgfältig und zuverlässig mein Vater seine Arbeit am Hof erledigte, so schlampig war er mit seinen Bürounterlagen. Tausend Quittungen und Zettelchen lagen herum, und ich hätte am liebsten alles gepackt und in die Papiertonne gekippt.

Vater ahnte wohl, dass ich nicht sonderlich gut auf ihn zu sprechen war. Nach der Kirche war er seit Langem wieder mal zu einem sonntäglichen Frühschoppen gegangen. In der Wirtschaft wollte er auch gleich zu Mittag essen und anschließend mit Michi zum Fußballspiel fahren. Ich gönnte Vater ja mal einen freien Tag. Er arbeitete wirklich hart genug. Aber ich hätte lieber mit einer Sense die große Wiese hinter dem Haus gemäht, als diese verflixten Belege zu sortieren.

Es war ein ziemlich heißer Tag heute, und ich hatte die Fenster im Büro weit geöffnet. So überhörte ich auch nicht, dass ein Wagen in den Hof fuhr.

Ich ging hinaus. Matthias stieg aus dem Wagen.

»Hallo Matthias«, begrüßte ich ihn überrascht.

»Ich hoffe, ich störe dich nicht?«

»Was heißt stören? Ganz im Gegenteil! Du bist sogar eine willkommene Ablenkung.« Alles war besser, als Belege zu sortieren.

»Ich möchte dir gerne was zeigen. Hast du eine halbe Stunde Zeit?«, fragte er.

»Klar.« Ich war heilfroh, mal eine Weile von den Kontoauszügen wegzukommen. Er öffnete die Beifahrertüre seines Wagens.

»Steig ein.«

Wir fuhren ungefähr die halbe Strecke bis Passau. Dann bog er ab in eine kleine Landstraße, bis er an einem Hang neben einem Wald anhielt. Was wollte er mir zeigen? Um in die Schwammerl zu gehen, war es noch zu früh. Ich war etwas ratlos.

»Wie gefällt es dir hier?«, fragte er.

»Es ist sehr schön«, antwortete ich wahrheitsgemäß. Ich schaute mich um. Es war tatsächlich ein traumhaft schönes Plätzchen mitten im Grünen mit herrlicher Aussicht auf Wälder und Wiesen ringsherum.

»Hier werde ich mein neues Haus bauen«, sagte er begeistert.

»Wirklich? Toll.« Auch wenn es mir persönlich ein wenig zu abgelegen wäre. Was ich ihm aber nicht sagte. Jeder sollte dort glücklich werden, wo es ihm gefiel. Warum er allerdings noch ein Haus brauchte, verstand ich nicht so ganz. Wie ich inzwischen erfahren hatte, gab es neben seiner Villa, dem kleinen Haus mit dem weißen Schlafzimmer noch eine schicke Terrassenwohnung im angrenzenden Österreich. Und jetzt hier noch eines? Ob er Häuser sammelte wie andere Leute Oldtimer?

Ich fand es auch verwunderlich, dass er gerade mir an einem Sonntagnachmittag dieses Grundstück zeigte.

»Ich dachte, da wir ja bald, natürlich großzügig betrachtet, fast

Nachbarn sein werden, interessiert es dich«, meinte er mit einem Lächeln.

Nachbarn? Aus ländlicher Sicht betrachtet stimmte das wohl. Was waren da schon ein paar Kilometer Abstand? Ich musste lachen.

»Mein Chef als Nachbar? Da kann ich ja gar nicht mehr blaumachen und in der Sonne liegen«, witzelte ich.

»Kommt drauf an, wie knapp dein Bikini ist. Kann sein, dass ich da mal ein Auge zudrücken würde«, sagte er und zwinkerte.

Er holte aus dem Auto eine Mappe und eine große Decke. Er breitete sie aus und sagte: »Hier wird einmal die Terrasse sein. Komm, setz dich.«

Ich machte es mir bequem, und leise beschlich mich ein mulmiges Gefühl. Er wollte doch nicht schon wieder mit mir schlafen?!

»Keine Sorge, Lene, ich würde zwar gerne mit dir schlafen, aber ich ahne, dass du mir wieder einen Korb geben würdest«, sagte er. Matthias sollte sich mal in einer dieser Mentalshows melden. Seine Fähigkeit, meine Gedanken zu erraten, war schon richtig unheimlich.

»Aber es gibt etwas, das ich genauso gerne mit dir mache. Und ich bin überzeugt, dass du das auch willst.« Er legte mir die Mappe auf den Schoß. Und jetzt sah ich, dass es der Ausdruck der Probekapitel war. »Wir arbeiten an deinem Buch.«

»Hast du schon alles gelesen?«, fragte ich überrascht.

»Ja. Letzte Nacht. Ich habe da einige Anmerkungen.«

Da saßen wir nun auf dem Boden seiner zukünftigen Terrasse mit herrlichem Ausblick und redeten über das Manuskript. Er sparte dabei nicht mit Kritik, allerdings mit konstruktiver, die ich gut annehmen konnte.

Wir machten Notizen und spannen weitere Ideen. Darüber hatte ich völlig vergessen, dass zu Hause eine andere Arbeit auf mich wartete.

Mein Vorschlag mit den bayerischen Rezepten kam gut bei ihm an. Und wir überlegten uns beide verschiedene Gerichte, die ins Buch kommen sollten.

Plötzlich riss ein Windstoß einige Blätter aus meiner Hand davon. Ich stand auf, um sie einzusammeln, und erschrak. Hinter uns hatte sich der Himmel schwefelgelb gefärbt. Es sah nach einem heftigen Gewitter aus.

»Schnell. Wir müssen weg hier«, rief ich.

Matthias nahm die Decke und das Manuskript, und wir eilten zum Wagen. Kaum saßen wir darin, zuckte auch schon der erste Blitz am Himmel. Kräftiger Donner grollte nur wenige Sekunden später. Normalerweise hatte ich keine Angst vor einem Gewitter. Aber das hier würde sicherlich kein Spaß werden. Wie hatten wir es nur übersehen können?

Matthias fuhr los. Der Wind wurde stärker, und immer häufiger zuckten grelle Blitze über uns. Innerhalb weniger Sekunden war es dunkel geworden.

»Keine Sorge, Lene. Ich bring dich sicher nach Hause«, sagte Matthias in dem Versuch, mir die Angst zu nehmen, die wohl deutlich in meinem Gesicht geschrieben stand. Doch ich merkte, dass auch er sich Sorgen machte.

Plötzlich setzte ohrenbetäubender Lärm ein. Es begann zu hageln und Eiskugeln, fast so groß wie Tischtennisbälle, krachten auf den Wagen. Matthias fuhr an den Straßenrand und blieb stehen. An eine Weiterfahrt war nicht zu denken. Hoffentlich würden die Hagelkörner nicht die Windschutzscheibe durchschlagen.

»Klettern wir lieber nach hinten«, schrie Matthias in den Lärm. Wir stiegen auf die Rückbank und hielten uns die Ohren zu. Chef oder nicht – ich lehnte mich ängstlich an ihn, und er zog mich fest an seine Brust. Sein Körper war warm und fest, und ich fühlte mich sofort geborgen.

So verrückt das auch sein mochte: Jetzt, genau in diesem Moment wollte ich plötzlich mit ihm schlafen. Er sah mich an und lächelte. Und ich wusste, dass er wieder mal meine Gedanken erraten hatte.

Der Lärm war fast unerträglich und der Wind zu einem ausgewachsenen Sturm geworden, als wir uns wild küssten. Während Äste durch die Gegend flogen und kleine Eisbälle mächtige Dellen in den Wagen schlugen, waren seine Hände überall an meinem Körper. Ich hatte Angst, und so drängte ich mich noch mehr an ihn. Doch es wäre gelogen, wenn ich das Gewitter als alleinige Ausrede dafür benutzt hätte, seine Küsse zu genießen. Sein Körper, sein Duft, seine Stimme erregten mich. Ich wusste nicht, wie er es geschafft hatte, aber plötzlich war meine Hose offen und er schob sie mitsamt dem Slip nach unten. Ich ließ mich auf den Rücksitz sinken und zog ihn zu mir. Plötzlich hielt er inne. Er sah mich an mit einem Blick, der mir noch mehr Angst machte als das Unwetter. Doch der Augenblick war so schnell vorbei, dass ich hinterher nicht mehr wusste, ob ich mir das eingebildet hatte.

Der Hagel hörte so plötzlich auf, wie er angefangen hatte, und ging in einen starken Regen über. Ich zog meine Hose hoch und setzte mich aufrecht hin.

Mein Kopf war völlig leer.

Matthias sah mich an. »Es ist nicht der richtige Zeitpunkt«, sagte er leise.

Ich nickte wortlos. Er hatte völlig recht! Ich fühlte mich, als ob mich jemand einen Schritt vor dem Abgrund festgehalten hätte.

Als wir eine halbe Stunde später in den Hof fuhren, war mein Vater schon da. Er war noch vor dem Gewitter zurückgekommen, aber nicht rechtzeitig genug, um das Fenster im Büro zu schließen. Der Wind hatte die Belege, die auf dem Schreibtisch lagen, im ganzen Zimmer verstreut. Das war jedoch harmlos gegen den Schaden, den das Unwetter am Hof und auf den Feldern angerichtet hatte.

»Wo warst du?«, fragte er mich, als ich aus dem Auto stieg.

»Wir sind unterwegs vom Gewitter überrascht worden«, erklärte Matthias ruhig.

Doch Vater achtete gar nicht auf ihn. Er sah mich von oben bis unten an und zog wohl seine eigenen Schlüsse.

»Kann ich mich auf dich überhaupt nicht mehr verlassen?«, fragte er aufgebracht.

»Ich konnte doch nicht ahnen, dass so ein Gewitter kommen würde. Wir hatten etwas zu besprechen wegen des Buchs …«, versuchte ich zu erklären.

»Dich interessiert doch nichts anderes mehr als dieser Schwachsinn mit der bayerischen Liebe! Und jeden Tag ist hier schon bald ein anderer Mann, der dich abholt. Wer weiß, was du mit denen alles machst! Ich schäme mich für dich!«, wütete er.

Es war, als hätte er mir eine Ohrfeige gegeben. Wie konnte er nur so was sagen?

»Bitte, Herr Koller, Ihre Tochter …«, versuchte Matthias, mir beizustehen.

Vater unterbrach ihn.

»Ich glaube nicht, dass Sie das etwas angeht. Auch wenn Sie

ihr Chef sind. Hier ist womöglich gerade die Arbeit eines ganzen Jahres zerstört worden. Aber meine Tochter beschäftigt sich nur mit einem Buch, das die Welt nicht braucht.«

»Vater, das stimmt doch gar nicht.« Inzwischen konnte ich meine Tränen kaum mehr zurückhalten.

»Ich glaube, es ist besser, du suchst dir eine eigene Wohnung.« Damit drehte er sich um und ging in den Stall. Ich war wie vom Donner gerührt. Was sagte er da?

»Vater, bitte! Lass uns reden!«, rief ich ihm nach. Doch er reagierte gar nicht auf meine Worte.

Ich sah ihm nach und war verletzt. Und unglücklich. Matthias legte seinen Arm um mich und zog mich tröstend an sich.

»Du kannst für eine Weile in das Haus ziehen, Lene. Den Schlüssel hast du ja«, bot er mir an. Viel lieber würde ich zu Claudia gehen. Aber da sie noch nicht aus Italien zurück war, konnte ich nicht bei ihr unterkommen. Ich nahm sein Angebot an.

Wie betäubt ging ich in mein Zimmer, packte eine Tasche voller Sachen und nahm meinen Laptop. Zuletzt steckte ich Eisi ein.

Vater ließ sich nicht mehr blicken, bis ich in meinem Wagen hinter Matthias her aus dem Hof fuhr. Im Rückspiegel sah ich, wie er aus der Scheune kam, mir kurz nachsah und sich dann umdrehte.

kapitel 19

Matthias begleitete mich in meine neue vorübergehende Unterkunft. Er zeigte mir alles und fuhr dann wieder.

Ich vermied es, an meinen Vater zu denken, denn das tat mir zu weh. Planlos lief ich durch das Haus. Es war tatsächlich nicht besonders groß, aber sehr wohnlich. Neben dem Schlaf- und Badezimmer gab es eine kleine, aber sehr funktionale Küche, ein Wohnzimmer mit Essbereich und eine angrenzende Sonnenterrasse.

Im Schlafzimmer räumte ich meine Kleider in die leere Seite des Schranks. Auf der anderen Seite waren einige wenige Sachen von Matthias. Zwei Anzüge und Hemden, ein Paar Jeans, T-Shirts, Unterwäsche und Socken. Ob das hier sein Liebesnest war, in dem er sich regelmäßig mit diversen Frauen traf? Ein Blick auf das weiß bezogene Bett und die Erinnerung an seine Worte bestärkten mich in dieser Annahme.

Ich ging ins Badezimmer und ließ das Wasser in der Dusche so heiß, wie ich es gerade noch aushalten konnte, über meinen zunehmend rot werdenden Körper prasseln. Dann schlüpfte ich in mein Lieblingsnachthemd, das schon etwas ausgewaschen und alles andere als sexy war. Aber egal, schließlich würde es außer mir niemand sehen. Ich stand vor dem Bett und war hundemüde.

Trotzdem konnte ich mich nicht überwinden, mich in das weiße Liebeslager zu legen und darin die Nacht zu verbringen. Kurz entschlossen packte ich das Bettzeug und ging damit ins Wohnzimmer. Dort machte ich es mir auf dem großen Sofa gemütlich. Die ganze Aufregung um das Gewitter, das Techtelmechtel mit Matthias im Auto und schließlich das Zerwürfnis mit meinem Vater ließen mich erschöpft in einen tiefen und traumlosen Schlaf fallen.

Es war noch früh am Morgen, als ich wach wurde. Ich dachte lange über den Streit mit meinem Vater nach. Vielleicht hatte ich die letzte Zeit wirklich nicht so viel wie sonst mitgeholfen. Ich konnte auch verstehen, dass er wegen des Schadens auf dem Hof aufgebracht war, aber er war ja versichert. Deswegen hätte er mich nicht rauswerfen müssen. Denn genau das war es, was er getan hatte. Er hatte seine einzige Tochter rausgeworfen. Sicher täte ihm das bald leid, und er würde sich entschuldigen. Doch die Stunden vergingen, und ich hörte nichts von ihm.

Nur Michi rief bei mir an und fragte nach, was denn los sei. Ich erzählte ihm alles, na ja, fast alles, und hoffte auf sein Verständnis. Doch er hatte sich auf die Seite meines Vaters geschlagen und warf mir vor, in der letzten Zeit total egoistisch geworden zu sein.

Ich und egoistisch? Das war die Höhe! Weil ich endlich die Chance hatte, etwas Eigenes zu machen, an dem ich Spaß hatte? Nun, wenn die beiden so von mir dachten, konnten sie mir gestohlen bleiben. Das spornte mich nur noch zusätzlich an. Ich machte mich mit noch mehr Eifer ans Schreiben. Tagsüber war ich im Büro, und an den Abenden schrieb ich bis tief in die Nacht hinein in meinem neuen Zuhause, dem ich immer mehr meinen Stempel aufdrückte. Da mir das Sofa als Schlafplatz auf

Dauer doch zu unbequem war, deckte ich mich mit farbenfroher Bettwäsche ein und dekorierte das Schlafzimmer mit allerlei bunten Accessoires. Kaum hatte der Raum etwas Farbe, fühlte ich mich auch schon viel wohler und schlief jede Nacht tief und fest wie ein Baby.

Endlich war Claudia wieder zurück aus ihrem Urlaub. Gleich am frühen Morgen ging ich in ihr Büro und lud sie für den Abend zum Essen bei mir ein. Als sie meine neue Adresse hörte, war sie sprachlos. Überhaupt verhielt sie sich immer noch etwas seltsam mir gegenüber. Die Claudia, die ich von früher kannte, schien weiterhin in Italien zu sein.

»Geht es dir nicht gut, Claudia?«, erkundigte ich mich besorgt.

»O doch«, antwortete sie bemüht freundlich.

»Was macht die neue Liebe?«

»Die hat sich erledigt!«

Ach, deswegen war sie so seltsam. Sie hatte Liebeskummer. Es wurde Zeit, dass wir uns gegenseitig wieder aufmunterten.

»Bei mir ist auch alles nicht so einfach mit meiner Sammlung Jungs«, versuchte ich, sie ein wenig aufzumuntern. Doch sie ging nicht darauf ein.

Matthias kam ins Büro. Als er Claudia sah, lächelte er.

»Claudia. Schön, dass du wieder zurück bist!«

»Hallo Matthias.«

»Kommt ihr beiden dann in mein Büro?«, bat er.

»Ja, klar«, sagte Claudia. Und auch ich nickte in seine Richtung.

Matthias ging mit uns die neuen Kapitel durch und bat Claudia, sie sprachlich noch ein wenig zu verbessern. Das gab mir doch einen kleinen Stich.

»Lene, es ist ganz normal, dass über die Arbeit eines Autors noch mal jemand drübergeht. Das hat nichts mit deiner Leistung zu tun. Bitte, krieg das nicht in den falschen Hals.«

»Nein. Das ist natürlich in Ordnung für mich«, sagte ich.

»Gut. Du sollst dich nämlich lieber auf was anderes konzentrieren.«

»Ja? Auf was denn?«

»Bayerwald TV hat dich zur nächsten Kochsendung eingeladen.«

»Du meinst doch nicht etwa zu ›Duellanten am Herd‹?«, fragte ich aufgeregt.

»Doch. Genau das meine ich«, antwortete er.

Das war ja eine tolle Nachricht. Einmal im Monat gab es die äußerst amüsante Kochsendung mit Persönlichkeiten aus der Region. Ich fühlte mich geschmeichelt, dass sie mich dazu einluden, denn die Sendung hatte in unserer Gegend bereits einen gewissen Kultstatus.

»Und wer wird mein Kochgegner sein?«, fragte ich neugierig. Eigentlich hätte ich mir die Frage sparen können. Schon am Blick von Matthias ahnte ich, dass dies nur einer sein konnte.

»Doch nicht der Huber?«, fragte ich mit einem Quäntchen Hoffnung, dass man mich diesmal vielleicht doch verschonen würde.

»Einen besseren Kochgegner könnten wir uns nicht wünschen, Lene. Sicher gibt das tolle Einschaltquoten.«

Klar. Wahrscheinlich würden die Zuschauer darauf warten, dass wir uns gegenseitig die Bratpfanne überzogen oder uns mit Knödeln bewarfen.

»Jetzt tu nicht so. Es macht dir doch Spaß, dich mit ihm öffentlich zu zoffen«, mischte sich Claudia in das Gespräch ein.

»Absolut nicht!«, stellte ich klar. Könnte schon sein, dachte ich insgeheim. Aber natürlich hätte ich das nie offen zugegeben.

Matthias schaute mich an. Seine unergründlichen grünen Augen blickten mir wieder mal tief in die Seele. Und ich wusste, dass er wusste, was ich dachte. Und er wusste, dass ich wusste, dass er es wusste. Somit war sein folgender Satz nur Makulatur.

»Wenn du deinen Auftritt bei der Kochsendung wegen Huber absagen willst, dann ist das deine Entscheidung, Lene.«

»Natürlich werde ich das nicht tun«, war die folgerichtige Antwort darauf.

»Gut«, sagte er, lächelte zufrieden und wandte sich an Claudia.

»Claudia, hast du heute Abend Zeit? Ich habe etwas mit dir zu besprechen.«

»Leider nicht. Lene hat mich zum Essen eingeladen.«

»Das könnt ihr doch verschieben, bitte.«

»Kein Problem. Dann machen wir das morgen, Claudia?«, schlug ich vor.

»Das geht nicht! Da ist die Aufzeichnung der Sendung!«, informierte mich Matthias.

»Morgen schon?« Super, dass ich immer so lange vorher meine Termine erfuhr.

kapitel 20

»Duellanten am Herd« war eine Fernsehsendung, die innerhalb kurzer Zeit eine große Fangemeinde weit über die niederbayerischen Grenzen hinaus gewonnen hatte. Das Konzept war einfach: Zwei Kandidaten traten gegeneinander an, die drei Gerichte zubereiten mussten. Zwei wurden bei Beginn der Sendung vorgegeben, eines musste man sich vorab selbst überlegen und dafür auch die Zutaten küchenfertig mitbringen.

Jede Sendung hatte ein spezielles Motto, das mit den Kandidaten zu tun hatte: Für Huber und mich hieß es: Bayerische Schmankerl. – Was auch sonst?

Durch den frühen Tod meiner Mutter stand ich schon als Kind viel in der Küche. Anfangs hatte Julia mich noch dabei angeleitet und unterstützt, aber schon bald nahm ich es selbst in die Hand, für mich und meinen Vater kulinarisch zu sorgen. Ich kochte sehr gerne und fühlte mich für die Aufgabe einigermaßen gerüstet. Im Bett überlegte ich hin und her, was ich denn zubereiten sollte. Tausend Gerichte gingen mir durch den Kopf, aber keines schien mir geeignet. Wenn ich schon gegen Karl antreten sollte, wollte ich auch was richtig Tolles machen.

Da kam mir Julia in den Sinn. Ihr würde was einfallen.

Gleich am frühen Morgen machte ich mich auf den Weg zu ihr. Auch auf ihrem Hof hatte das Unwetter einige Schäden angerichtet, und es würde bestimmt noch eine Weile dauern, sie alle zu beheben. Julia war in der Küche und freute sich sehr, mich zu sehen. Wir umarmten uns herzlich.

»Hat es dich mit dem Hagel sehr schlimm getroffen?«, fragte ich.

»Es ist einiges zerstört. Ja. Aber weißt du, Lene, das sind alles Dinge, die man wieder ersetzen kann. Außerdem sind wir gut versichert.«

Ich bewunderte sie für ihre Haltung. Sie war einfach eine unglaubliche Frau.

»Was mir mehr Sorgen macht, ist das Verhalten deines Vaters. Was ist denn mit euch los? Er will mir nicht erzählen, warum ihr euch so zerstritten habt«, sagte sie besorgt.

»Ach, Julia, er ist wütend auf mich, weil ich in der letzten Zeit mehr an meinem Buch gearbeitet habe, als auf dem Hof mitzuhelfen«, erklärte ich zerknirscht. Dass er noch nicht mal mit Julia darüber gesprochen hatte, zeigte mir, dass er immer noch sehr ärgerlich auf mich sein musste.

»Ach deswegen!«

»Ja. Und dann noch dieses Unwetter. Da ist ihm wohl alles zu viel geworden.«

»Für das Wetter bist du doch nicht verantwortlich, Lene.«

»Das nicht, aber mein Ratgeber ist für ihn etwas, das die Welt nicht braucht, wie er selber gesagt hat«, erklärte ich traurig.

»Meine Güte, wenn man da anfangen würde, alle Dinge zu verteufeln, die die Welt nicht braucht, da wären wir nur noch damit beschäftigt. Ich finde es toll, dass du ein Buch schreibst. Und ob die Welt es nicht vielleicht doch braucht, kann man nie wissen. Natürlich musst du dich da reinhängen. Ist eine wunderbare Chance. Du wärst ja dumm, wenn du das nicht nutzen würdest«, ereiferte sich Julia.

Ich war so froh, dass sie das so sah.

»Danke, dass du mir das gesagt hast. Ich hatte schon Angst, dass ich wirklich nur an mich gedacht habe.«

»Dein Vater ist manchmal ein richtiger Sturkopf. Lass ihn einfach eine Weile schmoren. Dann wird er schon wieder zur Besinnung kommen«, riet sie mir. »Komm, wir machen uns eine Tasse Kaffee, und frische Auszogne sind auch noch da.«

»Ohne Rosinen?«, fragte ich.

»Na klar. Ich weiß doch, dass du sie nicht magst«, sagte Julia vergnügt.

Ich half ihr, den Tisch zu decken, und während wir gemütlich Kaffee tranken, erzählte ich von meiner Teilnahme an der Kochsendung.

»Du darfst bei ›Duellanten am Herd‹ dabei sein? Das ist ja super!«, freute sie sich.

»Ja. Aber ich weiß nicht, mit welchem Rezept ich hingehen soll.« Ich seufzte.

»Welches Thema ist es denn diesmal?«, fragte sie.

»Bayerische Schmankerl.«

»Da gibt es doch so vieles! Sülzen, Lüngerl, Millirahmstrudel, Erdäpfelkäse, Wammerl mit Fingernudeln …« Julia war ganz in ihrem Element.

»Das Problem ist, dass ich nur ein wenig mehr als eine Stunde Zeit habe zu kochen«, gab ich zu bedenken.

»Wann ist denn die Sendung?«, fragte sie.

»Die Aufzeichnung ist heute Abend, und ich weiß es erst seit gestern.«

»Heute schon? Hmm …« Sie überlegte. Plötzlich kam ihr eine Idee. »Warum machst du nicht dein Blitz-Schweiners?«, schlug sie vor. »So ein Gericht hat bestimmt noch keiner in der Sendung gekocht.«

Mein Blitz-Schweiners! Warum war ich da nicht selbst draufgekommen? Ich hatte das Gericht vor Jahren einmal improvisiert, als ich wenig Zeit hatte zu kochen. Es war inzwischen eines der Lieblingsgerichte meines Vaters.

»Denkst du, ich schaffe das in der kurzen Zeit?« Ich war doch ein wenig unsicher, ob es das Richtige für die Kochsendung war.

»Wenn du die Zutaten schon zu Hause vorbereitest und das Fleisch zuerst machst, dann klappt das bestimmt, Lene«, ermunterte sie mich.

»Und dazu einen Semmelknödel-Gugelhupf«, beschloss ich. »Wenn die anderen Gerichte nicht zu aufwendig sind, kann ich das alles schaffen.« Jetzt freute ich mich schon richtig auf die Kochsendung.

»Du schaffst das in jedem Fall, Lene«, ermutigte Julia mich.

Sie schlug vor, die Zutaten gemeinsam mit mir einkaufen zu gehen. Aber als sie vor der Abfahrt bei ihrem bettlägerigen Mann nach dem Rechten sah, stellte sie fest, dass Hans hohes Fieber hatte.

»Lene, rufst du bitte Doktor Müller an? Er soll sofort kommen.« Sie versuchte, ruhig zu bleiben, aber ich hörte die große Besorgnis in ihrer Stimme. Während ich den Hausarzt anrief, machte sie Hans kühlende Wadenwickel und strich ihm liebevoll das verschwitzte Haar aus der Stirn.

»Bald ist alles wieder gut, Hans«, redete sie liebevoll auf ihren Mann ein, der mit geschlossenen Augen dalag und schwer atmete.

»Kann ich etwas für dich tun?«, fragte ich besorgt.

»Nein, Lene. Jetzt müssen wir erst abwarten, was der Doktor sagt. Geh du jetzt ruhig deine Sachen einkaufen.«

»Aber soll ich nicht doch besser hierbleiben, Julia? Wenigstens bis Doktor Müller da ist?«

»Wenn es dir wirklich nichts ausmacht …« Sie war doch froh, dass ich noch blieb, bis der Arzt ein paar Minuten später eintraf.

Dann verabschiedeten wir uns, und sie versprach mir, mich zu benachrichtigen, sollte sich der Zustand ihres Mannes verschlechtern. Als ich nach draußen kam, lief gerade mein Vater über den Hof.

»Warum ist Doktor Müller hier?«, fragte er aufgeregt.

»Hans hat Fieber«, erklärte ich. »Vater, ich …«

Doch er ging an mir vorbei ins Haus, ohne mich weiter zu beachten.

kapitel 21

Noch während ich beim Einkaufen war, rief Julia mich an und brachte mich auf den neuesten Stand. Das Fieber war wohl durch eine Infektion ausgelöst worden, die ihren Ursprung in einem entzündeten Insektenstich hatte. Nach der Gabe von Antibiotikum dürfte alles bald wieder in Ordnung sein.

»Mach dir jetzt keine Gedanken mehr, Lene, und genieß die Kochsendung«, beruhigte sie mich. Ich war froh, dass sie mir Bescheid gegeben hatte. Sonst hätte mich die Sorge um Hans wohl den ganzen Abend nicht losgelassen.

Jetzt hatte ich den Kopf wieder frei und bereitete alle Zutaten für mein Blitz-Schweiners vor.

Kurz bevor ich mich auf den Weg zum Fernsehstudio machte, kam Matthias und brachte mir das schwarz-weiße Minidirndl, das er mir kürzlich im Internet gezeigt hatte. Ich war überhaupt nicht begeistert darüber, aber Matthias meinte, dass es genau das Richtige wäre, um in der Sendung gut anzukommen. Er drängte mich, es anzuprobieren. Da ich nicht wusste, wie er die Umgestaltung seines Liebesnestes aufnehmen würde, versperrte ich ihm den Weg zum inzwischen farbenfrohen Schlafzimmer und bat ihn, im Wohnzimmer zu warten, bis ich mich umgezogen hatte. Doch Matthias wäre nicht Matthias gewesen, wenn er sich daran gehalten hätte. Gerade als ich die letzten Knöpfe des Kleids zuknöpfte, kam er herein. Er sah sich überrascht um, zog eine Augenbraue hoch, verkniff sich jedoch jeglichen Kommentar zum ehemals weißen Schlafzimmer. Dafür gab es bewundernde Blicke und Komplimente für mich in dem tief dekolletierten Dirndl. Es saß tatsächlich perfekt – solange ich mich nicht bewegte.

Mit einem Einkaufskorb voller Zutaten und Eisi als moralische Unterstützung in der Handtasche betrat ich eine halbe Stunde später nervös das Fernsehstudio. Am liebsten wäre ich noch mal umgekehrt und hätte mich umgezogen. Ich fühlte mich absolut nicht wohl in dem Kleid mit dem tiefen Ausschnitt. Bei jeder Bewegung drohten meine Brüste herauszuspringen. Wie ich darin entspannt kochen sollte, war mir schleierhaft.

Die Moderatorin Inge Klinger begrüßte mich freundlich und führte mich gleich ins Kochstudio, wo Karl Huber schon wartete.

»Hallo Lene. Fesch siehst du aus. Hast du dir das Kleid von deiner kleinen Schwester ausgeliehen?«, stichelte er zur Begrüßung.

Holla! Das Duell ging schon vor dem Kochen los. Inge Klinger verbiss sich ein Lachen.

»Ich sehe schon, du bist in Modefragen ein wahrer Spezialist, Karl.« Ich lächelte ihn übertrieben freundlich an. »Und scheinbar ist es jetzt auch total modern, den Reißverschluss an der Hose offen zu tragen.«

Karl griff sich an den Hosenstall seiner Jeans. Doch ich hatte ihn nur aufgezogen. Alles war wohlverpackt. Karl holte tief Luft.

»Sehr lustig.«

»Nicht wahr?«, flötete ich.

»Wahrscheinlich willst du mit dem Ausschnitt nur davon ablenken, dass du nicht kochen kannst.«

»Ich hoffe, du hast genügend Magenbitter für die Leute von der Jury dabei. Den brauchen sie bestimmt, wenn sie deine Kostproben zu sich genommen haben.«

Inge Klinger war das Lachen vergangen. Spätestens jetzt dürfte ihr bewusst geworden sein, dass sie als Moderatorin heute noch sehr gefordert sein würde. Um wieder auf eine sachliche Ebene zu finden, erklärte sie uns den Ablauf der Sendung. Dann bat sie uns in die Maske.

Währenddessen kamen die Zuschauer ins Studio. Alle hatten eine Nummer bekommen. Drei von ihnen würde man bei Beginn der Sendung als Jury auslosen.

Als die Aufzeichnung der Sendung begann, war meine Nervosität überraschenderweise gänzlich verschwunden. Ich war gut vorbereitet, und Karl Huber konnte mich ohnehin nicht mehr schocken. Inge Klinger begrüßte charmant die Gäste und stellte uns Kandidaten vor. Danach wurde die Jury ausgewählt. Die zwei älteren Damen und der junge Mann hatten zwar später das Vergnügen, das Essen zu probieren und zu bewerten, mussten aber jetzt das Studio verlassen.

»Entschuldigung, darf ich bitte den Ofen schon mal einschalten?«, fragte ich die Moderatorin.

»Aber sicher, Frau Koller. Herr Huber, müssen Sie auch vorheizen?«

»Danke, aber das ist nicht nötig«, sagte er freundlich.

Was er wohl kochen würde? Gleich sollte ich es erfahren.

»So, jetzt kommt die große Frage: Welches bayerische Schmankerl setzen uns die Kandidaten heute wohl vor? Frau Koller?«

Ich räusperte mich.

»Also, bei mir gibt es ein Blitz-Schweiners mit Weißbiersoße und dazu einen Knödel-Gugelhupf.«

Im Zuschauerraum gab es ungläubiges Geraune. Und auch Karl sah mich verblüfft an. Ich packte währenddessen meine Zutaten aus und stellte eine große Pfanne auf den Herd.

»Ein Blitz-Schweiners? Das hab ich ja noch nie gehört.« Frau Klinger staunte. »Und was bereiten Sie uns heute zu?« Die Frage ging an Karl.

»Bei mir gibt es einen Obazdn auf Schwarzbrot.«

Was? Einen Obazdn? Das war alles? Den könnte ich auf die Schnelle noch neben meinem Blitz-Schweiners machen, ohne ins Schwitzen zu kommen.

»Mehr hast du nicht auf Lager?«, rutschte mir heraus.

Karl schaute grimmig.

»Ein Obazda ist ein echt bayerisches Schmankerl. Von einem Blitz-Schweiners habe ich noch nie was gehört«, brummte er.

»Sie merken schon, liebe Gäste, unsere Köche werden sich ein interessantes Duell liefern«, sprach Inge Klinger in die Kamera.

Während sie redete, briet ich die schon zu Hause in etwa sechs auf sechs Zentimeter geschnittenen Fleischwürfel scharf in der Pfanne an. Ich durfte keine Zeit verlieren.

»Und hier sind die Gerichte, die ebenfalls noch zubereitet werden müssen: eine aufgezwiebelte Biersuppe und niederbayerische Rupfhaubn… Die Zutaten finden Sie neben sich unter dem Küchentuch. Und los geht's! Ab jetzt ist genau eine Stunde Zeit! Und denken Sie daran, Sie dürfen nicht abschmecken!«

Das war eine der Kochregeln in der Sendung. Denn am Ende mussten auch die Kandidaten die Gerichte probieren und bewerten. Allerdings mit verbundenen Augen.

Sie reichte uns die Rezepte. Puh, keine leichte Aufgabe. Vor allem nicht, wenn ich auch noch mein Gericht zeitig fertigbekommen wollte. Hoffentlich hatte ich mir nicht doch zu viel zugemutet. Ich warf einen Blick zu Huber. Er las sich das Rezept konzentriert durch.

Das Fleisch war jetzt angebraten. Ich legte die Stücke rasch mit der Krustenseite nach oben in eine Bratreine und schob sie in den Ofen. Die Zwiebeln hatte ich zu Hause schon in feine halbierte Ringe geschnitten und gab sie in die Pfanne zum Anbraten.

Ich kalkulierte die Zeit. Es würde zwar ein wenig knapp werden, aber ich konnte es schaffen.

Obwohl Karl weit weniger zu tun hatte, bemerkte ich bei ihm ein wenig Hektik. Vor allem, als die Moderatorin ihn in ein Gespräch verwickelte.

Inzwischen waren die Zwiebeln in der Pfanne gut angebraten. Ich goss sie mit einer halben Flasche Weißbier und kochendem Wasser auf. Dann würzte ich mit Salz und Pfeffer und gab alles zu den Fleischstücken im Ofen.

Für den Knödel-Gugelhupf bereitete ich einen Semmelknödelteig vor und füllte ihn in die ausgefettete Form. Das Ganze kam ebenfalls in den Ofen.

Nun war der Teig für die Rupfhaubn dran.

»Kommen Sie zurecht, Frau Koller?«, fragte Inge Klinger.

Ich nickte.

»Vielleicht können Sie uns ja währenddessen erzählen, wie Sie mit Ihrer Suche nach der weiß-blauen Liebe vorankommen.«

Ach Gott. Darauf sollte ich jetzt wirklich antworten?

»Nun, ich recherchiere immer noch und hoffe, dass Herr Huber mir vielleicht doch irgendwann einen passenden Ausdruck liefern kann.«

»Herr Huber hat viele passende Ausdrücke, aber das mag Frau Koller nicht zur Kenntnis nehmen«, kam es von der anderen Seite.

Die Moderatorin erkannte wohl, dass sie hier nicht weiterkam.

»Gut, dann kommen wir zur ersten Kochfrage. Damit können Sie zusätzliche Punkte bekommen, die am Ende zur Bewertung gezählt werden. Die Regeln dürfen bekannt sein. Wer als Erster richtig antwortet, bekommt einen Punkt. Und Achtung: Welche Wurst gehört in einen bayerischen Wurstsalat?«

»Regensburger!«, riefen wir beide.

Doch Huber war den Bruchteil einer Sekunde schneller als ich gewesen. Der Punkt ging verdientermaßen an ihn. Er grinste zufrieden.

Ich ließ mich deswegen nicht aus der Ruhe bringen und konzentrierte mich weiter auf das Kochen. Was war schon ein Punkt?

Huber hackte eine Essiggurke für seinen Obazdn.

»Gurken im Obazdn? Ich mach da immer Kapern rein«, bemerkte ich und brachte ihn damit ein wenig aus dem Konzept.

»Kapern? Ich kenn das nur mit Gurken«, sagte er etwas verunsichert. Wahrscheinlich hatte er noch nie im Leben selbst einen Obazdn gemacht, sondern sich das Rezept von einem seiner zahlreichen Fans geben lassen. Oder von seiner Hilly.

»Du wirst schon wissen, was du machst! Wo ist eigentlich mein Weißbier?« Ich hatte noch eine halbe Flasche, mit der ich die Soße aufgießen musste.

»Äh. Das war deines?«, fragte Karl und grinste schief. Er hob ein Weißbierglas in meine Richtung und nahm einen letzten Schluck. Er hatte sich tatsächlich mein Weißbier eingeschenkt! Und dann noch so unschuldig tun! Ich atmete tief durch. Lass dich dadurch nicht ablenken, Lene, sagte ich mir selber. Sonst kostet dich das womöglich den Sieg.

Inge Klinger kam zu mir, und ich sollte gleich eine ihrer Spezialfragen zu spüren bekommen, die der Sendung eine besonders pikante Note gaben, die sie bei den Zuschauern so beliebt machte.

»Frau Koller, gibt es denn aktuell einen Mann in Ihrem Leben? Ich will ja nicht indiskret sein, aber man hört Gerüchte, dass Sie mit dem Verleger Matthias Berger liiert sind?« Die Moderatorin nahm kein Blatt vor den Mund.

»Ich mit Matthias Berger? Wie kommen Sie denn darauf?«, fragte ich empört.

»Nun, man hört so einiges«, antwortete sie süffisant.

»Dann sollten die Leute mal ihre Hörgeräte besser einstellen«, konterte ich. Die Zuschauer lachten. Ich setzte die Teighäubchen für die Rupfhaubn in die heiße, gezuckerte Milch, in die ich vorher schon gewürfelte Äpfel gegeben hatte.

»Fragen Sie sie doch nach einem gewissen spanischen Geschäftsmann«, mischte Karl sich ein.

Was fiel ihm denn ein? Ich hätte ihm am liebsten den restlichen Teig um die Ohren geschlagen.

»Soso … Ein spanischer Geschäftsmann? Das ist ja auch interessant.« Klinger nahm den Ball gleich auf.

»Wie viel Zeit haben wir denn noch?« Ich ließ mich einfach nicht darauf ein. »Gibt es hier irgendwo noch ein Weißbier?«, fragte ich, inzwischen doch schon ein wenig nervös, dass mir die Soße nach Karls Bierraub nicht richtig gelingen würde.

Klinger ging zum Kühlschrank und suchte. Konnte mir aber nur mit einem dunklen Bier aushelfen, das reichlich für die Biersuppe vorrätig war. Das ging natürlich auch. Ich war erleichtert.

»Noch fünfundzwanzig Minuten«, informierte sie uns.

Klinger ging zu Karl. »Jetzt komm ich doch noch mal zu Ihnen, Herr Huber. In Ihrem Privatleben tut sich auch einiges.«

So? Das war jetzt interessant. Was tat sich denn da? Wurde er vielleicht Papa?

»Ich glaube, da müssen wir jetzt nicht drüber reden«, blockte Karl mit angespannter Miene. Es war ihm sichtlich unangenehm. Ich spürte eine gewisse Schadenfreude. Das kam davon, wenn man andere vorführen wollte.

»Ich verstehe schon, dass Sie über Ihre Scheidung nicht so gerne sprechen. Dabei war es doch in beiderseitigem Einvernehmen oder etwa nicht?«, bohrte Klinger nach.

Aber Karl reagierte gar nicht darauf, sondern befasste sich mit stoischer Miene mit seiner Biersuppe.

»Dann lassen wir das Thema. Vorsicht, die Zwiebeln brennen gleich an!«, rief die Moderatorin.

Karl zog den Topf zur Seite und vermied es, in meine Richtung zu schauen.

Scheidung?! Hatte ich das richtig gehört? Scheidung? Von Hilly? Aber wieso hatte er sie mir überhaupt noch als seine Frau vorgestellt? Dann hatte also der Beziehungsstatus auf seiner Facebook-Seite gestimmt!

Bevor ich weiter darüber nachdenken konnte, kam schon die nächste Rätselfrage: »Was ist der Hauptbestandteil einer Hirgstsuppe?«

»Buttermilch!« Diesmal war ich schneller. Und so stand es nach Punkten unentschieden. Wobei die Antwort genau genommen eigentlich nicht ganz richtig war. Ursprünglich machte man die Hirgstsuppe oder auch Herbstmilch genannt aus gestöckelter Milch. Da man diese heute nicht mehr so einfach bekam, wich man meist auf Buttermilch aus. Das setzte ich meiner Antwort noch hinzu und heimste mir dafür Applaus von den Zuschauern und ein Lob der Moderatorin ein.

»Streberin!«, zischte Karl, als er an mir vorbeiging, um sich aus einem Kräutertöpfchen Schnittlauch zu holen.

»Pfff!« Eine ausführlichere Antwort war mir das nicht wert.

Die restlichen Minuten vergingen wie im Flug. Ich kam so richtig unter Zeitdruck und hetzte zwischen Herd und Backofen hin und her. Auf meinem Arbeitsplatz sah es inzwischen aus, als ob eine Bombe eingeschlagen hätte. Bei Karl hingegen war alles ordentlich aufgeräumt. So ein Saubermann!

Ich bemerkte es nicht sofort, doch immer mehr Zuschauer kicherten. Inge räusperte sich, bis ich schließlich fragend den Kopf hob. Was hatten sie denn alle? Auch Karl hatte ein breites Grinsen im Gesicht, was bei ihm eher ungewohnt war. Da merkte ich, was los war. Der oberste Knopf an meinem Dirndl war aufgegangen und zeigte in dem ohnehin sehr großzügigen Ausschnitt noch tiefere Einblicke. Erschrocken drehte ich mich um und machte den Knopf wieder zu. Nie mehr im Leben würde ich noch einmal etwas anziehen, in dem ich mich nicht wohlfühlte! Da könnte sich Matthias oder sonst wer auf den Kopf stellen. Ich war von der ganzen Hektik so erhitzt, dass die Schamesröte in meinem Gesicht nicht weiter auffiel.

Klinger sparte sich diesmal einen Kommentar, und Karl strich grinsend seinen Obazdn aufs Schwarzbrot, als hätte er nie im Leben etwas anderes gemacht.

Noch während wir das Essen anrichteten, kam die letzte Rätselfrage: »Womit werden Bavesen gefüllt?«

»Zwetschgenmus!« Die Antwort kam gleichzeitig, aber die Moderatorin schien ein wenig parteiisch zu sein. Sie gab den

Punkt an Karl. Gemeine Kuh! Damit hatte sie es sich bei mir verscherzt…

Mit der letzten Sekunde stellte ich das Essen auf den Tisch der Jury. Doch bevor diese unsere Kochkünste bewerten würde, mussten wir selbst ein Urteil darüber abgeben. Klinger verband uns die Augen mit einem dunklen Tuch und gab jedem von uns jeweils einen Löffel Biersuppe und eine Kostprobe von der Mehlspeise. Die Rupfhaubn schmeckten ähnlich gut. Auch Karl hatte offensichtlich eine Prise Zimt dazugegeben, obwohl es nicht in dem Rezept stand. Hmm. Ich hätte nicht sagen können, welche ich gemacht hatte, deswegen gab ich der Kostprobe einen Punkt, die ein klein wenig saftiger war. Bei der Suppe war es einfacher. Eine davon war nämlich etwas versalzen. Das war bestimmt seine Suppe. Nachdem wir unsere Gerichte bewertet hatten, durften wir die Tücher abziehen. Kaum zu glauben, aber wir hatten jeweils dem anderen einen Punkt gegeben. Das Publikum amüsierte sich prächtig über unsere erstaunten Gesichter.

Karl führte immer noch. Was mir absolut nicht schmeckte.

Nun kam die Jury und nahm Platz. Nach ihrer Meinung war Karls Biersuppe besser gelungen als meine, die ich – und nicht er – ein wenig zu großzügig gesalzen hatte. Mit den Rupfhaubn dagegen konnte ich punkten.

Bei dem letzten Gericht waren sich alle einig. Mein Blitz-Schweiners mit dem Knödel-Gugelhupf hatte einstimmig gegen den Obazdn auf Schwarzbrot gewonnen. Somit lagen wir beide nach Punkten gleich auf.

»Liebe Zuschauer, Sie wissen, was das bedeutet. Um den endgültigen Gewinner zu ermitteln, müssen die Kandidaten noch eine kleine Aufgabe erfüllen.« Klinger gab jedem von uns eine Salatgurke und einen Schäler.

»Wer am schnellsten die Gurke schält, hat gewonnen. Uuund los!«, gab sie das Kommando.

Ich legte los und hatte die Gurke nach einigen Sekunden schon fast geschält. Rasch warf ich einen Blick zu Karl. Er lag deutlich zurück. Super! Ich würde gewinnen. Doch meine Neugier rächte sich. Ich rutschte mit dem Schäler ab und schnitt mich heftig in den Daumen. Erschrocken ließ ich die Gurke fallen.

»Fertig!« Karl legte Gurke und Schäler zur Seite. Die Zuschauer klatschten Beifall.

»Herr Huber, Sie haben gewonnen«, gratulierte Inge Klinger meinem Kontrahenten. Durch meine Unachtsamkeit hatte ich verloren.

Erst jetzt bemerkte sie, dass ich mich geschnitten hatte. Die Moderatorin reichte mir ein frisches Küchentuch, das ich um meinen Finger wickeln konnte.

»Halb so schlimm«, witzelte ich, »Hauptsache, der Finger ist noch dran.«

Klinger gratulierte Karl noch einmal zu seinem Sieg und überreichte ihm einen Gutschein für ein All-inclusive-Wochenende in einem Wellness-Hotel in der Nähe des Bäderdreiecks für zwei Personen.

»Gratuliere«, sagte ich mit zusammengebissenen Zähnen. Zum einen, weil ich ihm den Gewinn nicht wirklich gönnte, aber vor allem auch, weil der Daumen inzwischen höllisch brannte.

Klinger wies am Ende der Sendung noch mal auf ein Buch über niederbayerische Persönlichkeiten aus dem neunzehnten Jahrhundert hin, das Karl kürzlich herausgebracht hatte, und erwähnte auch, dass man sich bald auf meinen Ratgeber freuen durfte. Damit verabschiedete sie sich von uns und den Zuschauern, und die Aufzeichnung war beendet.

Anschließend fand ein kleiner Sektumtrunk in der Kantine statt. Ich stieß mit der Jury, der Moderatorin und anstandshalber auch mit Karl an und leerte das Glas zügig. Der Daumen pochte immer stärker, aber ich wollte keine große Sache daraus machen. Das Küchentuch war inzwischen blutig, und ich musste mir einen neuen Verband organisieren. Ich ging noch mal ins Studio zurück, das bereits von zwei Putzfrauen gereinigt wurde. Das Technikteam saß am Tisch und ließ sich das restliche Essen schmecken.

»Das Blitz-Schweiners ist echt super, Frau Koller!«, sagte der junge Kameramann mit vollem Mund.

»Ja, total lecker«, lobte ein anderer.

Ich freute mich, dass es ihnen schmeckte.

»Lene?«

Karl war mir gefolgt.

»Zeig mal deinen Daumen!«, forderte er mich auf.

»Ach was ...« Ich winkte ab.

»Jetzt komm schon, stell dich nicht an.« Er wickelte das blutdurchtränkte Tuch ab und zog scharf die Luft ein.

»Wie kann man sich nur so dumm anstellen!? Das muss unbedingt von einem Arzt behandelt werden.«

»Schmarrn, ich brauch nur einen frischen Verband«, sagte ich. Aber mein Protest kam schwach. Es sah wirklich unschön aus. Ich hatte mit der scharfen Klinge den halben Daumenballen aufgeschnitten, und plötzlich gaben die Beine unter mir nach.

Karl hakte mich unter, führte mich hinaus und brachte mich in seinem Wagen ins Krankenhaus.

Kapitel 22

An diesem Abend herrschte in der Notaufnahme Hochbetrieb. Auf der Autobahn hatte es einen Unfall mit vielen Verletzten aus einem Reisebus gegeben, und alle Ärzte waren im Dauereinsatz. Was war schon mein kleiner Daumenschnitt dagegen? Am liebsten wäre ich nach einer provisorischen Erstversorgung durch die Schwester nach Hause gefahren, aber Karl bestand darauf, die Verletzung von einem Arzt anschauen zu lassen. So saß ich brav neben meinem Duellgegner im Wartezimmer und übte mich in Geduld. Die Schmerzen waren inzwischen dank der freundlichen Krankenschwester, die mir eine Tablette gegeben hatte, nicht mehr schlimm.

»Eigentlich hätte ich gewonnen«, sagte ich plötzlich und hätte mir am liebsten auf die Zunge gebissen.

»Ich weiß«, stimmte Karl mir zu, ohne auch nur mit der Wimper zu zucken.

»Ach. Du weißt das? Trotzdem nimmst du den Sieg einfach so an?«, fragte ich empört.

Karl sah mich an.

»Lene, das war eine Kochshow, die rein zur Unterhaltung der Zuschauer dient. Da ist es doch letztlich egal, wer gewinnt«, sagte er gelassen.

Und gerade diese Gelassenheit brachte mich noch mehr auf. »Von wegen egal. Schließlich hast du den Preis bekommen, obwohl ich ihn wirklich verdient hätte«, grummelte ich. Mir ging es ja gar nicht so sehr ums Gewinnen an sich, sondern einfach um Gerechtigkeit. Ich hätte ihm den Sieg auch gegönnt, na ja, zumindest ein wenig, wenn er wirklich besser gewesen wäre als ich. Aber das war er nicht.

»Darum geht es dir? Möchtest du das Wellness-Wochenende haben? Ich schenk es dir. Das ist sowieso nichts für mich.«

Dass er aber auch gar nichts verstand.

»Ich hätte den Preis dann gewollt, wenn ich ihn offiziell bekommen hätte. Aber nicht als milde Gabe, weil du nichts damit anfangen kannst«, lehnte ich sein fragwürdiges Geschenk ab. Vermutlich hätte ich ohnehin nicht allzu viel Freude damit gehabt. Diese Wellnesswelle war mir sowieso suspekt.

»Frau Koller!« Die nette Krankenschwester von vorhin kam auf mich zu und riss mich aus meinen Gedanken. »Kommen Sie bitte mit?«

Ich stand auf und wandte mich an Karl.

»Du kannst ruhig nach Hause fahren. Ich nehme mir später ein Taxi.«

»Quatsch. Jetzt bin ich schon mal da. Soll ich mitgehen?«

Natürlich hätte ich jetzt Nein sagen müssen, aber so schnell, dass ich es nicht mehr zurückhalten konnte, entschlüpfte mir ein: »Ja!«

Die Schwester führte uns in einen kleinen Behandlungsraum und wickelte den provisorischen Verband ab. Die Blutung hatte aufgehört, aber der Daumen sah doch ziemlich mitgenommen aus.

»Der Arzt kommt in ein paar Minuten«, informierte sie uns und ging hinaus.

Da saß ich nun. Mit Karl Huber. Meinem Erzfeind. Der mir trotz allem nun tapfer zur Seite stand. Und die Frage, die mir schon seit unserer ersten Begegnung durch den Kopf ging, musste jetzt gestellt werden. Ich räusperte mich und packte den Stier bei den Hörnern.

»Warum bist du von Anfang an so wütend auf mich gewesen, Karl?«

Er starrte eine Weile auf eine Schale mit einzeln verpackten Einmalkanülen, und ich dachte schon, er würde nicht antworten. Doch dann begann er zu erzählen.

»Ich war gerade mal neun Jahre alt, da ging die Firma, in der mein Vater beschäftigt war, in Konkurs. Es dauerte eine Weile, bis er endlich eine neue Arbeitsstelle fand. Allerdings in Hannover, und wir mussten umziehen.«

Während er erzählte, sah ich das Bild des kleinen unglücklichen Jungen vor mir. Wie er traurig seinen Koffer mit Spielzeugautos und Pumuckl-Kassetten packte und sich von seinen Freunden verabschiedete. Doch trotz meines Mitleids für den kleinen Karl fragte ich mich, was das mit mir zu tun hatte.

»Ich war immer ein guter Schüler, und meine Eltern wollten, dass ich nach der vierten Klasse aufs Gymnasium wechsle. Auch ich wollte das. Aber in der neuen Schule in Hannover gab es diese Lehrerin. Frau Noll-Neuner … Perdita Noll-Neuner.« Er verstummte.

»Und was war mit der? Jetzt erzähl schon weiter«, drängte ich ihn.

»Sie war noch sehr jung und verstand mich wegen meines bayerischen Dialekts kaum, so wie die meisten meiner Mitschüler auch nicht. Ständig machten sie sich lustig über mich, und für alle war ich bald der Idiot aus den bayerischen Wäldern. Wenn ich mich bemühte, Hochdeutsch zu sprechen, lachten sie mich erst recht aus. Nach einer Weile hab ich mir das nicht mehr gefallen lassen und mich gewehrt. Danach wurde es nur noch schlimmer. Noll-Neuner machte mir das Leben so schwer, dass ich tatsächlich immer schlechter wurde in der Schule und den Schnitt fürs Gymnasium nicht erreichte. Ein Glück nur, dass wir ein Jahr später wieder zurück nach Niederbayern gingen.«

»Und weiter?«, fragte ich.

»Damals hab ich mir geschworen, dass mich niemand mehr wegen meines bayerischen Dialekts zum Deppen macht«, schloss er seine Erklärung.

Ich starrte ihn an.

»Du bist deswegen so sauer auf mich, weil du als Kind eine schlechte Erfahrung mit einer Lehrerin gemacht hast?«, fragte ich fassungslos.

Er nickte.

»Jetzt sag bloß nicht, dass ich dieser Noll-Neuner ähnlich sehe«, sagte ich in einem drohenden Tonfall.

Er nickte wieder.

»Sie hatte ungefähr deine Oberweite!«

Das war doch die Höhe! Ich war einen Moment lang sprachlos. Doch nur einen kurzen Moment.

»Also sind Frauen mit … äh … größerer Oberweite für dich ein rotes Tuch, weil deine Lehrerin …« Ich hielt inne. Zum einen war ich fassungslos, zum anderen setzte nun er wieder an.

»Andere Frauen geben ja keinen solchen Blödsinn über die bayerische Sprache von sich. Als ich deine abstrusen Theorien in der Zeitung las, da ist mir halb der Kragen geplatzt.«

Jetzt drohte mir dasselbe.

»Sag mal: Geht's noch?«, giftete ich ihn an. »Was hat meine

Frage, warum es keinen bayerischen Satz für ›Ich liebe dich‹ gibt, damit zu tun, was diese blöde Lehrerin damals mit dir gemacht hat?«

»Nicht nur die. Was glaubst du, wie vielen Leuten ich seither begegnet bin, die sich ähnlich herablassend gegenüber den Bayern verhalten haben, und zwar nur wegen des Dialekts?«, erwiderte er.

»Ist dir schon mal der Gedanke gekommen, dass du diese Leute vielleicht anziehst? Ich hab da nämlich bisher kaum negative Erfahrungen gemacht. Im Gegenteil.« Das hatte ich tatsächlich nicht. Die meisten Leute fanden meinen bayerischen Dialekt ganz reizend.

»Wahrscheinlich weil du total blauäugig durch die Gegend rennst und nur darauf bedacht bist, dich irgendwie mit diesem hausgemachten Liebesschmarrn in den Mittelpunkt zu stellen.«

Ich sprang auf.

»So denkst du also von mir?«

Er erhob sich ebenfalls.

»Ja. So denke ich von dir! Es ist dir doch völlig egal, was du mit deiner bescheuerten Theorie in die Welt setzt.«

»Was setz ich denn Schlimmes in die Welt?«

»Etwas, worüber sich alle Nichtbayern wieder lustig machen können.«

Der Mann machte mich rasend.

»Warum lässt du dich von Hilly scheiden?«, fragte ich plötzlich und unbedacht.

Mit dieser Frage brachte ich ihn aus dem Konzept.

»Was? Also wirklich! Das geht dich gar nichts an!«, fuhr er mich an.

»Sag es mir!« Ich ließ nicht locker.

»Na gut! Wenn du es unbedingt wissen willst. Du gibst ja doch keine Ruhe. Wir lieben uns nicht mehr, und sie will mit einem anderen Mann zusammen sein!«

So. Jetzt war es heraus. Sie hatte einen anderen. Sicher nicht sonderlich schön für Karl, und sofort schoss mir ein Gedanke durch den Kopf.

»Könnte es sein, dass du vielleicht deswegen so einen Grant auf Gott und die Welt hast, weil du mit der Trennung nicht fertigwirst?«, fragte ich in einem Tonfall, den man mit etwas gutem Willen fast schon verständnisvoll hätte nennen können.

»Ach, lass mich doch in Ruhe!«, kam es postwendend und ziemlich deutlich zurück.

»Und wenn ich dich in Ruhe lasse?«

In der ganzen Diskussion hatten wir nicht bemerkt, dass der Arzt inzwischen den Raum betreten hatte.

»Entschuldigung. Sind Sie Frau Koller?«, fragte er leise.

Karl und ich drehten uns gleichzeitig zu ihm um. Was? Dieser Jüngling mit den zerzausten hellblonden Haaren sollte der Arzt sein?

»Ja. Die bin ich.« Etwas skeptisch streckte ich ihm die Hand mit dem gesunden Daumen entgegen. Er nahm sie und drückte sie schwach und mit verschwitzten Fingern. Dabei versuchte er krampfhaft, nicht in meinen Ausschnitt zu schauen.

»Fischer«, stellte er sich vor, und als er sich vorbeugte, um auch Karl zu begrüßen, stieß er mit seiner Hüfte gegen einen Beistellwagen auf Rädern, der, mit allerlei Verbandsmaterial obenauf, gegen einen Schrank krachte.

»Entschuldigung.« Fahrig schob er den Wagen zurück und blätterte dann hektisch in einer Akte. Hoffentlich war der Mann wenigstens halb so kompetent, wie er schusslig wirkte.

Ich warf Karl einen nervösen Blick zu. Er war immer noch sichtlich wütend auf mich.

»Ich warte draußen«, sagte er nur und war gleich darauf verschwunden.

Der Arzt drehte sich nun zu mir um.

»Entschuldigung. Das ist mein erster Tag heute in dieser Klinik«, erklärte er mit einem schiefen Lächeln. Das waren bereits drei Entschuldigungen innerhalb von zwei Minuten. Kompetenz und Selbstbewusstsein sahen irgendwie anders aus. Aber ich wollte ihm eine faire Chance geben und hielt ihm mutig meinen Daumen hin.

»Uhh. Das sieht nicht schön aus. Gar nicht schön«, meinte er mitfühlend. »Was machen wir denn da?«

»Ich verlasse mich völlig darauf, dass Sie wissen, was da zu machen ist, Herr Doktor«, versuchte ich es mit einem gutwilligen Lächeln auf dem Gesicht.

Scheinbar erinnerte er sich ob meines Vertrauens in seine Fähigkeiten an seine medizinische Ausbildung, und schlagartig wurde er sicherer. Ohne nähen zu müssen und ohne auch nur einen Blick auf meinen Busen zu richten, versorgte er den Daumen und verband ihn. Etwas ungeschickt zwar, aber sehr vorsichtig. Er wollte mir sichtlich nicht wehtun, was ich sehr rührend fand. Langsam taute er auf, und wir unterhielten uns ganz nett über seine Arbeit. Er war jetzt ohne Pause seit zwölf Stunden im Einsatz, und mein Daumen war heute eine der harmlosesten Verletzungen, die er behandelt hatte. Und das alles an seinem ersten Tag!

Nachdem ich schon seit vielen Jahren keine Tetanusimpfung mehr bekommen hatte, schlug er sicherheitshalber eine Spritze vor. Er öffnete die Tür, um nach einer Schwester zu rufen. Doch auf dem Gang herrschte noch immer hektischer Betrieb. Nach einer Massenschlägerei vor einer Diskothek waren nun auch noch einige ziemlich betrunkene Verletzte eingeliefert worden. Die Schwestern hatten alle Hände voll zu tun, nicht die Kontrolle zu verlieren, und spannten Doktor Fischer ein. Er versprach, gleich jemanden mit der Spritze zu schicken, und wünschte mir alles Gute. Als ich sah, wie er sich mutig vor einen muskelbepackten Schlägertypen mit Platzwunde am Kopf stellte, wusste ich, dass aus Doktor Fischer einmal ein wirklich guter Arzt werden würde.

Nur wenig später rauschte eine abgekämpft wirkende ältere Schwester mit einer aufgezogenen Spritze herein.

»Kleid hoch«, befahl sie in einem harschen Kommandoton, und ich folgte sofort. Sie schob mein Höschen etwas herunter und säuberte die Einstichstelle mit einem Desinfektionstuch. Gleich darauf jagte sie mir die Nadel in mein oberes Hinterteil. Aua.

»Legen Sie sich bitte auf die Liege. Sie werden merken, dass die Spritze sehr schnell wirkt. Ich hole Sie dann zur Koloskopie ab und bringe Ihnen ein Untersuchungshemd mit.«

Bevor ich sie fragen konnte, was eine Koloskopie war, verschwand sie auch schon nach draußen. Dabei schimpfte sie über Untersuchungstermine mitten in der Nacht, nur um durch Rundumauslastung Kosten einzusparen. Sämtliche Alarmglocken schrillten in meinem Kopf. Das Wort Koloskopie hatte ich schon mal in einem anderen Zusammenhang gehört. Und es hatte bestimmt nichts mit einer Daumenverletzung zu tun. Wozu sollte ich außerdem ein Untersuchungshemd benötigen? Meine Verletzung war doch versorgt.

Ich musste Doktor Fischer suchen. Oder besser noch Karl.

Und mit ihm nach Hause gehen. Dringend. Ich nahm meine Handtasche und machte mich auf die Suche. Doch im Wartezimmer war er nicht. Lustig. Wo er sich nur versteckt hatte? Ich könnte ihn ja ausrufen lassen.

»Der grantige Karl Huber soll bitte zur netten Lene Koller in die Notaufnahme kommen!« Beim Gedanken an sein Gesicht, wenn er das hörte, musste ich kichern. Eine Schwester kam mir entgegen. »Haben Sie einen Mann gesehen. Dunkle Haare und so groß etwa?«, fragte ich sie und hielt meine Hand hoch über meinen Kopf.

»Hier sind ziemlich viele Männer, da fällt einer nicht auf«, antwortete sie und eilte geschäftig davon. Das stimmte allerdings. Einer der Schlägertypen saß mit einem notdürftigen Verband um den Kopf vor einem Behandlungszimmer und zwinkerte mir frech zu. Neben ihm ein Polizist, der mich ebenfalls anlächelte. Gott, was waren die Männer hier alle gut aufgelegt! Da könnte sich Karl mal eine dicke Scheibe von abschneiden!

Wo er nur steckte?

Doktor Fischer kam den Gang entlang. Ich winkte ihm fröhlich zu. Inzwischen fand ich gar nicht mehr, dass er wie ein grüner Jüngling aussah. Im Gegenteil. Er wurde von Minute zu Minute männlicher.

»Gut, dass Sie noch da sind, Frau Koller.« Bildete ich mir das ein, oder hatte er tatsächlich einen besorgten Ausdruck im Gesicht? Das brauchte er doch gar nicht. Er hatte seine Sache sehr gut gemacht. Sicher würde er es einmal zum Chefarzt in der Unfallchirurgie bringen.

»Ja. Ich bin noch daha«, flötete ich.

»Ich habe vorhin mitbekommen, dass Sie und Ihr Mann sich ziemlich heftig gestritten haben. Bitte verstehen Sie mich nicht falsch, wenn ich das frage …« Seine Stimme wurde leise. »Aber könnte es sein, dass es bei Ihnen häusliche Gewalt gibt und der Daumen deswegen …?« Er sprach nicht weiter, sondern sah mich nur besorgt an.

Moment. Ich und mein Mann? Er meinte doch nicht etwa Karl?

Ich lachte auf.

»Karl? Also nein, Herr Doktor Fischer, ich …« Er dachte tatsächlich, dass Karl mich misshandeln würde. Tat er ja auch, aber die Grausamkeiten waren eher seelischer Natur. Deswegen fuhr ich fort: »In gewisser Weise haben Sie schon recht, Herr Doktor …«

»Dachte ich es mir doch …« Doktor Fischer nickte besorgt. Das sah ein wenig aus wie bei einem dieser Wackeldackel, den Omi früher in ihrem Wohnzimmerregal stehen hatte. Wie von selbst wackelte mein Kopf mit ihm mit.

»Lene! Bist du jetzt fertig?« Karl kam auf uns zu. Wo er nur die ganze Zeit über war? Fischer trat ihm entgegen.

»Ich muss Sie dringend bitten, mit mir ins Büro zu kommen. Es geht um die Misshandlung an Ihrer Frau«, sagte er energisch.

Karl riss die Augen auf und starrte den Arzt ungläubig an.

Das sah schon wieder so lustig aus, dass ich losprustete.

»Was wollen Sie?«, fragte Karl völlig konsterniert. »Ich habe meine Frau nie im Leben misshandelt!«, stellte er sofort richtig. Bei den Worten Misshandlung war der Polizist aufmerksam geworden. Er beobachtete uns neugierig.

»Hast du ihm das erzählt?«, fragte Karl mich harsch.

Ich schüttelte den Kopf. »Ich? Nein, ich habe nur …« Weiter kam ich nicht, weil ich von einem heftigen Lachanfall geschüttelt wurde.

»Da sind Sie ja!« Die Schwester, die mir vorhin die Spritze gegeben hatte, kam mit einem weißen Nachthemd über dem Arm auf uns zu. Bei ihrem Anblick verging mir das Lachen augenblicklich. »Ich suche Sie schon überall.« Sie sah geradezu bedrohlich aus.

»Bitte, Herr Doktor, muss das sein mit dieser Kolostrophie«, fragte ich deswegen den Arzt.

»Koloskopie«, korrigierte mich die Schwester ungeduldig.

»Entschuldigung, Schwester, was haben Sie mit Frau Koller vor?«, fragte Doktor Fischer vorsichtig.

»Na eine Darmspiegelung!«

Was?! Instinktiv zog ich meine Pobacken zusammen. Niemals! Außerdem war mir inzwischen schwindlig.

Was kein Wunder war, wie ich gleich darauf erfuhr. Die Schwester hatte mich mit einer anderen Patientin verwechselt und mir eine Beruhigungsspritze gegeben, die sich nicht so wirklich gut mit dem Glas Sekt im Studio und der Schmerztablette von vorhin vertrug.

Karl lachte schadenfroh auf, als er das hörte. Da wir schon genug Aufmerksamkeit auf uns gezogen hatten, bat uns der Arzt zur Klärung in ein Behandlungszimmer.

Als wir den Raum eine Viertelstunde später wieder verließen – mit der dringenden Empfehlung, mich so schnell wie möglich nach Hause in ein Bett zu bringen –, sah ich meinen Vater an der Anmeldung stehen und mit einem Arzt sprechen. Mein Herz machte vor Freude einen Salto. Papa war also doch nicht mehr böse auf mich.

»Dort ist mein Vater«, sagte ich glücklich wie ein kleines Kind zu Karl. »Du kannst jetzt gehen. Ich fahre mit ihm heim.«

Freudestrahlend ging ich auf ihn zu. Papa machte ein sehr besorgtes Gesicht, als er mit dem Arzt sprach.

»Papa! Wie lieb, dass du gekommen bist«, unterbrach ich das Gespräch der beiden.

Erst jetzt schien er mich zu bemerken und schaute mich verwundert an.

»Lene? Was machst du denn hier? Hat Julia dich angerufen?«

»Nein, wieso?«

Ich war verwirrt. Er war gar nicht meinetwegen hier? Was war mit Julia?

»Wie schaust du denn überhaupt aus?«, fragte er vorwurfsvoll mit Blick auf mein tief ausgeschnittenes Dirndl. »Sag mal, bist du etwa betrunken?« Er sah mich kritisch an.

Ich schüttelte den Kopf. »Nein, bin ich nicht. Ich bin verletzt.« Ich hielt ihm den verbundenen Daumen entgegen. »Ich war in der Kochshow, und da hab ich mich in den Daumen geschnitten …« Ich kicherte. »Und dann hat mir die Schwester versehentlich …«

Doch Vater hörte mir gar nicht richtig zu.

»Lene, ich hab jetzt keine Zeit für deine Kindereien. Hans liegt auf der Intensivstation, und es geht ihm sehr schlecht.«

Mit einem Schlag blieb mir jegliches Kichern im Hals stecken und verwandelte sich dort zu einem dicken Kloß. Mein Kopf pochte, und mit jedem Herzschlag rauschte es in meinen Ohren. Ich konnte nichts sagen. Armer Hans. Arme Julia. Und armer Papa.

»Sie können jetzt nach oben gehen, Herr Koller«, sagte der Arzt.

»Darf ich mitkommen?«, fragte ich und verdrückte die Tränen. »Ich könnte doch …«

»Tut mir leid, aber es dürfen nur zwei Besucher hinein«, erklärte der Arzt. Offenbar war Julia schon bei Hans.

»Aber Julia sagte doch, es sei nicht so schlimm«, sagte ich verwirrt.

»Es gab plötzlich Komplikationen mit seinem Herz«, erklärte Vater bedrückt.

»Sagst du mir Bescheid, wenn …« Ich konnte nicht weitersprechen. Vater schaute mich kurz an, nickte und ging dann den Gang entlang zum Fahrstuhl.

»Komm, Lene. Du musst jetzt ins Bett.« Karl nahm mich am Arm und ging mit mir in Richtung Ausgang. Inzwischen konnte ich die Tränen nicht mehr zurückhalten.

»Danke, dass du so lieb bist«, sagte ich und schniefte.

»Bedanke dich nicht zu früh. Ich will nur, dass du morgen ausgeschlafen bist, wenn ich mit dir wegen der Misshandlungsgeschichte ein Hühnchen rupfen werde.«

»Das würde ich an Ihrer Stelle dringend unterlassen.«

Karl und ich drehten uns um. Der nette Polizist von vorhin stand hinter uns und schaute Karl streng an.

»Bitte?«, fragte Karl bemüht freundlich.

»Sie haben gerade Ihrer Frau Gewalt angedroht, und das gab es wohl schon öfter bei Ihnen.«

Warum dachte nur jeder, dass Karl und ich verheiratet waren?

»Moment. Also, das ist ein Missverständnis. Das haben wir eben schon mit Doktor Fischer geklärt«, protestierte Karl.

Doch der Polizist ließ sich nicht darauf ein.

»Lene. Jetzt sag doch was!«, forderte Karl mich auf. Aber ich fand das jetzt alles gar nicht mehr lustig und schluchzte nur. Für den Polizisten ein Indiz dafür, dass ich tatsächlich misshandelt wurde. Doktor Fischer wurde ausgerufen, und Karl musste noch einmal ins Behandlungszimmer. Diesmal mit polizeilicher

Begleitung. Unter dem Vorwand, auf die Toilette zu müssen, ließ ich die beiden vorangehen und verschwand aus dem Krankenhaus. Inzwischen war es weit nach Mitternacht, und ich war völlig erschöpft. Ich wollte nur noch nach Hause und winkte einem Taxi.

kapitel 23

Hans' Beerdigung fand vier Tage später statt. Obwohl er schon seit Jahren das Bett nicht mehr verlassen und somit kaum Kontakt zu anderen Leuten gehabt hatte, war die Kirche bis auf den letzten Platz mit Trauergästen gefüllt. Viele waren wegen Julia gekommen, doch die meisten kannten ihn aus der Zeit vor seinem Schlaganfall. Sie erinnerten sich an den Mann, der immer gut gelaunt auf seinem Traktor saß und der nie Nein sagen konnte, wenn er um Hilfe gebeten wurde. Auch ich dachte zurück an den Hans aus meiner Kindheit. Einige Wochen nach dem Tod meiner Mutter hatte Hans mir im Stall ein verwaistes Rehkitz gezeigt und mich gebeten, ihm zu helfen, es gemeinsam aufzuziehen. Es war eine große Aufgabe, die viel Verantwortungsbewusstsein erforderte. Anfangs alle zwei bis drei Stunden musste das Tier mit der Flasche gefüttert und versorgt werden. Nachdem Hans gesehen hatte, wie gut ich mich um das Kitz kümmerte, wechselten wir uns nach der Schule tagsüber mit dem Füttern ab. In den Nächten war Hans alleine für das Rehkitz zuständig. Als Edi – so nannten wir es – größer wurde und nicht mehr auf unsere Hilfe angewiesen war, brachten wir es in einen nahe gelegenen Wildpark. Dort konnte es wieder mit seinen Artgenossen durch die herrlichen Wälder streifen.

Hans hatte mir mit der Aufgabe, mich um das Kitz zu kümmern, das genau wie ich die Mutter verloren hatte, auf eine besondere Weise über die schlimmsten ersten Monate hinweggeholfen.

Beim Verlassen der Kirche blickte ich hoch zum Himmel und wusste, dass Hans bei meiner Mutter angekommen war. Auf dem Weg von der Kirche zum Friedhof entdeckte ich einige Leute aus meinem Freundeskreis. Auch Claudia und sogar Michi waren unter den Trauergästen. Ich ahnte, dass er wegen mir und Papa gekommen war. Und ich freute mich darüber. Er schob sich vorsichtig durch die Menge und stellte sich an meine Seite. Als der Sarg langsam in die Erde gelassen wurde, legte er mitfühlend einen Arm um mich. Doch seine Nähe empfand ich plötzlich eher als bedrückend denn als tröstend. Ich war froh, als er sich von mir löste, um am Grab vorbeizugehen. Danach verlor ich ihn aus den Augen.

Obwohl Papa Julia in den letzten Tagen stets zur Seite gestanden hatte, wahrte er in der Kirche und am Friedhof einen gebührenden Abstand zu ihr und ihren Verwandten. Sogar beim Leichenschmaus in der Dorfwirtschaft hielt er sich zurück. Schließlich war er nur der Nachbar. Julia hielt sich tapfer, doch ich wusste, wie schwer es ihr fiel, sich von ihrem Mann zu verabschieden. Wir hatten die letzten Tage viel über Hans und ihr gemeinsames Leben vor und nach seinem Schlaganfall vor zehn Jahren gesprochen.

»Als er damals zusammenbrach und ins Krankenhaus kam, wünschte ich mir nur, dass er nicht stirbt«, erzählte Julia. »Doch nach einer Weile, als ich ihn so hilflos liegen sah, war ich mir nicht mehr sicher, ob der Tod nicht doch besser für ihn gewesen wäre.«

»Ach Julia. Es war sein Weg, den er zu gehen hatte«, versuchte ich, sie irgendwie zu trösten. Ich war leider noch nie sonderlich geschickt darin, in solchen Momenten die richtigen Worte zu finden.

»Ja. Wahrscheinlich. Ich habe so viel Zeit neben seinem Bett verbracht. Habe gebügelt, gelesen, Kirschen entkernt, Steuerunterlagen sortiert ... ach, alles, was man eben so macht. Und Hans lag da, und auch wenn er nicht reden konnte, so spürte ich, dass er Anteil nahm an dem, was ich machte. Er war so ein besonderer Mensch in meinem Leben, und er wird mir sehr fehlen ... Aber ich gönne es ihm, dass er jetzt friedlich eingeschlafen ist.«

Ich konnte nichts darauf sagen. Wir hatten beide Tränen in den Augen. Plötzlich sprang Julia auf.

»Hans würde jetzt ganz bestimmt mit uns schimpfen und sagen, wenn ihr zwei mit so langen Gesichtern herumhängt, dann geh ich lieber auf eine Halbe ins Wirtshaus«, meinte sie und ging zum CD-Spieler. Gleich darauf schallte der Sound von Hans' Lieblingsband durch das Bauernhaus. Die Stones: »Sympathy for the devil«. Womöglich der denkbar unpassendste Musiktitel bei einem Todesfall. Aber Hans hätte sicher seine Heidenfreude an uns gehabt, wie wir in der Bauernstube unsere Trauer abtanzten. Lauthals sangen wir mit und fielen uns am Ende des Lieds völlig außer Atem in die Arme. Wir waren Hans so nah. Und er uns.

Papa war froh, dass ich da war und Julia bei all den vielen Dingen, die getan werden mussten, unterstützte. Doch er bot mir nicht an, wieder nach Hause zu kommen. Vielleicht war es auch besser so.

kapitel 24

Karl hatte kein Hühnchen mehr mit mir gerupft. Seit den aufregenden Erlebnissen im Krankenhaus hatte ich nichts mehr von ihm gehört. Scheinbar interessierte es ihn gar nicht, wie es mir ging. Und meinem Daumen. Und überhaupt. Dafür rief mich zwei Tage später Doktor Fischer an und erkundigte sich nach mir. Nachdem er sich noch ein paarmal aufrichtig entschuldigt hatte, lud er mich zum Essen ein. Ich lehnte dankend ab. Zum einen wegen des Todesfalls, aber vor allem auch, weil es inzwischen genug Männer in meinem Leben gab, die selbiges gehörig durcheinanderbrachten. Ich wollte mich außerdem jetzt auf meine Arbeit konzentrieren und mit der Liebe vorerst nur noch rein theoretisch in meinem Ratgeber zu tun haben. Doch das war einfacher gesagt als getan. Michi meldete sich mehrmals am Tag und wollte mich unbedingt sehen. Ich hatte jedoch kein Verlangen danach und fühlte mich vom untergründig vorwurfsvollen Ton in seinen Nachrichten gedrängt. So vertröstete ich ihn weiter, nahm mein Buch als Ausrede, was er zähneknirschend akzeptierte.

Auch Ernesto war wieder zurück aus Barcelona. Er konnte es kaum erwarten, gemeinsam etwas zu unternehmen. Zuerst wollte ich auch ihm absagen, aber ich hatte die Woche über täglich mehr als zwölf Stunden gearbeitet, und so gönnte ich mir fürs Wochenende eine Auszeit. Wir verabredeten uns für Samstag zu einem Picknick an einen kleinen Badeweiher. Doch vorher stand noch etwas anderes an: Claudia und ich wollten endlich unseren mehrmals verschobenen Mädelabend nachholen und uns dabei »Duellanten am Herd« anschauen, das heute ausgestrahlt wurde. Ich würde Claudias Lieblingsgericht zubereiten, Schweinelendchen mit der Spezialsoße nach dem Rezept meiner Oma Elfi. Dazu selbst gemachte Spätzle und Radieschensalat.

Mit einem großen Einkaufskorb voller Lebensmittel und drei Flaschen Pinot Grigio kam ich vom Einkaufen nach Hause.

Die Küche in Matthias' Haus war zwar nicht sonderlich groß, aber sehr funktional eingerichtet. Es gab alles an Küchengeräten, was man sich nur vorstellen konnte. Ich freute mich, heute endlich einmal wieder für jemand anderen zu kochen. Gut gelaunt stellte ich das Radio an und verfolgte gespannt das Interview mit einer alleinerziehenden Mutter von sechs Kindern, die sich in einen Witwer mit vier Kindern verliebt hatte. Nun freute sie sich auf ein künftiges Leben mit riesiger Patchworkfamilie auf dem Bauernhof ihres neuen Partners. Ich seufzte. Ob ich es jemals schaffen würde, auch eigene Kinder zu bekommen? Ich holte Eisi aus dem Schlafzimmer und stellte ihn auf das Küchenregal. Da ich ihn heute seiner rechtmäßigen Besitzerin zurückgeben würde, waren es die letzten gemeinsamen Stunden mit dem kleinen Mann.

Ich schlug gerade die Eier für die Spätzle auf, da klingelte es an der Haustüre. Wer war das denn? Claudia erwartete ich frühestens in einer Stunde. Ob sie sich mit der Zeit vertan hatte? Ich wischte meine Hände ab und ging zur Haustür. Und staunte nicht schlecht. Sabine stand da und zischte mich sofort an.

»Ich weiß, dass er da ist!«

Da sie sicherlich nicht wegen Eisi gekommen war, konnte sie nur Michi meinen.

»Ist er nicht! Einen schönen Tag noch, Sabine.« Ich wollte die Tür wieder schließen, da drängte sie sich schon herein.

»Hey, halt!«, versuchte ich, sie zu stoppen, aber sie suchte bereits Matthias' Haus nach Michi ab. Ich folgte ihr empört.

»Ich wusste es doch!«, rief sie aus, als sie den Esstisch im Wohnzimmer sah, den ich bereits für zwei Personen gedeckt hatte. »Also? Wo ist er?«

»Hör mal, Sabine, es geht dich zwar nichts an, aber ich erwarte gleich meine Freundin zum Essen«, erklärte ich verärgert.

»Freundin? Du denkst wohl, ich lass mich so einfach verarschen? Nicht mit mir!«, giftete sie und hielt mir drohend ihren Zeigefinger entgegen. Die künstlichen Nägel waren diesmal mit grünen Sternen beklebt. Das wirkte etwas weihnachtlich und passte so gar nicht zu ihrem im Solarium gebräunten Körper, der in einem knallengen rosa Top und weißem Minirock steckte.

»Jetzt pass mal auf, ich verstehe, dass du unglücklich bist, weil Michi mit dir Schluss gemacht hat, aber das gibt dir noch lange nicht …«, setzte ich an, doch sie fuhr mir dazwischen.

»Von wegen! *Ich* habe mit Michi Schluss gemacht, nicht umgekehrt …«

Moment, war das nicht vor Kurzem noch mein Text gewesen?

»… und zwar nachdem ich das Foto in der Zeitung gesehen habe, wie ihr euch auf dem Maienfest geküsst habt.«

Also hatte Michi mich angelogen. Irgendwie hatte ich es geahnt, aber der Gedanke, dass er meinetwegen mit Sabine Schluss gemacht hatte, war Balsam für mein Ego gewesen. Inzwischen tat es mir leid. Obwohl dieser Kuss, oder besser gesagt, was danach folgte, wichtig war. Denn er hatte mich ernüchtert und half mir zu erkennen, dass ich Michi nicht mehr … liebte. Moment. Ich liebte ihn nicht mehr? Tatsächlich. Inzwischen fragte ich mich sogar, ob ich ihn jemals wirklich geliebt hatte. Es war schmeichelhaft gewesen, dass ein so gut aussehender und erfolgreicher Mann wie er so verrückt nach mir war. Doch die Lene, die ich eigentlich war, wollte er gar nicht haben, sondern mich in sexy Kleidern nach und nach zu seinem Luxusweibchen machen. Wenn ich unsere Beziehung jetzt Revue passieren ließ, dann hatte ich wohl sein Verlangen nach meinem Körper mit Liebe verwechselt. Oder tat ich ihm und unserer Beziehung jetzt unrecht? Schließlich hatte er ja zweimal einen Anlauf genommen, mir seine Liebe zu gestehen. Was dazu geführt hatte, dass ich jetzt meinen Ratgeber schreiben durfte und sich mein Leben um hundertachtzig Grad gewendet hatte. Ob ich ohne Michis verunglückte Liebeserklärung jemals darauf gekommen wäre, dass es die Liebe auf Bairisch nicht gibt? Wahrscheinlich nicht. Aber egal. Auf jeden Fall waren meine Gefühle für Michi abgekühlt. Eigenartig. Aber diese Erkenntnis schmerzte gar nicht. Ich verspürte sogar eine enorme Erleichterung.

Doch was machte ich jetzt mit Sabine?

»Wenn du mit ihm Schluss gemacht hast, warum bist du dann überhaupt hier?«, fragte ich sie. Ich war wirklich gespannt auf die Antwort.

»Weil ich ihn liebe. Und weil ich ihn zurückhaben will.«

Sie sagte das mit einer so tiefen Sehnsucht in der Stimme, dass ich ihr glaubte. Jetzt musste sie nur noch mir glauben, dass ich wirklich nicht mit Michi verabredet war.

»Hast du ihm das schon mal gesagt?«, wollte ich wissen.

Sie schüttelte den Kopf.

»Dann wird es aber Zeit!«

Sie schaute mich erstaunt an.

»Aber ich dachte, du willst ihn wieder zurück?«, fragte sie verwundert.

»Nein, das möchte ich nicht«, kam es lässig über meine Lippen. Ich war selbst ganz schrecklich stolz auf mich.

»Aber …«

Ich unterbrach sie.

»Sabine. Ich muss unbedingt in die Küche, sonst wird das Essen nicht fertig. Du kannst jetzt mitkommen, mir beim Kochen helfen und abwarten, bis meine Freundin auftaucht. Oder aber du glaubst mir einfach, dass es zwischen mir und Michi vorbei ist«, schlug ich vor.

»Und du lügst mich wirklich nicht an?«, fragte sie, noch nicht völlig überzeugt.

»Nein. Wirklich nicht.«

»Ich kann mir das nur schwer vorstellen. Michi ist so ein toller Mann und du, na ja, du hast eben dieses gewisse Etwas, auf das die Männer abfahren. Und dabei ist alles echt an dir …« Es war sicher nicht einfach für sie, vor ihrer Konkurrentin – für die sie mich hielt und für die ich mich bis vor wenigen Minuten selbst noch gehalten hatte – ihr Seelenleben auszubreiten. Ich zollte ihr dafür insgeheim Respekt, und zum ersten Mal begann ich sie mit anderen Augen zu sehen. Ich hatte mir vorschnell eine Meinung gebildet. Und das nur wegen ihres Aussehens. Das fand ich zwar nach wie vor etwas gewöhnungsbedürftig … Aber wer war ich denn, dass ich mich zum Geschmacksrichter der Nation aufmandelte? Womöglich versteckte sie ihre Unsicherheit unter den blondierten Haaren und brauchte die extrem langen künstlichen Nägel, um ihre seelischen Krallen auszufahren, wenn sie sich besonders verletzlich fühlte. Sie liebte ihn, und wenn sie ihn denn unbedingt haben wollte, dann sollte sie mit ihm glücklich werden, dachte ich großherzig. Meinen Segen hatten die beiden. Und jetzt fiel mir auch ein, wie ich sie davon überzeugen konnte, dass Michi nicht zu mir kommen würde.

»Glaubst du tatsächlich, ich würde in so einem Outfit herumlaufen, wenn er käme?«, fragte ich sie ernsthaft.

Sie schaute mich von oben bis unten an und schien mich erst jetzt richtig wahrzunehmen. Ich trug eine alte ausgewaschene Jeans und ein gemütliches, alles andere als sexy wirkendes T-Shirt. Ungeschminkt und die Haare zu einem lockeren Pferdeschwanz gebunden, entsprach ich sicher nicht Michis Kriterien für ein lauschiges Date.

Langsam breitete sich ein Grinsen über Sabines Gesicht aus, und endlich glaubte sie mir.

Ich begleitete sie zur Haustür und ermunterte sie kumpelhaft, doch ihr braunes Naturhaar herauswachsen zu lassen, das sicherlich mit einem anderen Haarschnitt sehr hübsch aussah. Und ich gab ihr noch großherzig mit auf den Weg, dass Michi auf natürlich manikürte Fingernägel stand. Daraufhin schaute sie mich böse an. Ziemlich böse. Anstatt mir für diesen wertvollen Hinweis dankbar zu sein, blaffte sie mich zum Abschied an, sie würde sich gewiss nicht wegen eines Typen ändern, auch wenn sie ihn noch so liebte. Wenn er sie nicht so wollte, wie sie war, dann müsse er es eben bleiben lassen. Eine sehr gesunde Einstellung. In dieser Beziehung hatte sie mir eindeutig etwas voraus. Zumindest bis jetzt.

Nachdem sie endlich weg war, musste ich mich sputen. Ich kam mir vor wie in der Kochsendung, als ich unter Zeitdruck die Schweinelendchen zubereitete. Eisi schaute mir von oben herab zu, und sein kritischer Blick galt sicherlich der Unordnung, die ich beim Kochen wieder einmal innerhalb kürzester Zeit zustande gebracht hatte.

»Du brauchst mich gar nicht so vorwurfsvoll anschauen, Eisi. So was nennt man kochkreatives Chaos.« Durfte eine dreißigjährige Frau wirklich so verrückt sein und mit einer kleinen Plastikfigur reden? Ja. Ich durfte das! Ich seufzte. Er würde mir wirklich fehlen.

Ich schmeckte gerade die Soße mit einem letzten Hauch Curry ab, als es erneut klingelte. Claudia kam und brachte eine Flasche Prosecco mit. Die Getränke würden uns jedenfalls heute nicht ausgehen. Auch Claudia hatte sich nicht sonderlich in Schale geworfen, sondern trug ein einfaches hellgrünes Shirt-Kleid.

»Ich freue mich, dass du da bist«, begrüßte ich sie und umarmte sie kurz.

»Hallo Lene.«

Irgendwie war sie immer noch ein wenig distanziert und die sonstige Herzlichkeit à la Claudia kaum spürbar. Ich musste heute unbedingt herausfinden, was mit ihr los war. Denn dass etwas nicht mit ihr stimmte, war offensichtlich. Während ich das Essen servierte, schenkte sie uns ein.

»Stell dir vor, wer heute da war«, begann ich.

»Wer? Der Oberbürgermeister? Oder ein Filmproduzent, der dein Leben auf die Leinwand bringen möchte?« Sie fragte das in so trockenem Ton, dass ich nicht wusste, wie sie das meinte.

»Ach komm, weil das jemand sehen möchte... Nein. Sabine war da«, stellte ich richtig, und dann erzählte ich ihr die Geschichte von eben.

»Ach, dann habe ich mich doch nicht getäuscht«, meinte Claudia.

»Wieso?«, fragte ich und nahm einen Schluck Wein.

»Ich sah sie draußen hinter einem geparkten Lieferwagen stehen und wunderte mich schon, was sie hier zu suchen hat.«

Ich musste lachen. Offenbar hatte sie mir vorhin doch nicht geglaubt.

»So lustig finde ich das gar nicht.« Claudia sah mich mit einem seltsamen Blick an, den ich nicht deuten konnte.

»Was meinst du damit? Ich lache doch nur, weil …«, setzte ich an, doch meine Freundin unterbrach mich.

»Wenn sie ihn liebt, ist sie natürlich misstrauisch. Schließlich habt ihr euch auf dem Fest geküsst, und du hast dich wieder mit ihm eingelassen.« Ihr Ton war schneidend. Hallo? Was war denn jetzt los?

»Entschuldige bitte, Claudia, aber ich habe mich nicht wieder mit ihm eingelassen. Wir waren einmal essen, ansonsten war nichts. Das habe ich dir doch alles erzählt«, erklärte ich bemüht ruhig.

»Aber für Sabine, und nicht nur für sie, sah es anders aus«, sagte sie in vorwurfsvollem Ton.

»Kann ich vielleicht was dafür, dass er mir ständig hinterhertelefoniert?«, fragte ich, inzwischen etwas ärgerlich auf Claudia. Nicht nur weil sie in so einem seltsamen Ton mit mir sprach, sondern weil sie in dem guten Essen herumstocherte, als ob es irgendein billiges Dosengulasch wäre. Dabei hatte ich mir wirklich sehr viel Mühe gemacht und fand, dass es ausgezeichnet schmeckte. Bis eben. Langsam verging mir nämlich der Appetit.

»Natürlich. Die Lene kann ja nichts dafür, wenn die lästigen Männer … oder wie hast du noch mal gesagt? Ach ja, die gesammelten Jungs sie so sehr bedrängen. Wie viele sind es denn momentan? Drei? Oder vier?«, fragte sie scharf.

Jetzt hatte ich aber genug. Ich legte das Besteck beiseite und schaute sie an.

»Was soll das, Claudia? Ich merke schon eine Weile, dass du dich mir gegenüber seltsam verhältst. Ich möchte jetzt endlich wissen, was mit dir los ist.« So. Jetzt war es heraus. »Habe ich dir irgendetwas getan?«

Claudia legte ebenfalls das Besteck weg und sah mich mit einem so wütenden Blick an, wie ich ihn selten bei ihr erlebt habe.

»Seitdem du diese verrückte Theorie aufgestellt hast, benimmst du dich unmöglich. Du siehst zu, wie die Männer dir hinterherdackeln wie läufige Hunde, lässt sie in ihrem eigenen Saft schmoren und machst dich dann über sie lustig.«

Bei ihren Worten färbten sich meine Wangen dunkelrot. Was sagte sie da? Ich erkannte meine Freundin kaum wieder.

»Was fällt dir ein, so mit mir zu reden?« Mein Herz pochte wild, und meine Stimme überschlug sich fast.

»Kannst du dich nicht mal endlich für einen entscheiden und dann bei ihm bleiben?«, fragte sie mich, und plötzlich stiegen Tränen in ihre Augen, die sie trotzig wegwischte. Sie stand auf, packte ihre Handtasche und rauschte ohne ein weiteres Wort hinaus.

Ich blieb sitzen, war wie erstarrt. Wie konnte sie mir daraus einen Vorwurf machen, dass ich mein Liebesleben nicht auf die Reihe bekam? Das war doch nichts Neues! Zugegeben, in der letzten Zeit waren einige neue Männer in mein Leben getreten. Aber nicht mit einem hatte ich geschlafen! Eben weil ich nicht wusste, welcher von ihnen der Richtige war. Vielleicht war ja auch gar keiner dabei. Gerade das wollte ich eben herausfinden. Warum konnte sie das nicht verstehen? Und warum griff sie mich deswegen so an? Sie hatte sich doch auch immer wieder über Sabine lustig gemacht und mich ermuntert, mir Ernesto zu gönnen. Außerdem war sie sonst auch nicht prüde. Meine Eingeweide zogen sich schmerzhaft zusammen. Soeben hatte ich wohl meine beste Freundin verloren – und ich wusste nicht, warum. Es tat verdammt weh.

Eine Viertelstunde später saß ich immer noch wie versteinert am Tisch, als es erneut klingelte. Ob Claudia zurückkam, um sich zu entschuldigen? Ich wusste nicht, ob ich das jetzt überhaupt wollte. Okay, scheinbar hatte sie Liebeskummer, aber das war noch lange kein Grund, mich so anzugreifen. Ich hatte genug davon, dass die Leute ihren Liebesfrust an mir ausließen. Karl. Sabine. Und jetzt auch noch meine beste Freundin? War ich denn der Prellbock für alle unglücklich Verliebten?

»Lene? Was ist denn los?«

»Matthias …?«

Er stand plötzlich neben mir, eine Flasche Wein in der Hand. Wie war der denn hereingekommen? Ach ja, es war ja sein Haus. Er hatte natürlich noch einen Schlüssel.

»Ich habe mitbekommen, dass du dir mit Claudia ›Duellanten am Herd‹ anschauen willst. Da wollte ich euch Gesellschaft leisten.« Er stellte den Wein auf den Tisch und ging vor meinem Stuhl in die Hocke.

»Habt ihr euch gestritten?« Natürlich traf er mit seiner Frage gleich wieder ins Schwarze.

Ich nickte. Konnte jedoch nichts sagen. In mir herrschte eine sehr ambivalente Gefühlslage. Einerseits war ich wie erstarrt, andererseits brodelte es gewaltig. Plötzlich konnte ich mich nicht mehr still halten. Ich stand auf und räumte die Teller ab, trug alles in die Küche. Matthias half mir dabei. Schweigend. Als er die Töpfe mit den Resten auf dem Herd sah, begannen seine Augen zu leuchten. Natürlich hatte ich wieder mal viel zu viel gekocht.

»Hm. Das duftet aber lecker. Ich hab heute noch nichts gegessen und darauf gehofft, dass es bei dir was Feines gibt. Darf ich mir etwas warm machen?«, fragte er höflich.

»Ich mach das schon.« Ich musste ohnehin etwas tun, um mich abzulenken.

Während ich das Essen aufwärmte, öffnete Matthias den Wein, den er mitgebracht hatte, und schenkte uns ein.

»Hier. Der hilft immer. Auf dein Wohl.«

»Prost!« Wir stießen an, und ich nahm einen Schluck. Hmm. Wirklich ein besonderes Tröpfchen. Das erkannte sogar ich.

Es war erstaunlich, dass Matthias nicht nachfragte, warum Claudia und ich uns gestritten hatten. Obwohl, er wusste ja ohnehin meistens, was in meinem Kopf vorging. Da brauchte er gar nicht zu fragen. Ich war froh, dass ich jetzt nicht darüber reden musste, denn ich hätte es gar nicht erklären können, was vorhin zwischen mir und Claudia eigentlich geschehen war.

Noch einmal an diesem Abend servierte ich das Essen im Wohnzimmer. Im Fernsehen lief bereits die Kochshow. Matthias ließ sich die Schweinelendchen schmecken, während ich gebannt das Geschehen auf dem Bildschirm verfolgte. Sosehr ich das Dirndl beim Kochen verflucht hatte, musste ich insgeheim zugeben, dass es mir tatsächlich gar nicht schlecht stand.

»Du bist echt eine tolle Köchin, Lene. Diese Soße ist unglaublich lecker«, lobte Matthias mein Essen.

»Hmmm. Danke.« Ich hörte kaum zu, sondern beobachtete, wie Karl sich in einem Augenblick, in dem ich mit dem Rücken zu ihm das Blitz-Schweiners im Backofen kontrollierte, mit frechem Grinsen mein Weißbier stibitzte. So ein hinterlistiger Kerl! Und die Moderatorin hatte es genau gesehen und ihm auch noch zugezwinkert.

»Das Rezept für dein Blitz-Schweiners gehört unbedingt in den Ratgeber. Und das für diese Soße hier auch«, schlug Matthias vor.

Das musste ich mir noch überlegen, denn die Soße war ein Familienrezept. Viele Leute hatten schon danach gefragt, aber bisher hatte ich es noch nicht weitergegeben, auch wenn ich gar nicht sagen könnte, warum. Ich schaute wieder zum Fernseher. Als die Szene mit dem Gurkenschäler kam, kniff ich kurz die Augen zusammen. Ich wollte es gar nicht sehen.

»Wie geht es denn deinem Daumen?«, erkundigte Matthias sich.

»Der ist wie neu.« Ich streckte ihm den Finger hin, der inzwischen fast völlig verheilt war. Doktor Fischer hatte seine Sache wirklich gut gemacht.

Viel zu schnell, wie ich fand, war die Sendung vorbei. Im Studio war mir alles viel länger vorgekommen. Ob Karl immer noch ärgerlich war wegen dieser Misshandlungsgeschichte? Ich fand, dass er mir daraus wirklich keinen Vorwurf machen konnte. Schließlich war ich völlig unfreiwillig unter Drogen gestanden, als der Arzt mich darauf angesprochen hatte. Und das mit dem Polizisten hatte sich bestimmt auch schnell geklärt.

Matthias trug seinen Teller in die Küche und setzte sich dann aufs Sofa. Er beobachtete mich.

Ich sah ihn an.

»Findest du auch, dass ich mich Männern gegenüber unmöglich benehme?«, fragte ich ihn plötzlich. Das Gespräch mit Claudia ging mir nicht aus dem Kopf.

»Ja.« So eine deutliche Antwort hätte es jetzt auch nicht gebraucht!

»Aber das ist nicht weiter schlimm«, ergänzte er und lächelte.

Mit einem Mal schossen mir Tränen in die Augen.

»Was mach ich denn verkehrt?«, fragte ich mit erstickter Stimme. Claudias Vorwürfe hatten mich mehr getroffen, als ich dachte. Aber was tat ich denn eigentlich so Schlimmes?

Matthias stand auf, zog mich hoch und nahm mich in den Arm.

»Gar nichts machst du falsch. Du bist eben Lene«, sagte er sanft und streichelte über meinen Rücken. Soso. Ich war also Lene. Was wollte er mir damit sagen? Besser nicht nachfragen, Lene, warnte mich meine innere Stimme.

Keine Ahnung, wie lange wir so in dieser engen Umarmung standen. Meine Wange lag an seiner Brust, und ich spürte das beruhigende Pochen seines Herzens. Ich atmete seinen Duft ein, eine Mischung aus sinnlicher Männlichkeit und seinem Rasierwasser, das mir inzwischen so vertraut war und das ich außer bei ihm noch bei niemandem sonst wahrgenommen hatte. Oder doch! Einmal war mir dieser spezielle Duft doch in die Nase gestiegen. Doch ich kam nicht darauf, bei wem.

Auf jeden Fall fühlte es sich gut an, wenn er mich so hielt.

»Die letzte Zeit war alles ein wenig viel für dich. Komm. Ich bringe dich ins Bett.«

Wahrscheinlich hatte er recht. Die ganze Aufregung der letzten Zeit, Hans' Tod, die endgültige Erkenntnis, dass ich Michi nicht mehr liebte, und die Auseinandersetzung heute zuerst mit Sabine und dann in verschärfter Form mit Claudia hatten mich erschöpft. Ich brauchte Schlaf. Morgen würde es mir bestimmt wieder besser gehen.

Gähnend folgte ich Matthias ins Schlafzimmer. Er holte mir ein Nachthemd aus dem Schrank und schickte mich damit ins Badezimmer. Als ich nach ein paar Minuten wieder herauskam, hatte er die Decke aufgeschüttelt und einladend für mich aufgeschlagen.

Ich sah das große leere Bett vor mir und sehnte mich danach, in dieser Nacht nicht alleine darin schlafen zu müssen. Wenn wenigstens Fritzi da wäre! Schon letzte Nacht war ich versucht gewesen, auf unseren Hof zu fahren und den Kater zu holen. Doch Fritzi bekam immer Panikattacken, wenn er im Transportkorb eingesperrt war. Das wollte ich dem kleinen Kerl dann doch nicht antun. Nur weil ich nicht schlafen konnte. Trotzdem wäre es schön gewesen, die Nähe eines Lebewesens zu spüren.

Matthias kam zu mir, hob mein Kinn an und schaute mir mit einem intensiven Blick in die Augen.

»Wenn ich heute Nacht hierbleibe, dann wird mich nichts davon abhalten können, mit dir zu schlafen.«

Ich schluckte. Er sagte das, obwohl ich nicht geschminkt war, ein vom Heulen aufgequollenes Gesicht hatte und ein Nachthemd trug, auf dem vorn drauf eine hellblaue Kuh mit Sonnenhut prangte, die auf einem rostroten Fahrrad fuhr.

Entweder war er sexuell völlig ausgehungert, sodass es ihm egal war, wie ich aussah. Oder er mochte mich vielleicht doch ein wenig?

»Du bist nicht böse, dass ich dein Schlafzimmer etwas umgestaltet habe?«, fragte ich, um meine Unsicherheit zu überspielen.

»Solange du mir nicht die Wände in Giftgrün bepinselst, kann ich damit leben.«

»Würde dir schweinchenrosa besser gefallen?«, fragte ich mit unschuldigem Miss-Piggy-Augenaufschlag.

»Du nackt auf dem Bett und ringsherum alles in Schweinchenrosa. Hmmm … Das hätte sicherlich was ziemlich Verruchtes …«, sagte er und schaute mich gespielt lüstern an, worauf ich lachen musste. Genau das hatte er wohl erreichen wollen.

»Jetzt ab ins Bett mit dir und schlaf dich aus!« Er sagte es in einem humorigen Kommandoton, eher wie ein Vater als ein Mann, der noch vor einer Minute mit mir hatte schlafen wollen.

Also würde er nicht bleiben. Ich wusste nicht, ob ich erleichtert oder traurig sein sollte. Rasch schlüpfte ich ins Bett. Matthias deckte mich zu.

»Bleibst du noch, bis ich eingeschlafen bin?«, fragte ich leise.

Er schüttelte den Kopf.

»Nein.« Er knipste das Licht aus und ging.

kapitel 25

Ich schlief tief und traumlos in dieser Nacht, und als ich am nächsten Morgen die Augen öffnete, schaute Eisi mich vom Nachttisch aus an. Ich strich mir verschlafen die Haare aus dem Gesicht. Ich hatte ihn Claudia wegen des Streits nicht zurückgegeben. Hm. Da hatte der gestrige Abend wenigstens etwas Gutes gehabt. Trotzdem war es mir ein Rätsel, wie er vom Küchenregal ins Schlafzimmer gekommen war. Matthias musste ihn hereingestellt haben, bevor er gegangen war. Ja sicher. Wer auch sonst?!

Nach einer ausgiebigen Dusche schlüpfte ich in ein luftiges Sommerkleid. Da ich mich immer noch nicht an die Hightech-Kaffeemaschine traute, die angeblich sämtliche Variationen an Heißgetränken zauberte, die man sich nur vorstellen konnte, brühte ich mir einen stinknormalen Filterkaffee auf und setzte mich damit auf die Terrasse.

Zwischen Blumentrögen mit ziegelroten und blauen Verbenen, leuchtend gelben Goldköpfchen, Zitronenbäumchen und weißen Petunien kam ich mir vor wie in einem kleinen mediterranen Garten. Ein herrlicher Tag. Kein Wölkchen war am Himmel. Nur in meinen Gedanken zogen immer wieder dunkle Wolken auf. Claudias Verhalten ging mir nicht aus dem Kopf. So wie gestern hatte ich sie noch nie erlebt.

Ich holte mein Notebook hervor und checkte meine E-Mails und die Facebook-Nachrichten in der schwachen Hoffnung, dass sie sich gemeldet hatte. Aber vergeblich. Nach der Ausstrahlung der Kochsendung gestern waren wieder jede Menge Mails von Freunden und Fans gekommen. Siehe da, auch Doktor Fischer hatte eine Kontaktanfrage gestellt, die ich annahm. Viele erkundigten sich besorgt nach meinem Daumen oder waren ebenfalls der Meinung, dass Karl nicht rechtmäßig gewonnen hatte. Um nicht jedem einzeln schreiben zu müssen, meldete ich in meinem Onlinestatus, dass das mit meinem Daumen halb so wild war, und bedankte mich für alle Nachrichten und guten Wünsche. Außerdem gratulierte ich Karl zu seinem Sieg, um nicht öffentlich als schlechte Verliererin dazustehen. Auch von ihm war eine Mail gekommen, aber ich wollte sie jetzt nicht lesen. Vielleicht heute Abend. Oder morgen. Oder kurz vor Wintereinbruch.

Ich tippte Claudias E-Mail-Adresse ein und begann, ihr einen Brief zu schreiben. Zumindest hatte ich den Vorsatz, ihr einen Brief zu schreiben. Doch schon nach den ersten zwei Worten wusste ich nicht weiter. Ich lehnte mich im Stuhl zurück und schloss die Augen. Da klingelte mein Handy. Ich schaute aufs Display. Ernesto.

»Hallo meine Wunderschöne. Sag mal, hast du unsere Verabredung vergessen?«, fragte er mehr amüsiert als ärgerlich. Ja, das hatte ich. Und zwar völlig!

Ich schoss vom Stuhl hoch und stieß fast ein Zitronenbäumchen hinter mir um. Ein Blick auf die Uhr am Rechner. Viertel nach elf. Seit fünfzehn Minuten hätte ich am Badeweiher sein sollen.

»Ernesto, bitte gib mir noch eine halbe Stunde, ja?«, bat ich und eilte ins Schlafzimmer, um meine Badesachen zu packen.

»Natürlich. Ich leg mich inzwischen in die Sonne und träum von dir. Bis gleich.«

Ernesto lag auf einer karierten Decke in der Nähe des Stegs und schlief. Er war wirklich ein äußerst gut aussehender Mann mit einem durchtrainierten, aber nicht übertrieben muskulösen Körper. Leise schlich ich mich neben ihn und stellte meine Tasche ab. Da packte er mich am Fuß und setzte sich mit Schwung auf.

»Huch!«, rief ich erschrocken.

»Jetzt hab ich dich.« Er grinste mich frech an.

»Entschuldige, Ernesto, ich hatte gestern einen anstrengenden Tag… und ich hab's tatsächlich vergessen«, gestand ich mit schuldbewusster Miene.

»Ich werde mir eine Strafe für dich überlegen müssen. Eine ganz schlimme«, sagte er und zwinkerte mir mit blitzenden Augen zu. In diesem Moment war ich froh, gekommen zu sein, obwohl ich auf der Fahrt zum Badesee schon fast wieder hatte umkehren wollen. Wegen Claudia und ihrem moralisch erhobenen Zeigefinger, ich würde mich mit zu vielen Männern abgeben. Bei dem Gedanken daran schlüpfte ich trotzig aus meinem Kleid, unter dem ich einen weißen Bikini trug.

Ernesto war so herrlich unkompliziert. Wir alberten im Wasser ausgelassen herum, und ich beschloss, Claudia für heute zu vergessen und den Tag mit Ernesto zu genießen.

Nachdem er mich beim Wettschwimmen quer über den Badesee und zurück knapp geschlagen hatte, ließen wir uns erschöpft auf die Decke fallen.

»Du bist ein toller Schwimmer«, machte ich ihm ein Kompliment. Er lächelte mich mit strahlend weißen Zähnen an.

»Für eine Frau bist du aber auch ganz schön gut. Ich hatte richtig Mühe, dich zu schlagen«, lobte er mich.

»Danke!« Ich war schon als kleines Kind eine richtige Wasserratte gewesen und konnte mit vier Jahren bereits sicher schwimmen. Später war ich sogar mal eine Weile sehr erfolgreich in einem Schwimmverein gewesen, bis die Blicke auf meinen stetig wachsenden Busen mich so nervten, dass ich aufhörte. Mein Trainer kam danach mehrmals zu uns nach Hause und versuchte, mich zu überreden, wieder mitzumachen. Doch er war einer der schlimmsten Gaffer gewesen und der Hauptgrund, dass ich aufgehört hatte. Im Nachhinein bereute ich es. Ich hätte weitermachen sollen. Es wäre besser gewesen, meinem Vater davon zu erzählen. Der hätte ihm sicher ordentlich den Marsch geblasen.

Es tat gut, nach der Anstrengung und erfrischt vom kühlen Nass in der wärmenden Sonne zu liegen und in den blauen Himmel zu schauen. Von einer nahe gelegenen Wiese zog der Duft von frisch geschnittenem Gras herüber, und Insekten surrten leise um uns herum. Da es die meisten Leute in das neue große Erlebnisbad mit Riesenwasserrutsche und Wasserspielpark in Passau zog, waren nicht allzu viele Badegäste am See. Es herrschte Idylle pur.

Ernesto erzählte von seiner Arbeit, und ich fand es sehr spannend, was er zukünftig für sein Familienunternehmen alles vorhatte. Er hatte sich eine ganz neue Linie für eingelegtes Obst und Gemüse ausgedacht. Mit speziellem Design der Gläser und ausgefallenen Rezepten. Es sprudelte nur so aus ihm heraus, was er in den nächsten Jahren alles machen wollte, und ich hörte interessiert zu.

»Du wirst ja schon ganz rot«, bemerkte er plötzlich besorgt. »Warte, ich creme dich ein.«

Er holte eine Flasche Sonnenmilch aus seiner Badetasche, und ich drehte mich auf den Bauch.

Hmm. Tat das gut, wie er sanft die kühlende Lotion auf meinem Körper verrieb. Er begann an den Beinen und arbeitete sich langsam nach oben. Dabei ließ er sich sehr viel Zeit, und obwohl er normalerweise redete wie ein Wasserfall, sprach er jetzt kein einziges Wort. Ich schloss die Augen und genoss diese zweifellos sehr wohltuende Prozedur.

»Jetzt dreh dich um«, sagte er mit leicht belegter Stimme.

»Danke, Ernesto. Aber vorn kann ich es selber.« Ich wollte ihn ein wenig bremsen. Doch er hatte die Sonnenmilch schon in seinen Händen verteilt.

»Ich mache das gerne.«

Tja, das glaubte ich gerne, dennoch wurde ich zur Spielverderberin und sagte: »Vielleicht ein anderes Mal.«

Ich setzte mich auf, strich die Sonnenmilch von seinen Händen und rieb mich damit ein. Den Rest verteilte Ernesto auf seinem Körper.

»Ich geh mich ein wenig abkühlen. Kommst du mit?«, fragte er und stand auf.

»Jetzt nicht. Ich leg mich noch etwas in die Sonne.«

Ich schaute ihm nach, wie er vom Steg einen eleganten Kopfsprung ins Wasser machte. Ernesto war wirklich ein toller Typ, der eigentlich alles hatte, was mir an einem Mann gefiel. Er sah gut aus, war auf eine sympathische Art ehrgeizig und erfolgreich. Aber vor allem war er ein unglaublich offener, amüsanter Mann und absolut unkompliziert. Das waren doch gute Voraussetzungen, oder? Womöglich war er ja der Richtige für mich? Auf jeden Fall gäbe es keine Probleme mit einem Liebesgeständnis von seiner Seite. Ihm kämen die Worte in seiner Sprache sicher leicht über die Lippen. Ob er wohl einmal Kinder haben wollte? Ich versuchte, mir ein Leben an der Seite von Ernesto vorzustellen. Würden wir in Spanien leben? Oder hier? Vielleicht könnte ich meine Leidenschaft fürs Kochen in seine Firma einbringen?

Ich überlegte gerade, ob man Gemüsepaprika auch in eine alkoholische Marinade einlegen könnte, da kam Ernesto aus dem See und legte sich neben mich auf die Decke. Plötzlich und ohne Vorwarnung beugte er sich über mich und gab mir einen langen Kuss. Ich war so überrascht, dass ich es geschehen ließ und nach der ersten Schrecksekunde zugegebenermaßen auch genoss. Schließlich löste er sich von mir und schaute mich ein wenig außer Atem, aber mit schelmischem Blick an.

»Das war die Strafe fürs Zuspätkommen.«

Strafe? Ja, so was! Ich wollte gerade etwas entgegnen, da ertönte hinter uns eine Stimme, die mir irgendwie bekannt vorkam.

»Lene, huhu! Was für eine Überraschung!« Ernesto und ich drehten uns gleichzeitig um. Anne, der Fisch, schlenderte lässig in Motorradbekleidung, den Helm in der einen, einen Rucksack in der anderen Hand, auf uns zu.

»Anne!« Ich räusperte mich. »Das ist ja schön, dich zu sehen.« Ich stellte die beiden vor.

»Freut mich, Ernesto. Ich habe dich schon mal kurz gesehen. Beim Mexikaner.« Anne reichte ihm zur Begrüßung die Hand.

»Kann sein. Freut mich auch, Anne«, sagte Ernesto höflich, obwohl ich vermutete, dass ihm die Störung weniger gefiel.

»Macht es euch was aus, wenn ich mich zu euch setze?«, fragte sie, die entweder nicht bemerkt hatte, dass wir uns vorhin geküsst hatten, oder die es bemerkt hatte und nicht wollte, dass wir uns wieder küssten.

»Gar nicht«, sagte ich schnell. Und es machte mir tatsächlich nichts aus.

Anne holte ein großes gestreiftes Badetuch aus ihrem Rucksack und legte es direkt im Anschluss an unsere Decke. Dann entledigte sie sich ihrer Lederbekleidung, unter der sie einen schwarzen, sexy Badeanzug trug.

»Was hast du denn für eine Maschine?«, fragte sie Ernesto interessiert, der selbst auch Motorrad fuhr.

Und schon waren die beiden mitten in einem Fachgespräch unter Motorradfreaks, bei dem ich kaum ein Wort verstand.

»Ich lass euch hier mal weiter über eure Motorräder fachsimpeln und geh inzwischen schwimmen«, sagte ich nach einer Weile und stand auf.

»O warte! Ich muss auch ins Wasser und mich abkühlen. Ich komme mit«, sagte Anne. Und Ernesto blieb auf der Decke zurück.

Wir schwammen bis etwa zur Hälfte des Sees, bis Anne mich fragte: »Bist du jetzt doch mit ihm zusammen?«

»Nein. Sind wir nicht«, sagte ich. Zumindest noch nicht. Womöglich würde sich das in der Zukunft noch ändern. Doch diese Überlegung behielt ich für mich.

Anne drehte sich auf den Rücken und ließ sich im Wasser treiben. Ich schwamm langsam um sie herum.

»Vielleicht wird es dann ja doch noch was mit uns beiden«, meinte sie und zwinkerte mir zu.

»Du gibst nicht auf, oder?« Ich lachte und konnte es nicht lassen, sie in die Hüfte zu piksen. Sie zuckte zusammen und ging unter. Prustend kam sie wieder nach oben.

»Na warte!« Sie packte mich und wollte mich ebenfalls kneifen. Doch ich tauchte einfach ab und schwamm unter ihr hindurch.

Kurz darauf gesellte sich auch Ernesto zu uns, und wir tollten und scherzten im Wasser herum wie die Kinder.

Eine halbe Stunde später lagen wir auf der Decke und ließen uns von der Sonne trocknen.

Das fröhliche Hupen eines Eiswagens unterbrach die herrliche Ruhe.

»Hast du Lust auf ein Eis, Lene?«, fragte Anne mich spontan.

»Gerne.«

»Was magst du denn?«

»Joghurteis, bitte.«

»Das mach ich schon«, meinte Ernesto großzügig und suchte seine Geldbörse.

»*Ich* lade Lene ein. Und bring dir gerne auch ein Eis mit, wenn du magst.« Anne hatte ein paar Münzen aus der Jackentasche gezogen und stand auf.

»Nein danke«, lehnte Ernesto ab und sah ihr mit nachdenklichem Blick hinterher. Dann drehte er sich zu mir.

»Sag mal, kann es sein, dass Anne auf … also ich meine, dass sie nicht auf Männer steht?« Er sagte es so, als ob er sich generell nicht vorstellen konnte, dass irgendeine Frau nicht auf Männer stand.

»Wie kommst du denn darauf?«, fragte ich scheinheilig.

»Na ja. Wie sie dich anschaut. Und … äh … sie macht noch nicht mal den kleinsten Versuch, mir zu gefallen.« Es steckte keine Eitelkeit hinter dieser Aussage, sondern nur die Feststellung seiner Wahrnehmung.

»Also ist sie …?«

Ich grinste.

»Ja. Das kann durchaus sein, Ernesto.«

Anne kam mit der Eistüte zurück.

»Moment!« Sie leckte die Tropfen am Rand ab und reichte mir dann das Eis. Damit hatte sie sich unmissverständlich als eine Konkurrentin im Kampf um meine Gunst geoutet.

Ernesto nahm den Fehdehandschuh auf, und ab diesem Zeitpunkt benahmen sich die beiden wie kleine Kinder auf Zuckerentzug, die um eine Tafel Schokolade stritten.

»Lene, hast du Lust, morgen eine kleine Motorradtour nach Österreich zu machen?«, fragte Anne.

»Genau das Gleiche wollte ich auch vorschlagen. Vielleicht eine Spritztour nach Prag«, mischte Ernesto sich ein, bevor ich antworten konnte.

»Ach, also ich fahr nicht so gerne auf einem Motorrad mit«, erklärte ich und zog mich damit geschickt aus der Affäre, wie ich dachte. Doch die beiden gaben nicht auf.

»Und wie wär's mit einem kleinen Fahrradausflug an der Donau entlang?« Anne hatte als Ortsansässige natürlich einen gewissen Vorteil gegenüber Ernesto, welche Möglichkeiten es in und um Passau herum gab. Der wunderschöne Donau-Radweg führte durch verträumte kleine Ortschaften, idyllische Weinberge in der Wachau, vorbei an Klöstern und Burgen, über die geschichtsträchtigen Städte Wien und Budapest bis hin zum Schwarzen Meer. Für einen kleinen Fahrradausflug war das natürlich viel zu weit. Aber so ein kurzer Streckenabschnitt war auch schon ein schönes Erlebnis.

»Jetzt fällt mir ein, für morgen sind schwere Gewitter gemeldet«, erinnerte sich Ernesto plötzlich. »Aber wir …«

»Wenn das Wetter schlecht ist, könnten wir endlich unseren Ausflug nach Jaging ins Aquarium nachholen. Ich hab gehört, dass der Umbau jetzt abgeschlossen ist«, unterbrach Anne ihn und schaute mich erwartungsvoll an.

»Oder wir gehen in die Sauna«, schlug Ernesto vor.

Sauna mit den beiden? Das würde ich mir bestimmt nicht antun. Ich winkte ab.

»Vielleicht ein anderes Mal.«

»Oder gehen wir doch heute ins Kino«, kam ein neuer Vorschlag von Anne.

»Gute Idee, was läuft denn?«, fragte Ernesto äußerst interessiert nach.

»Eine schnulzige Liebeskomödie. Nix für Machos.«

»Prima. Genau das Richtige für mich.« Er grinste in meine Richtung.

Insgeheim amüsierte ich mich köstlich über die beiden. Ihr Verhalten erinnerte mich an die Hauptfiguren in den Screwball-Comedys der Fünfzigerjahre, die ich so mochte. Nur dass aus Anne und Ernesto, im Gegensatz zu Doris Day und Rock Hudson im Film *Bettgeflüster*, bestimmt niemals ein Liebespaar werden würde. Ich suchte nach einer Lösung, bei der ich niemandem einen Korb geben musste.

»Also, für morgen möchte ich mir nichts vornehmen, weil ich noch viel zu schreiben habe. Aber zu einem gemeinsamen Kinoabend heute würde ich nicht Nein sagen.« Als ich in die Gesichter der beiden sah, merkte ich, dass mein Vorschlag nicht das war, was sie hören wollten. Trotzdem waren sie einverstanden. Ich steckte mir das letzte Stück der Eiswaffel in den Mund und schrie gleich darauf vor Schmerzen auf. Irgendetwas hatte mich in die Lippe gestochen.

Man begegnet sich im Leben immer mindestens zweimal, heißt es. Dass das innerhalb so kurzer Zeit sein würde, hätte ich nicht gedacht. In der Notaufnahme erkannte mich Doktor Fischer nicht sofort, als er an mir vorbeiging. Kein Wunder, denn nach dem Stich der Biene in meine Oberlippe, sah ich schlimmer aus als Chiara Ohoven nach einer vor Jahren vermutlich verunglückten Schönheitsbehandlung. Zum ersten Mal, seit ich ein Teenager war, lenkte mein Gesicht die Leute von meinem Dekolleté ab. Einige starrten verstohlen, die meisten jedoch ungeniert auf meine eindrucksvollen Schlauchboot-Lippen.

»Schau mal, Mami, die Frau schaut aus wie eine Ameise bei *Biene Maja*«, staunte ein kleines Mädchen mit lustigem Lockenkopf und zeigte mit dem Finger auf mich. Tja, und genau so eine kleine Biene Maja hat mich so zugerichtet, wollte ich sagen. Doch das Sprechen ging mir nur schwer von den Lippen.

Durch das kleine Mädchen war Doktor Fischer auf mich aufmerksam geworden.

»Hi Dodor Ficher«, begrüßte ich ihn, trotz der Schmerzen froh, ihn wiederzusehen. Da erkannte er mich endlich.

»Mensch, Frau Koller, wie schauen Sie denn aus?«, sagte er unbedacht, dann korrigierte er sich: »Entschuldigung. Ich meine, was ist denn mit Ihnen passiert?«

»Iiiene. Gedochen …« Es war wirklich schwierig, mit der geschwollenen Oberlippe zu sprechen.

Doris und Rock, äh, Anne und Ernesto übernahmen es, vom Bienenunfall zu erzählen.

»Kommen Sie mal mit«, forderte er mich auf, »und Sie warten hier«, wies er meine beiden Begleiter an, die uns folgen wollten. In der kurzen Zeit seit unserer ersten Begegnung war er deutlich selbstbewusster geworden.

Nach einer eingehenden Begutachtung der Lippe fand er es nicht notwendig, mir ein Medikament zu verabreichen.

»Der Stachel ist völlig entfernt, und ich habe die Einstichstelle desinfiziert. Sicherheitshalber könnte ich Ihnen ein Antihistamin verabreichen. Aber wenn Sie meine Schwester wären, würde ich zu einem Hausmittel raten.«

Die Schwester von Doktor Fischer? Ein netter Gedanke. Ich nickte und sagte: »Haumiddl.«

»Gut. Dann reiben Sie die Einstichstelle mit einer aufgeschnittenen Zwiebel ein. Und gegen die Schwellung bitte Eisbeutel auf die Lippe legen«, erklärte er.

»Chiehel?«

»Ja. Zwiebel. Es kann sein, dass die Lippe in den nächsten Tagen immer wieder mal anschwillt. Das ist nicht ungewöhnlich. Wenn es aber schlimmer wird, melden Sie sich bitte bei Ihrem Hausarzt oder wieder hier in der Notaufnahme.«

»Daf hoche ich nich.«

»Ich gebe Ihnen einen Kühlbeutel mit für die Heimfahrt. Oder besser noch, ich spendiere Ihnen am Kiosk ein Fruchteis«, schlug er vor.

O nein! Von Eis hatte ich genug heute … Ich schüttelte den Kopf und rang mir ein Lächeln ab, das sicherlich eher einer Grimasse ähnelte.

»Kühleudl is esser.«

Doktor Fischer musste lachen und entschuldigte sich gleich wieder dafür. Er beauftragte eine Schwester, mir einen medizinischen Kühlbeutel zu bringen, und dann entließ er mich damit nach Hause.

»Und ruhen Sie sich für den Rest des Tages aus«, riet er noch.

Somit war der geplante Kinobesuch Opfer eines Bienenangriffs geworden und fiel ins Wasser. Ich verabschiedete mich mit einigen wenigen Buchstaben, die man auch mit megadicken Lippen aussprechen konnte, und einem angedeuteten Luftküsschen von Anne. Ernesto brachte mich betrübt nach Hause, und wir vereinbarten zu telefonieren, sobald ich wieder richtig reden konnte.

Kapitel 26

Es dauerte tatsächlich eine Weile, bis die Schwellung endgültig zurückging. Da ich mich in diesem Zustand nicht sehen lassen wollte, rief ich Matthias an und bat ihn, mir ein paar Tage in der Anzeigenannahme freizugeben, damit ich den Ratgeber schneller fertig schreiben konnte. Da er ohnehin ständig drängte, das Manuskript endlich zu beenden, genehmigte er mir den Urlaub ohne weitere Nachfrage. Somit musste ich auch Claudia nicht sehen. Sie hatte sich immer noch nicht bei mir gemeldet. Und ich würde sie auch nicht anrufen. Die abgeschlossenen Kapitel leitete ich jeweils an Matthias weiter, der sie Claudia zum Überarbeiten gab. In den nächsten Tagen verließ ich das Haus nicht und lehnte auch die Besuchsanfragen von Ernesto und Anne, ja sogar die von Matthias ab. Nur Julia kam ab und zu vorbei und versorgte mich mit Lebensmitteln vom Hof und Neuigkeiten von Papa, der sich seit der Beerdigung von Hans seltsam verhielt. Obwohl er Julia nach wie vor bei den schweren Arbeiten half, fand er ständig neue Ausreden, wenn sie ihn, wie noch vor Kurzem üblich, zu Kaffee und Kuchen am Nachmittag einlud. Ich vermutete, dass er ihr nach dem Tod ihres Mannes genügend Zeit geben wollte, um in Ruhe zu trauern.

Sicherlich ahnte Julia, dass Vater seit Langem mehr für sie

empfand als Freundschaft. Zumindest hoffte ich das. Und obwohl sie Hans geliebt hatte, glaubte ich, dass auch Julia sich schon länger zu meinem Vater hingezogen fühlte. Ich würde mich da aber jetzt nicht einmischen. Das mussten die beiden unter sich ausmachen. Außerdem war es so kurz nach dem Tod von Hans zu früh, das Thema anzusprechen.

Neben Julia war das Internet in diesen Tagen der einzige Kontakt zur Außenwelt. Lissy schrieb mir und bat um Terminvorschläge für eine Sitzung unseres Vereins zur Findung der bayerischen Liebesworte. Ich schlug zwei Termine im darauffolgenden Monat vor. So hätte sie genug Zeit, die Einladungen frühzeitig zu verschicken; bis dahin wäre ich auch mit meinem Ratgeber fertig und hätte wieder den Kopf frei und mehr Zeit. Von Karl befanden sich zwei weitere Nachrichten im Posteingang. Doch ich wollte die Mails nicht lesen. Überhaupt versuchte ich, ihn aus meinen Gedanken zu verdrängen, wann immer er darin auftauchte. Und das geschah öfter, als mir lieb war.

Ernesto pendelte zwischen Barcelona und Frankfurt hin und her, wo er kurz vor der Übernahme einer weiteren Konservenfabrik stand. Er schrieb jeden Tag und gestand mir, dass er Mühe hatte, sich auf seine Arbeit zu konzentrieren, weil er ständig an mich dachte. Und da er ständig an mich dachte und mich das in zahlreichen Kurznachrichten wissen ließ, konnte ich mich ebenfalls bald kaum mehr auf meine Arbeit konzentrieren. Bis ich das Handy kurzerhand ausschaltete.

Von Michi und Sabine hatte ich seit dem Abend, an dem sie bei mir war, nichts mehr gehört. Über ein paar Ecken erfuhr ich, dass die beiden spontan eine Reise mit unbekanntem Ziel gemacht hatten.

So zurückgezogen in Matthias' Haus, ging mir das Schreiben besser von der Hand als gedacht. Noch vor dem Wochenende konnte ich das letzte Kapitel abschließen, auf das Matthias sehnsüchtig gewartet hatte. Der größte Teil war inzwischen schon lektoriert, das Cover festgelegt, und auch die Illustrationen von Klaus Böttgen waren fertig. Matthias hatte mir die Kopien geschickt, und ich amüsierte mich königlich über die herrlichen Karikaturen, die mich, immer in einem Dirndl, passend zu den Themen in den jeweiligen Kapiteln in allen möglichen und unmöglichen Lebenslagen darstellten. Es hatte sich gelohnt, ihm meine Fotos anzuvertrauen. Das Fazit meines Ratgebers war, dass es tatsächlich keinen einheitlichen Ausdruck für »Ich liebe dich« auf Bairisch gab und die verliebten Bayern sich mit allen möglichen, wenn auch nicht immer sonderlich überzeugenden Alternativen behelfen mussten. Ansonsten war mein Buch ein Sammelsurium von Tipps rund um die bayerische Liebe, verfremdeter Anekdoten aus meinem Leben, einem Kapitel »Verliebt in einen Preußen oder Ausländer«, niederbayerischer Kochrezepte und einem Wörterbuch mit den wichtigsten bayerischen Begriffen.

Matthias war überaus zufrieden mit meiner Arbeit und überraschte mich mit der Nachricht, dass er eine erste kleine Auflage schon in zwei Wochen herausbringen wollte. Wie ging das denn? Hatte er gezaubert? Ich konnte gar nicht glauben, dass es so schnell gehen sollte. Doch ich erfuhr, dass zahlreiche Leute fieberhaft darauf hinarbeiteten, den Termin einzuhalten. Und es wurden bereits weiß-blaue Einladungen an jede Menge Gäste verschickt. Die Buchpräsentation sollte auf einem exklusiven Donauschiff während einer Fahrt von Passau zur Schlögener Schlinge in Österreich stattfinden.

Die Zeit bis dahin verging wie im Flug. Ich musste meine

Arbeit in der Anzeigenannahme ständig wegen irgendwelcher Termine und Besprechungen unterbrechen. Meine Kollegen reagierten zunehmend genervt darauf. Aber da ich auf Befehl von ganz oben handelte, ließ mich das nach einer Weile relativ kalt. Jedem Menschen konnte man es ohnehin nicht recht machen. Matthias veranstaltete wirklich ein ziemliches Tamtam um den Ratgeber. Ich hoffte nur, dass das Thema des Buches auch genügend Leser zum Kauf animieren würde. Es war eine schreckliche Vorstellung für mich, dass es womöglich als Ladenhüter enden könnte. Matthias würde einen finanziellen Verlust zwar leicht verkraften können, aber für mein Ego wäre das fatal.

Natürlich ließ es sich nicht vermeiden, dass Claudia und ich uns bei der Arbeit ständig begegneten. Wir verhielten uns beide sachlich wie Kollegen, die sich kaum kannten. Von der Freundschaft, die uns einmal verbunden hatte, war nichts mehr zu spüren. Obwohl ich das schrecklich schade fand, weigerte ich mich, den ersten Schritt zu machen. Schließlich hatte ich mir nichts vorzuwerfen.

Die schwierige Situation mit Claudia nahm ich zum Anlass, mit Anne zu sprechen. Ich wollte nicht, dass sie sich vielleicht unnötig in etwas hineinsteigerte. Wir trafen uns im Simone, und ich kam sehr schnell zur Sache.

»Anne, das mit uns beiden, also, das wird nichts.« Es fiel mir schwer, das zu sagen, weil ich ihr nicht wehtun wollte.

»Und da bist du dir sicher?«, fragte sie nach. Scheinbar wollte sie es nicht glauben.

Ich nickte. »Ja. Ziemlich sicher.«

»Schade …« Sie seufzte.

»Denkst du, dass wir einfach nur Freundinnen sein können, ohne dass du damit ein Problem hast?«, fragte ich sie hoffnungsvoll. Ich wollte sie nicht schon wieder verlieren, bevor ich sie richtig kennengelernt hatte.

Sie ließ sich mit einer Antwort Zeit.

»Es wird nicht einfach werden, weil ich …«

Ich legte ihr einen Finger auf die Lippen. »Pssst. Sag es nicht.« Ich wollte es nicht hören.

»Lass mir ein wenig Zeit, Lene«, bat sie. »Ich muss dich erst … na ja, aus meinem Herzen bringen.« Sie lächelte traurig.

Verdammt. Sie hatte sich in mich verliebt. Das wollte ich nicht. Anne war so eine wunderbare Frau und hatte es auf jeden Fall verdient, glücklich zu sein. Warum konnte ich sie nicht einfach auch lieben? Aber so einfach war die Sache mit der Liebe nicht. Egal ob man heterosexuell war oder auf einen Menschen des eigenen Geschlechts stand. Bis sich endlich mal zwei Menschen zusammenfanden, die sich gegenseitig genug liebten, eine Partnerschaft einzugehen, konnte jede Menge Wasser die Donau hinabfließen. Anne und ich vereinbarten, uns eine Weile nicht mehr zu treffen. Danach wollten wir sehen, ob eine unkomplizierte Freundschaft möglich war. Insgeheim hoffte ich, dass sie sich bald in eine andere Frau verlieben würde. Dann wäre das Problem gelöst.

Ein paar Tage vor der Buchpräsentation fragte Ernesto mich, ob ich Lust hätte, einen Wagen, den er im Auftrag seines Vaters in Deutschland gekauft hatte, mit ihm gemeinsam nach Barcelona zu bringen. Dort könnten wir anschließend ein paar Tage Urlaub machen, bevor wir gemeinsam zurückflogen. Ich sagte gerne zu, denn ich spürte, dass ein Tapetenwechsel dringend notwendig war. Da wir schon einen Tag nach der Buchvorstellung fahren mussten, war Matthias ganz und gar nicht begeistert. Fast hätte er mir den Urlaub nicht genehmigt. Erst als ich hoch und heilig versprach, danach für alle möglichen Termine zur Verfügung zu stehen, willigte er zähneknirschend ein.

Am Nachmittag vor dem großen Tag lud Matthias mich für den Abend zum Essen ein. Eigentlich hatte ich wenig Zeit, da ich noch für die Reise nach Barcelona packen musste. Doch Matthias wollte einiges für den nächsten Tag besprechen, und ich merkte, wie wichtig es ihm war.

»Was hältst du davon, wenn ich Essen vom Chinesen mitbringe?«, schlug er vor. »Dann können wir in Ruhe alles durchgehen.« Chinesisches Essen hörte sich gut an, das hatte ich schon länger nicht mehr.

»Oder lieber Mexikanisch?«, fragte er, als ich nicht gleich antwortete.

»Nein, nein. Chinesisch ist perfekt«, beeilte ich mich zu sagen.

Irgendwie war mir ein wenig unbehaglich zumute, mit ihm den Abend alleine zu verbringen. Dabei konnte ich nicht einmal genau sagen, warum. Vielleicht lag es ja daran, dass ich vorhatte, mir nach dem Urlaub eine eigene Wohnung zu suchen? Ich hatte das Gefühl, dass ihm das nicht sonderlich gefallen würde. Gleichzeitig schalt ich mich für diesen Gedanken eine Närrin. Sicher wäre er froh, wenn er seinen Zweitwohnsitz endlich wieder für sich alleine hätte und in den Urzustand zurückversetzen konnte.

Pünktlich wie vereinbart kam Matthias mit dem Essen und Wein. Und er hatte noch was ganz Besonderes dabei. Einen Stapel druckfrischer Bücher. Mein Herz machte einen riesigen Hüpfer.

»Das sind die ersten Exemplare«, sagte er strahlend.

»Matthias. Ich danke dir!« Meine Stimme überschlug sich fast vor Freude. Es war ein unglaublicher Moment, den eigenen Namen über einem Buchtitel zu lesen.

Ich fiel ihm glücklich um den Hals.

»Vielen Dank«, sagte ich leise.

»Es war zwar anstrengend, aber trotzdem war es mir eine Freude, mit dir zu arbeiten«, meinte er und machte ebenfalls einen äußerst glücklichen Eindruck.

Ich nahm eines der Bücher und blätterte es kurz durch. Doch es kam mir fast wie eine Entweihung vor. Nein. Dafür würde ich mir in aller Ruhe Zeit nehmen. Ehrfürchtig stellte ich die Bücher auf die Kommode im Wohnzimmer.

Matthias hatte einen Schlachtplan für den morgigen Abend dabei. Während wir den Ablauf durchgingen, genossen wir die Vielfalt der sieben fernöstlichen Köstlichkeiten.

Plötzlich ging mir etwas durch den Kopf. »Aber ich muss keine Rede halten, oder?«, fragte ich ängstlich. Allein beim Gedanken daran wurde mir ganz schummrig zumute. Matthias schmunzelte.

»Nein. Du musst morgen nur da sein und jeden Moment genießen.«

Als er mir die Gästeliste reichte, fiel mein Blick sofort auf einen Namen: Karl Huber. Ich hatte geahnt, dass er mit dabei sein würde. Seine E-Mails hatte ich immer noch nicht gelesen. Auch wenn ich mehrmals kurz davor gestanden hatte. Doch jedes Mal, wenn ich mit dem Mauszeiger zu den Nachrichten fuhr, hielt mich irgendetwas zurück. Wahrscheinlich hatte ich einfach keine Lust auf weitere Streitereien.

Erst jetzt erfuhr ich, dass Severin und Alwin Bayerl aktiv bei der Buchpräsentation auf dem Schiff mitwirken würden. Seit dem Maienfest hatte ich die beiden nicht mehr gesehen. Ich war neugierig, was sie vorhatten, doch Matthias verriet mir nicht, was sie planten. Es sollte eine Überraschung werden. Für mich und die übrigen Gäste an Bord.

»Warum machst du eigentlich so einen Aufwand um mein Buch?«, fragte ich ihn mit vollem Mund.

»Ich will, dass es einen richtig guten Start hat. Es soll das erste von vielen Büchern einer neuen Reihe sein, die ich verlegen werde«, erklärte er.

»Und wenn es ein Flop wird?«

»Wird es nicht!« Er sagte es mit großer Überzeugung.

»Dein Wort in Gottes Gehörgang«, meinte ich voller Inbrunst.

»Du magst sicher noch eine Hummerkrabbe?«, fragte er.

»O ja. Gern.«

Er nahm sie mit den Fingern und hielt sie mir vor den Mund. Wie selbstverständlich nahm ich das Essen an und fühlte mich von Minute zu Minute wohler in seiner Gesellschaft. Ich konnte mir nicht erklären, warum ich noch vor zwei Stunden Bedenken gehabt hatte, als ich an seinen Besuch dachte.

»Was ziehst du denn morgen an?«, wollte Matthias wissen.

Ich lächelte. »Das wirst du schon sehen.«

»Jetzt sag schon!«

»Nein. Das wird eine Überraschung.« Er würde auf jeden Fall Augen machen.

Als unsere Schächtelchen und Schüsselchen leer waren, hatten wir den gesamten Ablauf des kommenden Tages durchgesprochen. Ich gähnte verstohlen. Das leckere Essen und der Wein hatten mich müde gemacht. Doch Matthias machte keine Anstalten zu gehen.

Ich wollte aufstehen, um den Tisch abzuräumen, doch er hielt mich zurück.

»Lass das jetzt, Lene. Bleib bitte sitzen. Ich möchte dir etwas sagen.« Seine Stimme hatte sich ganz plötzlich verändert. Sie war rauer geworden. Jetzt wurde mir doch wieder unbehaglich zumute. Ich wäre am liebsten gegangen. Als ob er es wüsste, nahm er meine Hand und hielt sie fest.

Alarm! Alarm!, schrillte es in meinem Kopf.

»Wie wär's mit einer Nachspeise?«, schlug ich vor. »Ich habe leckeres Eis in der Kühltruhe.«

»Kein Eis, Lene!« Er lachte leise. »Wir sind uns ähnlicher, als du denkst.«

»Wie meinst du das?«, fragte ich.

»Es geht mir genauso wie dir. Ich bringe die Worte auch nicht über meine Lippen. Deswegen hatte ich ja auch gehofft, dass du einen bayerischen Ausdruck für ›Ich liebe dich‹ findest.«

Moment? Wo bitte führte dieses Gespräch gerade hin? Hatte er mir eben durch die Hintertür gesagt, dass er mich liebte? Nein! Das musste ich falsch verstanden haben. Es ging ihm bestimmt nur um den Inhalt des Buches.

»Tut mir leid, dass ich nichts gefunden habe. Unsere Vorfahren haben es wirklich versäumt, sich da was Allgemeingültiges für uns auszudenken«, stotterte ich herum.

»Bitte fahr nicht mit Ernesto nach Spanien!«, bat er mich leise, aber eindringlich.

Holla! Was war das denn jetzt? Eifersucht? Ich dachte immer, er wäre nur scharf auf meinen Körper? Das hatte er doch gesagt!?

»Matthias, ich ...« Ich konnte nichts sagen. Mein Herz klopfte zum Zerspringen. Ich mochte ihn. Ich mochte ihn wirklich. Sehr sogar. Die ganze Zeit hatte ich mir eingeredet, dass er nur eine Affäre mit mir wollte. Eine Gespielin für sein ehemals weißes Schlafzimmer. Deswegen hatte ich nicht zugelassen, über eine

Liebesbeziehung mit ihm auch nur im Entferntesten nachzudenken. Warum war er denn jetzt eifersüchtig? Aber wahrscheinlich war es gar keine Eifersucht. Sondern er gönnte es Ernesto einfach nur nicht, mit mir nach Spanien zu fahren. Oder wie sollte ich das alles verstehen? O Mann! Er brachte mich völlig durcheinander.

»Lene. Bitte schau mich an«, bat er und hielt immer noch meine Hand fest. Ich blickte in diese unglaublichen grünen Augen. »Du kannst darin sehen, was ich für dich empfinde.« Mehr sagte er nicht. Er sprach es nicht aus. Matthias konnte es genauso wenig wie ich.

Ich zog meine Hand weg und stand auf. Atemlos sagte ich: »Ich kann nicht.«

Dann drehte ich mich um und lief ins Schlafzimmer. Obwohl ich sicher war, dass er nicht nachkommen würde, drehte ich den Schlüssel im Schloss um.

kapitel 27

Ich wachte mit Kopfschmerzen auf. Ausgerechnet an so einem bedeutenden Tag in meinem Leben. Eine ausgedehnte lauwarme Dusche half nur wenig, aber hinterher fühlte ich mich zumindest etwas wohler.

Auf dem Weg in die Küche entdeckte ich auf dem Esstisch im Wohnzimmer ein Blatt. Matthias hatte mit gestochen scharfer Schrift eine Nachricht hinterlassen: »Vergiss das Gespräch. Konzentrieren wir uns auf das Buch. Es soll dein Tag werden! Matthias.« Außerdem hatte er das Geschirr weggeräumt und alles gespült.

Ich schluckte. Matthias war wirklich ein außerordentlicher Mann. Die halbe Nacht lang hatte ich mir den Kopf darüber zerbrochen, was das, was Matthias mir gesagt hatte, oder besser gesagt, nicht gesagt hatte, zu sagen hatte.

Da ich darauf immer noch keine genaue Antwort gefunden hatte oder vielleicht auch nicht finden wollte, schob ich diese Gedanken jetzt einfach zur Seite und packte meine Sachen für die Reise nach Barcelona zusammen. Vermutlich würde es heute Abend ziemlich spät werden, und morgen wollte mich Ernesto schon sehr früh abholen.

Der Zeitplan für den heutigen Tag sah vor, dass ich von zu

Hause aus meine E-Mails und Post beantworten und mich erst am späten Nachmittag mit Matthias an der Schiffsanlegestelle bei der Ortsspitze treffen sollte. Bis dahin hatte ich noch jede Menge Zeit. Doch untätig im Haus herumzusitzen, hielt ich nicht aus.

»Hast du Lust auf einen Ausflug?«, fragte ich Eisi. Ohne seine ohnehin unmögliche Antwort abzuwarten, packte ich ihn in meine Tasche. Als ich das Haus verlassen wollte, sah ich, dass im Briefschlitz eine Postkarte steckte. Es war die von Joshua Kadison besungene berühmte Picture Postcard from L. A. Nanu? Wer schrieb denn an diese Adresse hier aus Amerika? Neugierig drehte ich die Karte um und las. Und dann musste ich mich setzen. Da kein Stuhl in der Nähe war, auf den Boden. Michi hatte geschrieben. Er und Sabine hatten in Las Vegas geheiratet und verbrachten nun die Flitterwochen in Los Angeles. Er grüßte mich herzlich und wünschte mir alles Gute. Sabine hatte noch einen Zusatz hingekritzelt, und ich war mir sicher, dass Michi den nicht gelesen hatte: »Die künstlichen Nägel haben ihn absolut nicht gestört, als er mir den Brillantring über den Finger schob. Ätsch!«

Ätsch? Ganz schön schadenfrohe Person, diese Sabine! Sie hatten also tatsächlich geheiratet. Es fühlte sich eigenartig an. Nicht, dass ich es den beiden nicht gegönnt hätte. Und wenn, dann nur ein kleines bisschen nicht. Aber es war schon eine gewöhnungsbedürftige Vorstellung. Hatte ich vor wenigen Wochen selbst noch gedacht, einmal seine Frau zu werden.

Schließlich stand ich auf und fuhr mit dem Auto eine Weile ziellos in der Gegend herum, bis ich am Hof meines Vaters landete. Doch weder er noch Julia nebenan waren zu Hause. Da ich etwas Hunger verspürte, suchte ich in der Küche nach etwas Essbarem. Auf dem Tisch stand eine Schüssel mit Erdbeeren.

Genau das Richtige für mich! Ich wusch einen Teil davon und nahm sie mit nach draußen. Dort setzte ich mich auf die Hausbank in die Sonne. Während ich mir eine süße Erdbeere nach der anderen in den Mund stopfte, begannen plötzlich Tränen über meine Wangen zu fließen. Einfach so. Ohne Vorwarnung. Ohne Schluchzen. Ganz leise.

Was war das denn jetzt? Der Geschmack von Erdbeeren machte mich doch sonst immer glücklich. Aber jetzt fühlte ich mich einfach nur niedergeschlagen und verloren. War das ein Erdbeerblues? Gab es so etwas überhaupt? Ich ließ die Tränen einfach laufen und aß weiter die saftigen Nussfrüchte, bis die Schüssel leer war und die Tränen wieder versiegten. Einfach so. Wie sie gekommen waren. War ich jetzt traurig von den Erdbeeren geworden oder hatten die Erdbeeren mich wieder getröstet? Wahrscheinlich beides. Plötzlich erinnerte ich mich an den ersten Sommer ohne meine Mutter. Die Erdbeeren waren so rot und so süß wie in den Jahren zuvor. Und doch schmeckten sie ein wenig anders. So wie gerade eben. Ein wenig salzig. Nach Tränen!

Plötzlich drückte sich etwas an meine Waden. Fritzi! Er schien sich sehr zu freuen, mich zu sehen, und schnurrte ohne Unterlass. Ich wischte die restlichen Tränen ab, stellte die Schüssel weg und hob den Kater auf meinen Schoß. Dort drehte er sich auf den Rücken und streckte alle viere von sich. Das bedeutete so viel wie: »Kraul mich am Bauch!« Ich tat ihm den Gefallen und streichelte über das weiche Fell. Er liebte das, und es sah tatsächlich so aus, als ob er vor Freude grinsen würde. Sein lautes Schnurren klang wie ein wohliges inbrünstiges Grunzen.

Überschwängliche Gefühle übermannten mich auf einmal. Ich nahm den Kater wie ein Baby hoch und drückte ihn fest an mich. Doch das gefiel Fritzi gar nicht. Augenblicklich hörte er auf zu schnurren, und nachdem ich dieses deutliche Zeichen seines Missmuts nicht verstand, biss er mich in die Schulter. Das war deutlich! Ich ließ ihn erschrocken los, und er sprang von meinem Schoß. Fritzi lief ein paar Meter weg, drehte sich dann halb zu mir um und schaute mich mit einem Blick an, der mir wohl sagen sollte: »Warum machst du auch immer alles falsch?« Dann rannte er in Richtung Stall, um seinem Job nachzugehen: Mäuse jagen. Schon wieder schossen mir die Tränen in die Augen, und plötzlich hatte ich den Wunsch, bei meiner Mutter zu sein.

Die Sonne brannte stechend vom Himmel. Wahrscheinlich war deswegen um die Mittagszeit am Friedhof so wenig los. Ich hatte zu Hause im Garten einen Strauß bunter Blumen gepflückt und stellte ihn in einer Vase ans Grab.

Stumm hielt ich Zwiesprache mit meiner Mutter.

»Es geht mir gar nicht gut, Mama.« Dabei blickte ich nach oben zum Himmel.

Ich erwartete Verständnis und Trost. Doch das genaue Gegenteil war der Fall. Ich hörte Mama im Geiste heftig mit mir schimpfen.

»Das kann doch nicht sein, dass du an so einem Tag mit einer Leichenbittermiene herumläufst, die sogar einem Boandlkramer das Fürchten beibringen würde.«

»Aber Mama. Es ist hier alles gerade nicht so einfach für mich«, versuchte ich ihr zu erklären.

»Unsinn. Es ist so schwer, wie du es dir selber machst, Lene«, schalt sie mich.

»Du redest dich leicht da oben. Schließlich hast du Papa gehabt und wusstest, wo du hingehörst«, meinte ich trotzig. Doch darauf ging sie gar nicht ein.

»Jede andere Frau an deiner Stelle wäre heute überglücklich. Dein Buch kommt heraus. Dein Verleger hat dir durch die Blume gesagt, dass er dich liebt. Morgen fährst du mit einem gut aussehenden spanischen Geschäftsmann nach Barcelona. Du bist gesund und nicht gerade hässlich. Was brauchst du eigentlich noch, um glücklich zu sein?« Sie klang richtig ärgerlich.

Nicht gerade hässlich? »Ja aber …«

»Kein Aber! Du fährst jetzt heim und machst dich hübsch für deinen großen Abend. Und hör endlich auf, dir selber leidzutun!«

Sie sagte es sehr streng. Und ich gehorchte.

kapitel 28

Mamas himmlische Standpauke hatte Wirkung gezeigt. Auf dem Weg nach Hause schaltete ich das Radio ein. Die Musik von Adele und anderen aktuellen Chartinterpreten munterte mich zusätzlich auf. Ich fuhr bei geöffneten Fenstern, und der Fahrtwind blies die letzten trüben Gedanken aus meinem Kopf. Lauthals sang ich im Duett mit Stefan Dettl seinen Hit »Rockstar«. Und ich fand, dass sich das gar nicht schlecht anhörte mit meiner zweiten Stimme im Refrain.

Zu Hause kochte ich mir einen großen Teller Spaghetti und setzte mich damit in die Badewanne. Ich genoss den fruchtigen Geschmack der Soße aus frischen Tomaten und Kräutern. Natürlich waren meine Augen mal wieder größer als mein Magen gewesen. Nachdem ich die Hälfte aufgegessen hatte, stellte ich den Teller zur Seite. Danach schloss ich die Augen und döste im warmen Wasser eine Weile vor mich hin. Bis meine Finger und Zehen zu schrumpeln anfingen.

Ich stieg aus der Wanne, hüllte mich in ein weiches Badetuch und fing an mit einem kleinen Schönheitsprogramm. Ich feilte meine Nägel und trug einen nur leicht schimmernden naturfarbenen Lack auf. Der ganze Körper wurde mit einer wohlduftenden Körperlotion eingecremt. Die überflüssigen Haare an verschiedenen Stellen wurden entfernt. Nur das mit dem Augenbrauenzupfen ließ ich bleiben. Ich hatte es bisher nur einmal im Leben gemacht. Und das Ergebnis war ein Fiasko gewesen.

Jetzt ging es an meine Frisur. Meine langen Haare würde ich heute offen tragen, doch auf der rechten Seite flocht ich einen dickeren Zopf vom Scheitel her nach hinten.

Ich ließ mir lange Zeit, um mich sorgfältig und doch dezent zu schminken. Als ich mit dem Ergebnis zufrieden war, holte ich mein neues Kleid aus dem Schrank.

Wenn mir noch vor einem Monat jemand gesagt hätte, dass ich mir freiwillig ein Dirndl kaufen würde, hätte ich ihn lauthals ausgelacht. Doch vor drei Tagen war ich an einem kleinen Trachtengeschäft in einem Gässchen abseits der Passauer Fußgängerzone vorbeispaziert, da sah ich es im Schaufenster hängen. Das Kleid. Mein Kleid! Als ich hineinschlüpfte, passte es wie angegossen.

»Das ist wie für Sie gemacht!«, zeigte sich die Verkäuferin begeistert. Und ich war völlig ihrer Meinung.

Es war ein besonderes Modell, in einem edel glänzenden Grauton über einer Art spanischer weißer Bluse, welche die Schultern freiließ. Die Träger des Kleids hatten kaum die Breite einer Kinderhand und waren modisch leicht gerafft. Das Mieder war mit schwarzen Bändern locker geschnürt. Da die Schürze denselben Farbton hatte wie das Kleid, fiel sie nur wegen der Schleife auf, die ich auf der linken Seite gebunden hatte. Was traditionell bedeutete, dass ich nicht verheiratet oder verlobt und somit noch zu haben war. Das Binden der Schleife auf der rechten oder linken Seite war, wenn man es genau nahm, ein volkstümliches öffentliches Zeichen für den Familienstand der Trägerin.

Früher waren sogar die Varianten »Jungfrau«, wenn man die Schleife vorn mittig band, oder »Witwe«, wenn die Schleife hinten war, üblich. Eigentlich ganz praktisch, wie ich fand. Wahrscheinlich täten sich die Singles dieser Welt ohnehin viel leichter, einen Partner zu finden, wenn man an einem bestimmten, natürlich international gemeingültigen Zeichen an Hose oder Rock, Bluse oder Pulli, Mantel oder Jacke, Lendenschurz oder Kokosschalen-BH erkennen könnte, ob die betreffende Person noch zu haben war. Wir Bayern hatten es mit dem Binden der Schleifen an den Schürzen der Dirndlkleider vorgemacht. Womöglich war ich ja berufen, dies in anderer Form in die Welt hinauszutragen? Darüber musste ich mir gelegentlich noch meine Gedanken machen. Bestimmt wäre das auch ein gutes Thema für einen weiteren Ratgeber.

Noch ganz ergriffen von diesem neuen Gedanken blickte ich in den Spiegel und fand, dass mein Dirndl das schönste Kleid war, das ich jemals angehabt hatte.

Langsam wurde es Zeit, mich auf den Weg zum Schiff zu machen. Da ich keine Lust hatte, in der Passauer Altstadt nach einem Parkplatz zu suchen, bestellte ich ein Taxi.

Unterwegs meldete sich Ernesto am Handy. Er würde sich um eine Stunde verspäten und es leider nicht mehr schaffen, bis zur Abfahrt des Schiffs in Passau zu sein. Das war schade. Oder vielleicht auch nicht? Womöglich war es besser, dass er auf dem Schiff nicht dabei war. Denn nach dem vergangenen Abend sah ich der Begegnung mit Matthias mit gemischten Gefühlen entgegen und wusste nicht so recht, was ich sagen sollte. Mit Ernesto an meiner Seite würde mir das sicherlich noch schwerer fallen. Und dann gab es noch Karl. Der würde ja auch kommen, was mich zunehmend nervös werden ließ.

Die erste Hürde war überraschend leicht genommen. Matthias, in einem hellgrauen Sommeranzug, der farblich wunderbar zu meinem Kleid passte, stand mit dem Bürgermeister und den beiden Bayerls vor dem Schiffssteg. Als er mich sah, kam er mir mit einem aufmunternden Lächeln entgegen.

»Hallo Lene!«, begrüßte er mich, als ob nichts gewesen wäre, und umarmte mich.

»Es tut mir leid«, sagte ich leise.

»Das weiß ich. Muss es aber nicht«, flüsterte er mir ins Ohr. Dann sah er mich von oben bis unten anerkennend an. »Fantastisch siehst du aus!« Sein Kompliment blieb nicht das einzige an diesem Abend.

Auch der Bürgermeister, Severin und Alwin begrüßten mich herzlich. Letzterer drückte mich an sich und zog mich dann zur Seite.

»Bei uns steht bald eine Hochzeit ins Haus, und ich wollte dich fragen, ob du mir dabei helfen magst, eine kleine spezielle Hochzeitsbroschüre zu schreiben.«

Eine Broschüre? Für eine Hochzeit? Alwin würde heiraten? Ja wen denn?

»Wer ist denn die Braut?«, fragte ich neugierig.

»Lissy natürlich«, informierte mich Alwin und grinste. Lissy natürlich? Natürlich hatte ich wieder mal nicht mitbekommen, was so um mich herum passierte.

Kaum hatte er von ihr gesprochen, da stieg sie auch schon aus einem Taxi. Ich hatte sie seit Wochen nicht mehr gesehen und war verblüfft über ihre Erscheinung. Lissy hatte deutlich abgenommen und trug ein figurbetontes dunkelrotes Kleid, in dem sie ganz bezaubernd aussah. Glücklich strahlend kam sie auf uns zu. Doch statt ihrem Zukünftigen fiel sie Severin um den Hals, und die beiden küssten sich ungeniert. Moment? Was war das denn jetzt?

»Ja aber …«, stotterte ich verwirrt.

»Du hast nicht gefragt, wer der Bräutigam ist.« Alwin war sichtlich amüsiert.

»Lissy heiratet deinen Vater?«, fragte ich ungläubig nach. Dabei hatte Severin doch nach einer Frau für seinen Sohn gesucht. Scheinbar war er unterwegs in seiner Liebesmission selbst auf den Geschmack gekommen. Dieser alte Schwerenöter.

Alwin nickte. »Lissy wird meine Stiefmama, und ich bekomme endlich ein Geschwisterchen.«

»Klar. Paulchen wird ja dein neuer Bruder.« Lissys Sohn. Ich wusste nicht, ob mir der Junge leidtun musste, wenn er in so eine schräge Familie zwangseingeheiratet wurde, oder ich mich für ihn freuen sollte, dass er endlich überhaupt eine Familie bekam.

»Und im März kommt noch einer. Oder eine«, verriet Alwin mit breitem Grinsen. Wie? Verstand ich das jetzt richtig?

»Du meinst, Lissy ist …?«

»Schwanger. Ja, ich bin schwanger.« Lissy hatte sich endlich von Severins Lippen gelöst und war unbemerkt zu uns gekommen. Sie strahlte.

»Aber wie geht das denn? So wie du abgenommen hast …«

Sie lächelte milde. »Alle Leute meinen, dass ich abgenommen hätte. Aber ehrlich gesagt wiege ich kein Gramm weniger als beim Maienfest. Und es ist mir auch völlig egal. Um mein Gewicht hab ich mir mehr als mein halbes Leben Gedanken gemacht. Damit ist Schluss!«

Bevor ich darauf antworten konnte, entführte Severin sie in den Innensalon der *Königin der blauen Donau.*

Ich schaute hinterher und freute mich von Herzen für Lissy.

Endlich hatte sie ihr Glück gefunden. Auch wenn das Wort Glück im Zusammenhang mit Severin für mich etwas sehr Abstraktes hatte.

»Die gute Nachricht des Tages: Ich bin immer noch zu haben«, informierte mich Alwin und zwinkerte.

»Und ich bin schwer in Versuchung, sofort über dich herzufallen«, witzelte ich und zwinkerte zurück.

»Wir könnten uns in der Kapitänskajüte einschließen«, schlug Alwin vor.

»Oder wir verdrücken uns ins Hotel Wilder Mann und lassen es im Hochzeitsbett von Ludwig II. richtig krachen«, sagte ich und kicherte.

»Bitte reißen Sie sich zusammen, Frau Koller!«, mahnte Matthias. Und ich war mir nicht sicher, ob er es nicht tatsächlich genau so ernst meinte, wie er es gesagt hatte.

Immer mehr Gäste trafen ein, die Matthias und ich vor dem Bootssteg begrüßten. Doch der für mich wichtigste Gast fehlte. Mein Papa. Wo er nur blieb? Er hatte natürlich auch eine Einladung bekommen, sich aber seither nicht bei mir gemeldet. Und heute war er auch nicht zu Hause gewesen, als ich am Hof war. Ich entschuldigte mich bei Matthias und entfernte mich etwas vom Schiff in Richtung Ortsspitze, um zu telefonieren.

»Koller?«

Erstaunlicherweise ging er schon nach dem zweiten Klingeln an den Apparat. Das gab mir einen Stich. Denn es bedeutete, dass er nicht käme. Das Schiff würde in einer Viertelstunde auslaufen.

»Hallo Papa. Hast du die Buchpräsentation vergessen?«, fragte ich in der irrwitzigen Hoffnung, dass er sagen würde, das Taxi stünde schon mit laufendem Motor vor der Tür und er müsse sich beeilen, dass er es noch rechtzeitig schaffte. Und ich solle doch unbedingt bis zu seinem Eintreffen das Ablegen des Schiffs mit allen Mitteln verhindern.

»Lene. Es tut mir leid. Aber ich kann nicht kommen«, sagte er jedoch mit einem leisen Bedauern in der Stimme.

»Schon gut, Papa. Ich verstehe.« Ich fragte nicht nach, warum er nicht kam. Vielleicht würde bald eine Kuh kalben. Oder er musste den Traktor reparieren oder das Heu einbringen. Es war immer etwas Wichtiges zu tun am Hof. Es spielte keine Rolle.

»Viel Erfolg. Und Lene?«

»Ja?«

»Ich … Ach nichts.« Er legte auf.

Ich ging zurück zur *Königin der blauen Donau* und versuchte dabei, mein Lächeln wiederzufinden. Und das ging schneller, als ich dachte. Denn als ich auf dem Schiff verschiedene Plakate mit verrückten bayerischen Lene-Comics entdeckte, die bestimmt aus der Feder von Alwin und Severin stammten, lachte ich laut auf. Außerdem war ein großer Tisch aufgebaut, an dem man jetzt schon meinen Ratgeber kaufen konnte. Es hatte sich tatsächlich bereits eine kleine Schlange davor gebildet. Ich ging hin und nahm ein Exemplar in die Hand. Es fühlte sich einfach nur gut an.

Bevor ich den Innensalon betrat, entdeckte ich Claudia in einem Gespräch mit Klaus Böttgen. Sie war wieder einmal absolut geschmackssicher in einen edlen cremefarbenen Hosenanzug gekleidet. Als sie mich bemerkte, entschuldigte sie sich beim Illustrator und kam auf mich zu.

»Lene, ich wünsche dir viel Erfolg mit deinem Ratgeber«, sagte sie, als sie sich schließlich durch die Menge zu mir durchgekämpft hatte.

»Danke.« Mehr wusste ich darauf nicht zu sagen.

»Können wir in den nächsten Tagen mal miteinander reden?«, fragte sie etwas unsicher.

»Ich fahre morgen mit Ernesto für ein paar Tage nach Barcelona.« Noch vor ein paar Wochen hätte sie von so einer Reise nur maximal fünf Minuten später als ich gewusst.

»Ruf mich an, wenn du wieder da bist. Ja?« Ein zaghaftes Lächeln spielte um ihre Lippen.

»Ja. Mach ich. Mach ich gerne.« Und auch ich lächelte. Vielleicht würde ja wieder alles gut werden zwischen uns?

Ein vertrauter Duft zog durch meine Nase. Matthias musste in der Nähe sein. Ich drehte mich um. Doch er war nirgends zu sehen.

»Lene!« Oh. Diese Stimme! Karl. Er hatte als einer der letzten Gäste das Schiff betreten, das in wenigen Minuten ablegen würde. Zum ersten Mal sah ich ihn in einem bayerischen Outfit. Er trug eine lange Wildlederhose, ein weißes Trachtenhemd und darüber einen Lederjanker.

Fehlt nur noch der Sepplhut, dachte ich boshaft, wobei ich insgeheim zugeben musste, dass er nicht übel aussah.

Allerdings machte er ein seltsames Gesicht, als er endlich neben mir stand.

»Lene. Ich brauche bitte deine Hilfe! Und es ist sehr dringend!« Er schien etwas außer Atem.

»Was ist denn geschehen?«, fragte ich besorgt. Es musste schon etwas Ernsteres sein, wenn er ausgerechnet mich um Hilfe bat. Und sofort erwachte mein zartes kleines Samariterinnenherz und war bereit für einen Notfalleinsatz.

»Bitte, komm mit nach draußen.«

Für eine Sekunde ging mir der wahnwitzige Gedanke durch

den Kopf, dass irgendein Irrer meine Präsentationsveranstaltung stören wollte, es eine Bombendrohung an Bord gab und Karl mich retten wollte, indem er mich vom Schiff lockte, ohne eine Massenpanik auszulösen. Der Gedanke verflog so schnell, wie er gekommen war. Karl würde mich wahrscheinlich eher noch auf die Bombe setzen oder mich mit dem Irren bekannt machen, als gerade mich als Einzige zu retten.

Trotzdem folgte ich ihm. Er eilte zu seinem Wagen, der nahe an der Anlegestelle stand. Jetzt bekam ich wirklich ein wenig Angst. Was war da nur los?

»Schnell! Steig ein!« Er öffnete die Tür zum Beifahrersitz.

»Das Schiff legt aber gleich ab«, protestierte ich schwach. Meine Buchpräsentation!

»Wir sind nur ganz kurz weg«, sagte er, und das hätte mir zu denken geben sollen. Denn Männer hatten mit Angaben von Maßeinheiten wie »kurz« oder »lang«, »groß« oder »klein« eindeutig Probleme. Doch gutgläubig und hilfsbereit wie Mutter Teresa in ihren besten Zeiten stieg ich ein. Kaum war die Beifahrertüre geschlossen, raste er auch schon los.

»Was ist denn passiert?«, fragte ich. Doch er sagte nichts.

Nachdem er einige Minuten später auch auf mehrmaliges Nachfragen immer noch eisern schwieg, wurde ich plötzlich misstrauisch.

»Jetzt sag mir endlich, was los ist. Sonst steige ich auf der Stelle aus«, drohte ich.

»Du hast auf meine Mails nicht geantwortet«, sagte er plötzlich.

Ich schnappte nach Luft. *Das* konnte doch nicht der Notfall sein, oder? Er wollte bestimmt nur höfliche Konversation machen. Womöglich war die Angelegenheit so ernst, dass er mich noch ein wenig schonen wollte, bevor er mir endlich sagte, was passiert war.

»Ich hab sie gar nicht gelesen«, gab ich zu.

»Das hatte ich befürchtet.«

»Bitte, Karl. Ich dreh jetzt gleich durch, wenn du mir nicht sofort sagst, was passiert ist. Egal, was es ist. Rück endlich raus mit der Sprache!« Alles war besser als diese Ungewissheit. Dachte ich zumindest. Bis er endlich redete.

»Ich wollte dich vom Schiff holen, damit du dich nicht blamierst«, sagte er ruhig.

Er wollte mich vom Schiff holen, damit ich mich nicht blamierte? Hatte ich das jetzt richtig verstanden?

»Womit soll ich mich denn blamieren?«, fragte ich perplex.

»Mit deinem Ratgeber ...« Ein paar Sekunden herrschte Stille im Wagen.

»Sag, dass das nicht dein Ernst ist?« Meine Stimme war leise. Gefährlich leise.

»Lene, deine Theorie ist absoluter Schwachsinn, und ich möchte dir ...« Mehr wollte ich nicht hören.

»Bring mich sofort zurück. Auf der Stelle!«, fauchte ich ihn an.

»Zwecklos. Das Schiff ist sicher schon unterwegs.«

»Aber die fahren doch nicht ohne mich los, oder?« Sicherlich war es jemandem aufgefallen, dass ich nicht da war, und sie würden nach mir suchen. Und mit dem Ablegen so lange warten, bis ich zurück war.

»Das Gedränge auf dem Schiff ist so groß, dass bestimmt noch keiner bemerkt hat, dass du nicht da bist. Wenn man dich sucht, könntest du überall an Bord sein.«

Ich war fassungslos. »Du machst mir diesen ganz besonderen Tag kaputt? Warum nur?«, fragte ich ihn völlig aufgebracht.

»Ich mach dir gar nichts kaputt«, widersprach er.

»Du bist ein … ein …« Mir fehlte der passende Ausdruck für diese Art von Gemeinheit. Ich war fuchsteufelswild.

Mein Handy! Ich musste auf der Stelle Matthias anrufen und ihm Bescheid sagen, dass er das Schiff aufhalten oder anhalten musste. Wo war nur meine Tasche? Die hatte ich doch vorhin noch gehabt. Karl!

»Gib mir meine Tasche!«, verlangte ich.

»Nein. Und jetzt beruhige dich wieder.«

»Ich soll mich beruhigen? Klar, warum reg ich mich auch überhaupt auf? Es ist ja nur die erste Buchpräsentation meines Lebens, von der ich hinterlistig weggelockt und entführt werde.«

»Jetzt mach mal halblang, Lene. Ich entführe dich doch nicht. Und du wirst sehen, dass ich dir …« Er wollte mich besänftigen. Aber das war genauso zwecklos wie bei einem Krokodil, dem man auf den Schwanz getreten war. Was nicht heißen sollte, dass ich mich mit einem Krokodil verglich.

»Ich glaub, du tickst nicht ganz richtig!« Vermutlich tat er das tatsächlich nicht. Anders konnte ich es mir nicht erklären. An der nächsten Ampel würde ich aussteigen. Dumm nur, dass die nächste Ampel in weiter Ferne war. Wir befanden uns auf der Bundesstraße in Richtung Freyung. Mitten im Bayerischen Wald.

Am liebsten wäre ich aus dem Auto gesprungen oder hätte ich ihm ins Lenkrad gegriffen, damit er endlich anhielt. Doch wie gelähmt fügte ich mich in mein Schicksal und ließ die Tränen ungehindert über meine Wangen rinnen.

»Lene. Ich will dir nichts Böses.« Er war immer noch ruhig, sogar heiter, wenn ich das Schmunzeln um seine Mundwinkel richtig deutete.

»Wie sieht das dann erst aus, wenn du mir was Böses willst?«, fuhr ich ihn an.

»Das wirst du niemals erleben.«

Daraufhin sagte ich gar nichts mehr und brodelte in meiner Wut vor mich hin.

Etwa zehn Minuten später bogen wir direkt neben dem beliebten Ausflugslokal Bayerwald-Hof von der Hauptstraße ab und fuhren einen Feldweg entlang bis zu einem Waldstück mit einer kleinen Hütte.

Karl stieg aus und öffnete den Kofferraumdeckel. Ich nutzte die Chance und griff nach meiner Handtasche, die ich endlich unter dem Fahrersitz entdeckt hatte. Rasch sprang ich aus dem Wagen und lief den Feldweg entlang, was in dem Kleid und den verflixten Schuhen nicht einfach war. Es waren zwar keine High Heels, aber auch in Trachtenschuhen mit kleinerem Absatz ließen sich keine Bestzeiten rennen. Vor allem nicht, wenn man dabei telefonieren wollte. Hastig wählte ich Ernestos Nummer.

»Obermeier?«, meldete sich eine Frauenstimme, die sich sehr nach älterer Dame anhörte. Verflixt. Ich hatte mich verwählt. Sofort legte ich auf. Aber ich musste unbedingt Ernesto erreichen. Er war neben meinem Vater der Einzige, der nicht auf dem Schiff war und mich holen konnte. Wenn er bald käme und wir vor allem schnell genug fuhren – dies war der Grund, warum ich Papa nicht anrief –, könnten wir rechtzeitig in Haibach ob der Donau sein. Dort an der wundervollen Schlögener Schlinge würde die *Königin der blauen Donau* anlegen, um für die Rückfahrt noch weitere österreichische Gäste mit aufs Schiff zu nehmen, die später dann mit dem Bus zurückgebracht werden sollten. Wenn wir es schaffen würden, wäre ich wenigstens auf der Rückfahrt nach Passau buchstäblich mit von der Partie.

Jetzt hatte ich die richtige Nummer, aber leider sprang nur die Mailbox an. Ich hinterließ hastig die Nachricht, dass Karl mich in eine Hütte in der Nähe des Bayerlwald-Hofs gebracht hatte und Ernesto sofort kommen sollte. Mehr konnte ich nicht hinzufügen, da hatte Karl mich auch schon eingeholt.

»Schön hiergeblieben … Ich habe etwas für dich vorbereitet«, sagte er und zog mich zurück in Richtung Hütte.

Jetzt wurde mir doch mulmig. Was wollte er von mir? Hatte er mich hierhergebracht, um mich umzubringen? Auch wenn er natürlich überhaupt nicht so aussah wie ein Mörder. Doch den wenigsten Menschen sah man es an, was sie für dunkle Geheimnisse in sich bargen. Da brauchte ich nur an den Eulinger Lois denken, der in unserer Nachbarschaft gewohnt hatte, als ich ein Kind war. Ein so netter Mann, der keiner Fliege was zuleide tun konnte und jeden Sonn- und Feiertag ein fleißiger Kirchgänger war. Niemand hatte mitbekommen, dass er jahrelang aus Eifersucht seine Frau im Keller eingesperrt hatte. Wir wussten noch nicht einmal, dass er überhaupt eine Frau hatte. Das Ganze kam erst heraus, als der Lois im Stall von einer wild gewordenen Kuh fast zu Tode getrampelt wurde und schwer verletzt im Krankenhaus gelandet war. So eiskalt, seine Frau im Keller verhungern zu lassen, war er dann doch nicht. Er verlangte nach dem Pfarrer und beichtete sein schauriges Verbrechen. Zur Verwunderung aller hielt Erika, wie sie hieß, zu ihrem Mann und bestand darauf, dass sie freiwillig im Keller gewohnt hatte. Somit kam es nie zu einer Anzeige, doch viele Leute machten fortan einen großen Bogen um die beiden.

Schließlich verkauften sie den Hof und zogen gemeinsam nach Österreich. Wie man hinter vorgehaltener Hand hörte, führten sie dort einen erfolgreichen Swingerklub, der auch heute noch in Betrieb war.

Ob Karl mich auch jahrelang in die Hütte sperren wollte? Egal was er vorhatte: Nicht mit mir!

Ich riss mich los und versuchte noch mal wegzurennen. Doch er hatte mich natürlich schnell wieder eingeholt. Ich wehrte mich heftig und beschimpfte ihn wüst. Das war ein Fehler. Ein paar Minuten später saß ich gefesselt und mit seinem karierten Halstuch geknebelt auf einem Stuhl in der kleinen, aber sauberen und gemütlich eingerichteten Hütte.

Obwohl er ständig sagte: »Jetzt spinn nicht so! Ich tu dir doch nichts!«, glaubte ich ihm kein Wort. Schließlich hatte er mich vorhin auch vom Schiff mit einer Lüge weggelockt. »Wer einmal lügt, dem glaubt man nicht, und wenn er auch die Wahrheit spricht.« Ich wusste nicht, ob dieses Sprichwort aus meiner Kindheit mir noch mehr Angst machte oder mich irgendwie beruhigte.

Karl holte inzwischen eine Flasche Sekt aus einer Kühltasche und öffnete sie. Erst jetzt fiel mir auf, dass auf dem kleinen Tisch in der Ecke zwei Sektkelche standen. Er schenkte ein. Ob noch jemand kam? Schließlich konnte ich mit geknebeltem Mund kaum mit ihm auf die verpatzte Schifffahrt anstoßen.

Karl nahm ein auf beiden Seiten beschriebenes Blatt Papier vom Tisch, zog einen Stuhl heran und setzte sich mir gegenüber.

»Zuerst muss ich dir ein Kompliment machen. Das Kleid steht dir viel besser als dieses Miniding, das du in der Kochsendung getragen hast.«

Als ob mich das jetzt interessieren würde. Ich schnaubte wütend.

»Du hast mir keine andere Wahl gelassen, Lene, als dich hierherzubringen. Jetzt wirst du endlich zuhören müssen, ob du willst oder nicht.«

Hilflos verdrehte ich die Augen. Und er begann, von seiner Liste vorzulesen. Lauter bayerische Ausdrücke und Sätze, die in seinen Augen für »Ich liebe dich« standen.

»Scher dich zum Teufel damit«, versuchte ich trotz meiner Knebelung zu sagen. Natürlich verstand er kein Wort, aber er ahnte sicher den Sinn, da meine vor Wut blitzenden Augen den Übersetzer spielten.

Karl ließ sich nicht davon abhalten und las weiter vor.

»I bin varuggt nach dir. Mogst mei Gschpusi sei? Ohne di war ois nix. I dad di no amoi heiratn. I möcht mit dir oid werdn. Geh ma mitanand? Dass i di hab, is a Dusl. I mog di bis zum Himme. Du bist mei Lieblingskaiberl …«

»Hmm?« Lieblingskaiberl? Wer machte denn so eine tierisch dämliche Liebeserklärung? Ohne es zu wollen, musste ich kichern, was sich hinter dem Halstuch eher wie ein trockener Husten anhörte.

Er hob den Kopf und sah mich an.

»Das sind alles Originalsprüche, die wirklich von Leuten zu ihren Liebsten gesagt wurden«, erklärte er mit einem Schmunzeln.

»Hmmmm, hmmmmm, hmmmmm«, brummte ich und wackelte mit dem Kopf. Was so viel bedeuten sollte wie: Nimm mir endlich den Knebel ab, du verdammter Mistkerl!

Karl schien zu verstehen.

»Na gut. Ich nehme das Tuch ab, wenn du mir versprichst, weiter zuzuhören.«

Ich nickte eifrig. Ich würde alles versprechen. Er befreite mich. Doch er schien mir nicht so weit zu trauen, die Fesseln von meinen Armen ebenfalls abzunehmen.

»Lies weiter, dann habe ich es schnell hinter mir«, forderte ich ihn trotzig auf. Wobei ich insgeheim zugeben musste, dass es sehr interessant war, ihm zuzuhören. Natürlich kannte ich die meisten der Begriffe schon. Ich hatte ja bereits viele Vorschläge von meinen Fans bekommen. Aber einige waren neu und wirklich sehr originell.

»Gut. Dann gibt es noch: I dad mei Lebn für di gebn. Du bist mei Goidkäferl. Weils di gibt, gibt's an Himme. Du siasse kloane Zuckaschneck, i mog di gscheid. Mir gehörn zam wias Sauerkraut mit de Schweinswürstl …«

Meine Mundwinkel zuckten.

»Geh ma mitanand ins Glück? Wenn i di seg, is mei Grant weg.«

»Du solltest dich endlich mal verlieben, damit dein Grant auch weg ist«, rutschte mir heraus.

Karl schaute mich kurz an, ging jedoch nicht darauf ein, sondern fragte: »Möchtest du einen Schluck Sekt?«

»Ja.« Er nahm ein Glas, hielt es mir an die Lippen.

»Ist da ein Schlafmittel drin?«

»Klar. Ich lese ja gerne einem schnarchenden Gegenüber vor«, antwortete er trocken.

»Erst du!« Ich traute ihm nicht.

Ohne zu zögern trank er und schenkte noch mal nach.

»Na? Überzeugt?«

»Jetzt ja!« Ich nahm ein paar Schlucke vom kühlen prickelnden Sekt. Tat das gut! Am liebsten hätte ich das ganze Glas ausgetrunken, aber Karl stellte es wieder auf den Tisch.

»So, jetzt geht's weiter: I, du, mir zwoa – wir war's? Wennst bei mir bist, geht de Sonna auf. I dua di fei gscheid meng. Mit dir is mei himmeblaue Welt rosarot. I lieb di, du Bazi. Mei Herz bumpert wi da Motor von meim Bulldog, wenn i di seg …«

Während er vorlas, musste ich mehr und mehr ein aufsteigendes Lachen unterdrücken. Einige der Ausdrücke waren einfach zu komisch. Auch Karl hatte offensichtlich Probleme, beim Lesen ernst zu bleiben.

»I mog di wi an Schweinsbratn und könnt di jeden Tag fressen vor Liab.« Jetzt konnte ich es nicht mehr zurückhalten und lachte lauthals los. Auch Karl stimmte mit ein.

»Ich mog di wi an Schweinsbratn …« Ich kicherte vergnügt und konnte kaum aufhören. »Vielleicht sogar wie ein Blitz-Schweiners!«

»Jaaa genau!« Karl hielt sich den Bauch.

»Aber das ist auch super: Mei Herz bumpert wi da Motor vom Bulldog …«, wiederholte ich. Und wir prusteten beide wieder los. Es dauerte eine Weile, bis wir uns wieder einigermaßen beruhigt hatten. Ich versuchte, mit meiner Schulter eine Haarsträhne wegzuschieben, die mir beim Lachen ins Gesicht gefallen war. Karl hob eine Hand und streifte die Haare hinter mein Ohr.

»Danke … Bitte, Karl, lies weiter!«, forderte ich ihn auf und vergaß dabei völlig, dass ich ihn noch vor Kurzem verflucht und übel beschimpft hatte.

Doch Karl schaute mich plötzlich ernst an und sagte kein Wort mehr. Auch mein Lachen war mit einem Mal verschwunden. Ich schluckte. Einige Sekunden sahen wir uns einfach nur an. Seine fast schwarzen Augen funkelten seltsam. Langsam, wie in Zeitlupe, beugte er seinen Kopf zu mir und begann, mich ganz vorsichtig zu küssen. Als ob er Angst davor hätte, dass ich ihn in die Lippen biss.

Doch davon war ich weit entfernt. Ich war verwundert, wie sanft sein Kuss war und vor allem über die Tatsache, dass Karl mich überhaupt küsste. Und es war ein unglaublich schöner Kuss. Nicht fordernd, nicht drängend, nicht beherrschend. Sondern einfach nur neugierig erkundend. Mein Herz begann mächtig zu schlagen.

Es bumpert tatsächlich wie der Motor eines Traktors … Kaum hatte ich das gedacht, musste ich wieder lachen. Karl zog sich sofort zurück und stand auf.

»Bitte, Karl, ich wollte nicht lachen, es war nur …«

»Es tut mir leid«, unterbrach er mich. In seinen Augen stand ein seltsamer Blick, den ich nicht deuten konnte.

»Es war ein Fehler, dich hierherzubringen.« Er löste die Fesseln von meinen Armen.

Endlich sah er es ein, dass es ein Fehler gewesen war. Es war doch ein Fehler, oder? Ich konnte gerade gar nichts darauf sagen, denn meine Kehle war wie zugeschnürt.

Karl stellte meine Tasche mit dem Handy auf den Tisch und zog eine Geldbörse aus seiner Hose. Er nahm einen Hunderteuroschein und legte ihn auf den Tisch.

»Bestell dir ein Taxi. Dann schaffst du es noch rechtzeitig zur Schlögener Schlinge. Es tut mir leid, dass ich deinen Tag zerstört habe.«

Gleich darauf war er aus der Hütte verschwunden.

Kapitel 29

Ich blieb einfach sitzen. Die Hände auf den Lehnen, als ob sie immer noch gefesselt wären. Dieser verrückte bayerische Sprachforscher hatte mich doch tatsächlich geküsst. Sicherlich bereute er es schon zutiefst und war deswegen so schnell davon. Und das sollte ich jetzt auch tun.

Ich stand auf und holte mein Handy aus der Tasche. Das zeigte zahlreiche verpasste Anrufe und Kurznachrichten an. Die meisten waren von Matthias und Ernesto. Doch bevor ich die Nachrichten abrufen konnte, quittierte der Akku seinen Dienst. Na wunderbar! Jetzt konnte ich auch kein Taxi mehr rufen. Was für ein Tag! Langsam wurde es draußen dunkel, und ich hatte keine Lust, im Finstern den Feldweg entlang bis zur Hauptstraße zu wandern. Wenigstens hatte Karl mir den Sekt dagelassen. Ich schenkte ein und trank das Glas langsam leer. Was sollte ich jetzt machen? Hier übernachten? Ich schaute mich um. Es gab zwar kein Bett, aber eine Holzbank, die mit Sitzkissen ausgestattet war. Müde war ich allerdings überhaupt nicht.

Karls Liste lag noch auf dem Tisch. Ich nahm sie, und da ich gerade nichts anderes zu tun hatte, las ich dort weiter, wo Karl aufgehört hatte …

Wenig später wurde die Tür aufgerissen, und Ernesto stürzte herein.

»Lene. Gott sei Dank habe ich dich gefunden. Was ist denn passiert?«, rief er besorgt.

Es dauerte eine Weile, bis er erkannte, dass ich nicht weinte, sondern die Tränen auf meinen Wangen vom Lachen kamen. Ich hatte schon richtig Bauschmerzen, konnte mich aber nicht beruhigen, und Ernesto schaute immer besorgter. Er brachte mich zu seinem Wagen und fuhr los. Endlich hatte ich mich so weit gefangen, dass ich ihm erklären konnte, was passiert war.

»Wir fahren sofort zur Polizei. Du musst Anzeige erstatten«, sagte er aufgebracht.

»Nein. Das tun wir nicht.« Wegen so etwas konnte ich Karl doch nicht anzeigen. Dafür hatte ich viel zu viel gelacht.

»Lene. Er hat dich entführt. Das kannst du ihm nicht einfach durchgehen lassen«, drängte Ernesto.

»So kann man das jetzt auch nicht sagen. Er musste etwas mit mir besprechen. Es ging um das Buch. Und außerdem hat er mir absolut nichts getan«, erklärte ich.

»Trotzdem.« Ernesto gab nicht auf.

Und ich blieb stur. »Nein! Ich werde ihn nicht anzeigen!« Vielleicht steckte auch in mir eine kleine Erika Eulinger?

»Außerdem muss ich jetzt sofort zum Schiff.« Natürlich bot Ernesto an, mich dorthin zu fahren.

Leider wusste ich weder die Handynummer von Matthias noch die von Claudia auswendig. So konnten wir sie auch von Ernestos Handy aus nicht anrufen, um Bescheid zu geben. Soweit ich mich an den Terminplan erinnerte, könnten wir es rechtzeitig schaffen, bevor das Schiff an der Schlögener Schlinge eintraf.

Doch am Anlegeplatz warteten wir vergeblich auf die *Königin der blauen Donau.* Waren wir doch zu spät gekommen?

»Was machen wir denn jetzt?«, fragte Ernesto.

»Keine Ahnung.« Ich zuckte mit den Schultern.

Wir blieben noch eine Weile, entschlossen uns dann aber, zurück nach Passau zu fahren.

Auf dem Nachhauseweg hörten wir im Dreiflüsse-Radio die aktuelle Meldung, dass die Fahrt der *Königin der blauen Donau* abgebrochen worden war, da man befürchtete, dass Lene Koller, die Autorin des Ratgebers *Auf der Suche nach der weiß-blauen Liebe,* auf tragische Weise vom Schiff gestürzt und in den Fluten der Donau ertrunken war. Wie bitte? Ertrunken?

Nach der ersten Schrecksekunde nahm ich Ernestos Handy und rief meinen Vater an. Diese Nummer kannte ich auswendig.

Als wir nach halsbrecherischer Fahrt mit quietschenden Reifen an der Anlegestelle in Passau ankamen, sahen wir auf der Donau Schiffe der Wasserwacht, die mit Lampen das Wasser absuchten. Das Licht eines Polizeiautos blinkte unheilschwanger in der Dunkelheit, und es waren noch zahlreiche aufgeregte Leute unterwegs.

»Lene!«

Als Matthias mich entdeckte, packte er mich und drückte mich so fest an sich, dass ich kaum mehr Luft bekam. Gleich danach schob er mich von sich weg und schaute mich und vor allem Ernesto böse an.

»Es war deine Buchpräsentation!«

»Ja, ich weiß, aber glaub mir …«

»Wie konntest du nur einfach mit ihm verschwinden? Ich bin so maßlos enttäuscht«, sagte er in verächtlichem Ton.

»Ernesto hat damit gar nichts zu tun. Hör zu, Matthias. Es … es gab einen Notfall.« Irgendwie sperrte sich in mir alles, preiszugeben, wer für mein Verschwinden tatsächlich verantwortlich war. Auch wenn ich gerade eine ungeheure Wut auf Karl hatte, dass er mit seiner Aktion so einen Aufruhr verursacht hatte.

»Notfall? Ach, hast du es nicht mehr ausgehalten ohne ihn?«, giftete Matthias mit wütendem Blick auf Ernesto.

»Sag es ihm doch!«, mischte Ernesto sich ein. Ich konnte gut verstehen, dass er nicht unbedingt als Sündenbock dastehen wollte. Doch ich wollte Karl nicht hinhängen.

»Bitte, Ernesto. Ich klär das schon! Lass uns kurz alleine, ja?« Ich sah ihn bittend an.

Er war nicht begeistert davon, aber er ging zum Wagen, um dort auf mich zu warten.

Bevor ich etwas sagen konnte, fuhr Matthias mich an:

»Was glaubst du, welche Sorgen ich mir um dich gemacht habe? Ich dachte, du wärst ertrunken.« Er sah tatsächlich ziemlich fertig aus. Dabei hätte ich mir nie vorstellen können, dass jemand auf die Idee käme, ich wäre ins Wasser gefallen. Während alle nach mir gesucht hatten, hatte ich in der Hütte gelacht, bis mir die Tränen kamen. Auch wenn ich nichts dafür konnte, ich schämte mich, dass ich den Leuten so viel Angst und Ärger bereitet hatte.

»Matthias. Es tut mir leid. Wirklich. Aber Ernesto hatte nichts damit zu tun. Er hat mich nur hierhergebracht.«

»Was war dann los?«, fragte Matthias barsch. Bevor ich doch noch mit der Wahrheit rausrücken musste, rettete mich ein junger Mann, den ich bisher noch nie gesehen hatte.

»Frau Koller. Mein Name ist Jan Binder. Haben Sie Zeit für ein Interview?«, fragte er freundlich.

Ich sah Matthias fragend an. Er nickte müde und stellte mir Jan als neuen Redakteur im Lokalteil vor.

Ich hütete mich, der Presse zu erzählen, was tatsächlich los gewesen war. Ohne Näheres zu erklären, machte ich deutlich, dass es sich um einen privaten Notfall gehandelt hatte und ich nicht mehr dazu sagen konnte.

Das Gleiche erzählte ich dem Kamerateam von Bayerwald TV, den Polizisten und den Leuten von der Wasserwacht. Und den Bayerls, die etwas enttäuscht waren, dass sie ihre besondere Show nicht hatten präsentieren können, auch wenn sie natürlich froh waren, dass mir nichts passiert war.

Claudia kam mit zwei Bechern Kaffee. Als sie mich sah, schrie sie vor Erleichterung auf, drückte Matthias den Kaffee in die Hand und umarmte mich stürmisch.

»Ich bin so froh, dass du wieder da bist!«, sagte sie mit Tränen in den Augen. Es dauerte etwas, bis ich sie beruhigen konnte. Wenn die ganze Aufregung der Preis dafür war, dass Claudia und ich uns wieder mochten, dann war es das wert gewesen. Doch irgendetwas irritierte mich, als sie mir so nah war. Ich konnte allerdings nicht sagen, was. Inzwischen war ich auch viel zu erschöpft und müde, um noch klar denken zu können.

Die Leute hätten die nächsten Tage bestimmt genügend Gesprächsstoff, und das Rätsel um den Grund meines Verschwindens machte die Sache noch deutlich interessanter. Wenn mich nicht alles täuschte, würde mein Verschwinden viel mehr Publicity für mein Buch bedeuten, als Matthias sich das vorgestellt hatte. Dass ihm das scheinbar noch nicht bewusst war, lag wohl daran, dass er sich wirklich große Sorgen um mich gemacht hatte. Jetzt stand er gerade beim Bürgermeister, und die beiden besprachen, wie man die Kosten für den unnötigen Sucheinsatz am besten unterbringen konnte. Sicher würden sie eine gute Lösung finden.

Ohne mich zu verabschieden ging ich zu Ernesto und setzte mich in den Wagen. Ich wollte nach Hause. Doch da ich momentan kein richtiges Zuhause hatte, schlug ich vor, noch in dieser Nacht nach Spanien zu fahren. Ernesto war sofort damit einverstanden. Auch er war froh, dem ganzen Chaos hier zu entfliehen. Wir holten mein Gepäck, ich zog mich um, und dann machten wir uns auf den Weg nach Barcelona.

Kapitel 30

Den größten Teil der Fahrt verschlief ich. Ich kam nur dann immer kurz zu mir, wenn Ernesto eine Tankstelle ansteuerte und ich eine Kleinigkeit essen und die Toiletten aufsuchen musste. Erst als wir die herrliche Strecke an der Côte d'Azur mit den beeindruckenden roten Felsen entlangfuhren, erwachte ich endlich richtig.

Die Gegend war traumhaft schön, und ich konnte mich kaum sattsehen an dem azurblauen Wasser der französischen Riviera. Der Duft von Ginster, der neben der Straße gelbblühend wuchs, vermischte sich mit dem des Meeres und zog berauschend durch meine Nase.

Etwas abseits der Küste legten wir eine Pause ein. In einem kleinen Straßencafé bestellten wir Café au Lait und dazu lauwarme Zitronentarte, die auf der Zunge zerging.

»Es ist schön, mit dir hier zu sein, Ernesto«, sagte ich mit einem Lächeln. Und das meinte ich auch so. Er war charmant, unkompliziert, und bis auf sein Drängen, Karl anzuzeigen, hatten wir keine Meinungsverschiedenheiten. Eigentlich ein Traummann.

»Ich genieße es auch sehr, meine Schöne«, sagte Ernesto. Er klang ein wenig müde und versuchte vergeblich ein Gähnen zu unterdrücken. Jetzt erst wurde mir bewusst, dass er die ganze Nacht und den halben Tag so gut wie durchgefahren war und noch keine Sekunde geschlafen hatte.

»Ab jetzt werde ich weiterfahren«, beschloss ich.

»Nein, nein! Es geht schon noch.« Er winkte tapfer ab.

»Unsinn. Ich fahre sehr gerne. Und du kannst dich endlich ein wenig entspannen«, sagte ich fürsorglich.

Entspannt sein sah irgendwie anders aus. Obwohl Ernesto todmüde sein musste, schloss er keine Sekunde die Augen. Krampfhaft hielt er sich mit der einen Hand am Haltegriff der Beifahrertüre fest. Die andere Hand hatte er unter seinen Oberschenkel geschoben. Wahrscheinlich, damit er mir nicht reflexartig ins Lenkrad griff. Männer waren meist einfach schlechte Beifahrer. Auch Ernesto unterschied sich da nicht von seinen männlichen Artgenossen. Er sagte kaum ein Wort. Nur ab und zu entkam ihm ein nach innen gezogenes »Ssssss« oder zischendes »Uhh!«. Wenigstens sagte er mir nicht ständig, wann ich schalten sollte, so wie Michi das bei jenen seltenen Gelegenheiten gemacht hatte, wenn ich ans Steuer durfte.

Ich wusste gar nicht, warum Ernesto sich so anstellte. Ich passte mich doch ganz wunderbar dem Fahrverhalten der Franzosen und Spanier an. Jedenfalls ließ ich mich keine Sekunde lang einschüchtern. Der neue Wagen von Papa Morales, in einer Preislage, für die man in Passau schon eine kleine Eigentumswohnung bekam, fuhr fast wie von selbst, und die Hupe hatte einen coolen Sound.

»Lass mich wieder ans Steuer, Lene!«, forderte Ernesto mich schließlich auf, etwas blass um die Nase, als ich einem ungeduldigen Drängler mal gezeigt hatte, wozu ich und der Wagen in der Lage waren.

»Das wäre verantwortungslos. Du bist völlig übermüdet.« Außerdem hatte ich viel zu viel Spaß mit dem Wagen, als dass ich freiwillig wieder auf die Beifahrerseite gerutscht wäre. Ich blieb dabei, bis Ernesto sich bei einem Tankstopp knapp hundert Kilometer vor Barcelona wieder auf die Fahrerseite schummelte. Ich war schwer in Versuchung, ihm sein Verhalten von vorhin nachzumachen. Ängstlich zu stöhnen oder die Hände vor die Augen zu halten, als ob ich mich fürchten würde. Dann würde er mal sehen, wie sich das anfühlte. Aber wahrscheinlich wäre das für einen Mann eine Art Majestätsbeleidigung. Aber besser als Frauen fuhren Männer bestimmt nicht. Wenn, dann nur anders.

Als wir eine knappe Stunde später in seiner Terrassenwohnung in Barceloneta ankamen, war es fast Mitternacht. Barceloneta war der kleinste Stadtteil in der Altstadt von Barcelona, wie Ernesto mir erzählte. Wir brachten das Gepäck nach oben, und er führte mich ins modern eingerichtete Gästezimmer. Inzwischen konnte Ernesto sich kaum mehr auf den Beinen halten, und ich schickte ihn wie eine Mama zu Bett.

»Geh jetzt schlafen, Ernesto. Ich komm hier schon alleine klar«, versicherte ich ihm und schaute mich neugierig um, als er in sein Schlafzimmer verschwunden war. Von außen hatte man es der Wohnung gar nicht angesehen, wie groß sie war und wie edel und fraglos teuer Ernesto – oder wohl eher ein Innenarchitekt – sie eingerichtet hatte. Für meinen Geschmack hätte das Ganze jedoch etwas mehr Persönlichkeit vertragen können. Ich kam mir fast vor wie in einer Musterwohnung oder einem Ferienapartment, in dem das Geschirr und die Gläser in den Regalen abgezählt waren. Ich war zwar auch kein Inneneinrichtungsgenie, doch hier hätte ich gerne ein wenig Hand angelegt, um die

Wohnung etwas gemütlicher zu gestalten. Aber wahrscheinlich war Ernesto einfach zu viel unterwegs, um hier eine eigene Note reinzubekommen.

Eine Wendeltreppe vom gefliesten Wohnzimmer aus führte zur Dachterrasse. Dort hatte man einen traumhaften Blick auf das nächtliche Meer, das nur wenig mehr als einen Steinwurf entfernt war. Ich stand in der sanften nächtlichen Brise, schaute in den wolkenlosen Sternenhimmel und genoss das beruhigende Rauschen des Wassers, bis auch ich müde wurde und mich nach einem weichen Bett sehnte.

Am nächsten Morgen war Ernesto schon früh auf den Beinen und weckte mich mit herrlich duftendem Kaffee und etwas frischem Obst.

»Guten Morgen, meine Hübsche. Na, ausgeschlafen?«, fragte er mit einem strahlenden Lächeln. Ein Morgenmuffel war Ernesto definitiv nicht.

»Ich glaub schon«, antwortete ich, und meine Stimme war noch ein wenig heiser vom Schlaf.

»Das wird dir schnell auf die Beine helfen.« Er stellte das Tablett auf dem Nachttisch ab. Hatte mir schon jemals ein Mann das Frühstück ans Bett gebracht, mit dem ich die Nacht nicht in einem Bett verbracht hatte? Die Antwort war ein klares Nein! Ich konnte mich noch nicht einmal daran erinnern, dass mir einer das Frühstück ans Bett gebracht hatte, mit dem ich die Nacht im Bett verbracht hatte. Ernesto war eindeutig dabei, dicke Pluspunkte zu sammeln.

»Das ist lieb von dir, Ernesto. Vielen Dank!«

»Hast du Lust, danach ein wenig im Meer zu schwimmen?«, fragte er.

»O ja, gern! In einer Viertelstunde?«, schlug ich vor.

»Gut. Ich erledige inzwischen noch einige Telefonate.«

Er verließ das Zimmer. Ich nippte am heißen Kaffee, der so stark war, dass ich schon nach wenigen Schlucken meine Koffeindosis für den ganzen restlichen Tag intus hatte. Vielleicht sogar für die ganze Woche! Himmel, war das ein Gebräu! Aber es machte eindeutig munter.

Ich stand auf und holte meinen Bikini aus der Reisetasche. Bevor ich ins Bad ging, checkte ich mein Handy, das ich in der Nacht noch aufgeladen hatte. Bis auf die Nachrichten und Anrufe, die ich in der Hütte nicht mehr hatte lesen können, gab es nur eine SMS von Julia. Sie wünschte mir eine wunderschöne Zeit in Spanien und richtete Grüße von meinem Papa aus. Dass er ihr die Kurznachricht wirklich in Auftrag gegeben hatte, wagte ich zu bezweifeln. Doch Julia war sehr darauf bedacht, dass er und ich uns verstanden, und griff deswegen manchmal zu kleinen Notlügen, die niemandem wehtaten.

Dann war noch eine Nachricht von Alwin auf der Mailbox. Er gab mir den Termin für die Hochzeit seines Vaters mit Lissy durch und bat mich um baldigen Rückruf. Ich tippte rasch eine Antwort, dass ich in Spanien sei und mich nach meiner Rückkehr melden würde.

Von Karl gab es weder eine SMS noch einen verpassten Anruf. Genau wie ich es mir schon gedacht hatte.

So direkt am Strand zu leben war sicherlich ein Traum, auch wenn hier vor allem in den Sommermonaten ziemlich viel los war. Ich bestaunte einige der Skulpturen nahe der Uferpromenade. Ein Kunstwerk fand ich besonders interessant. Es sah für mich aus wie aufeinandergestapelte Gefängniszellenwürfel, kurz bevor die umfielen. Doch Ernesto erklärte mir, dass die Skulptur an die kleinen Läden erinnern sollte, die anlässlich der Olympischen Spiele 1992 abgerissen worden waren.

»Gefällt es dir hier?«, fragte Ernesto.

»Ja sehr!« Ich nickte glücklich.

Ernesto nahm mich an der Hand, und wir liefen ins Wasser, bis es endlich tief genug war, um zu schwimmen. Wir waren beide in unserem Element und genossen es, uns gegenseitig zu tauchen und um die Wette zu schwimmen. Die Wellen wurden im plötzlich aufkommenden Wind stärker, und es machte Spaß, hineinzuhechten und sich mittreiben zu lassen.

»Wir sollten besser rausgehen, Lene. Die Wellen werden langsam gefährlich, und der Himmel wird schon ganz dunkel«, warnte Ernesto nach einer Weile. Und tatsächlich zog über dem Meer ein Gewitter auf. Außer uns waren keine Leute mehr im Wasser. Das machte es für mich umso spannender.

»Nur noch einmal!« Ich wandte mich um und wartete auf die nächste größere Welle.

»Nein! Komm jetzt!«

»Gleich!«

»Pass auf!«, rief Ernesto besorgt.

Doch ich hörte nicht auf ihn und sprang noch vor der Welle hoch, streckte meine Arme nach vorn und ließ mich mitreißen. Halb prustend, halb lachend tauchte ich aus dem Wasser auf. Was für ein Spaß! Bevor ich richtig stand, überrollte mich schon die nächste Welle. Ich stolperte und stützte mich mit der Hand am Boden ab. Autsch! Verdammt. Irgendetwas hatte mich in den linken Mittelfinger gepikt. Wahrscheinlich eine spitze Muschelschale. Ich rappelte mich auf. Erstes Donnergrollen war zu hören.

»Jetzt komm endlich!« Ernesto packte mich am Arm und watete mit mir zum Strand. Der Finger tat inzwischen höllisch weh.

Als wir uns die Handtücher umhängten, war es so schlimm geworden, dass es mir die Tränen in die Augen trieb. Mein Finger war dunkelrot und dick geschwollen. Das konnte bestimmt nicht von einer Muschelschale kommen.

»Was hast du denn?«, fragte Ernesto, als er mein vor Schmerz verzogenes Gesicht sah.

»Schau mal, ich hab mich verletzt!«, jammerte ich wehleidig. Aber es schmerzte wirklich sehr, mehr als der Bienenstich in die Lippe.

Ernesto besah sich den Finger.

»Oje. Das war ein Petermännchen«, sagte er mit besorgter Miene.

»Petermännchen?«

»Ja. Ein Fisch mit giftigen Stacheln.«

Wie konnte ein Fisch mit so einem netten Namen wie Petermännchen giftig sein? Mein Finger war inzwischen so dick, dass ich dachte, er würde gleich platzen.

»Komm schnell. Ich weiß, was dir hilft.«

Zurück in der Wohnung desinfizierte er die beiden winzigen Einstichstellen an der Fingerspitze mit hochprozentigem Alkohol. Dann musste ich meine Hand in so heißes Wasser legen, dass ich es gerade noch aushalten konnte, ohne mich zu verbrühen. Ernesto erklärte mir, dass dadurch der hitzeempfindliche Eiweißanteil des Gifts gerinnen würde und es sich so nicht weiter ausbreiten konnte. Es half tatsächlich ein wenig.

Während draußen ein heftiges Gewitter tobte und ich meinen geschundenen und wild schmerzenden Finger heiß badete, fragte ich mich, warum ich in letzter Zeit so ein Pechvogel war. Ständig passierte mir irgendwas. War das eine Strafe für etwas? Und wenn ja, was hatte ich nur getan?

Ich bedauerte sehr, dass Doktor Fischer nicht da war, um mir nach der Fischattacke beizustehen. Stattdessen kam eine grauhaarige Ärztin, die so schnell mit Ernesto sprach, dass es sich anhörte, als ob sie regelmäßig Helium inhalieren würde.

Sie schaute den Finger an und gab mir dann eine Spritze. Und was immer da auch drin war, die Schmerzen wurden davon nicht besser. Nur das heiße Wasser half.

Glücklicherweise gehörte ich nicht zu den wenigen Menschen, die als Auswirkungen auf das Gift des Petermännchens mit einem Kreislaufkollaps oder mit Fieber reagierten. Ich war wohl doch ein ziemlich zähes Weib, auch wenn ich mir ab und zu ein Jammern nicht verkneifen konnte. Ernesto schien davon jedoch irgendwann etwas genervt. Eigentlich hatte er vorgehabt, mit mir das Auto zu seinem Vater zu bringen, und jetzt saßen wir hier in der Wohnung fest.

»Wenn du auf mich gehört hättest, wär dir das nicht passiert«, schimpfte er mich wie ein kleines unartiges Kind. So hatte ich ihn noch nie reden hören, und ich war verblüfft über seinen Ton.

»Ich konnte doch nicht ahnen, dass es hier so gefährliche Tiere gibt«, sagte ich in dem Versuch, mich zu verteidigen. Doch Ernesto ging darauf nicht ein.

»Ich bring jetzt das Auto weg. Wenn der Finger zu sehr schmerzt, leg ihn wieder in heißes Wasser. Ich versuche, bald wieder zurück zu sein.« Er nahm den Autoschlüssel und verschwand aus der Wohnung.

Und ich war froh, für eine Weile allein zu sein. Ich suchte im Kühlschrank nach etwas Essbarem. Doch es gab nur Obst, einige Fruchtsäfte und einen großen Vorrat an Weißweinen und Champagner. Mit zwei Äpfeln machte ich es mir auf dem weißen Ledersofa im Wohnzimmer bequem und schaute, was im spanischen Fernsehprogramm so alles lief, um mich von meinem Finger abzulenken. Doch es funktionierte nicht. Also stand ich auf und ging herum. Da sah ich im Regal seine CD-Sammlung. Sie war sehr umfangreich und bestand hauptsächlich aus spanischen Musikern, deren Namen mir nichts sagten. Bis ich schließlich eine CD von Astor Piazzolla entdeckte. Ich legte sie ein, machte es mir auf dem Sofa bequem und genoss die besonderen Klänge des großartigen argentinischen Künstlers. Etwa eine Stunde später kam Ernesto zurück. Mit einem großen Blumenstrauß und einer zerknirschten Miene.

»Verzeih meinen Ton von vorhin«, bat er und lächelte schief.

»Nur wenn du uns bald etwas zu essen organisierst«, stellte ich zur Bedingung.

Er lachte erleichtert auf. »Das lässt sich machen.«

Ich war ihm nicht böse. Schon gar nicht mehr nach der fantastischen Paella, die er hatte kommen lassen und über die ich hungrig herfiel. Danach spielten wir *Mensch ärgere dich nicht.* Und natürlich ärgerten wir uns dabei mächtig. Ernesto hatte große Probleme damit zu verlieren. Und ich hatte ein Problem, wenn andere schummelten, um zu gewinnen. Bevor wir uns gänzlich in die Haare gerieten, suchte Ernesto für mich einen deutschen Sender im Fernsehen und zog sich in sein Schlafzimmer zurück, um zu telefonieren. Hmm … Alleine fernsehen hätte ich auch zu Hause können.

Bis zum Abend waren die Schmerzen im Finger erträglich geworden. Als mir schon die Augen zufielen und ich mich schließlich fürs Bett fertig machte, kam Ernesto.

»Es ist schön, endlich mal mit dir alleine zu sein«, sagte er. Na ja. Ich hatte es mir zwar etwas anders vorgestellt, aber ich wollte nicht unhöflich sein.

»Stimmt«, erwiderte ich und hoffte, dass er mich jetzt schlafen lassen würde. Doch er kam auf mich zu, und ich sah seinen Augen an, dass er nicht vorhatte, so schnell wieder zu gehen. Aber das war jetzt gar kein guter Zeitpunkt. O nein!

Wo war denn der Kreislaufkollaps, wenn man ihn mal brauchen könnte? So was hatte man auch nur dann, wenn es absolut nicht passend war.

Andererseits …

Ich griff mir an den Kopf, taumelte ein wenig zurück und setzte mich aufs Bett.

»Lene? Was ist?«

»Nur ein wenig schwindlig. Das wird bestimmt gleich wieder gut«, sagte ich mit schwacher Stimme.

»Besser, du legst dich hin und schläfst.« Seine Worte waren fürsorglich, doch er klang etwas enttäuscht.

»Das wird wohl das Beste sein. Gute Nacht, Ernesto.«

So ein kleines bisschen hatte ich schon ein schlechtes Gewissen, dass ich ihm was vorgespielt hatte. Das war normalerweise gar nicht meine Art. Aber ich fühlte mich heute wirklich nicht sonderlich gut. Und hätte jetzt keine Kraft für nächtliche Aktivitäten oder gar eine Diskussion gehabt.

Wohl als Strafe für meine Schwindelei wurde ich in der Nacht von wilden Albträumen geplagt. Ernesto schwamm neben mir im offenen Meer und hatte plötzlich eine Haifischflosse auf dem Rücken. Ich versuchte, ihm davonzuschwimmen, aber er holte mich immer wieder ein. Ich rief um Hilfe. Da kam mir die *Königin der blauen Donau* entgegen. Die Leute schauten mir von der Reling aus zu und stießen sich gegenseitig an. »Ist das nicht Lene?«, fragte Matthias meinen Vater. Doch der schüttelte nur den Kopf und grinste. »Nein. Die ist eingesperrt in einer Hütte im Wald.«

Das Schiff fuhr an mir vorbei, und die Leute winkten mir zum Abschied freundlich zu, ohne meine Hilferufe ernst zu nehmen. Ernesto schwamm ganz nah an mich heran, grinste und riss sein Haifischmaul auf. Dann biss er meinen Finger ab.

Ich fuhr mit rasendem Herzen im Bett hoch und starrte auf meinen geschwollenen Finger. Gott sei Dank. Er war noch dran. Aber er schmerzte wieder fürchterlich. Leise ging ich ins Bad und ließ längere Zeit heißes Wasser darüber laufen. Danach war es wieder etwas besser. Ich ging zurück ins Bett und schlief nach einer Weile ein.

Am nächsten Tag war der Finger zwar noch geschwollen und fühlte sich etwas taub an, aber er tat kaum mehr weh. Da ich keine Lust hatte, mir vom Petermännchen meinen Urlaub vermasseln zu lassen, bat ich Ernesto, mir seine Stadt zu zeigen. Es war sicher eine gute Gelegenheit, auch Ernesto besser kennenzulernen. Wir spazierten lange durch den herrlichen Parc de la Ciutadella, wo ein buntes Treiben von Künstlern und Straßenmusikern für Unterhaltung sorgte. Ein Trommler mit dunklen Haaren und noch dunkleren Augen erinnerte mich ein wenig an Karl. Es erschien mir passend, ihm die hundert Euro, die ich von Karl in der Hütte für das Taxi bekommen hatte, in den Hut zu werfen. Der Straßenmusiker bedankte sich überschwänglich und mit einem besonders wilden Trommelwirbel. Ich lachte auf. Doch Ernesto gefiel das gar nicht.

»Du hättest ihm nicht so viel Geld geben sollen«, sagte er mit vorwurfsvollem Unterton und drängte darauf, den Park zu verlassen.

»Er hat sich so darüber gefreut«, entgegnete ich und war mir keiner Schuld bewusst.

»Ja. Weil er sich davon Alkohol oder Drogen kaufen wird.«

Damit hatte er mir ein schlechtes Gewissen gemacht, und das schöne Gefühl von gerade eben war dahin.

»Das wusste ich nicht«, sagte ich kleinlaut.

»Mach es einfach nie wieder. Okay?«

Ich nickte. Trotzdem ging mir durch den Kopf, dass Ernesto womöglich nicht recht haben könnte. Vielleicht hatte der Trommler ja eine Freundin oder Frau zu Hause und ein Baby. Und mit dem Geld, das ich ihm gegeben hatte, würde er Windeln und Lebensmittel kaufen. Dieser Gedanke munterte mich wieder auf.

»Möchtest du etwas essen?«, fragte Ernesto versöhnlich.

Inzwischen hatte ich tatsächlich Hunger.

»Ja gerne.«

»Na gut. Dann komm.« Er legte den Arm um meine Schultern, und wir gingen zu einem kleinen Fischrestaurant in der Nähe. Mit einer gewissen Genugtuung bestellte ich mir gebratenes Petermännchen. Was übrigens ganz ausgezeichnet schmeckte. Ernesto hingegen ließ seinen gefüllten Tintenfisch zurückgehen, weil er versalzen war. Er beschwerte sich beim Küchenchef und bekam kurz darauf eine neue Portion, die ihm zusagte.

Ernesto war zwar nach wie vor ein amüsanter Begleiter, doch irgendwie verhielt er sich in seiner Heimatstadt ein wenig anders als in Deutschland. Dies war mir nach dem Petermännchen-Unfall aufgefallen. Und es war schwer zu erklären, was sich verändert hatte. Er war nicht mehr so redselig und trat anderen Leuten gegenüber manchmal etwas arrogant auf. Auch mir gegenüber. Wofür es einen deutlichen Punkteabzug gab.

»Macht es dir was aus, wenn ich dich jetzt in die Wohnung zurückbringe?«, fragte er nach dem Essen.

»Hast du was vor?«, wollte ich wissen.

»Ich habe leider einen geschäftlichen Termin, den ich nicht verschieben kann. Aber es dauert nicht lange«, erklärte er.

Da der Finger wieder stärker pochte, hatte ich nichts dagegen, mich ein wenig auszuruhen.

Das Handy zeigte einen verpassten Anruf von Matthias an. Womöglich war es ja was Wichtiges? Ich wählte seine Nummer und freute mich, gleich darauf seine Stimme zu hören.

»Hallo Matthias. Du hättest angerufen?«

»Hallo Lene. Ich wollte mich entschuldigen, dass ich dich so angefahren habe. Karl Huber war vorhin hier und hat mir erklärt, dass er dich vom Schiff geholt und somit das ganze Durcheinander ausgelöst hat.«

Ach was? Karl hatte gebeichtet? Ich war erstaunt. Ein Feigling war er jedenfalls nicht.

»Bist du noch da?«, fragte Matthias, als ich nicht gleich darauf antwortete.

»Ja, ja. Ich bin da. Und du bist gar nicht böse auf ihn?«

»Warum sollte ich das? Schließlich hat er uns damit jetzt schon zu einer riesigen Nachfrage deines Buches verholfen, mit der niemand gerechnet hätte.«

»Wirklich?«, fragte ich. Insgeheim erfreut, dass mein Ratgeber schon nach so kurzer Zeit so großen Anklang fand. Ach, wie gerne wäre ich jetzt in Passau gewesen, um das mitzuerleben. Und ich fragte mich zum ersten Mal ernsthaft, was ich eigentlich hier tat.

»Ja. Und schau mal auf deine Facebook-Seite. Du wirst dich wundern, was da los ist.« Matthias hörte sich äußerst zufrieden an.

»Sobald ich an einen Rechner komme, mache ich das.« In der Wohnung hatte ich allerdings noch keinen Computer gesehen.

»Lene? Geht es dir nicht gut?« Seine Fähigkeit, meine Stimmungen zu erfassen, war immer noch vorhanden. Ich fand das irgendwie beruhigend.

»Nein, es ist nur …« Ich wollte ihm von dem Fischunfall erzählen, doch Matthias unterbrach mich.

»Meine Sekretärin kommt gerade. Ich habe gleich einen Termin. Lass uns morgen noch mal telefonieren«, sagte er hastig.

Und schon war er weg. Ich legte mich aufs Bett und starrte an die Decke. Ohne zu wissen, warum, fühlte ich mich traurig. Am liebsten wäre ich nach Hause gefahren. Stattdessen schlief ich tief und fest ein.

Als ich erwachte, war es Abend geworden, und das Licht des Tages machte allmählich der Dunkelheit Platz. Ob Ernesto schon da war? Ich stand auf und öffnete die Türe zum Flur. Was war das denn? Lauter brennende Teelichter bildeten einen Weg bis zur Wendeltreppe und führten weiter nach oben bis zur Dachterrasse. Dort saß Ernesto in einem dunklen Anzug zwischen Kissen auf einem großen weißen Sofa, das am Tag meiner Ankunft bestimmt noch nicht da gewesen war. Ebenso wenig wie der Tisch, auf dem allerlei Köstlichkeiten angerichtet waren. Er telefonierte. Legte jedoch auf, als er mich kommen sah. Das ganze Szenario war mit zig Kerzen beleuchtet, mit Blumen geschmückt und wirkte auf eine fast schon unwirkliche Weise traumhaft schön. Wie hatte er das nur alles vorbereiten können, ohne dass ich etwas davon bemerkte? Ernesto lächelte geheimnisvoll. Ich schluckte. Wenn sich ein Mann so viel Mühe gab, dann würde er sich nicht mit einem netten Plauderstündchen zufriedengeben.

»Bist du schon lange zurück?«, fragte ich, einfach, um überhaupt etwas zu sagen.

»Eine Weile. Komm, setz dich doch.« Er streckte mir die Hand entgegen und zog mich neben sich.

»Möchtest du ein Glas Champagner?«, fragte er.

Alkohol wäre jetzt keine gute Wahl. Ich musste bei klarem Verstand bleiben. Zumindest sagte mir das mein Verstand. Mein Bauchgefühl war da weniger abgeneigt. »Sag ja! Sag ja!«, rief es aufgeregt. Doch heute setzte sich der Verstand durch.

»Bitte erst einmal Wasser«, bat ich. Und das Bauchgefühl zog sich in die Schmollecke zurück.

Er schenkte ein und reichte mir das Glas. Ich nahm einen kleinen Schluck. Ich musste jetzt unbedingt etwas Nettes sagen, sonst würde mein Verhalten schon an Unhöflichkeit und Ignoranz grenzen.

»Du hast dir wirklich sehr viel Mühe gegeben, Ernesto. Es ist bezaubernd hier.«

»Schön, dass es dir gefällt. Ich finde, es ist endlich an der Zeit, dass wir uns näher kennenlernen.«

Uiuiui. Es würde also ernst werden. Na ja, eigentlich war es ja absehbar gewesen, wenn ich schon mit ihm in den Urlaub fuhr, dass er mich näher kennenlernen wollte. Und eigentlich sprach ja auch nichts dagegen. Eigentlich …

»Ich möchte dich morgen auch gerne meinen Eltern vorstellen. Sie erwarten uns für den Abend zum Essen.« Ich verschluckte mich fast und musste husten. Essen bei seinen Eltern? Das auch noch? Normalerweise wäre es bestimmt lustig, Mama und Papa Morales kennenzulernen. Aber jetzt konnte ich mir das gerade gar nicht vorstellen.

Ernesto legte seinen Arm um mich und sah mich mit glutvollen Augen an.

»Lene, du bist eine wunderschöne Frau …« Nein! Bitte! Das

wollte ich jetzt nicht hören. Nicht von ihm. Nicht auf Spanisch, nicht auf Hochdeutsch und auch nicht irgendwie auf Bairisch. Obwohl er von Anfang an so viel über sich erzählt hatte, war Ernesto mir in diesem Moment völlig fremd. Das Unkomplizierte, das ich so an ihm geschätzt hatte, erkannte ich jetzt als eine Art fragwürdiger Unverbindlichkeit. Sogar diese Inszenierung auf dem Dach war einfach nur … eine Inszenierung eben. Es fühlte sich alles nicht echt an. Ich hatte wirklich bis vor Kurzem noch die Vorstellung gehabt, dass sich aus uns vielleicht etwas entwickeln könnte, wenn wir uns näher kennenlernten. Aber jetzt hielt ich das für unmöglich.

Die Antwort auf die Frage, die ich mir vor einiger Zeit gestellt hatte, wie denn wohl ein Leben an der Seite von Ernesto aussehen würde, stand plötzlich deutlich vor mir. Ich würde mich einsam fühlen. Und unglücklich. Es war nicht Ernestos Schuld. Es war auch nicht meine Schuld. Wir passten nicht zusammen. Ich passte nicht hierher nach Spanien. Und Gemüsepaprika konnte ich auch zu Hause einwecken.

Allerdings sah Ernesto das wohl anders. Er beugte sich zu mir, um mich zu küssen. Ich lehnte mich zurück, um ihn nicht zu küssen.

Er sah mich fragend an.

Ich hielt dem Blick stand, und er las die Antwort in meinen Augen.

Eine halbe Stunde später saß ich mit meinem Gepäck im Taxi zum Flughafen.

kapitel 31

Kreuzunglücklich kam ich in den frühen Morgenstunden in Passau an. Ich hatte ein halbes Monatsgehalt für die Rückreise ausgegeben und im Flugzeug einem netten älteren Geschäftsmann die Anzugjacke nass geheult. Doch das war mir egal. Irgendwie war mir alles egal. Und gleichzeitig auch nicht. Ich hätte den Mann nach seiner Adresse fragen müssen, um für eventuelle Reinigungskosten der Jacke aufzukommen. Und ich hätte auf einen günstigeren Flug warten können. Dann hätte ich auch nicht mitten in der Nacht ein Taxi vom Münchner Flughafen nach Passau gebraucht, sondern hätte tagsüber den Zug nehmen können. Ich hätte am besten gar nicht nach Spanien fahren sollen …

»Hätte, hätte nicht, hätte, hätte nicht … Das bringt dir jetzt gar nichts, Lene«, sagte ich resigniert und seufzte. Außerdem war es gut, dass ich in Barcelona gewesen war, um zu erkennen, dass ich meinen Lebensmittelpunkt in meiner bayerischen Heimat und nicht in Spanien haben wollte. Und ich hatte Ernesto von einer anderen Seite kennengelernt. Er war nämlich nicht nur ein schlechter Verlierer bei *Mensch ärgere dich nicht*. Nachdem ich ihm so nett wie möglich beigebracht hatte, dass wir beide wohl doch nicht füreinander bestimmt wären, war er aufgegangen wie eine Dampfnudel. Gut, dass ich das meiste nicht verstand, denn er hatte in seiner Landessprache losgepoltert. Trotzdem konnte ich seinen Ärger ein wenig nachvollziehen. Ich hatte ungewollt falsche Signale ausgesandt.

Ich fühlte mich wie eine Versagerin. Nichts bekam ich auf die Reihe. Und das mit der Liebe schon gleich gar nicht. Wenigstens war ich jetzt wieder bei Eisi zu Hause. Ich hatte vergessen gehabt, ihn nach Barcelona mitzunehmen, und er hatte mir schon gefehlt.

»Sag mal, wie hast du das denn gemacht mit deinen Frauen?«, fragte ich ihn, während ich meine Sachen auspackte. Eisis Blick war starr. Er wollte scheinbar nicht darüber sprechen. Manchmal war er richtig verstockt! Auch gut. Aber mich interessierte jetzt auf einmal, wie man in der Eskimosprache sagte: »Ich liebe dich.« Ich fuhr meinen Rechner hoch, ging auf eine Suchmaschine und tippte ein. Und schon kam eine Liste mit »Ich liebe dich« in den unterschiedlichsten Sprachen, auch in Inuit.

»Negligevapse«, las ich leise. Und dann noch mal lauter: »Negligevapse!« Mitleidig schaute ich Eisi an. »Das hört sich auch nicht gerade romantisch an.«

Mein E-Mail-Postfach quoll über, aber ich war zu müde, um die Nachrichten zu lesen. Ich nahm Eisi mit ins Bett und schlief sofort ein.

Nur drei Stunden später wachte ich auf mit dem Drang, mein Leben irgendwie zu ändern. Ich wusste zwar noch nicht, wie, aber so konnte es auf keinen Fall weitergehen. Das Wichtigste war jetzt, Abstand zu den Männern zu bekommen. Ich musste mir erst einmal wirklich klar darüber werden, was ich eigentlich wollte. Das bedeutete allerdings auch, mir schnellstens eine Wohnung zu suchen. Bis ich eine eigene Bleibe gefunden hatte, würde ich in eine Pension gehen. Dieses Vorhaben war schon mal ein guter Anfang. Hastig packte ich meine Sachen zusammen und verstaute sie in meinem Wagen. Dann bezog ich das Bett im Schlafzimmer wieder mit der weißen Bettwäsche, nahm die Bilder von der Wand und putzte das Haus. Am Mittag sah alles fast wieder so aus wie bei meinem Einzug vor ein paar Wochen. Ich hatte etwas geschafft. Und ich hatte etwas vor. Das fühlte sich gut an. Ein letztes Mal sah ich mich um, verließ dann das Haus und warf den Schlüssel für Matthias in den Briefschlitz.

Das Auto war voll mit meinen Sachen. Es wäre keine gute Idee, das alles mit in eine Pension zu nehmen oder ständig im Wagen herumzufahren. Am besten stellte ich einen Teil davon in meiner alten Wohnung zu Hause ab. Sicher hätte Vater nichts dagegen. Und falls doch, würde ich Julia nach einer Abstellgelegenheit fragen.

Als ich in den Hof fuhr, kam Vater gerade mit dem Traktor vom Feld. Ich stieg aus dem Wagen und ging auf ihn zu.

»Hallo Papa!«, begrüßte ich ihn.

»Du bist schon wieder zurück aus Spanien?«, fragte er unnötigerweise. Ich nickte, ebenfalls unnötigerweise. Doch eine Erklärung wollte ich ihm jetzt nicht geben.

»Hast du was dagegen, wenn ich hier ein paar Sachen unterstelle, bis ich eine Wohnung gefunden habe?«, fragte ich ihn.

»Nur zu.«

»Danke!«

Ich ging zu meinem Wagen und öffnete den Kofferraum. Vater folgte mir, und wir trugen einen Teil der Sachen in meine kleine Wohnung. Kaum hatte ich das Wohnzimmer betreten, seufzte ich wehmütig. Wie gemütlich es hier war. Und wie sehr ich mich danach sehnte, wieder hier zu sein.

»Hast du schon etwas in Aussicht?«, erkundigte sich Vater.

»Nein. Ich habe bisher auch noch nicht gesucht.« Ich drehte mich weg, er sollte nicht sehen, dass ich Tränen in den Augen hatte.

»Lene. Also … Wenn du … Also, ich meine. Wenn du hier wieder einziehen möchtest … Es ist ja dein Zuhause … Und ich … ich würde mich sehr freuen!« Es fiel ihm schwer, das zu sagen. Mir wurde es unendlich warm ums Herz. Er wollte, dass ich wieder zurückkam! Und jetzt war es mir auch egal, wenn er sah, dass ich heulte. Ich drehte mich zu ihm um und fiel ihm um den Hals.

Zuerst legte er nur zögerlich einen Arm um mich. Doch plötzlich drückte er mich fest an sich. Und bei mir gab es kein Halten mehr. Alles, was sich in den letzten Monaten angestaut hatte, sprengte jetzt die Dämme, und es sprudelte nur so aus mir heraus. Vater führte mich zum Sofa, und wir setzten uns, wobei ich, nur von kleinen Heulphasen abgesehen, ununterbrochen redete und redete.

»… ich hab dich so vermisst … Das mit den Steuerunterlagen hat mir so leidgetan und … Und ständig starren mir die Männer auf den Busen … Ich glaube, Michi kennt bis heute noch nicht mal meine Augenfarbe, und Matthias will mich doch gewiss auch nur im Bett haben … Und der Karl, der hat mich auch geküsst, aber dann ist er einfach verschwunden … Ich weiß gar nicht, warum Claudia mir plötzlich so böse war …«

Vater hörte mir die ganze Zeit nur zu und sagte kein Wort. Es wäre auch kaum möglich gewesen. Als ich auch noch anfing, über Ernesto und das Petermännchen, Doktor Fischer und Anne, den Fisch, zu sprechen, sah ich ihm eine gewisse Sorge um mich an.

Er streichelte mir über den Kopf und sagte hilflos: »Lene. Es wird bestimmt alles gut werden.«

»Das glaub ich nicht, Papa. Ich mache ständig alles falsch. Wahrscheinlich bin ich gar nicht fähig, jemanden wirklich zu lieben!«

Da ging ein Ruck durch meinen Vater, und er setzte sich plötzlich ganz gerade hin. Sein Gesicht bekam einen strengen Ausdruck.

»Hör auf, so einen Unsinn zu reden!«, mahnte er mich.

Ich sah ihn überrascht an.

»Natürlich kannst du lieben! Aber das mit der Liebe ist… eben nicht immer so einfach.« Er seufzte leise.

Es war eigenartig, dass mein Vater von Liebe sprach.

»Lene, ich erzähle dir jetzt eine Geschichte. Die Geschichte von deiner Mutter und mir. Ich glaube, das bin ich dir schuldig.«

Ich sah ihm an, dass es ihm nicht leichtfiel, darüber zu reden. Er stand auf, ging ein paar Schritte auf und ab. Dann setzte er sich wieder. Er schloss ein paar Sekunden lang die Augen, als ob er sich in eine andere Zeit versetzen wollte. Und sicherlich tat er das innerlich auch. Dann begann er, mir die Geschichte einer ungewöhnlichen Liebe zu erzählen.

»Deine Mutter und ich, wir waren damals noch sehr jung, als wir uns kennenlernten. Sie war vierzehn, und ich war sechzehn Jahre alt. Unsere Eltern waren alles andere als begeistert. Vor allem die Eltern von Ruth. Ihre einzige Tochter sollte sich aufs Gymnasium konzentrieren und nicht einem einfachen Bauernjungen hinterherrennen.«

»Aber du warst doch auf dem Gymnasium?«, warf ich verwundert ein.

»Trotzdem. Deine Großeltern hatten sich die Zukunft deiner Mutter nicht auf einem Bauernhof vorgestellt. Wir konnten uns nur heimlich treffen. Als wir einmal erwischt wurden, wie wir uns hinter dem Stall küssten, bekam Ruth Zimmerarrest und ich eine saftige Ohrfeige von meinem Vater …«

Ich war fassungslos. Meine lieben Großeltern sollten so streng gewesen sein? Ich konnte mir das gar nicht vorstellen. Doch Vater sagte in diesem Augenblick bestimmt nichts anderes als die Wahrheit.

»Schließlich mussten wir uns immer neue Tricks einfallen lassen, damit wir uns wenigstens ab und zu alleine sehen konnten. Und es klappte auch eine Weile gut. Bis deine Oma einen Brief an Ruth abgefangen hat. Da gab es wieder großen Ärger. Und wir mussten uns was Neues einfallen lassen. Da kamen wir auf die Idee, uns eine Geheimsprache zuzulegen.«

»Eine Geheimsprache?«, fragte ich erstaunt. Vater nickte.

»Wir benutzten Zeichen. Ein Kreis bedeutete: *Ich denk an dich!*, und ein Punkt stand für: *Ich liebe dich!* Von nun an konnten wir unsere kleinen Botschaften überall hinterlassen, ohne dass sie jemandem auffielen. Auch wenn wir uns kaum sehen konnten, waren wir uns dadurch immer nah. Deine Mutter schlich sich einmal vor dem Unterricht in mein Klassenzimmer und beschrieb die ganze Tafel mit Punkten und Kreisen. Wir hinterließen in der Kantine, im Umkleideraum oder in der Sporthalle unauffällige Zettel mit Ringen und Punkten oder Strichmännchen mit kreisrundem Kopf und Knopfaugen. Ruth verzierte jeden Aushang in der Schule mit einem Punkt oder Kringel, die natürlich nur mir auffielen. Es gab in Baumrinden geschnitzte Ringe, und im Winter machte ich sogar einmal mit Fußabdrücken im Schnee einen riesigen Kreis im Garten vor Ruths Haus.«

Beim Gedanken daran hatte er ein wehmütiges Lächeln im Gesicht.

Ich war ganz verzaubert von der Geschichte meiner Eltern und hörte Vater gebannt zu.

»Doch das wirklich Wunderbare daran war, dass wir diese Zeichen plötzlich überall sahen: die Ringe beim Turnunterricht, das Lenkrad am Traktor, Bilder und Zeichnungen voller Kreise und Punkte und natürlich in der Schule i-Tüpfelchen oder noch besser die Wörter mit *ö*. Die Nickelbrille von Tante Resi, das getupfte Schnäuztuch vom Pfarrer … Sogar die kleinen Punkte auf den Erdbeeren waren unsere Komplizen. Und je mehr wir von diesen Zeichen sahen, desto öfter dachten wir an uns und umso stärker wurde unsere Liebe. Das erkannten schließlich auch unsere Eltern und ließen uns – in Gottes Namen, wie sie sagten – endlich ein Paar sein. Doch auch danach behielten wir unsere Geheimsprache bei, bis …« Er hörte auf zu sprechen.

Dicke Tränen der Rührung kullerten über meine Wangen. Auch Vater war sehr aufgewühlt. Er legte einen Arm um mich.

»Als deine Mutter dann … Als sie nicht mehr da war, da war es, als ob die Liebe mit ihr gestorben wäre.« Er schaute mich an, und seine Augen waren rot von den ungeweinten Tränen. »Lene, ich bin schuld, dass du vergeblich nach Worten suchst, um einem Mann zu sagen, dass du ihn liebst.«

Ich schniefte.

»Nein. Du doch nicht, Papa.« Ich wollte nicht, dass er sich dafür die Schuld gab.

»Doch. Denn jetzt erst ist mir bewusst geworden, dass ich dir nie gesagt habe, wie sehr ich dich lieb habe.« Diese Erkenntnis schien ihn in seinen Grundfesten zu erschüttern.

»Aber das stimmt doch gar nicht«, sagte ich und schluchzte. Doch es war so. Vater hatte es nie zu mir gesagt.

»Es tut mir leid, Lene. Aber auch wenn ich es dir nie gesagt habe, so warst du immer mein ganzes Glück!« Er streichelte traurig mein Gesicht, dann stand er schwerfällig auf und verließ mit hängenden Schultern das Zimmer.

Ich blieb lange sitzen und starrte wie betäubt auf einen Punkt gegenüber im Bücherregal. Auf einen Punkt … Moment. Das war nicht nur ein Punkt, es waren viele Punkte. Ich stand auf und zog ein Fotoalbum heraus, das Papa mir zu meinem achtzehnten Geburtstag geschenkt hatte. Es war hellblau mit vielen kleinen orangefarbenen Tupfen. Ich setzte mich aufs Sofa und begann das Album mit völlig anderen Augen durchzublättern.

Eine halbe Stunde später rannte ich glücklich lächelnd mit dem Album unter dem Arm in den Stall. Doch Vater war nicht dort und auch nicht im Haus. Ich fand ihn schließlich hinter dem Haus auf der Gartenbank, wo er einfach nur dasaß und ins Leere blickte.

»Es stimmt gar nicht, dass du mir nie gesagt hast, dass du mich lieb hast«, überfiel ich meinen Vater und setzte mich neben ihn.

»Ach Lene«, sagte er müde.

»Schau doch!«, forderte ich ihn auf und öffnete das Fotoalbum.

Und überall auf den Fotos fanden sich die Zeichen seiner Liebe zu mir. Getupfte oder geringelte Bettwäsche. Die Tapeten in meinem alten Kinderzimmer waren voller Marienkäfer. Ich hatte Hula-Hoop-Reifen in allen möglichen Farben und Bälle in sämtlichen Größen und einen hölzernen Glücksfliegenpilz in meinem Puppenregal. Viele meiner Kleidungsstücke waren an irgendeiner Stelle getupft. Und meine Lieblingspuppe Conny trug einen Ringelpulli. Sogar mein erstes richtiges Fahrrad hatte Vater mit schwarzen Punkten auf der roten Grundfarbe verschönert, weil ich als Kind die kleinen getupften Käfer so gerne gemocht hatte. Kurz vor meinem vierzehnten Geburtstag überraschte er mich mit einer neuen Tapete in meinem Zimmer, die aus lauter gelben, orangefarbenen und schwarzen Kreisen und Ringen bestand. Meine Freundinnen hatten mich damals um die Tapete beneidet. Doch ich hatte beim Anblick der vielen Kreise täglich mit einem aufsteigenden Schwindelgefühl zu kämpfen. Bis ich sie mit zahlreichen Postern von Michael Jackson, Tic Tac Toe, Take That und vor allem von Queen überklebt hatte. Und dann war da noch unser schönes getupftes Essgeschirr, die Tomaten, wenn er sie für mich mit kleinen Klecksen Schmand verziert hatte, sodass sie wie lustige Fliegenpilze aussahen, und, und, und …

»Siehst du. Du hast es mir immer gesagt«, sagte ich leise, als wir das Fotoalbum durchgeblättert hatten bis zum Anschneiden der Torte an meinem achtzehnten Geburtstag. Sie war mit Schokoladenguss überzogen und mit ganzen Erdbeeren belegt.

Vater wischte sich verstohlen eine Träne aus dem Gesicht und lächelte mich dankbar und voll Liebe an.

»Ja. Ich habe es dir tatsächlich immer gesagt.«

»Und weißt du, Papa, ich kannte zwar eure Geheimzeichen nicht, aber ich habe es da immer gespürt.« Ich fasste an mein Herz.

»Trotzdem muss man aufpassen, dass der andere immer weiß, in welcher Sprache man zu ihm spricht«, resümierte Vater und seufzte leise.

Ich nickte.

»Ja. Damit er auch die Chance hat, es zu verstehen. Genau darum geht es!«, sagte ich so glücklich, als ob ich eben das Rad noch mal neu erfunden hatte.

»Dann reicht es wohl nicht, dass ich Julia den Traktor repariere, ihr bei der Ernte helfe oder die Dachziegel nach einem Sturm auswechsle?«, fragte er, obwohl er die Antwort bereits wusste.

Ich lächelte.

»Nein. Und auch nicht, dass sie dich mit Erdbeerkuchen vollstopft, deine zerrissenen Sachen näht und dir seit Neuestem bei den Steuerunterlagen hilft.«

»Man kann nie alt genug sein, um noch dazuzulernen.«

»Es sieht fast so aus!«, gab ich ihm recht.

»Tja. Dann werde ich jetzt mal versuchen, den Übersetzer zu spielen«, sagte er entschlossen.

»Aber sag es ihr wirklich klar und deutlich, Papa. Nicht irgendwie herumreden, hörst du?«

»Klar und deutlich! Denn wie heißt es so schön: Beim Redn kommen d'Leit zam.«

»Genau so ist es!«, sagte ich und nickte.

»Lene, ich bin sehr froh, dass du wieder da bist.«

»Ich auch, Papa. Du weißt gar nicht, wie sehr.«

Er drückte mich an sich, räusperte sich und stand dann auf.

»Dein Buch ist übrigens wirklich gut geworden. Ich bin stolz auf dich«, sagte er und lächelte.

»Du hast es gelesen?«, fragte ich überrascht.

»Natürlich! Was denkst du denn?«

»Das bedeutet mir sehr viel, Papa.« Bevor wir uns zu sehr in Rührseligkeiten verstrickten, machte er sich auf den Weg zu Julia. Er drehte sich noch mal um zu mir.

»Drück mir bitte die Daumen, Lene!«, rief er. Er hatte wohl doch ein wenig Angst vor dem, was gleich kommen würde.

»Na klar. Alle drei!« Er lachte und ging davon.

Ich schaute nach oben zum bewölkten Himmel.

»Ich weiß, dass du dich darüber freust, Mama. Und du dich bestimmt auch, Hans.«

Und in diesem Moment blitzte die Sonne hinter einer Wolke hervor.

Ich blieb noch eine Weile nachdenklich auf der Bank. Die Geschichte meiner Eltern und das Verhalten meines Vaters hatten mir eine mögliche Erklärung geliefert, warum ich bis jetzt nicht fähig war, einem Mann meine Liebe zu gestehen. Genauso wenig, wie ich die Liebe eines Mannes annehmen konnte. Das erkannte ich endlich klar und deutlich.

Aber wenn man Liebe, so wie meine Eltern es getan hatten, auch auf eine andere Weise ausdrückte, hatte ich vielleicht bisher etwas übersehen? Denn da war … Heureka! Ich hatte tatsächlich etwas übersehen! Dabei war es so deutlich, sogar überdeutlich, dass man schon fast blind und taub sein musste, es nicht zu erkennen. Aber das war ich wohl bisher gewesen: blind und taub für die Liebe. Endlich ging ein Vorhang in mir auf. Und der Mann, den ich liebte, stand vor mir. Denn ja! Es gab ihn. Ich hatte es nur bisher nicht zu denken, geschweige denn zu fühlen gewagt. Doch jetzt konnte ich den wundervollen Gedanken endlich zulassen. Ich hoffte inständig, dass ich die Zeichen richtig verstanden hatte und er mich ebenfalls liebte.

»Ich muss jetzt endlich Ordnung in mein Liebesleben bringen«, sagte ich entschlossen. Schließlich wollte ich genauso mutig sein wie mein Vater.

»Jetzt packen wir's an, Lene!«, sagte ich mir und stand auf.

kapitel 32

Es war das erste Mal, dass ich vor Matthias' großer Villa stand. Ich war reichlich aufgeregt, denn das, was ich ihm gleich sagen würde, war für die Zukunft von uns beiden äußerst wichtig.

Es dauerte eine Weile, bis er nach dem Klingeln an die Tür kam. In einer lässigen Jeans und einem weißen T-Shirt. So leger angezogen hatte ich Matthias noch nie zuvor gesehen. Ich lächelte.

»Lene! Du bist schon zurück aus Spanien?«

»Nein. Ich schwimme gerade eine Runde im Meer. Aber wenn es dir nichts ausmacht, kannst du mich trotzdem reinlassen?«

Er lachte.

»Ja, bitte. Komm nur. Aber mach den teuren Teppich nicht nass.«

Wir lachten beide.

Er führte mich durch die imposante Eingangshalle ins Wohnzimmer. Das Haus hier war schon etwas anderes als das Häuschen mit dem weißen Schlafzimmer. Ich ließ mich jedoch nicht von der Einrichtung ablenken, die geschmackvoll und gleichzeitig gemütlich war, sondern kam gleich zum Punkt.

»Matthias. Ich muss dir unbedingt etwas sagen.«

»Setz dich doch erst einmal … Möchtest du etwas zu trinken?«, fragte er höflich.

»Nein danke.« Wir nahmen in großen Ledersesseln Platz, die sich gegenüberstanden.

»Dein Ratgeber verkauft sich übrigens bestens. Eine weitere Auflage ist schon in Arbeit. Wir sollten bald über ein neues Buch nachdenken«, sagte er und grinste zufrieden.

»Das habe ich schon. Und ich habe auch bereits eine Idee, aber deswegen bin ich nicht hier. Es geht um etwas anderes.«

»Na, dann schieß mal los!«, forderte er mich auf.

»Als du mir letztes Mal sagen wolltest, na du weißt schon, was du nicht sagen konntest…«, begann ich etwas aufgeregt mit meiner Erklärung.

»Lene, ich…«, unterbrach er mich.

»Bitte lass mich ausreden. Also, als du es nicht sagen konntest, das war völlig verständlich, weil…«

»Ich muss dir jetzt etwas sagen…«, versuchte er es noch einmal.

»Nein. Ich zuerst. Denn heute ist es mir endlich bewusst geworden, als mein Vater mir eine Geschichte über ihn und meine Mutter… Aber das würde jetzt zu weit führen. Es geht darum: Wir beide…«

»Bevor du weiterredest, muss ich dir wirklich etwas erklären.« Er sagte es sehr eindringlich. Aber ich wollte mich nicht unterbrechen lassen.

»Matthias. Du kannst mir hinterher alles sagen, was du willst. Aber jetzt bin ich dran!« Mein Ton war energisch. Matthias ließ sich zurück in den Sessel sinken.

»Na gut«, sagte er ergeben.

»Noch mal. Ich weiß jetzt, warum du es mir nicht sagen konntest, und auch, warum ich es dir nicht sagen konnte. Es ist ganz einfach…«

»Lene … wir müssen nicht darüber reden!« Seine Stimme klang fast ängstlich, und er blickte hinter mich zur Tür.

Warum ließ er mich denn nicht ausreden? So ging das einfach nicht!

»Jetzt schau mich doch bitte mal an, Matthias. Natürlich müssen wir darüber reden! Dass wir es nicht sagen können, liegt gar nicht daran, dass es keine bairischen Worte dafür gibt!« Ich grinste breit. Der würde gleich Augen machen.

»Nicht?«, fragte er nach.

»Nein. Überhaupt nicht. Ich konnte es nicht sagen, weil ich dich nicht liebe, und du konntest es nicht sagen, weil du mich nicht liebst«, erklärte ich. »So einfach ist das …«

Plötzlich klatschte jemand in die Hände, und als ich mich erschrocken umdrehte, stand Claudia im Raum. In einem zartgrünen Seidenkimono mit leicht geröteten Wangen und zerzaustem Haar.

»Endlich hast du es kapiert«, sagte sie und ging zu Matthias. Er nahm sie an der Hand und zog sie auf seinen Schoß.

»Lene, ich danke dir für deine Erkenntnis«, sagte er und lächelte. »Genau dieselbe Eingebung hatte ich in den letzten Tagen auch.«

Sprachlos schaute ich zwischen den beiden hin und her.

»Ihr …?«

Sie nickten gleichzeitig.

»Deswegen warst du also so sauer auf mich«, stellte ich in Richtung Claudia fest.

Jetzt dämmerte mir einiges.

»Dass ihr euch so zerstritten habt, war meine Schuld«, gestand Matthias zerknirscht. »Es tut mir leid.«

»Er konnte sich nämlich lange nicht entscheiden, ob du nicht doch die bessere Wahl für ihn wärst«, sagte Claudia, und es war schon noch ein kleiner Hauch von Bitterkeit in ihrer Stimme zu hören.

»Läuft da schon länger was zwischen euch?«, fragte ich verblüfft.

»Nun ja…« Matthias war sichtlich nicht ganz wohl. »Eine Weile.«

Ja so was! Jetzt endlich löste sich auch das Rätsel um Matthias' Rasierwasser für mich. Ich hatte es in schwacher Form immer wieder wahrgenommen, wenn Claudia in meiner Nähe war, aber es nicht mit ihm in Verbindung gebracht.

»Wir waren die besten Freundinnen. Warum hast du mir nicht einfach gesagt, dass du in Matthias verliebt bist?«, fragte ich Claudia. Ich war schon etwas enttäuscht über ihren Mangel an Vertrauen in mich und unsere Freundschaft. Ich hätte natürlich die Finger von ihm gelassen, und es wäre zu keinem Kuss gekommen. Sie war ja schließlich meine Freundin!

»Weil ich weiß, dass du dich meinetwegen von ihm ferngehalten hättest. Ich wollte eine Entscheidung. Von Matthias. Er sollte wegen mir mit mir zusammen sein wollen. Ich hätte es nie akzeptiert, der Trostpreis zu sein!« Ihr Ton war sehr bestimmt.

Matthias schaute sie lächelnd an und legte einen Arm um ihre Schultern.

»Das bist du nicht, Claudia. Ganz bestimmt nicht.«

Ich war in diesem Moment fast etwas überfordert mit den beiden. Claudia hatte unsere Freundschaft wegen ihrer Liebe zu Matthias aufs Spiel gesetzt. Und Matthias hatte auch gespielt. Mit uns beiden. Und ich war der Spielball für beide gewesen…

Aber halt! So einfach war das nicht. Vielleicht hätte ich mich an Claudias Stelle ähnlich verhalten, aus Angst, meine Liebe zu verlieren. Und Matthias hatte nicht sofort gewusst, wen er wirklich liebte. Darüber durfte gerade ich mich nicht aufregen. Mir war es ja nicht anders ergangen. Zu leicht konnte man manchmal Liebe mit kurzer Verliebtheit oder Zuneigung verwechseln. Und das war bestimmt auch ein Grund dafür, dass es so viele Trennungen gab, weil sich die Leute oft nicht richtig liebten.

Nein! Ich konnte Matthias auf keinen Fall böse sein. Allein schon deswegen nicht, weil ich ihn wirklich gerne mochte. Noch ein wenig mehr wäre wohl Liebe gewesen.

Claudia gab ihm einen kurzen, aber demonstrativen Kuss, der mir zeigen sollte, dass er zu ihr gehörte. Und sie zu ihm. Dann wandte sie sich wieder an mich.

»Glaub mir, Lene, es ist mir auch nicht leichtgefallen, unsere Freundschaft zu riskieren, aber ich war furchtbar eifersüchtig, wenn du mit Matthias unterwegs warst«, sagte sie ganz offen. Sie hatte auch Grund gehabt, denn ich war nicht nur einmal kurz davor gestanden, mit Matthias zu schlafen. Und er mit mir. Ob sie das wusste? Matthias schaute mich an, und in diesem Augenblick konnte ich seine Gedanken lesen. Er bat mich, diese besonderen Momente zwischen uns für mich zu behalten. Ich gab ihm die Antwort, die er hören, oder besser gesagt, von meinen Augen ablesen wollte. Ich würde das als Geheimnis in mir aufbewahren.

Ich stand auf.

»Dann ist ja jetzt alles gesagt, was zu sagen war. Und ich werde euch beide wieder alleine lassen.«

Claudia und Matthias standen ebenfalls auf.

»Danke … dass du gekommen bist«, sagte Matthias. Doch ich wusste, dass sich sein Dank auch auf etwas anderes bezog.

»Lene, sei mir bitte nicht mehr böse«, bat Claudia.

Ich schaute sie an und lächelte. »Bin ich nicht.«

Aber es gab hier noch etwas für mich zu tun. Ich griff in meine Handtasche und holte Eisi heraus.

»Den muss ich dir wieder zurückgeben.« Ich hatte einen dicken Kloß ihm Hals, als ich ihr meinen kleinen treuen Begleiter der letzten Monate entgegenhielt.

»Das ist ja der kleine Eskimo, den ich schon überall gesucht habe«, rief Claudia verblüfft. »Du hattest ihn?«

Ich nickte.

»Ich wollte ihn dir schon lange wieder zurückgeben, aber dann kam dieser Streit und …« Mehr sagte ich nicht.

Mit einem wehmütigen Blick sah ich zu, wie Claudia ihn nahm und achtlos auf den Tisch stellte. Ich drehte mich weg. Und ja, es war kindisch und vielleicht sogar ein wenig verrückt. Aber es brach mir fast das Herz, Eisi hierzulassen.

»Ich begleite dich noch zur Tür.«

Matthias ging mit mir hinaus und umarmte mich zum Abschied.

»Du bist eine ganz besondere Frau«, flüsterte er mir leise ins Ohr. »Und auch für dich gibt es die Liebe.«

Ich nickte und räusperte mich.

»Danke. Wir sehen uns am Montag in der Arbeit«, sagte ich in dem Versuch, wieder ein wenig Normalität zu finden.

»Ja. Und dann unterhalten wir uns über deine neue Buchidee. Mach's gut, Lene«, verabschiedete er sich und zwinkerte mir zu, bevor er die Tür hinter sich schloss.

Ich ging zu meinem Wagen, den ich in der Nähe geparkt hatte, und griff in meine Handtasche, um den Autoschlüssel herauszuholen. Da pikte mich etwas leicht in den Finger. Ich schaute nach. Und da war … Das konnte doch nicht sein!?

»Eisi!«, rief ich glücklich.

Ich nahm ihn vorsichtig wie einen kleinen Vogel in die Hand. Matthias musste ihn mir in die Tasche gesteckt haben, als er mich zum Abschied umarmt hatte. Ja. So muss es gewesen sein.

»Jetzt bring ich dich aber nicht mehr zurück!«, sagte ich entschlossen. Und ich hätte schwören können, dass Eisi bei diesen Worten zufrieden lächelte.

Mit einem Mal war mir leicht ums Herz, sodass ich mich voller Mut und Elan in meine letzte und für mich alles entscheidende Begegnung stürzen konnte.

kapitel 33

Doch so einfach, wie ich mir das vorgestellt hatte, funktionierte es nicht. Obwohl – oder vielleicht gerade deswegen – Karl Huber in den Medien mehr als bekannt war, fand ich weder im Telefonbuch noch im Internet seine Adresse. Ich wusste nur, dass er in einem kleinen Ort in der Nähe von Passau lebte, und in der Gegend gab es so viele Hubers mit und ohne Karl vorn dran, dass ich nicht anfangen konnte, sie alle abzuklappern.

Aber das würde mich nicht davon abhalten, ihn zu finden. Ich rief Franz Grindler an und bearbeitete den Moderator von Radio Passau so lange, bis er die Adresse seines Freundes herausrückte. Nicht ohne mich in eine seiner nächsten Sendungen einzuladen. Das versprach ich ihm gerne.

»Aber er wird nicht zu Hause sein«, machte mich Grindler mit seiner faszinierenden Stimme aufmerksam. »Heute ist er Gastredner bei einer Versammlung der Donauwald-Trachtler in Vilshofen.«

Ich bedankte mich für die Auskunft, obwohl ich über die Information an sich nicht sonderlich erfreut war. Die Donauwald-Trachtler, mit ihrer amazonenhaften Vorsitzenden Vroni Reichmann, hatten mir erst vor Kurzem in einem offenen Brief geschrieben, dass sie meine Theorien um die Liebe auf Bairisch unmöglich fanden und allen Vereinsmitgliedern und deren Familienangehörigen nahelegten, meinen Ratgeber auf keinen Fall zu kaufen. Da hinzugehen, würde wirklich ein Spießrutenlauf werden. Aber das war mir die Liebe wert.

Es war inzwischen Abend geworden, und ich hatte weit mehr als aufregende vierundzwanzig Stunden hinter mir und nur wenig geschlafen. Vielleicht sollte ich doch besser bis morgen abwarten? Aber nein. Ich wollte … Ich musste es ihm heute sagen! Und so fuhr ich in meiner Lieblingsjeans und einem bequemen grünen Top nach Vilshofen.

Es war ein Fehler, dass ich mich nicht umgezogen hatte, wie sich sehr schnell herausstellte. Schon am Eingang beäugten mich die ersten Trachtler, alle natürlich traditionell gekleidet, misstrauisch.

»Das ist eine geschlossene Veranstaltung«, informierte mich ein junger Mann deutlich.

»Das weiß ich doch«, sagte ich und griff in die Trickkiste. »Presse!«

Und das war ja auch nicht direkt gelogen. Schließlich arbeitete ich für die Zeitung. Und schon führte mich der junge Trachtler in den kleinen Saal, in dem Karl soeben seinen Vortrag beendete. Die Zuschauer belohnten ihn dafür mit begeistertem Applaus. Fesch sah er aus in der langen einfachen Lederhose, mit einem rohweißen Hemd und Wildlederjacke darüber. Schade, dass es schon vorbei war. Ich hätte gerne gehört, was er so alles zu sagen hatte.

In ihrer Eigenschaft als Vorsitzende, und sicherlich auch in ihrer Eigenschaft als alleinstehende Frau, überreichte Vroni Reichmann Karl mit herzlichem Händedruck, der irgendwie gar nicht enden wollte, eine Flasche Bärwurz und strahlte ihn an. Sie gratulierte ihm so euphorisch für seinen Vortrag, als ob er soeben ein neues Patentrezept gegen den Hunger der Welt vorgestellt hätte. Vielleicht hatte er das ja getan, und ich wusste es nur nicht? Zu meiner Schande musste ich gestehen, dass ich bisher noch keines der Bücher von Karl gelesen hatte.

»Ist das nicht die Koller?«, hörte ich neben mir eine weibliche Stimme und vermied es, in die Richtung zu blicken.

»Klar ist sie das!«, antwortete eine andere Frau.

»Dass die sich hierher traut?« Jetzt mischte sich auch ein Mann in das Gespräch mit ein.

»Unmöglich! Und in so einem Aufzug«, sagte ein anderer.

Die benahmen sich ja gerade so, als ob ich etwas wirklich Schlimmes verbrochen hätte. Aber womöglich waren meine öffentlichen Diskussionen mit Karl, den sie hier wie einen Heiligen verehrten, Grund genug, mich als eine potenzielle Attentäterin auf die bayerische Kultur abzustempeln.

Ich tat so, als ob mich das alles gar nichts anginge, und versuchte, mich seitlich nach vorn zu drängen. Irgendwie musste ich Karl da rausbekommen, bevor ich hier ernsthaften Ärger bekäme. Aber es war schon zu spät. Immer mehr Leute wurden auf mich aufmerksam und schauten mich feindselig an. Warum hatte ich nicht wenigstens mein Dirndl angezogen? Nicht das moderne schwarze, sondern das schlichte graue. Es war zwar nicht direkt eine traditionelle Tracht, aber wenigstens hätte man meinen guten Willen gesehen.

Durch den Trubel um mich herum waren Karl und die Vorsitzende auf mich aufmerksam geworden. Vroni Reichmanns Gesichtsfarbe wurde bedrohlich rot, als sie mich sah.

»Frau Koller! Was machen Sie hier?«, fauchte sie. Und augenblicklich wurde es im Raum mucksmäuschenstill. Karl hatte einen Zug um den Mund, den man fast als amüsiert bezeichnen konnte. Ich räusperte mich nervös.

»Ich möchte Sie hier gar nicht weiter stören, aber ich hätte kurz was mit Herrn Huber zu besprechen«, sagte ich beflissen freundlich.

»Herr Huber hat jetzt was anderes zu tun, und Sie sind hier nicht erwünscht«, machte Frau Reichmann deutlich, stemmte ihre Hände in die Hüften und schaute mich mahnend an. Da fiel mir auf, dass sie die Schleife ihres Dirndls vorn mittig gebunden hatte. Oha! Sie gab sich öffentlich als Jungfrau aus. Mutig, mutig. So ein kleines bisschen Mitleid kam in mir auf. Schließlich war sie schon weit in den Vierzigern. Womöglich war sie deshalb so bissig, was ich verstehen konnte. Trotzdem brauchte sie mich nicht so böse anblicken. Ich konnte ja schließlich nichts dafür, dass sie quasi noch ungeöffnet war.

Ich beschloss, den Saal zu verlassen und draußen auf Karl zu warten. Es war eine dumme Idee gewesen, die Veranstaltung zu besuchen.

Ich verabschiedete mich, lächelte bemüht und schob mich in Richtung Tür.

»Nein. Halt! Ich würde gerne hören, was Frau Koller zu sagen hat. Umsonst ist sie ja bestimmt nicht hierhergekommen.« Karl lächelte in meine Richtung.

Vroni Reichmann schien nicht sonderlich davon begeistert zu sein, dass ich mich noch länger auf ihrer Veranstaltung aufhielt, doch da Karl den Vorschlag gemacht hatte und sie ihn nicht brüskieren wollte, sagte sie: »Dann kommen Sie doch bitte nach vorn, Frau Koller! Und sagen Sie uns, was Sie zu sagen haben.«

Ganz bestimmt würde ich das nicht tun! Ich wollte ja nur mit Karl reden.

»Ach, das eilt nicht, Frau Reichmann. Ich hab Sie alle hier schon zu lange aufgehalten. Karl, ich melde mich dann per E-Mail bei dir.« Ich wollte nur noch raus.

»Aber nein! Ich weiß doch, dass du momentan kaum Zeit findest, E-Mails zu schreiben oder gar zu lesen.«

Just in diesem Moment fielen mir die Nachrichten ein, die er geschickt und die ich nie gelesen hatte, und mein schlechtes Gewissen rührte sich.

»Ich kann aber gar nicht …«, setzte ich noch einmal an. Aber Karl unterbrach mich schon wieder. Heute lassen mich die Männer einfach nicht ausreden, dachte ich und seufzte.

»Also, ich finde es gut, dass Frau Koller da ist. Außerdem ist ihr Buch gar nicht so schlecht, wie ich befürchtet hatte. Nun ja, bis auf diese seltsame Theorie halt. Aber darüber werden wir noch reden müssen.«

»Sie haben das Buch gelesen, Herr Huber?«, fragte Vroni Reichmann konsterniert.

»Selbstverständlich!« Er griff in seine Lederaktentasche, zog ein Exemplar heraus und hielt es hoch. Ich staunte nicht weniger als die Leute im Saal.

»Und ich kann nur jedem hier empfehlen, es auch zu tun.« Jetzt würde doch bestimmt noch etwas Gemeines von ihm kommen. Irgendein Satz wie: »Denn wenn Sie das tun, können Sie von sich behaupten, das schlechteste Buch der Welt gelesen zu haben.« Oder vielleicht: »Dann wissen Sie wenigstens, warum Lene Koller nie einen richtigen Mann bekommen und heiraten wird.«

Ich schloss die Augen. Wollte es gar nicht hören. Wobei das natürlich keinen Sinn ergab. Und da kam es schon. Aber ganz anders, als ich gedacht hatte.

»Es stehen einige sehr lustige, aber auch sehr weise Sachen drin. Und außerdem das Rezept für das Blitz-Schweiners, und das kann ich nur jedem empfehlen.«

Ich öffnete langsam wieder die Augen. Hatte er das tatsächlich gesagt, oder war das nur Wunschdenken von mir? Ich lächelte unsicher.

Vroni Reichmann hüstelte kurz.

»Ja, wenn das so ist, dann, äh, sollten wir uns doch einmal das Buch zu Gemüte führen.« Ich sah ihr an, wie schwer es ihr fiel, das zu sagen.

»Machen Sie das, Frau Reichmann. Ich bin mir sicher, auch Ihnen wird es gefallen«, empfahl Karl.

Ob er das Kapitel »Wer nicht wagt, der nicht gewinnt, gilt auch in Bayern« meinte? Oder eher »Rezepte, die auch den grantigsten Bayern zum Lächeln bringen«, das ich insgeheim Karl gewidmet hatte, stellvertretend für alle miesepetrigen Landsmänner und -frauen. Obwohl Karl zu meinem Erstaunen heute alles andere als schlecht gelaunt war.

Ich sah ihn an und war überglücklich und dankbar für seine Fairness, obwohl es ihm ein Leichtes gewesen wäre, mich vor den Leuten hier fertigzumachen. Plötzlich überkam mich eine wunderbare innere Ruhe. Jetzt wusste ich, dass hier genau der richtige Ort und Rahmen war, um ihm zu sagen, was ich zu sagen hatte. Ich atmete tief ein.

»Gut, wenn Sie mir die Gelegenheit geben, dann werde ich gerne ein paar Worte sprechen«, sagte ich in Richtung der Vorsitzenden und ging nach vorn. Ich stellte mich an das kleine Rednerpult und schaute die Leute an, die mich gebannt beobachteten. Noch waren sie nicht überzeugt davon, dass ich nicht doch Böses im Schilde führte.

Normalerweise hatte ich immer schreckliche Angst, wenn ich vor mehr als drei Leuten etwas sagen musste. Und schon in der Schule hatte ich kaum ein Wort herausbekommen, wenn ich vor der Klasse stand. Was sich leider immer sehr negativ auf meine mündlichen Noten ausgewirkt hatte.

Vor so vielen Menschen wie jetzt hatte ich noch nie gesprochen. Doch in diesem Moment war alle Angst wie weggeblasen.

»Ich möchte mich bei Ihnen zuerst einmal entschuldigen, dass ich etwas unpassend angezogen bin. Aber ich hatte leider keine Zeit mehr, mich umzuziehen. Herr Huber…« Er saß nur wenige Meter entfernt und schaute äußerst neugierig. »Also Herr Huber hat Ihnen empfohlen, meinen Ratgeber zu lesen, und das finde ich äußerst bemerkenswert von ihm. Wie Sie ja alle mitbekommen haben, waren wir in der Vergangenheit nicht immer einer Meinung, wenn es darum ging, dass es in Bayern keinen festen Begriff für ›Ich liebe dich‹ gibt.« Ich atmete durch. Jetzt würde ich gleich eine schwierige Stelle umschiffen müssen, und ich hoffte inständig, dass ich nicht kentern würde.

»Um es gleich vorwegzunehmen. Von diesem Standpunkt bin ich auch weiterhin nicht abzubringen. In Bayern gibt es dafür keinen einheitlichen Ausdruck. Da beißt die Maus keinen Faden ab.«

Die Leute fingen zu tuscheln an, und einige pfiffen mich aus. Es wurde unruhig im Saal. Auch Vroni Reichmann schaute sehr unzufrieden.

Karl hob die Hand.

»Ruhe bitte!«, forderte er die Leute auf. »Lassen wir Frau Koller doch weiterreden.«

Ich nickte dankbar in seine Richtung und sprach dann tapfer weiter.

»Bevor Sie mich hier alle lynchen, steinigen oder vierteilen, gibt es aber auch eine sehr gute Nachricht. Gerade wir Bayern sind ja ein ganz spezielles Volk und haben immer schon vieles anders gemacht als andere. Das war nicht immer gut, aber meistens schon. Und weil wir vieles anders machen, haben wir nicht einen Ausdruck für ›Ich liebe dich‹, sondern unzählig viele. Im Laufe unserer beeindruckenden Entwicklungsgeschichte erkannten wir nämlich instinktiv, dass einer alleine niemals das ausdrücken könnte, was wir genau sagen wollen.«

Es war wieder ruhig geworden, und die Leute hörten mir gebannt zu. Ich warf Karl einen kurzen Blick zu und sah, wie er grinste. Schnell schaute ich wieder weg und führte meine Gedanken weiter aus.

»Sagt zum Beispiel eine Frau zu ihrem Mann ›Ohne di war ois nix‹, dann ist es das größte Kompliment an ihn und ein Ausdruck ihrer großen Liebe, obwohl das Wort Liebe gar nicht darin vorkommt.«

Ich merkte, dass ich die Leute mit diesem Beispiel nicht recht überzeugte. Also musste ich schwerere Geschütze auffahren.

»Wenn ein Mann seiner Frau sagt, ›I pfeif für di auf mein Schafkopf-Frühschoppen‹, dann kann nur ein Bayer tatsächlich ermessen, wie sehr dieser Mann seine Frau lieben muss. Da kann kein ›Ich liebe dich‹ mithalten, auch wenn es noch so ehrlich gemeint ist.«

»So is!«, rief ein älterer Mann mit gewaltigem Schnauzer. Es gab zustimmenden Applaus.

»Ich hab noch keine gefunden, für die ich aufs Schafkopfen verzichten würde«, sagte ein anderer und bekam gleich darauf von der Frau an seiner Seite einen kräftigen Stoß in die Rippen. Die Leute lachten. Ich war zufrieden.

»Was muss es dann erst für eine Liebeserklärung sein, wenn eine Frau sagt ›Für mi brauchst auf deinen Schafkopfabend ned verzichten‹«, setzte ich einen drauf.

»Geh, ich bin ja froh, wenn ich mal einen Abend für mich habe und das im Fernsehen anschauen kann, was ich mag«, rief eine ältere Frau vergnügt. Etliche Damen nickten und applaudierten.

Ich öffnete meine Handtasche. Darin ruhte nicht nur mein Glücksbringer Eisi, sondern auch der Zettel mit den bayerischen Begriffen, den Karl in der Hütte vergessen und den ich seither immer bei mir getragen hatte. Ich faltete das Blatt auseinander.

»Herr Huber hat mir freundlicherweise einen Teil seiner reichen Ausbeute an Ausdrücken gegeben, und ich möchte sie Ihnen jetzt gerne vorlesen. Und bitte bedenken Sie dabei, es sind alles tatsächlich irgendwann einmal gemachte Liebeserklärungen.«

Laut, und immer wieder unterbrochen von den Lachern der Zuhörer, las ich vor.

»Du hast mir mei Herz abgluchst. Möchst mei Weiberl sei? I bin da so nah wir oa Rupfhaubn da andern im Topf. Wenn i di seh, dann hauts mi um vor Liab. I schenk da mei Herzerl. Mir gehörn zam wias Radieserl und d'Brezn. Wenn ma zam hoitn, schaff mas gwiss bis zum Schluss. Oida, i mog di. Prost, Schatzerl, du warst oane zum Heiraten.«

Ich las natürlich auch vor, was ich von Karl schon in der Hütte gehört hatte, und musste selbst das Lachen mit aller Macht unterdrücken, als ich zur Schweinsbratenliebeserklärung kam.

»Und dann gibt es natürlich auch den von Rainhard Fendrich gesungenen Teil seines Liedes: ›Weilst a Herz hast wie a Bergwerk, weilst der Wahnsinn bist für mi, steh i auf di …‹ Schöner kann man es kaum sagen. Der Fendrich ist zwar Österreicher, aber bei denen ist es ähnlich wie bei uns. Außerdem gibt es eine wunderschöne bayerische Version des Liedes von Claudia Koreck und Bernhard Fleischmann, den meisten besser bekannt als Fleischi, der bekannte bayerische Radiomoderator«, fiel mir zwischendrin noch ein. Dann las ich weiter vor.

Als ich am Ende der Liste angelangt war, hatten viele der Leute Tränen vom Lachen, aber auch ein wenig vor Rührung in den Augen, und sie applaudierten begeistert. Daran könnte ich mich gewöhnen. Ich fühlte mich großartig. Vielleicht sollte ich in die Politik gehen?

»Wir könnten jetzt noch lange weitermachen, und ich bin mir sicher, dass jeder von Ihnen noch einige bayerische Liebesbeteuerungen beitragen könnte«, sagte ich.

»Oh mei, was i dene Weiba ois verzählt hab, dass i's rumkriagt hab«, meinte ein Mann weit in den Achtzigern mit verschmitztem Lächeln, der direkt vor mir saß. Ich musste herzlich lachen.

Er warf mir darauf einen Blick zu, der mich davon überzeugte, dass er tatsächlich einer Reihe von Frauen das Herz gebrochen hatte. Und es womöglich noch immer tat.

Es wurde wieder lauter im Saal, denn die Leute erzählten sich gegenseitig, was ihnen noch so alles an Liebeserklärungen einfiel. Nur eine Frau saß eher ruhig auf ihrem Stuhl und schaute etwas unglücklich: Vroni Reichmann. Vermutlich hatte sie noch niemandem im Leben eine Liebeserklärung gemacht. Und wenn doch, dann war sie offensichtlich nicht erfolgreich gewesen. Vielleicht würde ihr das Lesen meines Buches wirklich helfen. Meines nächsten Buches. Denn da würde ich mich in einem besonderen Kapitel damit befassen, denjenigen Frauen Mut zu machen, welche die Schleife am Dirndl noch immer vorn mittig gebunden hatten. Und das in einem Alter, in dem andere sich schon Gedanken über den nahenden Wechsel machten. Oder sogar schon mit ihren Enkelkindern zur Einschulung lustige Schultüten bastelten. Matthias würde staunen, wenn ich ihm Genaueres über mein neues Buch erzählen würde. Ich hoffte sehr, dass er mit mir auch das kommende Projekt wagen würde.

Aber jetzt hatte ich hier noch etwas Wichtiges zu sagen. Ich schaute kurz zu Karl und bemerkte, dass er mich ebenfalls beobachtete. Und mein Herz begann, wie ein Traktor zu bumpern.

»Darf ich Sie noch ganz kurz um Ihre Aufmerksamkeit bitten?«, bat ich. Doch erst als der bayerische Casanova vor mir mit einer Gabel ein paar Mal gegen sein leeres Bierglas schlug, kehrte langsam wieder Ruhe ein.

»Danke!« Ich lächelte in seine Richtung, und er zwinkerte frech zurück.

»Ganz egal, wie man es sagt, wichtig ist, dass der andere die Bedeutung kennt und man dieselbe Sprache spricht. Oder weiß jemand hier, wie ein Eskimo seiner Frau sagt, dass er sie liebt?«, fragte ich in die Runde. Unwissendes allgemeines Kopfschütteln.

»Ich wusste es bis heute Morgen auch nicht. Es heißt ›Negligevapse‹. Und wenn ein Eskimo mir vor ein paar Tagen damit gekommen wär, hätte ich gedacht, dass er womöglich über irgendeine Art Nagelpilz mit mir sprechen möchte.« Die Leute lachten wieder. Ich wartete kurz, bis sie wieder ruhig waren, dann sprach ich weiter.

»In den letzten Wochen habe ich durch das Schreiben des Buches und vor allem durch das, was sich darum herum abspielte, vieles gelernt. Es gibt gewiss Leute, die bringen es leicht über die Lippen, ›Ich liebe dich‹ wie auch immer zu sagen. Ich hatte damit immer meine Schwierigkeiten und suchte die Erklärung darin, dass es dafür in meiner Muttersprache, und so empfinde ich meinen bairischen Dialekt, keinen richtigen Ausdruck gibt.«

Ich schaute die Leute an, vermied es jedoch jetzt, in die Richtung zu blicken, in der Karl saß.

»Inzwischen ist mir klar geworden, dass ich die Worte nur deswegen nicht sagen konnte, weil ich nie wirklich geliebt hatte. Denn wenn man wirklich liebt, dann kann man zum Beispiel auch sagen …«

»Moment, Lene.« Karl unterbrach mich, stand auf und kam zu mir ans Rednerpult. Dann schaute er ins Publikum und sagte: »Ich merke schon, dass Frau Koller einen großen Gefallen daran gefunden hat, vor euch über die Liebe auf Bairisch zu referieren. Aber jetzt würde ich sagen, wir brechen an dieser Stelle ab und ihr lest in aller Ruhe das Buch. Dann könnt ihr die Autorin zu einer nächsten Veranstaltung wieder einladen und mit ihr gemeinsam darüber philosophieren. Ich bin mir sicher, dass sie das gerne machen wird.«

»Aber ich möchte doch hier …«

»Nein, das willst du nicht!« Entschieden und unter dem begeisterten Applaus der Trachtler zog er mich nach draußen zu seinem Wagen. Er forderte mich auf einzusteigen und fuhr dann los.

Ach Mensch! Jetzt hatte ich alles so schön im Griff gehabt. Und ich wollte es ihm doch endlich so gerne sagen. Dann musste es eben hier im Auto sein.

»Karl, ich …«

»Das will ich jetzt nicht hören, Lene«, sagte er streng.

»Aber ich …«

»Lene, denkst du, du schaffst es, dich noch eine halbe Stunde zu gedulden?«

Hmmm. Eine halbe Stunde war schon sehr lange. Es würde mir bestimmt schwerfallen. Jetzt, wo ich es einfach nur loswerden wollte.

»Ich versuche es. Aber nur, wenn du mir inzwischen sagst, was in deinen E-Mails gestanden hat.«

»Hättest du sie gelesen, dann wüsstest du es«, meinte er trocken.

»Bitte …!«

Er warf mir einen kurzen Blick zu und seufzte.

»Okay. Ich habe dich gefragt, ob du gerne mit mir dieses Wochenende verbringen möchtest, das ich in der Kochsendung gewonnen habe.«

»Aber ich halte doch nichts von dieser Wellnesswelle«, sagte ich.

»Ich doch auch nicht. Aber ich habe herausgefunden, dass diese Art von Wellnesshotel ganz anders ist als das, was wir beide uns darunter vorgestellt haben.«

»Wirklich?«

»Ja. Du wirst es gleich sehen.«

»Und du wolltest mich da echt mitnehmen?«, fragte ich und war gerührt. Obwohl, eigentlich hatte der Gewinn ja ohnehin mir zugestanden!

»Wollte ich.«

Danach sagte er eine Weile nichts mehr, bis wir angekommen waren. Und zwar in einer zauberhaften kleinen Hotelanlage, in der es kleine Gästehäuser gab, die in einen urwüchsigen Park mit Badesee harmonisch eingebunden waren. Es war wunderschön.

»Ich bin seit gestern hier. Leider ohne dich, weil du ja nicht geantwortet hattest … Zumindest bis jetzt«, sagte er und schmunzelte. »Hast du Lust, das restliche Wochenende mit mir hier zu verbringen?«, fragte er, während wir zu einem der Häuschen gingen, das von großen alten Bäumen umgeben war. Ein Wochenende. Mit Karl. In dieser wundervollen Umgebung.

»Ja.« Mehr brachte ich nicht heraus.

»Gut.« Karl war auch sparsam mit Worten.

Das kleine Haus war in einem ländlichen Stil einfach, aber unglaublich gemütlich und geschmackvoll eingerichtet. Mit einem großen Bett in der Mitte des Raums.

Plötzlich war ich befangen. Meine Kehle war trocken. Vorhin hätte ich es sagen können, aber jetzt fehlte mir plötzlich der Mut. Ich setzte mich in einen bequem aussehenden Korbstuhl Karl gegenüber.

»So. Und jetzt sag mir, was du zu sagen hast«, forderte er mich freundlich auf.

»Ich ...«, begann ich. Aber ich konnte nicht. Es ging einfach nicht mehr. Ich hüstelte verlegen.

»Kann ich bitte Wasser haben?«, bat ich.

»Gerne.« Er stand auf, schenkte aus einem Krug ein und brachte mir das Glas. Ich trank es leer, ohne abzusetzen. Er schaute mich erwartungsvoll an.

»Was ist jetzt?«

»Ich ... Es ... Also ... Warum konnte ich es nicht gleich vorhin sagen?«, fragte ich, plötzlich ärgerlich.

Karl sah mich erstaunt an. »Du glaubst doch nicht wirklich, dass ich es zugelassen hätte, dass du mir vor allen Leuten sagst, dass du mich liebst?!«

Ich riss die Augen auf. Er wusste, was ich ihm sagen wollte! Und es kam mir ein schrecklicher Gedanke. Was, wenn er mich gar nicht liebte? Wenn ich alles falsch verstanden hatte? Oder es einfach nur falsch interpretiert hatte, dass die Liebesworte, die er mir in der Hütte vorgelesen hatte, eigentlich eine Liebeserklärung an mich waren. Vielleicht hatte er sie mir wirklich nur als Information vorgelesen, genau so, wie ich es bis vor Kurzem gedacht hatte. Mir wurde heiß und kalt gleichzeitig.

»Wolltest du mich wieder vor einer Blamage bewahren? Hast du mich davon abhalten wollen, dass ich es vor all den Leuten sage, weil du mich dann ausgelacht hättest?«, fragte ich mit einem mulmigen Gefühl im Bauch.

Er lächelte. »So wie du mich ausgelacht hast, als ich dich in der Hütte geküsst habe?«

»Ich habe dich doch nicht ausgelacht. Es war nur, weil mein Herz plötzlich so wild geschlagen hatte, und ich musste an die Liebeserklärung mit dem Traktor denken. Und da konnte ich das Lachen einfach nicht zurückhalten. Es tut mir leid, Karl. Wirklich«, sagte ich ehrlich zerknirscht.

»Schon gut. Besser, als wenn du angefangen hättest zu weinen ... Und jetzt hör mir mal zu ...« Er nahm meine Hand und schaute mich an. »Ich wollte dich vorhin davon abhalten, weil ich alleine mit dir sein möchte, wenn du es mir sagst«, erklärte er mit sanfter Stimme.

Das war ein Argument, das ich gelten lassen konnte. Doch plötzlich ging mir noch etwas durch den Kopf. »Bevor ich es dir sage, möchte ich aber unbedingt noch etwas wissen. Warum warst du wirklich von Anfang an so wütend auf mich?« Es schien mir in diesem Moment das Wichtigste der Welt zu sein, das zu erfahren.

Karl verdrehte die Augen. »Dafür, dass du es vorhin kaum erwarten konntest, es mir zu sagen, lässt du dir jetzt aber ganz schön viel Zeit«, bemerkte er trocken.

»Jetzt sag!«, drängte ich ihn.

»Na gut ... Du hast mich wirklich an meine Lehrerin erinnert, die mir damals wegen meines Dialekts das Leben so schwer gemacht hatte. Das war auch der Hauptgrund, warum ich bei unserer ersten Begegnung so sauer auf dich war.«

»Aber danach?«, fragte ich.

Er grinste schief.

»Danach ärgerte ich mich, weil ich dich in deiner erfrischenden Art einfach nur entzückend fand.«

»Entzückend?«, fragte ich entzückt.

»Ja. Du warst irgendwie ganz anders als alle Frauen, die ich bisher kennengelernt hatte … Ich weiß, das hört sich an wie ein abgedroschener Spruch. Aber es ist wirklich so.«

»Soso!« Ich versuchte, ein Grinsen zu unterdrücken.

Abgedroschen oder nicht. Wer hörte es nicht gerne, dass er auf eine besondere Weise anders ist als andere Frauen? Also, mir gefiel in diesem Fall das Abgedroschene! Sehr sogar.

»Dabei stand ich mitten in der Trennungsphase von meiner Ehefrau, die mich mit einem anderen betrogen hatte. Und ich konnte gar nicht so viel darüber nachdenken, weil du mir ständig durch den Kopf gespukt bist. Du mit deinem strahlenden Lächeln und deiner verrückten Theorie. Und dann musstest du auch ständig mit einem tief ausgeschnittenen Dekolleté herumrennen, das mich völlig durcheinanderbrachte.«

»Ständig doch nicht«, warf ich ein.

»O doch!«, bekräftigte er. »Ständig!«

Ich schloss die Augen. Jetzt kam der ultimative Test.

»Welche Farbe haben meine Augen?«, fragte ich ihn.

»Wie?« Er war irritiert.

»Sag mir, welche Farbe meine Augen haben«, forderte ich ihn auf und war mehr als gespannt auf seine Antwort. Er ließ sich Zeit. Ich seufzte innerlich und war enttäuscht. Auch er hatte keinen blassen Schimmer. Ich wollte meine Augen schon wieder öffnen, da begann er zu reden.

»Deine Augen sind von einem rauchigen, sanften Grau. Im Licht schillern sie manchmal in einem schwachen Grün. Wie ein Blatt, durch das die Sonne scheint. Doch wenn du wütend wirst, dann verdunkeln sie sich wie bei einem aufkommenden Gewitter und werden fast anthrazitfarben ... So! War das schmalzig genug beschrieben?«, fragte er abschließend.

Ich öffnete meine Augen und lächelte zufrieden. Karl war wahrscheinlich der erste Mann, außer meinem Vater, der meine Augenfarbe tatsächlich kannte.

»Ja, absolut!«, antwortete ich glücklich.

Er grinste. »Und deine Körbchengröße dürfte 75 C sein, wenn ich mich nicht verschätze«, setzte er noch dazu.

Ich schnaubte, aber eigentlich war ich amüsiert.

»75 D!«, stellte ich richtig.

»Oho!«

»Aber jetzt erzähl weiter«, forderte ich ihn auf.

»Noch mehr?«

Ich nickte. »Alles!«

»Na gut ... Also, ich glaube, die ganze Wut, die ich auf Hilly hätte haben sollen, weil sie sich wegen eines anderen Mannes von mir getrennt hatte, hast du abbekommen. So war es für sie leicht, eine einvernehmliche Trennung durchzusetzen. Nur wegen dir habe ich das so schnell wie möglich hinter mich bringen wollen und mich auf alles eingelassen, was sie vorschlug.«

»Aber ich konnte doch nichts dafür«, warf ich ein.

»Dafür nicht. Aber du hast mit allen möglichen Männern herumgeflirtet, sodass ich davon ausging, dass du dich gar nicht für mich interessierst.«

»Das stimmt doch gar nicht«, widersprach ich schwach.

»Und ob das stimmt! Da waren dein Exfreund, der Spanier, dein Chef, dieser Minotaurus und der Fisch auf dem Fest, Franz Grindler, Alwin und Severin, Doktor Fischer und sogar der Polizist im Krankenhaus …«

Ich war baff. Hatte ich tatsächlich mit all den Männern und einer Frau geflirtet? Nicht, oder?

»Zu denen warst du immer freundlich. Und bei mir hast du von Anfang an deine Krallen ausgefahren. Ich war eifersüchtig, weil ich dich liebe, Lene. Und das ist wohl der Grund, warum ich lange Zeit so grantig war«, endete er seine Erklärung.

Ein inneres Vibrieren raubte mir plötzlich fast den Atem, und ich hätte gleichzeitig am liebsten laut schreien mögen vor Glück. Das musste sie sein: die Liebe. Sie erreichte mich endgültig und mit so einer Wucht, dass es aus mir herausplatzte: »I liab di, Karl!«

»I di a, Lene.«

Und es fühlte sich völlig richtig an. Danach sagten wir lange Zeit nichts mehr.

Epilog

Nachdem nun mit unserer Liebe alles klar war, kamen mir die verschiedensten bairischen und auch internationalen Liebesbeteuerungen zu allen möglichen und unmöglichen Gelegenheiten wie von selbst über die Lippen. Es war, als hätte für mich mit Karl eine neue Zeitrechnung begonnen. Aus dem Grantlhuaba war ein charmanter, liebevoller Gefährte geworden, mit dem das Leben in all seinen Facetten eine unendliche Freude machte.

Mein Vater und Julia waren begeistert, dass Karl und ich ein Paar waren. Papa hatte ebenfalls Erfolg gehabt mit seiner Liebesübersetzung und zog zu Julia auf den Hof. Er überließ uns das große Wohnhaus auf dem Biobauernhof. Dass einige Leute im Dorf sich aufregten, weil die beiden nun zusammenlebten, interessierte weder meinen Vater noch Julia. Dafür beschlossen Karl und ich zu heiraten, sobald seine Scheidung von Hilly durch war. Es sollte eine kleine Hochzeit werden. Im Gegensatz zu der von Severin und Lissy. Die Feierlichkeiten in der eigens zu diesem Zweck gemieteten Burganlage der Veste Oberhaus dauerten drei Tage und Nächte und wurden zum spektakulärsten Ereignis des Jahres in Passau. Die Hochzeitsfeier stellte jedes bisherige Maienfest in den Schatten. Und es durfte ganz offiziell fotografiert und gefilmt werden.

Michi und Sabine waren nicht lange aus den Flitterwochen zurück, da hieß es auch schon, dass die beiden beim Scheidungsanwalt gesehen wurden.

Ernesto schickte mir als Hochzeitsgeschenk eine Kiste mit eingelegten Essiggurken nach katalanischer Art. Und bewies mit seiner besonderen Art von Humor, dass er mir alles Gute wünschte, auch wenn er immer noch ein wenig sauer auf mich war. Ich revanchierte mich mit einem selbst kreierten Rezept für eingelegte Weißkrautblätter, die bald zu einem Verkaufsschlager in seinem Sortiment wurden.

Anne, der Fisch, stellte mir kurz vor unserer Hochzeit ihre neue Partnerin vor. Wir schafften es, eine unkomplizierte Frauenfreundschaft zu pflegen. Zumindest meistens, denn die Neue an ihrer Seite war sehr eifersüchtig und mochte es gar nicht, wenn Anne und ich uns alleine sahen.

Alwin beschloss, sein Leben weiterhin als Single zu genießen, und freute sich auf sein Geschwisterchen, das er und sein Stiefbruder Pauli schon sehnsüchtig erwarteten.

Claudia hoffte vergeblich auf einen Heiratsantrag von Matthias. Ihre Beziehung wurde zu einer turbulenten Jo-Jo-Veranstaltung. Die beiden konnten nicht mit, aber auch nicht ohne den anderen. Ich musste oft die Trösterin für Claudia spielen.

Meine Idee für den neuen Ratgeber hatte Matthias sofort begeistert, und ich recherchierte inzwischen fleißig und schrieb bereits. Soweit es ging, vermied ich es, mit Matthias alleine zu sein. Denn ich mochte ihn immer noch sehr gerne. Und ich wollte nicht, dass Matthias das womöglich als Ermunterung ansah. Denn so ganz abgeschrieben hatte er mich wohl doch nicht, wie mir seine grünen Augen manchmal zu verstehen gaben.

Die Arbeit in der Anzeigenannahme des Verlags hatte ich aufgegeben. Karl und ich kümmerten uns mit kräftiger Unterstützung meines Vaters um den Hof, schrieben beide an unseren Büchern und hielten Vorträge. Außerdem gab ich in unserer großen Küche zusammen mit Julia Kochkurse, die regen Anklang fanden.

Die Donauwald-Trachtler nahmen mich nach der Lektüre meines Ratgebers als Ehrenmitglied in ihrem Verein auf. Vroni Reichmann wurde zu einer treuen Freundin und zuverlässigen Informationsquelle für mein neues Buch.

Doktor Fischer lief ich dreizehn Monate später wieder in der Klinik über den Weg, als Karl und ich unterwegs zur Entbindungsabteilung waren. Leider hatten wir keine Gelegenheit für einen Plausch, da die Wehen mich schon heftig plagten und Karl zur Eile drängte. Und das war auch gut so. Denn kaum eine halbe Stunde später erblickte Maximilian Karl Albert Huber das Licht der bayerischen Welt – ein richtiger Wonneproppen. Und ich fühlte mich als die glücklichste Frau des Universums.

Ach ja. Fast hätte ich etwas vergessen. Mein kleiner Eisi ist immer noch bei mir und hat einen ganz besonderen Platz bekommen.

Wo? Das verrate ich nicht! Womöglich würde Claudia es sonst erfahren.

rezepte

Niederbayerische Rupfhaubn

(Niederbayerische Rupfhaubn)

Zutaten:

Teig:

350 g Mehl

ca. 100 ml warme Milch

1 Ei

2 Esslöffel Zucker

Prise Salz

Milch-Gemisch:

3 cm Milch in einem breiten Topf

2 Esslöffel Butter

5 klein gewürfelte Äpfel

2 Esslöffel Zucker

Zimt

Das halbe Mark einer Vanilleschote oder

1 Päckchen Vanillezucker

Etwas Puderzucker zum Bestäuben

Zubereitung:

Teig: Erwärmte Milch mit Mehl, Ei, Zucker und Salz vermengen und zu einem glatten Teig kneten. Falls nötig, noch etwas mehr Mehl verwenden. Den Teig zu einer Rolle formen und in ca. 10 gleich große Portionen teilen. Die einzelnen Teigstücke jeweils zu kleinen runden Fladen ausrollen (ca. 8 – 10 cm Durchmesser).

In einem Topf oder einer Pfanne mit möglichst großem Durchmesser Milch ca. 3 cm hoch einfüllen und erhitzen. Butter darin schmelzen. Das Milch-Butter-Gemisch mit Zimt, Zucker und dem Vanillemark oder Vanillezucker würzen, anschließend die klein gewürfelten Äpfel dazugeben und warten, bis die Milch noch mal aufkocht.

Jetzt die Teigfladen so nebeneinander auf die Äpfel in die Milch setzen, dass sie wie kleine Mützen aussehen. Dies gelingt am besten, wenn man den Teig in der Mitte hochzieht und sie dann so in die Milch setzt.

Nun den Topf mit dem Deckel verschließen und das Ganze ca. eine halbe Stunde auf kleiner Flamme köcheln lassen, bis die Milch fast verkocht ist. Vorsicht, am Ende brennt die Milch leicht an.

Die Rupfhaubn mit Puderzucker bestäuben und mit Eis oder Kompott anrichten.

Lenes Blitz-Schweiners

(Lenes Blitz-Schweiners)

Zutaten:

ca. 1 kg Krustenbraten
ca. 800 g Wammerl
5 Zwiebeln
2–3 Knoblauchzehen
1 Flasche Weißbier
2 große Tassen kochendes Wasser
Salz
Pfeffer
Kümmel nach Geschmack

Zubereitung:

Den Krustenbraten und das Wammerl in kleinere Stücke schneiden (ca. 6 x 6 cm). Die Fettschicht rautenförmig einschneiden für die Kruste.

Das Fleisch salzen, pfeffern und mit Knoblauch einreiben, von allen Seiten (Ausnahme Kruste) scharf in einer Pfanne mit Öl anbraten und anschließend mit der Fettseite (Kruste) nach oben in einer Reine bei 250 Grad in die Bratröhre geben.

In der Pfanne, in der das Fleisch angebraten wurde, die klein geschnittenen Zwiebeln geben und scharf anbraten. Den Knoblauch gibt man erst etwas später zu den Zwiebeln, da er sonst bitter wird. Die Zwiebeln mit der halben Flasche Weißbier aufgießen, mit Salz und Pfeffer würzen und danach mit kochendem Wasser aufgießen. Zwei ungeschälte Knoblauchzehen leicht andrücken und ebenfalls in die Soße geben. Alles aufkochen lassen und zum Fleisch geben.

Etwas Wasser mit einem Teelöffel Salz vermischen und über die Kruste träufeln. Nach etwa einer halben Stunde noch mal wiederholen und restliches Bier in die Soße geben. Falls nötig, Soße noch mit etwas zusätzlichem Wasser aufgießen.

Nach ca. einer Stunde ist das Blitz-Schweiners gar. Abschmecken mit Salz und Pfeffer.

Karls Obazda

(Karls Obazda)

Zutaten:

250 g Camembert
250 g Topfen (Quark)
50 g Butter
½ klein gehackte Zwiebel
1 kleine Essiggurke oder 2 Teelöffel Kapern
Etwas Weißbier
Salz, Pfeffer
1–2 Teelöffel süßes Paprikapulver
etwas scharfes Paprikapulver
nach Geschmack etwas Kümmel

Zubereitung:

Camembert zerkleinern und mit Butter und Topfen mit einem Handrührgerät mixen. Die Gewürze und das Bier hinzufügen und mit Salz und Pfeffer abschmecken. Zum Schluss klein gehackte Zwiebel und Essiggurken (oder Kapern) hinzugeben und noch mal kurz durchrühren.

Schmeckt am besten auf Schwarzbrot, zu Brezen oder frischem Baguette.

Knödel-Gugelhupf

(Knödel-Gugelhupf)

Zutaten:

250 Gramm geschnittenes Knödelbrot
3 Eier
1/2 Tasse lauwarme Milch
2 Teelöffel Salz
1 kleine Zwiebel, fein gehackt und leicht in Butter angebraten
etwas Pfeffer
½ Bund Petersilie

Zubereitung:

Knödelbrot mit lauwarmer Milch übergießen. Zwiebel in ganz feine Würfel schneiden und in etwas Butter glasig anbraten. Zu den Semmeln geben. Eier dazu. Mit Salz, Pfeffer und klein gehackter Petersilie würzen. Alles gut vermengen. In die gefettete kleine Gugelhupfform geben und bei ca. 200 Grad etwa 45–50 Minuten backen, bis sich oben eine schöne krosse Kruste gebildet hat. Die ersten 30 Minuten mit Alufolie abdecken.

Tipp: Kann man auch gleichzeitig mit dem Blitz-Schweiners im Ofen backen.

Aufgezwiebelte Biersuppe

(Aufgezwiebelte Biersuppe)

Zutaten:

4–5 große Zwiebeln | 1 Zehe Knoblauch
ca. 1 l Gemüsebrühe
Salz, Pfeffer, 1 Teelöffel Zucker
1 Flasche dunkles Bier
geriebener Emmentaler
Brotscheiben (nach Geschmack z. B. Bauernbrot)

Zubereitung:

Zwiebeln schälen und in sehr dünne halbe Ringe schneiden. In etwas Butter und Öl anbraten. Knoblauch klein gehackt zum Schluss dazugeben. Dann mit der halben Flasche Bier aufgießen und gut 1 Liter kochende Brühe dazu. Etwa. 20 Minuten köcheln lassen.

Inzwischen Brot mit etwas Bier beträufeln und geriebenen Käse darüber geben. In den Backofen und auf ca. 200 Grad etwa 8–10 Minuten backen.

Suppe mit restlichem Bier aufgießen, noch mal kurz aufkochen, abschmecken und mit Käse-Brotscheiben in der Suppe servieren.

Nach Geschmack noch etwas geriebenen Käse über die Suppe geben.

Lenes Wodka-Erdbeermarmelade

(Lenes Wodka-Erdbeermarmelade)

Zutaten:

1 kg Erdbeeren
500 g Gelierzucker
½ Zitrone
100 ml Wodka

Zubereitung:

Erdbeeren gut waschen und abtropfen lassen. Putzen, in kleine Stücke schneiden und in einen Topf geben. Wenn man die Marmelade sehr fein haben möchte, mit dem Pürierstab zerkleinern.

Dann Gelierzucker dazu und aufkochen. Ein paar Minuten sprudelnd kochen lassen.

Inzwischen die Marmeladengläser auskochen und auf ein Tuch stürzen. Am Ende der Kochzeit den Saft einer halben Zitrone und den Wodka in die Marmelade geben. Kurz umrühren und dann in die noch heißen Gläser füllen. Sofort den Deckel auf die Gläser geben und auf den Kopf stellen.

Nach ca. 15 Minuten umdrehen und abkühlen lassen.

Tipp: Schmeckt auch sehr gut als Krapfenfüllung.

Schweinelendchen

(Schweinelendchen, Familienrezept)

Zutaten:

Schweinelendchen oder Schweine-Filetscheiben
(alternativ auch Hühnerbrustfilet oder Putenschnitzel)
etwas Butter und Öl zum Anbraten
etwas trockener Weißwein
1 Knoblauchzehe
1 Becher Sahne
1 Esslöffel Tomatenmark
1 schwach gehäufter Teelöffel getrockneter Dill oder Estragon
1 Teelöffel Currypulver
½ Teelöffel Chinagewürz
Salz und Pfeffer
etwas Zucker

Achtung: Die Mengen für die Gewürze können je nach Geschmack unterschiedlich angepasst werden. Das Wichtigste beim Kochen – und das gilt selbstverständlich für alle Rezepte: Es kommt beim Abschmecken auf den eigenen Gaumen an. Eigene Kreativität und Experimentierfreude sind deswegen nie verkehrt!

Zubereitung:

Fleischscheiben mit Salz und Pfeffer würzen und in einem Öl-Butter-Gemisch in einer Pfanne gut anbraten. Dann in den Ofen zum Warmhalten geben bei ca. 150 Grad.

In die benutzte Pfanne den klein gehackten Knoblauch geben, sehr kurz anbraten und dann mit Weißwein ablöschen. Sahne, Tomatenmark und Gewürze dazugeben. Mit Salz, Pfeffer und etwas Zucker abschmecken und ein paar Minuten kräftig aufkochen.

Mit dem Fleisch servieren.

Tipp: Dazu passen selbst gemachte Eierspätzle oder auch der Knödelgugelhupf.

Soße kann auch separat ohne Fleisch gemacht werden und passt hervorragend zum Fondue, Grillen oder Raclette.

an guad'n!

danksagung

Allen, die zur Verwirklichung meines ersten Romans in irgendeiner Weise beigetragen haben, möchte ich von ganzem Herzen danken.

Ganz besonders meiner Agentin Christina Gattys, die nicht nur professionell, sondern auch menschlich ein Glücksfall ist, und ihrer Mitarbeiterin Milena Henn, die schon nach dem Lesen der ersten Seiten an Lenes Suche nach der weiß-blauen Liebe geglaubt hat.

Andrea Vetterle, der wundervollsten Lektorin, die man sich nur wünschen kann, und ihrer mitreißenden Begeisterung für die Geschichte.

Verlagsleiterin Nicola Bartels für das Vertrauen, das sie von Anfang an in mich und die Geschichte gesetzt hat.

Gerhard Seidl, meinem Redakteur, für die schöne Zusammenarbeit.

Dem ganzen Verlags-Team für das unglaubliche Engagement.

Johannes Wiebel für das tolle Cover.

Claudia H. für ihren Zuspruch und die aufmunternden und inspirierenden Gespräche in den Schreibpausen.

Gary, Jasmin und Christian für ihre medizinischen Auskünfte.

Mike für seine Schilderungen über Barcelona.

Carolin, meiner treuen Testleserin und Fotografin.

Meinen fantastischen Söhnen Felix und Elias für ihre Unterstützung, Geduld und Liebe. Elias auch dafür, dass er mir so bereitwillig sein Netbook geliehen hat, als mein Rechner den Geist aufgab. Felix, meinem wichtigsten Kritiker und Aufmunterer in den Stunden des Zweifelns. Danke für die lustigen Foto- und Kochstunden und vor allem für das von ihm erfundene Rezept fürs Blitz-Schweiners.

Meinem Papa, der sich leider viel zu früh auf seine weiß-blaue Wolke »verdrückt« hat. Er war und ist mir trotzdem auf eine ganz himmlische Weise immer nah und hat mir den Mut gegeben, stets meinen Weg zu gehen.

Meiner Mama. Für alles. Und das ist ganz schön viel!

4 CD LESUNG
der Hörverlag
ANGELIKA SCHWARZHUBER
Liebes schmarrn und Erdbeer blues
GELESEN VON ROSALIE THOMASS
Das Hörbuch zum Buch